CARAMBAIA

ilimitada

Frederico Lourenço

Grécia revisitada
Ensaios sobre cultura grega

Prefácio
ADRIANO MACHADO RIBEIRO

9	Nota à edição
11	Prefácio, por Adriano Machado Ribeiro

• • •

23	**Grécia revisitada**
23	1. *Ilíada*: o primeiro livro
28	2. *Odisseia*: encanto absoluto
33	3. Hesíodo: a enxada das Musas
39	4. Safo, Anacreonte, Íbico: amor à machadada
44	5. Píndaro: grandíloquo e corrente
50	6. Ésquilo, *Persas*: guerra, a tragédia
55	7. Sófocles: a palavra perfeita
60	8. Eurípides: trágico no superlativo
65	9. Aristófanes: a Musa cómica
70	10. Calímaco, Apolónio, Teócrito: a poesia moderna
77	11. A língua grega
83	**Poesia grega**
83	1. A *Odisseia* homérica: novas visões, velhos problemas
94	2. Aedo e herói

98	3. Um interlúdio paródico na *Odisseia*: o episódio de Iro (Canto XVIII)
106	4. Imagens e expressões de deleite estético na poesia grega arcaica
117	5. A arte poética de Calímaco

125	**Teatro**
125	1. Rostos de Electra
135	2. Amizade na *Alceste* de Eurípides
141	3. Bons e maus amigos no *Orestes* de Eurípides
149	4. A monódia trágica
156	5. Efeitos de contraste na lírica euripidiana
164	6. *Ifigénia em Áulis* e a transmissão do texto de Eurípides
173	7. Feminismo prazenteiro nas *Tesmofórias* de Aristófanes
182	8. Obscenidade e mimese no prólogo de *Tesmofórias*

193	**Platão**
193	1. Para uma leitura do *Banquete*
205	2. Amor e retórica no *Fedro*

227	**Prosa tardia**
227	1. Espaço e descrição em *Dáfnis e Cloe* de Longo
233	2. Plutarco em Bizâncio
241	**Pervivências**
241	1. *Castro*, poema trágico
249	2. Camões, leitor da *Odisseia*?
257	3. O Tejo no proémio d'*Os Lusíadas*
263	4. Catafonia visível: *Uma fábula*, de António Franco Alexandre
271	**Recensões**
271	1. Ésquilo, *Oresteia*
274	2. Ésquilo, *Prometeu*
277	3. Sófocles, *Rei Édipo*

280	4. Fialho, *Luz e trevas no teatro de Sófocles*
283	5. Eurípides, *Medeia*
286	6. Eurípides, *Bacantes*
289	7. Platão, *Górgias*
292	8. Platão, *Ménon*
295	9. Platão, *Banquete*
298	10. Luciano, *Memórias de um burro*
301	11. Ribeiro Ferreira, *A Grécia Antiga*
305	12. Burkert, *Mito e mitologia*

∎ ∎ ∎

310	Índice onomástico
316	Índice temático

Nota à edição

Na esperança de contagiar leitores de todas as áreas e interesses com a paixão pela Antiguidade Clássica, reúno nesta *Grécia revisitada* a maior parte dos ensaios de temática helénica que fui publicando ao longo dos anos, agora inteiramente reescritos e reformulados de modo a funcionarem, no seu conjunto, como introdução geral à cultura grega nalgumas das suas épocas e pervivências.

O título deste livro surgiu de um convite, que me foi dirigido em 2003 pela Tereza Coelho, para escrever uma série de ensaios de "leitura apetecível" sobre os temas que mais me fascinassem na poesia grega. Esses ensaios foram publicados na revista *Os Meus Livros* e formam aqui, acrescidos de dois inéditos, o primeiro conjunto de textos. A Tereza já me tinha convidado, dez anos antes, para recensear, no jornal *Público*, importantes publicações na área da cultura grega da autoria de colegas portugueses e estrangeiros. Por causa da repercussão surpreendente que as recensões granjearam na altura, fiz delas uma selecção para figurar na última parte deste volume.

Entre essas duas balizas, constituídas por "textos de divulgação", aparecem ensaios, de leitura porventura mais exigente, sobre Homero, Eurípides, Platão, Camões e outros; ensaios esses que foram, contudo, totalmente reescritos para esta *Grécia revisitada*, de modo a tornar a sua leitura aliciante e acessível a um público não especializado. A reescrita foi tão profunda e reestruturante que, em certos casos, não só os títulos já não correspondem às versões primitivas, como o próprio conteúdo foi de tal modo modificado, cortado e acrescentado com material inédito que se perdeu qualquer relação reconhecível com as versões originais.

F. L.

*

Nesta edição, foi mantida a grafia lusitana e não foi adotado o Novo Acordo da Língua Portuguesa (1990), conforme pedido do autor.

Os editores

Prefácio
ADRIANO MACHADO RIBEIRO

Para quem nunca visitou a Grécia, Frederico Lourenço é um excelente guia. Empenhado mais recentemente na tradução da *Bíblia Septuaginta*, Lourenço é tradutor consagrado de importantes obras para quem se lança numa primeira jornada de exploração do território helênico das palavras. Com premiadas traduções da *Ilíada* e da *Odisseia* de Homero, das tragédias *Hipólito* e *Íon* de Eurípides e de uma excelente antologia de poesia grega, Lourenço apresenta, pois, traduções para o português que permitem ao leitor neófito visitar pela primeira vez a Grécia.

Os ensaios aqui reunidos, no entanto, como o título deixa claro, são uma viagem que se refaz. Escritos pelas mãos seguras de quem carrega consigo uma cartografia que mapeia seus interesses vários no que é, cronológica e territorialmente, uma extensa e vasta região de obras gregas, Lourenço revisita questões como filólogo e tradutor. Penetra, assim, nesse território imenso das palavras para retirá-las do seu estado inicial de dicionário com o desejo de mostrá-las a florescer e frutificar no vernáculo para o qual as traduz, oferecendo ao leitor o prazer de saboreá-las.

O livro de Lourenço, sendo assim, revisita a Grécia como um retorno a um território de *topoi*, lugares a serem explorados com o recurso próprio da geografia das palavras. Esse *locus* implica, assim, presentificar no território das letras produções que são geográfica e temporalmente distantes, mas que se erigiram a partir de modelos poéticos que se retraduzem em imagens e sons de um a outro autor. A produção grega torna-se assim terra cultivada sempre frutificando: seja na antiga Roma, na

Inglaterra e no Portugal atuais, para citar apenas os lugares em que Lourenço colheu tais frutos e nos quais ele próprio vem espalhando sementes.

Há, como ele deixa claro ao falar sobre a importância ou não de se estudar a língua grega, um escopo incessante: a amplitude de horizontes que se abrem com os estudos clássicos. Para Lourenço, não haver mais o latim no ensino médio em Portugal é uma delimitação: sem o estudo das línguas clássicas perde-se a possibilidade de explorar nuanças e especificidades que reformulam perspectivas e modos de ver o mundo.

Os ensaios de Lourenço são assim uma generosa oferenda para seus contemporâneos que pouco visitaram a Grécia sobre a qual ele escreve. Se por aqui partilhamos a mesma língua, o trabalho de Lourenço é importante, visto que tanto a *Ilíada* quanto a *Odisseia* por ele traduzidas tenham recebido edições brasileiras. A edição de ensaios escritos também para o leitor pouco familiarizado com tais questões é um modo de reafirmar a importância das questões clássicas em solo brasileiro.

Lourenço lança assim nos ensaios um vasto olhar sobre várias matérias e problemas dos estudos clássicos. Propondo passar em revista diferentes questões, ele o faz com desenvoltura e precisão. A desenvoltura lhe permite aproximar-se com a familiaridade de um tradutor de vários dos textos que discute. Como convite ao leitor para acompanhá-lo naquilo em que se detém oferece-nos suas preferências pessoais e, muitas vezes, comentários mais prosaicos dos estudiosos com os quais conversou pessoalmente. A precisão e a acribia, por outro lado, com que discorre são próprias de uma erudição filológica. Procura assim apresentar-nos os difíceis contornos do estudo de obras gregas. Produzidas ao menos desde o século VIII a.C., elas percorreram um largo e difícil caminho de manuscritos, com possíveis mudanças nos textos que, embora pouco afetem as qualidades que nos fazem lê-las com prazer sempre renovado, trazem problemas que o leitor erudito deve enfrentar. Por isso também merecem em cada verso ou linha um olhar atento, preciso e, curiosamente, quase como um oxímoro, também afetuoso, como Lourenço o mostra em cada um dos ensaios aqui reunidos.

O arco temporal dos ensaios estende-se assim de Homero às produções de textos da época imperial, os chamados romances gregos. A gama é, portanto, vasta e diversa, mas com afetiva escolha dos gêneros e das matérias de preferência do autor.

Inicia-se o livro com textos sobre os poemas homéricos, seguindo no primeiro bloco de ensaios uma certa cronologia das produções helênicas. A épica é o primeiro gênero que nos é conhecido dos gregos. Remontando possivelmente ao século VIII a.C., os versos de Homero se caracterizavam com algo que para os ouvidos gregos demarcavam diferenças e fronteiras: o metro empregado. Diversamente da nossa, baseada na tonicidade das sílabas, a métrica grega parte do ritmo obtido nas variações das vogais, visto poder haver longas e breves. Basta pensarmos no *o* grande — *ômega* — e o pequeno — *ômicron* — para podermos ver como se distingue do nosso modelo. O verso empregado por Homero era, então, o hexâmetro datílico (seis pés como seguindo a divisão do dedo indicador, com uma falange longa e duas breves). Tal verso era a própria palavra, *epos*, do qual se derivou a épica como gênero.

O aedo, cantor que invoca o poder das Musas, as filhas de Memória, para poder celebrar os grandes feitos de elevados heróis, é quem entoa nos poemas tais versos. Seu saber do que é, do que foi e do que será tem garantia divina por ser proveniente das deusas.

As duas obras atribuídas a Homero ganham por parte de Lourenço nuanças pelos detalhes com que ele se detém em destrinçar episódios e versos que fogem ao padrão da métrica e da inserção de materiais de período diverso ao que se retrata. Lourenço, nas exigências do filólogo, discute as possibilidades de mudança sofrida pelo texto ao longo do tempo com a precisão do especialista que com clareza apresenta o problema ao leitor.

Para tanto, contudo, não adentra numa característica muito peculiar da produção épica grega: a oralidade de que ela é tributária, seja pela característica formular de muitos hexâmetros que se repetem, seja pelo fato de que sua continuidade tenha se dado na celebração de festivais como as Panatenaicas em Atenas, nos quais rapsodos exibiam-se declamando e interpretando as obras. Tal característica é marcante tanto pelo modo como a pólis acolheu Homero quanto por daí poder Platão dizer que Homero educou a Hélade.

Tal aspecto didático da épica, presente talvez apenas como modelo de comportamento ético em Homero, é característica marcada em Hesíodo. O aedo do século VII a.C. que ora se nomeia pode, como na *Teogonia*, acentuar a ordem do cosmo sob o domínio de Zeus bem como toda a genealogia dos deuses. Lourenço destaca, no entanto, sua preferência por *Os trabalhos e os dias*, a outra obra de Hesíodo, em que este relata a disputa jurídica com seu irmão bem como o modo certo de se cultivar a terra. Em ambas, o *epos*, o hexâmetro datílico, demarca a épica como gênero de tais obras.

Costuma-se designar historicamente do século VIII ao VI a.C. como período arcaico na Grécia. É o momento em que lá surge a pólis redefinindo o espaço público, a participação menor ou maior dos cidadãos em função da forma de governo, já que cada uma tinha território, templos e legislação própria. Nesse momento, surgem também situações que propiciam a reunião de grupos que se encontram em funções diversas. Os versos aí também ocupam um espaço próprio de acordo com as circunstâncias em que ocorrem e para a finalidade de tal encontro. Evidenciam-se, assim, sempre com a diversidade de metros e propósitos, o verso jâmbico, com um efeito de vitupério e riso, cujo representante maior foi Arquíloco; o dístico elegíaco que mescla o hexâmetro da épica a um verso de pé quebrado, o pentâmetro, propiciando, entre outras, canções marciais, como em Teógnis, ou político-morais, como em Sólon.

Apresenta-se também uma produção com variadíssimos metros e acompanhamento de um instrumento musical. Cantada, forma o gênero da mélica, podendo ser esta monódica, com canto de um só executante, ou acompanhada por um coro que, apresentando-se com movimentos de dança, forma coreografias de versos alternados em tríade, pois há, pelo movimento da dança, a estrofe como canto e, no retorno, a antístrofe, sempre com versos do mesmo metro, encerrando com movimentos e metros distintos no epodo.

Lourenço destrinça alguns aspectos dessa poesia equivocadamente designada como lírica, visto que nem sempre havia acompanhamento musical e, quando ocorria, como na mélica, poderia ser também por algo semelhante ao nosso oboé. Salientando a ousada matéria com que lidam os versos jâmbicos, elegíacos e mélicos, Lourenço aponta que talvez, pela ousadia da matéria que apresenta, tais versos chegaram a nós em fragmentos, em ousados e cativantes pedaços.

A poesia coral, sobretudo com Píndaro, dela o maior expoente, é a que nos chegou em poemas mais completos. Revela um artesão celebrante da imortalidade de um vencedor dos jogos com a intrincada composição de que se serve quem o celebra, passível assim também de imortalização por efetuar o canto. O aedo torna-se poeta: no limiar do século V a.C., entrando no que convencionamos chamar, conjuntamente com o IV a.C., como período clássico: uma poesia arcaizante revigora o poder do aedo, mas como *fazedor*, *poietes*, artesão que conhece uma arte, uma *techne* de variegado verso, com canto e dança de que pouco sabemos, mas com métrica também vária e um modelo sintático rebuscado e de estrutura complexa.

Se as obras até aqui mencionadas se espraiam por diferentes locais da Grécia, a tragédia tem local de nascimento preciso: Platão chega a acusar a tragédia de ser a responsável pela implantação da democracia como forma de governo em Atenas no século V a.C. (*Leis*, 701a). Cabe lembrar, como fica claro na análise de Lourenço, que o teatro trágico era também todo ele em versos, com o iambo mais próximo da fala na boca das personagens; com partes corais ou interlúdios monódicos muitas vezes acompanhados por instrumentos e apresentando-se em danças coreografadas.

A tragédia é assim constituída, segundo Aristóteles (*Poet.* 1452b), por determinadas partes: o prólogo traz à cena os atores antes de o coro entrar; o párodo é a entrada do coro na orquestra; e, na sequência, episódios, novamente com atores, são intercalados aos estásimos, ou seja, aos cantos do coro, até o êxodo em que nada mais sucede; pode, ademais, haver o *kommos*, quando o coro na orquestra canta com um ator em cena.

A tragédia foi parte de um festival competitivo da pólis de Atenas em honra ao deus Dioniso. Manifestação ao mesmo tempo política e religiosa ela traz atores mascarados, sempre homens porque cidadãos, aos olhos dos espectadores. O enredo em geral situa-se no passado e rediscute o mito com margens de mudança nas narrativas para situá-lo em função de questões contemporâneas, sempre com personagens elevadas. Lourenço discute algumas peças, destacando a força da tríade de autores que nos chegaram: Ésquilo, Sófocles e Eurípides são revisitados tanto pela particularidade de suas personagens quanto pela fortuna dos manuscritos que nos permitem, mesmo com problemas, visitar e revisitar esse fascinante palco.

Se a tragédia pelos interstícios permite que se vislumbre a cidade, a comédia abre-se à discussão explícita no palco tanto de matérias sexuais quanto de cidadãos que se tornam personagens risíveis, visto serem caracteres baixos. A comédia, além disso, lança mão de uma de suas partes com efeito anti-ilusório, pois na parábase expõem-se razões e escopos da peça apresentada. Lourenço mostra como Aristófanes em suas peças repõe em cena tais questões, discutindo relevantes problemas da pólis.

Aedos, cantores, poetas: seguindo aqui cronologicamente o que Lourenço espalha em seu livro em função de um eixo que reúne cada agrupamento de ensaios, o verso esteve presente em todos os gêneros que vimos acima. A tradição mnemônica, oral, performática e teatral fez do verso o meio mais eficaz de divulgação do conhecimento.

Se Górgias [*Elogio de Helena*, 9] afirma no século V a.C. que toda a poesia se define pelo metro, é interessante notar que no IV a.C. Aristóteles afirme na *Poética* (*Poet.* 1447b) que a obra de Empédocles, embora em verso, não é poesia. De qualquer modo, é sempre importante lembrar que muito dos textos dos chamados pré-socráticos são versos. No século V a.C., contudo, certos gêneros firmam a prosa. É o caso da historiografia, com Heródoto e Tucídides.

A prosa, no entanto, só vai aparecer na análise de Lourenço pelo interesse em certas discussões presentes na obra de Platão. Exponencial maior do gênero do diálogo filosófico, Platão funda e fundamenta a filosofia como disciplina específica. A genial elaboração de sua obra escrita sedimenta e divulga o debate que se travava na Academia. Lourenço dedica especial atenção a diálogos como *Banquete* e *Fedro*, analisando as implicações das relações alma/corpo com o *eros* e a retórica em Platão.

Platão prenuncia em sua obra a crise da pólis nos moldes em que ela se forjara no período arcaico até chegar à derrocada da democracia em Atenas: inicialmente, com a derrota para Esparta no século V; finalmente, com o poderio militar da Macedônia e o domínio de Felipe e, depois, de Alexandre. Com a morte deste e a divisão de seu império entre seus generais, uma nova ordem passa a dominar política e culturalmente a Grécia, adentrando no que se convenciona designar como período helenístico.

Outra passa a ser a produção do saber com a criação das bibliotecas e dos eruditos que nela trabalham, pois além de estabelecerem catálogos e compilações das obras até então realizadas, eles próprios são autores. Erudito e refinado, há um excelente ensaio aqui de Lourenço em que ele apresenta os três maiores expoentes desta poesia: Calímaco, Apolônio de Rodes e Teócrito revelam a retomada ou recusa da produção poética anterior com a qual esta, eruditíssima, dialoga.

Já sob o domínio romano, Lourenço destaca o que se convenciona designar como romance grego. A análise que ele nos oferece de *Dáfnis* e *Cloe*, obra do século II d.C., detém-se em mostrar os recursos de uma poesia voltada ao *topos* do *locus amoenus* para se debruçar sobre o uso da descrição do espaço por meio da écfrase. Mostra, assim, como a descrição de algo passa a ser o esmero da própria descrição, ou seja, de uma prosa que passa a valorizar o que se oferece como texto.

As viagens de Lourenço não param por aí. Ao apresentar a recepção de Plutarco em Bizâncio, ele se detém na formação escolar e a erudição ali presentes, fundamentais para a preservação dos textos gregos que nos chegaram.

Por fim, dois blocos de ensaios revisitam a Grécia pela ressonância dela em Portugal. Elementos não só da poesia grega mas também do que se designa como poesia clássica estão presentes em Camões e António Franco Andrade e são argutamente destacados por Lourenço. O último bloco, nomeado como Recensões, retoma, na análise de traduções portuguesas de alguns autores, as questões aqui anteriormente mencionadas.

O livro de Lourenço, enfim, é um convite muito especial para embarcar numa erudita viagem para se visitar ou revisitar a Grécia que pelas letras foi desenhada e inscrita em nosso imaginário. Aceitar o convite é saborear *in loco* fruto cuidadosamente cultivado nesse território dos *topoi* em que as letras são cultivadas e degustadas pelo leitor que no fim certamente desejará retornar a outras futuras incursões pelo passado clássico.

ADRIANO MACHADO RIBEIRO é professor de língua e literatura gregas no Departamento de Letras Clássicas e Vernáculas da Universidade de São Paulo (USP).

Para M. S. Lourenço

Erguem-se os montes de muito antigamente, e o vento passa com o mesmo modo com que Homero, ainda que não existisse, o ouviu.

— BERNARDO SOARES, *Livro do desassossego*

Grécia revisitada

1. ILÍADA: O PRIMEIRO LIVRO

Na Biblioteca Ambrosiana de Milão, existe um manuscrito grego da época bizantina com a cota "Ambr. I 98 inf". É o exemplar da *Ilíada*, em grego, que pertenceu a Petrarca. Ter nas mãos livros que foram produzidos manualmente, antes da invenção da imprensa, é sempre emocionante. Quando se sabe que o livro em causa pertenceu, no século XIV, a um dos maiores nomes da história da literatura universal, a emoção é redobrada.

Mas nesta emoção imiscui-se uma certa tristeza. Petrarca nunca leu o livro que considerava o mais precioso da sua biblioteca. E a razão é fácil de apontar: Petrarca não sabia grego. Embora se tenha esforçado já tardiamente para aprender a língua de Homero e Platão, nunca chegou a saber o suficiente para ler a *Ilíada* no original.

Deste estatuto insólito da *Ilíada* como livro de valor inultrapassável, independentemente de ser lido, extraímos uma ilação curiosa: apesar de, ao longo da Idade Média, se ter perdido o contacto directo com a *Ilíada* e a *Odisseia*, ficou sempre a ideia de que Homero era o maior de todos os poetas. Verificamos isso na *Divina comédia* de Dante, que exalta "Omero" sem nunca o ter lido. Petrarca ainda pôde ler a tradução latina por ele encomendada ao calabrês Leonzio Pilato; mas Dante teve de ficar apenas pela ideia abstracta do valor sublime de Homero.

Que impressão teria deixado em Dante a leitura da *Ilíada*, se a ela tivesse tido acesso? Antes de mais, julgo que teria ficado surpreendido por verificar que certos episódios que a tradição medieval associava à *Ilíada* não aparecem no poema de Homero.

Sobretudo a personagem principal do poema, Aquiles, teria chocado profundamente qualquer leitor da Idade Média, habituado à reformulação dada à história no *Roman de Troie* de Benoît de Sainte-Maure, onde Aquiles aparecia como uma espécie de cavaleiro arturiano, um Lancelote grego, castamente apaixonado por Políxena, a filha do rei de Tróia. De resto, esta visão cavalheiresca de Aquiles ficou a tal ponto enraizada no imaginário europeu que é ainda este Aquiles, e não o Aquiles homérico, que Camões refere n'*Os Lusíadas*.

Quem passasse desta visão rosada de Aquiles para a *Ilíada* homérica sentiria um choque violento. Como afirma Martin West (um dos maiores classicistas da actualidade), o Aquiles da *Ilíada* é o primeiro retrato conhecido de um maníaco-depressivo. É sanguinário, colérico, egoísta, cruel. Logo da primeira vez que o vemos, está numa assembleia pública, perdido de fúria, prestes a trespassar com a espada quem se opõe à sua vontade. Este episódio passa-se no Canto I. A *Ilíada* tem 24 cantos. Durante os primeiros dezoito, Aquiles continua amuado em consequência da desconsideração de que foi alvo no Canto I e recusa-se a combater. É o herói bélico por excelência, mas podemos ler 80% da *Ilíada* sem que ele pegue numa única arma.

Não é difícil perceber a intenção de Homero. No fundo, o que está em causa é dar o maior realce possível ao momento em que Aquiles volta, de facto, a pegar nas armas, com o intuito exclusivo de matar Heitor, para assim vingar a morte de Pátroclo. A violência com que Aquiles reage à notícia de que Heitor matou Pátroclo é uma das coisas mais arrepiantes que a literatura grega tem para nos oferecer. Aquiles chora, arranca os cabelos, atira terra por cima da cabeça. Mais tarde, quando se trata de prestar as honras fúnebres a Pátroclo, sacrifica cavalos, cães e rapazes troianos na pira funerária. Depois arrasta todos os dias o cadáver de Heitor, atrelado ao seu carro, em torno do túmulo do amigo, a ponto de os próprios deuses sentirem repugnância.

Já se observou muitas vezes que a *Ilíada*, sendo um poema de guerra, tem os seus momentos mais altos nos episódios que fogem por completo à temática bélica. É o caso da despedida de Heitor da mulher e do filho, no Canto VI. Heitor está já armado. Quando vê o pai, Astíanax foge aos gritos para os braços da ama, cheio de medo do capacete com o seu penacho de crinas de cavalo. Pai e mãe desatam a rir. Heitor tira o capacete da cabeça, beija e abraça o filho; depois põe-no nos braços da mãe, que recebe Astíanax entre risos e lágrimas. Nesse momento, diz o poeta, Heitor condói-se com pena da mulher e consola-a com as palavras "ninguém me lançará na morte contra a vontade do Destino". Nada de mais simples; nada de mais sublime.

O poeta da *Ilíada* é um mestre na arte do contraste. De outro modo, tornar-se-ia insuportável a insistência no negrume da morte, nas feridas infligidas por armas de bronze, cujo *gore* o poeta descreve sem pestanejar, na mutilação de cadáveres (só este último tema constitui o objecto de um livro inteiro de Charles Segal, publicado em 1971: *The Theme of the Mutilation of the Corpse in the Iliad*). Tipicamente, o contraste como recurso poético materializa-se na oposição paz/guerra. A paz na *Ilíada* é uma reminiscência do passado, um recordar de tempos idos, em que o ritmo do quotidiano era feito de ínfimos pormenores de grande beleza. Quanto a mim, a manifestação mais genial desta técnica ocorre no Canto XXII, pouco antes de Aquiles matar Heitor.

Heitor espera Aquiles junto às muralhas de Tróia. Apesar da sua coragem, quando vê Aquiles, o pânico apodera-se de Heitor, que se lança na corrida. Aquiles persegue-o e correm para longe da muralha, para a estrada, até chegarem às nascentes do rio Escamandro. No momento de maior tensão deste poema épico de 16 mil versos, o poeta diz-nos que aí, junto às nascentes, ficavam os lavadouros de pedra, onde vinham lavar a roupa "as mulheres e belas filhas dos Troianos;/ mas isso acontecera antes, em tempo de paz..." (vv. 155-156).

Heitor morre vestido com as armas de Aquiles, que arrancara a Pátroclo. Aquiles, por sua vez, veste armas novas, divinas, que a deusa Tétis, sua mãe, pedira a Hefesto. O escudo segurado por Aquiles é uma maravilha da metalurgia e da poética. Na descrição pormenorizada que dele faz o poeta no Canto XVIII, apercebemo-nos de que é todo um universo de experiência humana que está gravado no escudo. Vemos a terra, o céu e o mar; o sol, a lua e todos os astros do firmamento. Duas cidades se destacam pelas situações contrastantes em que se encontram. Numa, celebra-se uma boda com música e dança. A outra está em guerra, cercada: até as mulheres, as crianças e os velhos têm de defender as suas muralhas. Os homens saem para uma emboscada e chegam a um local idílico, aonde vão ter dois pastores com os seus rebanhos, tocando flauta. Apesar de indefesos, os pastores são mortos pelos soldados. Na expressão "deleitando-se ao som da flauta", que o poeta aplica aos pastores, e na descrição dos soldados escondidos "revestidos do fulvo bronze" encerra-se todo um mundo de contraste, toda a desumanidade da guerra, toda a precariedade da paz.

A descrição do escudo de Aquiles encerra outro contraste, de que o poeta não se apercebeu. A história contada pela *Ilíada* situa-se numa sociedade com características micénicas, em que as armas são em bronze. Mas, tal como no filme passado na Roma imperial em que aparece um figurante de relógio no pulso, há um evidente anacronismo no modo como o poeta nos fala da feitura do escudo: a técnica utilizada só seria descoberta quando se passou a fabricar na Grécia armas em ferro. Este "descuido" conduz-nos ao célebre problema da composição dos poemas homéricos. A presença de muitos outros exemplos de anacronismo histórico e de discrepâncias linguísticas é fruto de toda uma tradição épica, que foi desenvolvida oralmente ao longo de vários séculos, antes de a escrita alfabética se ter imposto na Grécia, em meados do século VIII antes da era cristã. A linguagem formulaica, repetida de geração em geração, leva a que certos versos já consagrados se tornem uma espécie de fósseis, onde encontramos cristalizados elementos do passado em flagrante contradição com o "presente" que está a ser narrado.

Este facto explica que encontremos, por exemplo, no canto que é linguisticamente o mais recente da *Ilíada* (o Canto X), a referência a um elmo com presas de javali semelhante ao que foi encontrado num túmulo micénico. Na *Odisseia* há um anacronismo ainda mais estonteante no início do Canto XIX. Numa narração feita em linguagem "moderna", Ulisses e Telémaco retiram das paredes da grande sala de banquetes do palácio de Ítaca as armas de bronze, dizendo a certa altura que são de ferro; e a deusa Atena dá-lhes luz, segurando uma lamparina totalmente desconhecida ao tempo em que a *Odisseia* foi composta, mas que existiu, segundo dados arqueológicos, na época micénica. Por conseguinte, temos nestes passos a harmonização de quinhentos anos de vivência histórica e linguística: em termos actuais, o equivalente a falarmos ao telemóvel[1] de "sagitíferas aljavas", como se estivéssemos no tempo de Camões.

Tudo isto nos leva ao problema contido no próprio nome "Homero". Já na Antiguidade, alguns estudiosos alexandrinos denominados "corizontes" alegavam que a *Ilíada* e a *Odisseia* não podiam ter sido compostas pelo mesmo poeta. A partir do século XIX, a filologia alemã foi progressivamente revelando que cada um dos poemas denunciava, em secções diferentes, vários estilos e vários hábitos métricos e linguísticos. "Homero", portanto, não pode ser encarado como um conceito análogo a "Virgílio" ou "Camões". Será antes um nome colectivo, embora tenhamos de postular a existência de alguém que terá dado aos poemas a forma final que hoje conhecemos.

Um dos aspectos curiosos da *Ilíada* é a consciência revelada do próprio valor da poesia, ainda que em moldes mais velados comparativamente à *Odisseia*, em que a figura do cantor épico ("aedo") tem grande projecção. Da primeira vez que nos é apresentada a personagem de Helena, no Canto III da *Ilíada*, vemo-la a tecer uma grande tapeçaria, representando as batalhas que gregos e troianos travaram por sua causa (vv. 125-128). É a mais antiga *mise en abîme* da história da literatura, em que a macroestrutura de uma obra literária é reflectida e sintetizada, em ponto pequeno, algures no meio do próprio texto. E mais adiante, no Canto VI, Helena diz a Heitor que sobre todos eles fez Zeus abater um destino doloroso, "para que no futuro/ sejamos tema de canto para homens ainda por nascer" (vv. 357-358).

Se Helena revela esta insólita clarividência relativamente ao seu estatuto de personagem poética, Aquiles, o protagonista da *Ilíada*, chega mesmo a revestir a capa de um cantor épico. Quando, no Canto IX, Agamémnon envia à tenda de Aquiles uma embaixada com palavras de desagravo, os embaixadores

---

1   Celular. [NOTA DO EDITOR] [A MAIORIA DAS NOTAS DO LIVRO É DO PRÓPRIO AUTOR. AS EXCEÇÕES SERÃO INDICADAS.]

encontram o herói a dedilhar a sua lira: "com ela deleitava o seu coração, cantando os feitos gloriosos dos homens;/ e só Pátroclo estava sentado à sua frente, ouvindo em silêncio" (vv. 189-190). Entre as especificidades próprias da epopeia homérica, há uma (decerto não a menos importante) que levanta o mais bizarro dos problemas: a língua. E aqui voltamos às dificuldades sentidas por Petrarca ao tentar ler o texto na língua original. O primeiro aspecto insólito é o facto de os primeiros poemas da literatura europeia terem sido compostos numa língua que nunca ninguém falou. O grego da *Ilíada* e da *Odisseia* é uma língua artificial, que mistura elementos de dialectos diferentes (jónico, eólico, árcado-cíprico, ático etc.). A esta estranheza vem juntar-se a própria métrica: a cadência característica do hexâmetro dactílico, o verso da epopeia homérica, é a sequência "longa/breve/breve", que logo por coincidência contraria o ritmo natural da língua grega. Deste extraordinário desafio poético, imposto pela tradição épica desde os seus primórdios, só podemos extrair uma ilação lógica: o facto de denunciar a vontade de atirar o discurso poético para uma zona linguística própria, o mais longe possível da fonética, da morfologia, do léxico e da cadência da língua do quotidiano. Neste aspecto, embora a *Ilíada* seja o primeiro livro da literatura europeia, nunca a mais moderna poesia experimentalista foi tão radical.

2. *ODISSEIA*: ENCANTO ABSOLUTO

Se tivesse sucedido à *Ilíada* homérica aquilo que aconteceu a tantas obras da Antiguidade grega – desaparecer antes da invenção da imprensa –, o nosso conceito de literatura não seria muito diferente do que é hoje. Se, pelo contrário, tivesse acontecido o mesmo à *Odisseia*, seria legítimo perguntarmos se as várias coisas a que chamamos "ficção", "poesia", "teatro" e "cinema" teriam contornos idênticos aos que têm hoje. É que, exceptuando a Bíblia, nenhum outro livro da tradição ocidental operou uma influência tão marcante.

Mas, milagre dos milagres! Em grau muito superior ao que acontece com qualquer outro livro da história da literatura europeia, a *Odisseia*, apesar da sua idade vetusta de 2.800 anos, lê-se ainda hoje como se tivesse sido composta ontem, ao nascer do sol. Alheia ao tempo, permanece um fresco vivo: tocamo-lo com as mãos e tiramo-las, espantados, com os dedos tingidos de tinta ainda colorida.

No entanto, apesar da sua aparência de eterna juventude, a *Odisseia* é um pouco como uma Sé medieval, que sobre o primeiro núcleo românico recebeu acrescentos góticos, manuelinos e outros. Mas tal como o visitante não especializado se deixa encantar pela extraordinária beleza da Sé de Braga, independentemente de se aperceber do facto de, só no pórtico principal, coexistirem estilos de três ou quatro épocas diferentes, do mesmo modo o leitor não especializado da *Odisseia* pode deixar--se encantar, muito simplesmente, pela beleza do conjunto, sem atender às discrepâncias anacrónicas que esse conjunto encerra. É que, curiosamente, o facto de estarmos perante um texto com disparidades cronológicas de algumas centenas de anos não diminui o deleite que o Poema proporciona.

Mas se nos afastarmos agora do lugar-comum, que consiste em apregoar as maravilhas do texto homérico, para formularmos, de cabeça fria, a pergunta "o que é a *Odisseia*?", surge-nos diante dos olhos, não o Poema em todo o seu encanto, mas um objecto à primeira vista medonho: a *Odisseia* enquanto Problema Crítico. É um problema de que o leitor da minha tradução mal se apercebe, pois optei por não estragar o prazer de quem vê, com razão, na narrativa do Retorno de Ulisses, uma das mais belas histórias alguma vez contadas. Não pus notas, pelo simples facto de que, se o tivesse feito, precisaria em média de duas notas por verso (nalguns versos seriam precisas notas atinentes a cada palavra!), o que daria um volume com aproximadamente 25 mil notas de rodapé. Basta pensarmos que a melhor tradução anotada da *Odisseia* em língua inglesa, da responsabilidade de Roger Dawe, tem quase 900 páginas. Quando comprei esse livro, em 1993, custou-me na altura mais de vinte contos. Impraticável, decerto, no nosso panorama editorial.

Mas o que Dawe fez, sem nunca pestanejar, foi tentar responder à pergunta acima formulada: o que é a *Odisseia*? Ele próprio viria a dizer mais tarde que o livro que fez mais parecia a autópsia do texto homérico do que a sua interpretação. É que o estudo filológico da *Ilíada* e da *Odisseia* começou na Biblioteca de Alexandria, no século III a.C., com nomes (na altura...) sonantes, como Aristófanes de Bizâncio, Zenódoto e Aristarco. Já para eles era difícil aceitar que os 16 mil versos da *Ilíada* e os 12 mil versos da *Odisseia* pudessem ter saído da cabeça de uma só pessoa. Isto não significa que tivessem já tomado partido na célebre controvérsia, que consistia em determinar se teria sido o mesmo poeta a compor ambos os poemas. O problema que se colocou aos primeiros filólogos alexandrinos foi a inaceitabilidade empírica de cada um dos poemas ter sido integralmente composto por um só poeta.

Pois já na altura circulavam versões subtilmente diferentes: umas tinham mais uns versos; outras dispensavam outros. Quando os filólogos alexandrinos fizeram as suas próprias edições dos poemas, apuseram a cada verso que considerassem "espúrio" (*nóthos*, em grego) um pequeno sinal, semelhante à letra grega *theta*, donde veio o verbo "atetizar", ou seja, "considerar espúrio". Com que bases, poderemos nós perguntar, é que eles atetizavam os versos? Até porque nem sempre os modernos estudiosos da poesia homérica aceitam todas as atetizações alexandrinas: versos que se desdenhavam na Antiguidade por terem sido atetizados por Aristarco são hoje considerados autenticamente homéricos; por outro lado, versos que os antigos consideravam perfeitamente autênticos são hoje vilipendiados nas melhores salas de aula de Oxford e Cambridge.

O problema é que as bases em que os filólogos antigos se fundamentavam tinham mais que ver com a materialidade dos papiros existentes, mais ou menos completos, do que com o conhecimento científico da Linguística, que orienta hoje os helenistas (nem todos, como se verá). Por exemplo, nenhum estudioso na Alexandria ptolemaica poderia ter sabido das origens micénicas da língua em que os poemas homéricos foram compostos, pois a decifração de escrita micénica, o chamado Linear B, só aconteceu depois da Segunda Guerra Mundial[2]. Aliás, duvido que algum grego da época helenística tivesse

---

2   Ver J. Chadwick, *A decifração do Linear B*. Lisboa: Cotovia, 1996.

sequer visto exemplos de escrita micénica; e se a tivesse visto, não a reconheceria evidentemente como grego, dado que no alfabeto grego cada letra representava um som, ao passo que a escrita micénica era um silabário, em que cada sinal representava uma sílaba. Era uma escrita imperfeita, mas dava conta de sons que depois acabariam por se perder no alfabeto grego.

Um desses sons é a semi-vogal com que, a título de exemplo, começam em inglês as palavras "Walt Whitman". Era um som característico do grego micénico: era por esse som que começavam palavras tão importantes como "soberano", "vinho" e algumas formas dos verbos "ver" e "saber". Mas tal como já sucedia no tempo dos papiros alexandrinos, se mandarmos vir hoje pela internet uma boa edição da *Odisseia* em grego antigo, não veremos esse som grafado em lado nenhum. No entanto, é um som fundamental para a compreensão da poesia homérica, pois sem ele não somos capazes de escandir o verso. Muitas vezes os próprios filólogos antigos apodavam a versos que aos seus olhos pareciam errados a etiqueta de "espúrios", por não saberem reconstituir as bases micénicas do grego homérico. Portanto, com os problemas levantados pelo som "w" estamos a lidar com o que há de mais antigo na epopeia homérica, com a base românica da Sé, por assim dizer.

Ora, a Sé de Braga tem umas capelas à direita do altar-mor que parecem o *boudoir* de Madame de Pompadour: estilo Luís XV, sem tirar nem pôr. Não são, para o meu gosto, as zonas mais belas da Sé. Do mesmo modo, há na epopeia homérica versos que se colocam na posição oposta do espectro daqueles que levantam problemas com o arcaico som "w"; versos que terão entrado na transmissão manuscrita em data muito tardia, quem sabe se até bizantina. Um caso interessante ocorre no Canto VII da *Odisseia*. Ulisses está a olhar deslumbrado para a magnificência do palácio do rei Alcínoo: "De bronze eram as paredes que se estendiam daqui para ali,/ até ao sítio mais afastado da soleira; e a cornija era de cor azul./ De ouro eram as portas que se fechavam na casa robusta,/ e na brônzea soleira viam-se colunas de prata" (vv. 86-89).

A descrição lembra o luxo em que vivem actualmente os *sheiks* do petróleo no mundo árabe, tanto mais que em seguida o

Odisseia   31

poeta vai falar nas maçanetas das portas, também em ouro. Mas admitindo que era intenção do poeta original da *Odisseia* dotar a casa de Alcínoo com paredes de bronze e maçanetas de ouro, uma coisa teremos de confiscar ao pai de Nausícaa: as colunas de prata. Pois o verso que no-las descreve comete dois pecados gravíssimos contra as leis métricas do verso homérico. Digamos que o nível do descuido é tão crasso que só podemos situar a elaboração desse verso tão bárbaro num período em que se tinha perdido a noção das sílabas longas e breves, para se dar, antes, valor ao acento tónico, como na poesia das línguas ditas "vivas".

Esta questão delicada, de o verso sobre as colunas de prata ser de arrepiar os ouvidos do ponto de vista linguístico, mas pelo contrário perfeitamente apropriado do ponto de vista do sentido, leva-nos à própria essência do Problema Crítico que é a *Odisseia*. O Poema está sempre a querer sobrepor-se ao Problema: o encanto do sentido são as Sereias que anestesiam as faculdades críticas. O leitor pensará certamente que os classicistas são criaturas secas e austeras, que ao mínimo lapso prosódico do verso homérico armam logo um pé de vento e querem atetizar imediatamente o verso em causa, relegando-o para o estatuto de "interpolação posterior de data incerta" e outras coisas do género. Pois desengane-se. A esmagadora maioria dos classicistas, mesmo os ingleses e os alemães!, não são capazes de dar o desconto necessário ao canto das Sereias. Por outras palavras, deixam-se enlevar a tal ponto pelo encanto do sentido do texto, que perdem a faculdade crítica de se interrogarem sobre a forma linguística que dá corpo a esse sentido.

Isto nota-se cada vez mais, porque cada vez menos é o grego dominado pelos estudiosos de Homero. Todos achamos lindo o proémio da *Odisseia*, que acaba com o verso "destas coisas fala-nos agora, ó deusa, filha de Zeus" (v. 10). Para quem quer ler só o Poema, este verso não tem nada de especial. Mas para quem queira abrir os olhos e os ouvidos para o Problema Crítico, será necessário reconhecer que a palavra com que o verso começa nunca aparece em Homero: só está atestada em Platão (duas vezes), ou seja, com um desfasamento de quatrocentos anos relativamente ao estilo autenticamente homérico. A essa palavra segue-se, no original grego, uma partícula intraduzível, cuja utilização neste verso denuncia um tique linguístico do dialecto ático, falado tão-somente na cidade de Atenas. Para quem queira proceder à autópsia que nos responderá à pergunta "o que é a *Odisseia*?", o verso cheira evidentemente a esturro. Mas à vontade 80% dos classicistas que leem este verso, encantados com o sentido e com paralelos poéticos que podem estabelecer a partir dele com o Canto VIII, não permitiriam que o puséssemos em causa.

O meu feitio pessoal é de ser analítico. Gosto da autópsia literária, no espírito da criança que desmonta o brinquedo nas suas partes constituintes, para perceber como o brinquedo funciona e como foi feito. Como é que se justifica, então, que eu tenha optado por não arrancar versos à *Odisseia* na tradução que dela publiquei? Por que razão dou ao chamado "leitor desprevenido" a ilusão de que todos os versos são igualmente autênticos?

Aqui volto à analogia da Sé de Braga. Já afirmei que não gosto especialmente das capelas em estilo Pompadour, mas se as autoridades eclesiásticas decidissem arrancá-las, eu seria dos primeiros a assinar o abaixo-assinado contra. Por quê? São feias (do meu ponto de vista…) e destoam do conjunto, mas fazem parte integrante da Sé, não menos que o sublime pórtico lateral românico, cuja contemplação me dá mais prazer do que as colunas de prata alguma vez poderiam ter dado a Ulisses.

Sim, as colunas de prata têm de ficar na *Odisseia*: são parte integrante da transmissão do texto ao longo de séculos: quando a Sé românica foi construída sobre o que fora antes templo romano e igreja paleo-cristã, já o verso horrivelmente mal escandido das colunas de prata estava de pedra e cal na tradição manuscrita bizantina.

3. HESÍODO: A ENXADA DAS MUSAS

Quantos "Homeros" terão contribuído para a composição da *Ilíada* e da *Odisseia*? A pergunta não tem resposta. Mas se passarmos do primeiro para o segundo nome da história da literatura grega, podemos dizer com alguma confiança que só houve um Hesíodo. É o primeiro autor da tradição ocidental que fala de si, da sua terra, da sua família. E assim instaurou o inextricável problema crítico de, logo à partida, surgirem esbatidas as fronteiras entre criação literária e autobiografia. Porque se Hesíodo é o primeiro autor situável no tempo e no espaço que conhecemos, é também o primeiro a não ter dúvida de que a sua experiência pessoal é tão incrivelmente interessante que tem a força de ser transformada em literatura.

Isto apesar de um dos seus poemas, a *Teogonia*, conter possivelmente material anterior ao final do século VIII a.C., época em que Hesíodo viveu. Foi um poema de que ele se apropriou sem qualquer cerimónia, pois já faria parte da tradição aédica. Acrescentou-lhe um proémio autobiográfico e apresentou-se com ele num concurso poético, cujo troféu não teve dificuldade em arrebatar. Não deixa de ser curioso que os prémios literários nascem em concomitância com a própria literatura.

Mas já aqui surge uma dúvida muito actual. Será que a obra com que Hesíodo foi galardoado é a sua melhor obra? Poucos classicistas diriam que sim. Dos dois poemas que até nós chegaram com o seu nome (nem todos os especialistas aceitam um terceiro poema, o chamado *Escudo*, como sendo hesiódico), é o texto intitulado *Trabalhos e dias* que desperta mais interesse, tanto pela originalidade que lhe é própria, como pela carga de elementos pessoais (onde não faltam conflitos entre irmãos — Dallas *avant la lettre*). O problema da *Teogonia* é que se torna cansativo acompanhar um discurso poético que se nos afigura em grande medida "catálogo" (por exemplo, a nomeação, uma a uma, das cinquenta Nereides) de dezenas de versos exclusivamente constituídos por nomes próprios. Por outro lado, parece faltar uma certa dimensão "mística" a esta narrativa sobre a origem do cosmos e das divindades. O "Génesis", mesmo na pior tradução, surge aos nossos olhos com muito mais poesia.

No entanto, independentemente de quaisquer reservas que possamos levantar, há um factor fundamental, que fez da *Teogonia* o texto basilar na Antiguidade grega e romana sobre duas questões da máxima importância (que, embora com desvios sensíveis da formulação hesiódica, teriam ampla projecção no futuro, até na literatura portuguesa). Em primeiro lugar: donde vem a inspiração poética? Em seguida: qual é o critério para se aferir a qualidade de um poema? Por outras palavras, os poetas "nascem" ou "fazem-se"? Onde reside a diferença entre boa e má poesia? Ainda que as respostas avançadas por Hesíodo possam ter perdido em 2.700 anos alguma componente de validade, as perguntas em si continuam sobremaneira actuais.

Tratando-se de um poema intitulado *Teogonia*, não admira que Hesíodo "encene" o momento em que descobriu a vocação como poeta em moldes religiosos. Aliás, o leitor português não pode deixar de pensar nas aparições de Nossa Senhora aos pastorinhos de Fátima quando lê o relato deste pobre pastor, confrontado nos ermos do Hélicon com a aparição de divindades femininas, de cujas bocas saiu uma mensagem que não só era difícil de compreender, como haveria de fazer correr, daí por diante, os chamados rios de tinta.

Ao contrário, porém, do que se infere dos relatos dos pastores de Fátima, as Musas que aparecem a Hesíodo são desdenhosas, com um insulto pronto na ponta da língua. No modo de se dirigirem aos pastores, as Musas optam por lhes chamar "objectos vis e vergonhosos, só barrigas!". Hesíodo não fala da reacção que esta interpelação suscitou. Mas conta-nos que as Musas lhe declararam serem peritas tanto na verdade como na mentira, conforme lhes apetece. Ou seja, tanto inspiram os poetas a cantar mentiras (má poesia), como a cantar verdades (boa poesia).

E como que para vincar este facto, Hesíodo refere o cajado de loureiro que as Musas lhe ofereceram, assim como o milagre de elas lhe terem insuflado uma voz divina, "para que eu cantasse as coisas que foram e as que serão". Foi a poesia que o escolheu; e não vice-versa.

O proémio da *Teogonia* foi tão marcante que até em Roma os poetas se esforçavam para incluir nos seus poemas momentos análogos, como garantia para o leitor de que foi a poesia que os escolheu: ou seja, são "verdadeiros" poetas. A questão da verdade e da mentira também é curiosa. É que, nas suas várias acepções, a veracidade como critério de aferição da qualidade poética será uma constante ao longo da cultura clássica. É ainda nesses termos que Camões proclama a superioridade d'*Os Lusíadas* relativamente às epopeias greco-latinas. E quando lemos os versos camonianos, parecem desaparecer de uma penada todos os séculos que o separam de Hesíodo (1, 11):

> Ouvi: que não vereis com vãs façanhas,
> Fantásticas, fingidas, mentirosas,
> Louvar os vossos, como nas estranhas
> Musas, de engrandecer-se desejosas:
> As verdadeiras vossas são tamanhas
> Que excedem as sonhadas, fabulosas...

Também pelo facto de se dar menos peso ao que é sonhado e fabuloso, o poema *Trabalhos e dias* é, segundo o próprio critério hesiódico, um poema melhor que a *Teogonia*. Pois uma parte importante do texto é ocupada pela explanação amargurada das vicissitudes familiares que levaram Perses, irmão de Hesíodo, a tentar apropriar-se da parte da herança paterna que coubera a Hesíodo, recorrendo para tal a juízes que, hoje, não sobreviveriam a uma operação "mãos limpas". Hesíodo insurge-se contra a corrupção dos juízes e acusa o irmão de ser um estroina, que gastou tudo o que herdara do pai e agora, de mãos vazias, quer resolver os seus problemas mediante a confiscação daquilo que pertence a Hesíodo. Há nitidamente uma pose de vítima por parte do autor de *Trabalhos e dias*. A injustiça do mundo preocupa-o; afligem-no as desgraças que vão bater à porta de quem não tem culpa nenhuma. E numa tentativa muito grega de racionalizar o que não é racionalizável, Hesíodo conta-nos pequenas histórias ("estórias", diria o António Franco Alexandre)[3], qualquer uma delas bem "apanhada", embora a mais célebre, a da vasilha de Pandora, avulte em contradição flagrante com a grande conquista social do recente fim de século: a correcção política.

O mundo é injusto? São os inocentes que sofrem? Abundam doenças e desgraças? Nem a esperança nos resta? Todas estas perguntas têm a mesma resposta. Pandora, a mulher modelada pelos deuses como flagelo para os homens, é a culpada de tudo.

---

3   António Franco Alexandre (1944) é um matemático, filósofo e poeta português. [N. E.]

De resto, ao longo do poema, a misoginia é uma constante. Se Hesíodo reconhece que há três coisas sem as quais não se pode passar (casa, mulher, boi), nos cuidados que aconselha quando se trata de escolher a esposa, perpassa a ideia de que a mulher é uma espécie de mal necessário. "Casa com uma virgem, para lhe ensinares bons hábitos" (v. 699). "Nada há de pior que uma mulher má, que grelha sem lume/ o valente marido e lhe dá uma velhice em carne viva" (vv. 704-705). A misoginia era obviamente uma obsessão pessoal de Hesíodo, pois na *Teogonia* também há, a partir do verso 590, uma curiosa diatribe contra as mulheres.

Outra história contada por Hesíodo, que visa explicar as desgraças humanas, é o chamado mito das Cinco Idades. Aqui estamos em terreno mais correcto, politicamente falando. Agora não é a mulher que tem a culpa. Somos vítimas de uma espécie de degenerescência intrínseca à raça humana. Muito simplesmente, os homens vão-se tornando sempre piores. À raça de ouro sucedeu a de prata, pior que a de ouro; à de prata a de bronze; a esta a dos heróis (os mesmos que Homero cantara); e depois dos heróis veio aquela em que nos encontramos "actualmente": a raça de ferro. Os homens vão-se tornando mais violentos, mais cruéis; mais desumanos, em suma.

Na *Teogonia*, a principal estratégia discursiva (como já vimos) é o catálogo. Nos *Trabalhos e dias* é a admoestação. Eis alguns exemplos. O irmão deverá atender à justiça e não à força: quem age de outro modo é castigado. Há recompensas que surgem nas cidades dos justos, em contraste com as dos injustos. E os juízes deverão atender ao seguinte: os deuses têm espiões. Quanto ao irmão, deverá reflectir sobre a lei de Zeus para os homens: não somos como animais ou aves. Os justos é que têm prosperidade. O caminho ascendente é longo e penoso, mas fácil quando se chega ao fim. E o homem sem juízo deverá seguir os conselhos de outrem. Aos deuses devemos oferecer preces e sacrifícios, para que nos dêem a devida recompensa.

Mas a secção que celebrizou *Trabalhos e dias*, talvez em consequência da imitação que dela fez Virgílio nas *Geórgicas*, é todo o repositório de conselhos agrícolas referentes à aragem dos campos, à ceifa etc. Partindo do princípio de que temos uma casa, uma mulher e um boi, Hesíodo aconselha-nos a rachar lenha no outono e a fabricar o arado, pois tudo tem de estar pronto quando a cegonha partir. Em seguida, devemos arar os campos e, dois meses após o solstício, podar as vinhas. No verão, o melhor que há a fazer é descansar. Outros conselhos são mais patuscos. Ninguém precisa de ler Hesíodo para saber que é boa ideia vestir roupa quente no inverno e evitar andar à chuva (vv. 430 e sgs.). Pelo contrário, poucas pessoas saberão que não se deve ter relações sexuais a seguir a um funeral. Também não se deve urinar voltado para o sol. Os feriados religiosos são a melhor altura para se gerar um filho. Um homem nunca deverá tomar banho em água onde uma mulher se tenha lavado. Se um rapaz de 12 anos se sentar em cima de coisas inamovíveis (*akíneta*), a masculinidade dele nunca será grande coisa. Se se tratar de uma criança de 12 meses, acontecerá o mesmo. O sexto dia do mês não é o ideal para o nascimento de raparigas, embora seja bom para capar animais. Se um rapaz nascer nesse dia, será sempre um mentiroso.

Todas estas considerações — convém frisá-lo — surgem-nos diante dos olhos e aos ouvidos no ritmo heróico do hexâmetro dactílico, pois tanto a métrica como a língua adaptadas por Hesíodo inserem-se na mesma tradição que nos deu a *Ilíada* e a *Odisseia*. E embora haja conselhos que não destoariam do universo homérico (como nunca insultar um mendigo: v. 717), quando Hesíodo nos diz que quem está a nadar num rio não deve aproveitar para defecar, sabemos que estamos muito longe do mundo épico.

Para finalizar, gostaria de oferecer em tradução portuguesa os belíssimos versos finais de *Trabalhos e dias* (vv. 824-828):

> Há quem louve o dia, mas poucos sabem o que é.
> Há o dia que não passa de madrasta; e o dia que nos é mãe.
> Feliz e venturoso é o homem que sabe estas coisas
> e que faz o seu trabalho sem ofender os imortais,
> observando o voo das aves sem exceder a sua condição.

4. SAFO, ANACREONTE, ÍBICO: AMOR À MACHADADA

O que acontece quando nos apaixonamos? Por que razão o amor não correspondido é um tormento? O que vemos exactamente quando olhamos para a pessoa amada? Estas perguntas são de todos os tempos. Mas também tiveram "o seu tempo". E nunca floriram em estação poética mais perfumada do que naquele dealbar de rouxinóis a que os especialistas chamam Lírica Grega Arcaica.

A qual — pelas perguntas que lhe servem de temática (como já se viu) — é tudo menos "arcaica". Na forma, é de uma sofisticação que ainda hoje nos deixa pasmados. Na expressão, é tão incomparavelmente subtil que, ao lado dela, a poesia subsequente arrisca-se a parecer-nos *kitsch* e ordinária. "Arcaica" é, portanto, uma designação meramente periodológica, referindo-se ao período, na Grécia, que compreende os séculos VII e VI a.C.

Arquíloco, Álcman, Mimnermo, Safo, Alceu, Íbico, Estesícoro, Anacreonte. Poetas absolutamente geniais. No entanto, não possuímos de nenhum deles um único poema completo. Melhor sorte teve Teógnis, de quem a Antiguidade nos legou, a par dos seus versos, outros com o seu nome, que ele não escreveu. Píndaro é que nos surge como caso à parte (mas dele tratarei no ensaio seguinte).

Que razão motivou esta extraordinária omissão na tradição manuscrita bizantina, a mesma que nos legou Homero, a tragédia grega, Platão, Aristóteles (entre incontáveis outros)? Penso que, sem grande margem para erro, a pergunta pode ser respondida utilizando somente uma palavra. Sexo. Ou não fosse Arquíloco o poeta que, 2.700 anos antes de Allen Ginsberg, nos dá a primeira referência iniludível à ejaculação de esperma.

Mas seria errado dar a entender que a descrição pormenorizada de orgasmos é frequente na poesia lírica arcaica. É uma poesia em que o sexo está sempre no ar, mas (coisa interessante!) raramente acontece. Isto porque o grande tema dos poetas gregos arcaicos é o amor não correspondido. Explorar até ao último estremecimento interior o que sentimos perante a pessoa por quem estamos apaixonados, sabendo que ela não nos ama. O tema é eterno, e presta-se a todas as glosas possíveis.

Vemo-lo em Catulo, em Camões, em Shakespeare, em Thomas Mann, em Proust. Mas nenhum deles logrou atingir a alquimia da subtileza aliada à concisão, que é apanágio de alguns destes rouxinóis arcaicos.

Nenhum helenista pode dizer ao certo que, dos fragmentos atribuídos a Safo, algum corresponda a um poema completo. O único candidato a esse estatuto invejável, no contexto de um *corpus* poético constituído por uma maioria de fragmentos que raramente ultrapassam os dois versos, é o poema conhecido pelos especialistas como "Fragmento 1 Lobel-Page" (em honra da notável edição de Safo e Alceu da responsabilidade de Edgar Lobel e Sir Denys Page, *Poetarum lesbiorum fragmenta*, Oxford University Press, 1955). Os leigos conhecem-no por "Hino a Afrodite", mas na verdade não será tanto um hino como uma súplica. A súplica de uma mulher apaixonada, que vê o seu amor rejeitado.

O poema abre com uma invocação à deusa: "Imortal Afrodite do trono variegado,/ filha de Zeus, tecedeira de enganos, suplico-te". O amor como logro, como engano, por meio do qual a deusa do desejo e Eros, seu filho, se entretêm a atormentar os mortais. Será um tema muito explorado na poesia greco-romana; mas em Safo, invocar a deusa em termos alusivos à sua perfídia não é insultuoso. É apenas uma constatação de facto. Compete aos mortais saber como os deuses funcionam, para deles poderem tirar os melhores benefícios.

E a Safo não falta traquejo. Se lemos o poema todo, deparamos rapidamente com o aspecto fulcral da experiência amorosa "arcaica". O amor é visto como uma daquelas rosas que os catálogos de jardinagem britânicos apelidam de *"repeat-flowering"*. Assim que a rosa murcha, basta arrancá-la, para logo nascer outra. O amor é uma experiência repetitiva, cíclica. Não há o Grande Amor. Há sucessões de amores, de tamanho médio ou pequeno, que despontam assim que o anterior murcha. Não é por acaso que o advérbio mais utilizado na poesia de amor arcaica significa "de novo". E a única coisa a que Safo pode recorrer é à experiência passada, às ajudas já recebidas da parte da deusa.

Mas se Safo sabe como lidar com Afrodite, o reverso é igualmente válido. Logo nas primeiras palavras da resposta da deusa, ouvimos o tal advérbio, "de novo". Pergunta a deusa: "quem devo de novo convencer para que se entregue ao teu amor?". Ambas têm noção da caducidade da paixão. E no "oráculo", por assim dizer, que Afrodite vem proferir, sentimos a medida da caducidade a outro nível: o amor é transitório; mas o desamor não o é menos. Se a pessoa amada foge, rapidamente passará à perseguição. Se não quer aceitar presentes, em breve os dará. Se não ama, rapidamente passará a amar, embora não *querendo*.

No original, o verbo que pus em itálico (*querendo*) é da máxima importância. Por um lado, é nessa frase que é revelado o poder de Afrodite, uma vez que Safo se queixa de que quem ela ama não a ama: ao que a deusa responde "não ama, mas passa agora a amar". A intervenção sobrenatural, por outras palavras, como único remédio para o amor não correspondido (pressão a que nem os santos da Igreja Católica estão imunes por parte dos desesperados). Por outro lado, a referida forma verbal é o ponto nevrálgico do poema, porque nos diz algo de muito especial. É que os particípios verbais em grego têm masculino, feminino e neutro. Este particípio está no feminino. Portanto, Safo está apaixonada por uma rapariga.

Para a nossa sensibilidade moderna, este facto afigura-se relativamente banal. Para a sensibilidade arcaica, também. Mas o período decisivo para a transmissão dos textos antigos ocorreu, no mundo bizantino, nos séculos que se seguiram à nova legislação do imperador Justiniano, séculos esses em que os indiciados por homossexualidade eram queimados vivos em execuções públicas. Isto determina, em parte, o desaparecimento dos vários livros de poesia de Safo – e não só de Safo. Pois aqui está um problema curioso: o amor homossexual já não surpreende muito na nossa cultura; mas surpreende-nos indubitavelmente a expressão minoritária do amor heterossexual na poesia arcaica grega. Seria um gueto ao contrário? Gueto poético literário, claro.

Ora, se houve poeta avesso a categorizações do desejo foi Anacreonte. Um dos seus mais belos fragmentos descreve a imagem maravilhosa da rapariga amada a brincar com uma esfera de púrpura (imagem inspirada pelo Canto VIII da *Odisseia*).

Com invejável autoironia, o poeta conta-nos como a amada lança um olhar desdenhoso para os seus cabelos já brancos, para logo de seguida olhar deslumbrada para... outra rapariga. Noutro poema, Anacreonte está novamente apaixonado, desta vez por um jovem, que é descrito pelo poeta como segurando nada menos que as rédeas da sua alma (ofereço uma tradução deste fragmento na página 93 do meu romance *Pode um desejo imenso* e também neste livro, na p. 218).

Mas de todos os fragmentos autênticos que até nós chegaram de Anacreonte (todos os que Castilho traduziu, por exemplo, são espúrios), o mais expressivo para a minha sensibilidade é o número 413 na edição de Page (*Poetae melici Graeci*, Oxford, 1962), que passo a citar na tradução de Maria Helena da Rocha Pereira (*Hélade*):

> Com um grande machado, tal um ferreiro, de novo
> Eros me bate e mergulha-me numa torrente invernal.

Para a primeira pergunta que enunciei no início deste texto – o que acontece quando nos apaixonamos? – temos esta resposta perfeita de Anacreonte: levamos uma machadada.

Passando agora à terceira pergunta. O que vemos quando olhamos para a pessoa amada? Há dois fragmentos de Íbico que gostaria de evocar. No primeiro (número 288 da referida colectânea de Page), o poeta invoca Euríalo, por quem está apaixonado.

> Euríalo, rebento das Graças de olhos esverdeados,
> favorito das [lacuna] de bela cabeleira! Cípris
> e a Persuasão de pálpebras suaves
> te nutriram entre flores de rosa.

Temos aqui um jogo requintado, que assenta num entrecruzar de olhares. O poeta apaixonado confere ao amado o estatuto de objecto de deleite estético, realçando os atractivos físicos que justificam tal tratamento. No entanto, transfere para as entidades sobrenaturais, responsáveis pela beleza de Euríalo, os atributos que fazem do jovem um objecto de desejo: os olhos esverdeados (que por sua vez, segundo penso entender, estão a responder ao olhar do poeta); os belos cabelos; as pálpebras suaves. Em suma: toda a sensualidade que a fisionomia de Euríalo desprende, discretamente simbolizada pelas rosas em que Cípris (deusa da sexualidade) e a Persuasão (a quem incumbe providenciar a cedência do amado) o criaram.

O jogo sofisticado de olhares cruzados é levado por Íbico um passo mais longe no fragmento 287 (Page), onde é ostensivamente ao objecto, que provoca o deleite estético do poeta, que é adscrito o acto de ver:

De novo, sob pálpebras azuis,
com seus lânguidos olhos, Eros me contempla,
e com toda a espécie de encantos
lança-me para as malhas inelutáveis de Cípris.

A sofisticação funciona, aqui, a vários níveis: em primeiro lugar, o jovem contemplado, objecto da admiração do poeta, é identificado com a entidade sobrenatural (Eros) responsável pelas reacções emotivas provocadas pela aparência física do ser amado; depois, a responsabilidade do olhar erótico é transferida para o objecto desejado, de forma que o poeta sente que são "lânguidos olhos, sob pálpebras azuis" que o estão a contemplar de modo especialmente intenso. Curiosa é a escolha do verbo que traduzi por "contemplar". Trata-se do verbo grego *dérkomai*, que tem o mesmo étimo que a palavra dragão: um ser "etimologicamente" capaz de hipnotizar quem o fita pela intensidade do seu olhar.

Há uma coisa que nunca consigo decidir quando leio este fragmento de Íbico. Serão as pálpebras que são azuis, e os olhos lânguidos; ou se imaginássemos da parte do poeta a vontade de criar nos dois versos iniciais um quiasmo e uma hipálage, poderíamos afirmar que, afinal, azuis são os olhos, sob pálpebras lânguidas, semi-cerradas. Convidativas, obviamente.

A força do olhar nos escassos fragmentos de Íbico é notável. Não admira que os seus versos mais apreciados se refiram a uma descrição da primavera. Cito a tradução da doutora Rocha Pereira:

Na primavera florescem os marmeleiros
e as romãzeiras, regadas
pelas águas dos rios, onde fica das virgens
o jardim imaculado...

Em português, estes três versos são "versos", iguais a quaisquer outros. Mas em grego têm um ritmo tão especial que tal sequência rítmica foi mais tarde denominada "ibiceu", em honra de Íbico. É uma cadência que tem qualquer coisa que lembra o ritmo dactílico da epopeia homérica (aliás, o verso que começa "o jardim imaculado" já é um tetrâmetro dactílico). Voltando a Safo, o metro em que foi composta a súplica a Afrodite é a estrofe sáfica (três hendecassílabos eólicos, seguidos de um adónico). E Anacreonte também se celebrizou pelo verso chamado anacreôntico.

Agora há um factor extremamente curioso. A poesia grega arcaica é um jardim encantado de que sobreviveram apenas poucas flores, algumas já bastante murchas (estou a pensar em fragmentos de Safo, por exemplo, só com uma palavra). Mas o ritmo poético perdurou. No século VII da era cristã, Santo Eugénio, bispo de Toledo, escreveu estrofes sáficas de temática cristã (copiadas de Ausónio; que por sua vez as copiou de Horácio; que as copiou de Catulo; que as copiou de Safo). E na Constantinopla onde se queimava nas fogueiras quem tinha as susceptibilidades afectivas de Anacreonte, escreviam-se poemas sobre a Virgem Maria, sobre a Santíssima Trindade e sobre o Menino Jesus em versos... anacreônticos. E esses não se perderam.

5. PÍNDARO: GRANDÍLOQUO E CORRENTE

Na Antiguidade Clássica, a maior homenagem que um poeta podia prestar a outro era imitá-lo — normalmente em termos tão descarados que tal imitação mereceria aos nossos olhos, se estivessem em causa poetas modernos, a apelidação "plágio". No entanto, um poeta foi apontado como sendo inimitável: Píndaro. É Horácio, o maior poeta lírico de Roma, quem no-lo diz. Na sua opinião, quem se aventurasse a imitar Píndaro arriscava-se a imitar o voo de Ícaro. Despenhamento certo.

Mas esta afirmação, por parte de Horácio, num belo poema do Livro IV das *Odes*, seria muito mais convincente se não fosse por demais óbvia, nos livros anteriores da colectânea lírica horaciana, a presença de traduções literais de versos de Píndaro. Já se sabe: faz parte da natureza humana nunca seguirmos os nossos próprios conselhos; mas, neste caso, a posteridade (noutras coisas tão escravizada pelos preceitos horacianos) também não os seguiu. Ninguém levou muito a sério o risco de despenhamento poético. Milton e Hölderlin, para mencionar apenas os mais bem-sucedidos, compuseram imitações absolutamente geniais da ode pindárica.

E, em grande medida, se temos "odes" na nossa poesia clássica portuguesa, é porque o intrépido Horácio se atreveu a imitar quem não podia ser imitado. No que foi seguido (indirectamente, no que toca a Píndaro) por António Ferreira, Camões, André Falcão de Resende e outros, que imitaram, traduziram, plagiaram Horácio. Por sinal, o Livro IV das *Odes* horacianas era bem conhecido de Camões, uma vez que a ode "Fogem as neves frias..." imita duas odes que surgem nesse livro.

Nesse Livro IV das *Odes*, Horácio tenta sintetizar no que consiste o estilo de Píndaro, recorrendo a uma imagem que ficaria para sempre na literatura portuguesa. Trata-se da expressão "correndo de um monte como um rio" (*monte decurrens velut amnis*). Em conformidade com esta descrição, o estilo de Píndaro seria algo de torrencial, grandioso, incontrolável. No número 45 da revista *Humanitas* (editada pela Universidade de Coimbra), José António Segurado e Campos propôs uma interpretação feliz do passo d'*Os Lusíadas* em que Camões pede às Tágides um "estilo grandíloquo e corrente" (Canto I, estrofe 4). O estilo corrente de Camões pretende recuperar esse carácter "fluvial" do sublime pindárico: vem na linha do sincretismo almejado por Camões quanto à herança poética do passado, na medida em que Camões quer ser ao mesmo tempo Homero, Virgílio, Ariosto — e Píndaro.

Se Camões atingiu ou não o objectivo que se propôs alcançar é assunto que não vou discutir agora. Posso avançar a ideia, porém, de que Píndaro até teria achado *Os Lusíadas* relativamente "pindáricos". A concepção da existência humana

Píndaro 45

como um enorme fresco decorativo pintado em cores vivas e sensuais, onde tanto podem surgir figuras da Mitologia como da História – essa concepção é bem característica de Píndaro. É um poeta cujas odes me lembram frequentemente a descrição inicial em *O leopardo* de Lampedusa: concretamente, a descrição do tecto pintado da sala. Realidade e Mitologia são dimensões que se interpenetram continuamente: uma figura histórica não fica menos real por estar junto de um tritão; nem, como seria ainda mais previsível, o reverso acontece.

O leopardo, como sabemos, passa-se na Sicília. Ilha que faz parte do imaginário de Píndaro, devido ao facto de alguns dos seus melhores poemas terem sido compostos em honra de figuras da realeza siciliana da época. Logo o poema que abre a colecção das "Odes Olímpicas" menciona a Sicília. Foi um dos textos poéticos mais apreciados em toda a Antiguidade e, sob vários pontos de vista, ilustra bem o que nos acontece quando lemos uma ode pindárica. As citações que farei são da tradução de Maria Helena da Rocha Pereira, *Sete odes de Píndaro* (um excelente volume, que recomendo vivamente, da colecção "Biblioteca Sudoeste" da Porto Editora).

Ora, a primeira coisa que nos acontece ao lermos esta ode é a sensação de perplexidade perante o facto de um dos mais belos poemas de sempre nos falar de uma corrida de cavalos. E quando lemos os versos sobre a beleza de um tal Ferenico, que submete o espírito do rei "aos mais doces cuidados", é natural que à primeira pensemos no chamado amor grego. Mas depois damo-nos conta da realidade: Ferenico é um cavalo. Penso que tocamos aqui no aspecto mais estranho para o leitor moderno: a dimensão agónica desta poesia, o facto de cada texto partir do pretexto da vitória atlética. A poesia ao serviço do desporto? Não. Basta ler qualquer uma das odes de Píndaro para percebermos que é o desporto que está ao serviço da poesia.

É que, em cada poema, Píndaro reduz ao mínimo possível o número de versos em que nos fala do acontecimento desportivo em si. Por exemplo, a primeira Ode Olímpica tem mais de cem versos. Destes, só cinco é que referem pormenores relativos ao concurso. A esmagadora maioria dos versos do poema voa muito mais alto. Fala-nos dos deuses e dos homens. Em particular, fala-nos do amor de um deus por um homem, amor esse que está na base da fundação dos próprios Jogos Olímpicos. Cada ode pindárica tem, no seu cerne, a narração de um mito. Narração alusiva, simbólica, muitas vezes elíptica, onde o que fica por dizer é tão importante como aquilo que, efectivamente, é dito. Um pouco mais tarde, os tragediógrafos (sobretudo Eurípides) tentarão reproduzir a técnica de Píndaro no que diz respeito ao modo de contar histórias em registo lírico; mas ficam muito aquém do movimento, das cores caleidoscópicas, do arrojo de narrar em jeito de fulgurações e solavancos. Em Píndaro encontramos frequentemente uma antevisão da estética barroca: notamos uma falta de proporção "clássica" no modo ousado como o secundário se sobrepõe tantas vezes ao principal. Arrebatamentos, lampejos e súbitos clarões de luz substituem não raro a linearidade de uma diegese apresentada por etapas lógicas. Embora apenas dois ou três séculos separem Píndaro da poesia da *Ilíada* e da *Odisseia*, quando lemos os seus poemas damos um grande, grande salto em frente.

Vejamos, por exemplo, como é contada a história do amor de Posídon, deus do mar, pelo jovem Pélops, fundador dos Jogos Olímpicos. Depois de uma referência quase *eu passant* a Pélops, Píndaro fixa-se de repente nesta figura. Conta-nos:

> amou-o o poderoso deus que abala a terra,
> Posídon, desde quando Cloto o retirou
> da bacia imaculada, com o ombro brilhante
> ornado de marfim.

O conteúdo destes versos é surpreendente, sem dúvida. Mas Píndaro nada faz para esclarecer directamente o enigma da bacia e do ombro de marfim. Muda subitamente de registo e dá-nos uma catadupa de sentenças de cariz vagamente religioso. Todavia, volta a encarreirar, e de modo especialmente bizarro. Interpela Pélops (estas invocações são muito características das narrativas líricas) e declara "falar-te-ei ao inverso dos meus antecessores".

Esta afirmação é da máxima importância para a compreensão do binómio mito/poesia na Grécia Antiga. É que, tal como vimos a propósito do papel do desporto em Píndaro, tudo é ancilar à poesia. Até os próprios mitos referentes às histórias dos deuses. O mito tradicional dizia que Tântalo convidara os deuses para um banquete, no decorrer do qual serviu as carnes do próprio filho (Pélops), para ver se os deuses davam pelo ultraje. Claro que todos os deuses se abstiveram; todos menos Deméter, distraída a pensar no rapto da filha Perséfone. Num momento de desconcentração, a deusa rói o ombro do rapaz. Tântalo não escapa ao castigo, como se sabe. E os deuses voltam a pôr as carnes de Pélops no recipiente onde foram cozinhadas, ressuscitando assim o jovem. Para substituir o ombro roído por Deméter, Pélops sai da "bacia" com uma prótese de marfim.

Esta é a versão tradicional; a versão que Píndaro rejeita. Oferece em alternativa um mito forjado para a ocasião. Apaixonado por Pélops, o deus do mar arrebata-o e leva-o para o Olimpo.

> Assim desapareceste...
> e logo algum vizinho invejoso
> contou em segredo que na água fervente
> e lume forte te retalharam os membros com uma faca e te serviram
> e comeram as carnes à mesa, no fim do repasto.

É esta a explicação para o aparecimento do mito falso que, com este poema, Píndaro refuta. Uma história cruenta de canibalismo é transformada no *coup-de-foudre* do amor à primeira vista. No entanto, não podemos deixar de reparar no ombro de marfim, cuja presença implícita na nova versão não é inteiramente racionalizada. Entre os aspectos da poesia de Píndaro que mais admiração suscitam, tenho de realçar a capacidade ímpar do poeta para compor frases e expressões lapidares, que repentinamente nos abrem todo um universo de reflexão e sageza. Talvez os versos mais célebres de Píndaro sejam o desfecho da oitava Ode Pítica (aparecem, a título de curiosidade, na epígrafe do romance *Rápida, a sombra* de Vergílio Ferreira):

> Efémeros! Que somos nós? Que não somos?
> Sombra de um sonho é o homem!

Não menos admirável é a expressão que aparece na segunda Ode Olímpica: "o Tempo, pai de quanto existe". Segundo informa a doutora Rocha Pereira, parece ser esta a primeira personificação conhecida do tempo.

O dom descritivo de Píndaro pode ver-se quer em imagens plasmadas no mundo real, quer em imagens da sua própria imaginação. Vejamos a erupção do Etna descrita na primeira Ode Pítica:

> As suas profundezas vomitam chamas terríveis
> das fontes mais puras.
> De dia, esses rios fazem correr uma torrente
> de fumo a arder. Mas, nas trevas da noite,
> uma chama rubra revolve as rochas, arrastando-as
> com alarido para a planície do fundo do mar.

A bem-aventurança no além é o tema que mais realce obtém na segunda Ode Olímpica:

> Aí sopram as brisas oceânicas
> em volta das Ilhas dos Bem-Aventurados.
> Brilham flores de ouro,
> umas no chão, outras nas árvores resplandecentes.
> A água cria outras ainda.
> Com elas entrelaçam as mãos com grinaldas, e tecem
> coroas...

Há um pormenor curioso neste poema. A seguir à visão idílica da vida depois da morte, o poeta volta à terra, e de modo bem abrupto. Refere-se aos poetas seus rivais como "corvos" e a ele próprio como "águia". Noutros poemas, Píndaro alude à inveja que a sua poesia provoca nos colegas de ofício – temas sempre actuais, pois parece fazer parte inalienável do estatuto de escritor a convicção de que "os outros" são movidos por inveja ou ignorância. E insultos públicos também não faltam actualmente, como se vê em Portugal pela imprensa de qualidade ao sábado. Mas já Aristófanes dizia:

aos poetas não fica bem que se insultem
como se fossem padeiras.

A segunda Ode Olímpica é também fundamental para a compreensão da poética pindárica devido ao problema de interpretação que surge logo no verso inicial: "Hinos, senhores da lira" (no original, *anaxifórminges húmnoi*). A expressão tem sido normalmente interpretada como significando que, no conceito de Píndaro, a poesia está acima da música. O contrário, pois, da fórmula conhecida da ópera: *prima la musica, doppo le parole*. Mas como sucede com quase tudo no estudo da poesia grega, as opiniões dos especialistas dividem-se quanto ao sentido exacto do verso. Aliás, é um verso que divide ânimos a outro nível: o da métrica. Ainda está para nascer o helenista que saiba escandir de forma convincente os versos da segunda Ode Olímpica. Para quem conseguir, será caso de repetir os versos da primeira Ode Nemeia:

no bom êxito residem
os píncaros de toda a glória.

6. ÉSQUILO, *PERSAS*: GUERRA, A TRAGÉDIA

Os gregos tinham ganhado a guerra. Os persas foram derrotados. A ocasião era festiva e, nos festivais dramáticos de 472 a.C., Ésquilo apresentou a concurso a tragédia *Persas* para celebrar a vitória naval helénica na batalha de Salamina. Não podemos entrar nas cabeças dos membros do público que assistiram à primeira representação desta tragédia, mas a pergunta põe-se-me sempre que volto a este texto deslumbrante. Era disto que os atenienses estavam à espera? Não teriam eles preferido algo de mais triunfalista, em que os gregos estivessem claramente no epicentro da construção dramática?

Lembrei-me disto um dia ao ligar a Antena 2 para ouvir *O jardim da música*. Estava Judite Lima a entrevistar Carlos Fino, a propósito do seu livro *A guerra em directo*. No espaço reservado aos telefonemas do público, ligou um ouvinte de

Loulé, que disse querer simplesmente elogiar Carlos Fino pelo facto de, nas suas reportagens de guerra, transparecer sempre um extraordinário respeito e compreensão pela cultura que está do "outro lado". Lembrei-me logo que talvez a tragédia *Persas* de Ésquilo fosse do agrado de Carlos Fino (arrisco esta opinião sem o conhecer).

É que se há obra que nos impressiona e comove pelo respeito com que trata a cultura do "outro lado" é esta, a mais antiga de todas as tragédias gregas conservadas, que, além do mais, apresenta esta singularidade espantosa: as tragédias gregas tratavam temas imaginários do passado mitológico; esta, excepcionalmente, tem como tema a actualidade histórica. Põe um discurso poético vocacionado para ressuscitar o passado profundo do inconsciente ao serviço de uma reflexão de cariz humanitário, interventivo, ardentemente actual.

Os gregos não entram nesta peça. A experiência da guerra é vivida do "outro lado", do lado persa. E também não é ao mundo militar do inimigo que o poeta nos dá acesso: as personagens principais são os anciãos do coro e Atossa, a rainha, que é consistentemente caracterizada como viúva e como mãe. Há aqui uma vontade óbvia de pôr em relevo quem mais sofre com a guerra: os idosos, os indefesos (sobretudo crianças), as mulheres. Nas palavras do coro nos versos iniciais, "partiu a flor dos guerreiros Persas e sobre eles a terra da Ásia geme numa saudade ardente, em especial os pais e as esposas, que contam os dias, tremendo à medida que o tempo passa" (cito a admirável tradução de Manuel de Oliveira Pulquério).

Talvez o aspecto mais arrepiante da leitura, hoje, desta peça seja a visão espartilhada do mundo entre Ocidente e Médio Oriente: em termos gregos, Europa e Ásia (pois para os gregos "Ásia" denominava o território que ia da faixa mediterrânica ao norte da Índia). Esta dicotomia aflora de modo quase visual na narração da rainha, logo a seguir ao coro inicial dos anciãos. A rainha vem contar um sonho perturbador, em que lhe pareceu ver duas mulheres "magnificamente vestidas", uma vestida à moda grega (Europa), outra à moda persa (Ásia). Curiosamente, a rainha tem o cuidar de frisar que eram "irmãs do mesmo sangue". Só que uma, a Ásia, oferece o pescoço com

Ésquilo 51

docilidade ao jugo imposto por Xerxes (filho do falecido Dario e de Atossa); ao passo que a Europa "empinava-se, fazia em pedaços as rédeas e, liberta do freio, arrastava à força o carro e partia o jugo a meio".

Nos dias que correm, estas palavras de Ésquilo já não têm o âmbito de aplicação unívoco que tinham na Antiguidade, em que de facto a democracia de Atenas representava a liberdade, sendo a Pérsia o símbolo perfeito da autocracia, da opressão, do espezinhamento dos mais fracos. No diálogo com o coro que se segue à narração do sonho, a rainha fica espantada por ouvir os anciãos a dizer que os gregos "não são escravos nem súbditos de ninguém". Não compreende como é que um povo assim tão bizarro consegue suportar o ataque dos inimigos, mas com notável perspicácia conclui que o mero facto de os gregos não se deixarem escravizar por outros povos é motivo de grande preocupação para os pais e mães dos soldados persas que partiram.

Seguidamente irrompe em cena um mensageiro persa, que confirma os presságios sombrios do sonho da rainha. "Ó Salamina! De todos os nomes o mais odioso de ouvir! Ah! como choro, ao lembrar-me de Atenas!"

Acontecera, portanto, o inimaginável: apesar da superioridade em recursos, número de naus e soldados, o exército persa foi derrotado. O mensageiro enumera o rol dos grandes senhores da Pérsia que pereceram no combate naval — nomes que apresentam a curiosidade de terem inspirado a nomenclatura inventada de C. S. Lewis na terceira crónica de Nárnia, *O cavalo e o seu rapaz*: Artêmbares, Ársames, Árabo, Ártames, Amístris, Sísames, Táribis... o público ateniense de 472 a.C. ter-se-ia certamente deleitado com a enumeração destes nomes exóticos.

Mais deleite ainda teria provocado a narração aparatosa da batalha naval, um *tour de force* único na tragédia grega que nós conhecemos. Contrariamente àquilo que mais tarde fará Stendhal na descrição restritiva da batalha de Waterloo na *Cartuxa de Parma*, Ésquilo opta por uma visão panorâmica, como se as palavras do mensageiro viessem traduzir imagens captadas por satélite; mas é um satélite capaz de operar os *zooms* mais precisos e pormenorizados, a ponto de a imagem captada conter

informações mitológicas: "há, em frente de Salamina, uma ilha pequena, desprovida de ancoradouros, onde Pã gosta de conduzir os seus coros sobre as margens do mar...".
É um "abismo de dores" (v. 465), talvez a expressão mais apropriada (e mais concisa) alguma vez inventada para designar a guerra. O próprio Xerxes, horrorizado com o espectáculo, rasga as vestes e chora. "Os homens caem uns sobre os outros e feliz aquele que mais depressa perde o sopro da vida." Em toda a narração, a superioridade dos gregos é insinuada por meias palavras, por coisas que se depreendem a partir de outras informações mais concretamente atinentes aos persas. Todavia, não se esquecendo da identidade persa do mensageiro, Ésquilo permite uma vez que ele dê voz à raiva contra os gregos, numa imagem que pretende salientar o papel de vítima do exército persa: "ferem-nos com pedaços de remos como se fôssemos atuns". O efeito cómico talvez não tenha sido involuntário.

Com esta confirmação horripilante dos pressentimentos nocturnos da rainha, poderíamos pensar que a peça chegou ao fim. Afinal, o móbil da "acção" (as tragédias gregas têm por definição uma acção dramática quase nula; esta é a mais estática de todas) consistira, desde o início, no "princípio da incerteza". Agora já não restam dúvidas. Mas Ésquilo tem mais dois trunfos na manga: se os atenienses se deliciaram com a audição do rol de fidalgos persas que morreram na batalha, mais ainda haverão de vibrar com a encenação de uma coisa que, na vida real, nunca poderiam ter visto: Dario e Xerxes. Ambos de rastos.

Contudo, para trazer um Dario pesaroso para a cena do teatro de Dioniso em Atenas, é preciso ressuscitá-lo dos mortos. O coro reza aos deuses infernais que deixem vir Dario até ao mundo dos vivos. O rei defunto aparece em cena e o coro, que o chamara, atemoriza-se. Só a rainha tem coragem de contar ao fantasma o que aconteceu. Com o conhecimento sobrenatural próprio da sua condição de morto, Dario explica a causa da desgraça de Xerxes — causa essa que já vinha sendo sugerida desde o início da peça, uma vez que, no ideário de Ésquilo, não há castigo sem crime; e se Xerxes perdeu a guerra, era porque merecia tê-la perdido. De acordo com esta visão, independentemente de a guerra ser ou não justa, a vitória não acontecia

Ésquilo 53

sem sanção divina, pelo que os justos eram recompensados e os injustos castigados.

Xerxes ofendeu os deuses. Não por ter invadido a Grécia, mas porque "com grilhões de escravo, ele tentou deter o curso do Helesponto sagrado, o Bósforo que é a corrente dum deus". Em vez de fazer passar as tropas em naus, Xerxes quisera antes anular a separação geográfica entre a Europa e a Ásia, criando uma enorme "ponte" constituída por jangadas. Assim, o seu vasto poderio não acabava onde começava o mar, porque simbolicamente o mar que o separava da Europa deixara de existir. Os deuses não permitiram que tal coisa se cumprisse. Nas palavras de Dario, que vê na loucura do filho uma retaliação divina pela sua própria invasão da Grécia, "Zeus, severo juiz, castiga os pensamentos demasiado soberbos". A surpresa, no entanto, vem no modo como Dario se despede: "concedei à vossa alma o prazer possível em cada dia".

Finalmente, assistimos ao espectáculo de que todos estariam à espera: a chegada de Xerxes derrotado, sozinho, esfarrapado. O coro pergunta-lhe pelo séquito, por Farandaces, Dótamas, Agdábatas, Psámis e Susicanes. Mas Xerxes tem de responder "mortos!". Depois acrescenta que lhes bastou ver Atenas para morrerem logo "a saltar, palpitantes, sobre a praia" — mais uma vez a metáfora piscatória. O coro insiste na enumeração de nomes; Xerxes tem sempre de responder que morreram. Mas sentindo, talvez, que há mais interesse a ser expresso nos que morreram do que nele próprio, o rei grita a determinada altura "observa só o estado das minhas vestes!". Ao que o coro responde "estou a ver, estou a ver...".

As duas últimas palavras da peça são "lúgubres gemidos". É o que fica da guerra. Os gregos tiveram disso a mais aguda consciência. Tanto mais que nunca resolveram a dicotomia entre o enaltecimento heróico dos feitos bélicos e a desgraça que esses feitos trazem a inocentes. No Canto VIII da *Odisseia*, quando Ulisses ouve contar os seus próprios feitos heroicos, comove-se tanto que desata a chorar convulsivamente. Mas o poeta não deixa de frisar o efeito que essas heroicidades tiveram, pois no símile que vai utilizar para descrever a intensidade do choro, retrata-nos a tragédia de uma mulher, vítima da guerra:

Tal como chora a mulher que se atira sobre o marido
que tombou à frente da cidade e do seu povo, no esforço
de afastar da cidadela e dos filhos o dia impiedoso,
e ao vê-lo morrer, arfante e com falta de ar, a ele se agarra
gritando em voz alta, enquanto atrás dela os inimigos
lhe batem com as lanças nas costas e nos ombros
para a arrastar para o cativeiro, onde terá trabalhos e dores,
e murchar-lhe-ão as faces com o pior dos sofrimentos –
assim Ulisses deixava cair dos olhos um choro confrangedor.

A guerra em directo. Palavras, para quê?

7. SÓFOCLES: A PALAVRA PERFEITA

Em novembro e dezembro de 2003, as Faculdades de Letras de Coimbra e de Lisboa celebraram o 25º centenário do nascimento de Sófocles. Com toda a razão, pois Sófocles está para a literatura grega como Virgílio para a romana: ambos nos mostram o que é a perfeição absoluta em verso.

No entanto, de Sófocles disse um antigo professor régio de Grego da Universidade de Oxford: "Nenhum helenista pode ter a certeza de não dar erros ao traduzir Sófocles". Esta frase é tanto mais significativa se tomarmos em consideração o facto de esse mesmo professor, Sir Hugh Lloyd-Jones, ter dado à estampa (em colaboração com Nigel Wilson) a melhor e mais fidedigna edição até hoje conhecida das tragédias de Sófocles (*Sophoclis fabulae*, Oxford University Press, 1990).

Sófocles será assim tão difícil de traduzir? A minha experiência de leccionação com as tragédias *Electra* e *Filoctetes* (sendo o público-alvo finalistas da licenciatura em Clássicas em dois anos lectivos diferentes) leva-me a crer que sim. E a razão principal não se prende, como no caso de Virgílio, com aquela coisa indefinível que se volatiliza logo, assim que sobre ela se exerce a violência da transposição para outra língua: a "poesia". No caso de Sófocles, o primeiro problema é muitas vezes de reconstituir, no emaranhado de lições contraditórias dos diferentes manuscritos, o que na verdade o tragediógrafo terá escrito. E dado que muitas vezes essas lições não são mais que erros transmitidos ao longo dos séculos, entra em acção a ciência da conjectura, graças à qual os aparatos críticos das edições dos clássicos gregos e latinos estão recheados não só das siglas referentes aos manuscritos, mas também dos nomes dos filólogos que, pela primeira vez, "descobriram a pólvora" ao propor que, no passo tal da obra tal, o autor não escreveu o que os manuscritos transmitiram, mas outra coisa.

Com que autoridade? Não será leviana e arrogante a pretensão do classicista que, sentado no seu gabinete, julga ser capaz de emendar a tradição manuscrita de um autor como Sófocles? Na resposta a esta pergunta, dividem-se os modos de conceber a própria Filologia Clássica nas universidades francesas, italianas e espanholas, por um lado, e nas anglo-saxónicas e germanófonas, por outro. Normalmente, o editor francês de uma tragédia grega admite no texto impresso as mais espantosas agramaticalidades, falhas métricas e bizarrias lexicais só porque estão atestadas na transmissão manuscrita. No meio especializado, chamamos a isto uma edição conservadora. Nas edições rivais inglesas e alemãs, mais arrojadas, essas agramaticalidades são relegadas para o aparato crítico, e em vez delas, no texto impresso, lemos formas metricamente correctas e impecáveis do ponto de vista da fonética, da morfologia e da sintaxe: formas essas que, a partir da semelhança com a forma errada transmitida, foram conjecturadas por filólogos modernos, desde o Renascimento aos nossos dias. Entre estes, quem ganha a palma é o alemão Gottfried Hermann, cujo trabalho sobre o texto da tragédia grega no início do século XIX lhe valeu nas três edições *standard* de Ésquilo, Sófocles e Eurípides aproximadamente mil referências nos aparatos críticos (a contabilização é de Roger Dawe). Número incrível, se pensarmos que o grande Wilamowitz, inimigo e feroz crítico de Nietzsche, (só) é mencionado no conjunto das três edições pouco mais de trezentas vezes. Se existe algum filólogo português referido nos aparatos críticos das edições dos trágicos da Oxford University Press? É bom darmos valor ao que merece ser valorizado, pelo que tenho o maior gosto em dizer que o único português a ser referido num destes aparatos (no caso concreto, no aparato das *Fenícias* de Eurípides) é o professor Manuel dos Santos Alves[4].

Talvez o passo mais controverso em toda a tragédia sofocliana (no que a este dilema de escolher entre a tradição manuscrita e uma conjectura moderna diz respeito) seja o v. 873 do *Rei Édipo*. Os manuscritos transmitiram: "a insolência gera o tirano; a insolência...". Efectuando uma ligeira alteração de duas letras, um tal Blaydes conjecturou, em vez das palavras transmitidas, "a insolência é gerada pela tirania; a insolência...".

Pessoalmente, não tenho dúvida de que a conjectura de Blaydes melhora o sentido do texto. É que quem deseja manter a lição transmitida tem de recorrer ao expediente de considerar "tirano" sinónimo de "tirania", como faz Maria do Céu Fialho, por exemplo, na sua bela tradução do *Rei Édipo* (Edições 70). Mas, por outro lado, como ela própria aponta numa nota à tradução, o texto transmitido pelos manuscritos salvaguarda uma anáfora perfeita nas duas utilizações da palavra "insolência" naquele verso; ao passo que a conjectura de Blaydes, apesar de preferível em termos de conteúdo, vem introduzir no verso uma imperfeição formal, porque "insolência" tem de aparecer da primeira vez no acusativo e, na segunda, no nominativo. Como procurar a palavra perfeita?

Por seu lado, outro grande classicista alemão, Eduard Fraenkel (que graças à necessidade de fugir de Hitler veio revolucionar para melhor a filologia que se fazia em Oxford), entendeu que uma solução seria tirar o sinal de pontuação antes da segunda ocorrência de "insolência", acrescentar-lhe uma letra para transformar o nominativo no acusativo e tomar "tirano" como adjectivo. Portanto: "a insolência gera a insolência tirana".

Vale tudo menos tirar olhos? Talvez não se chegue a esse extremo. Mas perante este cenário, não há dúvida de que atermo-nos tão-somente àquilo que os manuscritos transmitiram é, no mínimo, redutor. Tanto mais que os factos concretos da transmissão não nos autorizam a dar um crédito desmesurado ao discernimento dos copistas bizantinos. Por um lado, no caso

---

[4] Professor aposentado do departamento de literatura comparada e estudos camonianos e pessoanos da Universidade do Minho (Gualtar, Portugal).

da linguagem tão difícil da tragédia, podemos levantar sérias dúvidas relativamente ao grau de compreensão com que eles seguiam os textos que estavam a copiar. Não nos podemos esquecer que o grego falado "descambou" de tal forma nas épocas helenística e romana que, no período bizantino, havia já um abismo entre a língua clássica dos grandes textos e o grego falado coloquialmente. Isto sem contar com o facto de, já de si, a beleza esculpida do grego de Sófocles não reproduzir o modo como se falava no século V a.C.

Doutro aspecto curioso me dei conta quando estava a escrever a minha tese de doutoramento sobre a métrica lírica da tragédia. Os bizantinos tinham perdido o conhecimento técnico de como escandir muitos dos versos líricos de Ésquilo, Sófocles e Eurípides. O caso mais significativo diz respeito ao único metro lírico exclusivo do teatro (os outros aparecem noutros contextos líricos: em Safo, Anacreonte, Íbico, Píndaro etc.); trata-se, além do mais, do único metro a cuja utilização na tragédia se pode adscrever uma intenção dramática. Sempre que aparece, sobe a temperatura emocional do drama. O nome moderno é "dócmio", e o segredo só foi descoberto no início do século XIX, por um estudioso alemão chamado Seidler. É um metro verdadeiramente proteico, uma vez que, a partir de um esquema básico de cinco posições métricas, há 32 variações possíveis. A incompreensão de como este ritmo funcionava durante grande parte da transmissão manuscrita dos tragediógrafos levou a deturpações no texto por parte dos copistas, as quais tinham como finalidade transformar os dócmios noutros versos, cujo ritmo seria mais acessível.

Como resultado disto, surgiram nos manuscritos acrescentos e omissões de sílabas, ou alterações na ordem das palavras, "erros" que aparecem corrigidos nas mais recentes edições críticas da colecção Oxford Classical Texts, mas que permanecem inalterados nas vetustas edições das Presses Universitaires de France, conhecidas por "Les Belles Lettres" – mesmo em casos como o v. 141 do *Orestes* de Eurípides, em que a descoberta de um papiro helenístico (actualmente em Colónia) veio provar que, nesse verso, as cinco sílabas a mais, que nos foram legadas pela transmissão manuscrita bizantina, não passam de um acrescento, para transformar um dócmio em algo de mais compreensível (neste caso, um trímetro jâmbico). Agora, o que é mais curioso para o estudioso destas matérias é que tais deturpações se começam a fazer sentir com mais visibilidade a partir do século XIV, o período em que, logo por coincidência!, se deu em Bizâncio um ressurgimento de interesse pela métrica antiga. Significa isto que, na crítica textual (mais do que em qualquer outra área da filologia), quem não está 100% seguro dos seus conhecimentos deve obedecer ao preceito que, afinal, os filólogos franceses sempre preconizaram: *"ne pas toucher"*.

O que acontecerá, porém, quando temos duas edições de Sófocles, uma de dois distintos professores de Oxford (os referidos Lloyd-Jones e Wilson) e outra de um distinto professor de Cambridge (Roger Dawe), sendo cada uma delas tão diferente na opção das lições dos manuscritos e na escolha de conjecturas modernas que muitas vezes não sabemos para que lado nos virar? Em qualquer dos casos, uma coisa é certa: não é a competência na língua grega que está em causa. E se a edição dos professores de Oxford conta com uma espingarda temível (Wilson, o maior especialista vivo em manuscritos gregos bizantinos), foi no extraordinário trabalho de sapa do rival de Cambridge na colação minuciosa da ecdótica bizantina que, como reconhecem os próprios, a edição de Oxford se baseou.

Espantosamente para quem julgue que nos Estudos Clássicos está já tudo estudado e que os classicistas pouco mais fazem do que repetir o que outros já disseram, estas duas edições de Sófocles não partem de um conhecimento global da tradição manuscrita bizantina. No caso da chamada "tríade bizantina" (constituída pelas tragédias *Ájax*, *Rei Édipo* e *Electra*), existem nas bibliotecas da Europa sensivelmente duzentos manuscritos, de que só cinquenta foram estudados e utilizados para as edições impressas desde o Renascimento. Por outras palavras, três quartos dos manuscritos dessas tragédias estão por estudar. O que os especialistas na matéria dizem é que são manuscritos tardios, que em princípio não trarão surpresas.

Mas às vezes as surpresas surgem e, pela parte que me toca, quando vejo que foi lançado mais um livro sobre Sófocles para juntar à pilha de lixo produzida pela indústria universitária e escrito da mais recente perspectiva *à la mode* (seja psicanálise, feminismo, Deleuze, Derrida, o que for), dou por mim a pensar: e os manuscritos que ainda falta estudar? Será a insolência que gera o tirano, ou a tirania que gera a insolência? Não encontraremos neles a achega almejada, que talvez nos permita restituir a Sófocles pelo menos mais uma palavra perfeita?

8. EURÍPIDES: TRÁGICO NO SUPERLATIVO

Foi Aristóteles que, para descrever o teatro de Eurípides, dotou o adjectivo "trágico" de uma forma de superlativo absoluto sintético: tragicíssimo (*tragikótatos*). O mais trágico dos poetas trágicos. A quinta-essência da tragédia? Eu diria que sim; mas nem todos concordam.

Isto porque a *Poética* de Aristóteles (que já foi descrita por um grande helenista de Cambridge como "redacção mal escrita de um aluno do secundário desprovido de imaginação") está cheia de críticas implícitas e explícitas à tragédia euripidiana. Para quem lê as sete tragédias de Ésquilo e as sete de Sófocles, entrar de repente nas dezenove peças conservadas de Eurípides (uma delas um drama satírico, outra de autenticidade duvidosa) é vermos o teatro clássico a "descambar". A elevação moral esquiliana desapareceu. A nobreza de expressão e a sobriedade de efeitos de Sófocles também. Em Eurípides, assistimos (passe a expressão) à desbunda total.

O estilo é ao mesmo tempo hiperbólico, simples, barroco, transparente, incompreensível, de mau gosto e arrepiantemente lírico. Poesia em estado puro, poesia do quotidiano, poesia da desmesura, poesia do *gore*, do sangue, da morte, da loucura: esta é a própria respiração da tragédia de Eurípides.

Alceste dá a sua vida em prol do marido. Medeia mata por raiva contra Jasão os próprios filhos. Fedra apaixona-se pelo enteado e, rejeitada por ele, acusa-o de a ter violado, o que leva o pai a lançar imprecações que matarão o próprio filho. Hécuba assiste impotente ao sacrifício da filha, Políxena; depois, com as unhas, arranca os olhos a quem lhe matara o filho mais novo, matando-lhe, também a ele, os filhos pequenos. Evadne, ao saber da morte do marido, atira-se sobre a pira fúnebre para morrer com ele. Héracles, acometido por um ataque de loucura, mata os próprios filhos. Andrómaca assiste impotente à execução do filho, ainda criança. Ifigénia está a preparar um sacrifício humano quando percebe que quem vai morrer é o próprio irmão. Etéocles e Polinices, irmãos, matam-se um ao outro, e a mãe suicida-se sobre os seus cadáveres, desnudando os peitos que tinham amamentado os filhos. Penteu, rei de Tebas, é desmembrado e despedaçado pela mãe e pelas tias. Agamémnon sacrifica a própria filha como se fosse um animal, para obter ventos favoráveis até Tróia...

Tragicíssimo, sem dúvida. Sangue, horror, morte. Se há concepção de tragédia que inspira "terror e piedade" (na frase de Aristóteles), é esta. E não é de admirar que, embora, em vida, Eurípides não tenha obtido grande aceitação em Atenas, após a sua morte o tempo se tenha encarregado de repor a verdade: já no século IV, era ele o tragediógrafo mais reposto, mais lido, mais apreciado. A quantidade de fragmentos em papiro das suas peças supera a dos outros; e a peça mais estudada na escolaridade bizantina, *Hécuba*, é um dos textos gregos mais bem atestados, em termos de manuscritos medievais, de toda a literatura pagã.

Há tempos, uma amiga que tinha assistido à representação de *Hécuba* em Munique disse-me: "a plateia em peso chorava". Ela própria sentiu-se tão emocionada que, a meio do espectáculo, teve receio de não aguentar mais. As palavras na boca dos actores pareciam facas. A dor da mãe que perdia a filha era insuportável. O cinismo insensível da personagem capaz de degolar uma adolescente era tão repugnante que provocava no espectador mal-estar físico. Quem chorava naquela assistência sentia um nó no estômago tão grande como o nó na garganta. É que o confronto com o lado mais vil da pessoa humana era demasiado impiedoso.

Se a minha amiga teve, a certa altura, vontade de sair do espectáculo, não foi ela o primeiro espectador a quem tal aconteceu. É-nos legada uma história pela tradição antiga, segundo a qual Sócrates se terá levantado a meio de uma representação da *Electra* de Eurípides para abandonar o teatro. Outra informação antiga diz-nos que Sócrates se levantou noutra ocasião, mas desta feita para aplaudir em pleno decurso da representação. É que ficara de tal modo encantado com os versos iniciais do *Orestes* euripidiano ("Não há palavra alguma tão terrível que exprima um sofrimento, ou aflição enviada pelos deuses, cujo peso a natureza humana não possa vir a suportar") que não pôde coibir-se de mostrar o seu entusiasmo.

Em Eurípides, de facto, a natureza humana aguenta tudo. Caso paradigmático é o de Jocasta, nas *Fenícias*. Como é sabido, Jocasta casa com Édipo, o próprio filho, sem que ambos saibam do parentesco que os une. Édipo, aliás, acabara de matar o pai, também sem saber a identidade do ancião que tinha morto. Durante a sua vida de casados, Jocasta e Édipo têm quatro filhos: Antígona, Ismena, Etéocles e Polinices (os dois rapazes acabam por se matar um ao outro, como já vimos). Na tragédia *Rei Édipo* de Sófocles, há os momentos terríficos em que Édipo e Jocasta se apercebem da verdadeira natureza do seu parentesco. Horrorizada, Jocasta enforca-se.

Mas a Jocasta de Eurípides tem outro estofo. Em vez de se suicidar, aguenta. "Não há sofrimento que a natureza humana não possa suportar." E nas *Fenícias* não só Jocasta continua viva como Édipo permanece em casa, coisa que em Sófocles seria impensável, dada a noção de culpa contagiosa, tão típica da cultura grega arcaica. Nas *Fenícias*, a culpa não contagia; perguntamo-nos, inclusive, se ela existe. A grande questão não é se o filho dormiu com a mãe, mas que um irmão mata o seu irmão. Tema mais que actual na altura, pois as *Fenícias* serão talvez de 409 a.C. e a guerra fratricida entre Atenas e Esparta durava desde 431 – e mais que actual hoje em dia: basta pensarmos no caso trágico de Angola[5].

Uma das críticas endereçadas a Eurípides já na Antiguidade era que as suas peças punham em causa a existência dos deuses.

---

5   A guerra civil angolana teve início em 1975 (logo depois de declarada a independência de Portugal) e durou, com alguns intervalos, até 2002. A disputa de poder se deu entre duas vertentes anticoloniais: o Movimento Popular de Libertação de Angola, comunista, e o anticomunista União para a Independência Total de Angola. [N. E.]

E, na verdade, há momentos na tragédia euripidiana em que, na imensidão do seu desespero, algumas personagens deixam escapar expressões de cepticismo quanto ao interesse sentido na esfera divina pela existência humana. Mas o teatro de Eurípides sem deuses é impensável. Aí reside justamente uma das críticas de Aristóteles, pois o filósofo acusa o poeta trágico de usar e abusar do expediente do *deus ex machina*, a figura divina, por outras palavras, que surge "de pára-quedas" (na verdade numa grua) para ditar o desfecho do drama. Isto acontece muitas vezes porque Eurípides tem tal empenho em introduzir inovações ao nível mitológico que, no fim da peça, tem dificuldade em repor os factos da tradição mítica que todos conheciam, e aceitavam, como "canónica".

A acusação de ateísmo surge numa comédia de Aristófanes, as *Tesmofórias*, que atira à cara de Eurípides outra acusação, ainda mais grave: a de ser misógino. Nessa comédia aristofânica, as mulheres de Atenas estão unidas no seu ódio contra Eurípides, alegadamente por ele não incluir nas suas tragédias mulheres sérias e honestas, mas tão-só "Fedras e Estenebeias", mulheres apaixonadas. A "misoginia", portanto, residiria na desfaçatez de ele mostrar a mulher como ela era, e não a mulher de forma idealizada. Claro que, tratando-se de uma comédia, as razões das atenienses indignadas são mais ou menos levianas, dado que se queixam da impossibilidade de agora praticarem à vontade o adultério, porque os maridos, espectadores de Eurípides, estão de sobreaviso relativamente aos maus comportamentos femininos.

Esta visão cómica da mulher enquanto personagem do teatro euripidiano é obviamente unívoca, pois não toma em linha de conta as figuras altruístas (e de impecável moralidade) de Alceste, Evadne ou mesmo Helena na peça homónima (pois a grande inovação de Eurípides nesta tragédia foi de fazer de Helena uma santa, ao contrário da visão tradicional, até em tragédias suas, de Helena como mulher fútil e ninfomaníaca). No entanto, tiradas retóricas contra as mulheres, como as de Hipólito, contribuíram certamente para esta ideia de misoginia que ficou associada a Eurípides: "Zeus, por que razão puseste as mulheres a viver à luz do sol, impingindo assim aos homens um mal fraudulento? Se a tua intenção era de semear a raça humana, não nos devias ter fornecido isso por intermédio das mulheres: os homens, em vez disso, depondo nos templos bronze, ou ferro ou ouro maciço, comprariam os filhos... e assim viveriam em casas livres – e sem mulheres!... Malditas! Nunca me hei-de fartar de odiar as mulheres" (*Hipólito*, v. 616 e sgs.).

O poeta que foi considerado pela filologia oitocentista o paladino do racionalismo acabou por ser eleito pela filologia da segunda metade do século XX como o poeta do irracional. Não há nisto tanta contradição como parece. Ler Eurípides é mesmo assim: uma montanha-russa de surpresas e de contradições; e, à sua maneira, tanto a imputação de racionalismo como a do seu contrário encontram fundamentação no texto euripidiano. Basta atentarmos nas palavras imortais de Fedra, onde vemos um "esforço de reflexão sensata" em conflito aberto com a incontrolabilidade da emoção: "já tenho reflectido, na duração arrastada da noite, sobre aquilo que destrói a vida dos mortais. E o que me parece é que não é devido à sua compreensão que praticam o mal: muitos até pensam muitíssimo bem. Mas devemos considerar o seguinte: nós reconhecemos o que está certo e compreendemo-lo, só que não o pomos em prática... quando percebi que estava apaixonada, pus-me a pensar na melhor maneira de aguentar o amor..." (*Hipólito*, v. 375 e sgs.).

Pensar na melhor maneira de aguentar o amor não costuma dar resultado quando se está mesmo apaixonado: e Fedra terá de aprender essa lição. É então o irracional que prevalece em Eurípides? Uma tragédia como *Bacantes*, a última que deixou completa, aponta nesse sentido. Penteu, rei de Tebas, resiste àquilo que ele sente ser a irracionalidade dionisíaca, recusando-se a reconhecer, sequer, Dioniso como deus. O castigo será horripilante. Começa com um terramoto no palácio; e depois o rei racionalista deixa-se convencer por um jovem enigmático de cabelos perfumados (o deus) a vestir-se de mulher, e será nessa figura que terá encontro marcado com a morte, às mãos da própria mãe.

Especialmente desconcertante é a cena em que Penteu sai do palácio vestido de mulher, com um diadema na cabeça. O deus diz "deixa-me ver-te, vestido com o traje de uma mulher, de uma Ménade, de uma Bacante, para espiares a tua mãe e a sua companhia!" (v. 914 e sgs., trad. de Maria Helena da Rocha Pereira). Mas para mim são as palavras com que Penteu responde ao deus que constituem o momento mais arrepiante da tragédia: "parece-me que avisto dois sóis e duas Tebas, duas cidadelas com sete portas. E parece-me que tu, que caminhas à minha frente, és um touro, e que na tua cabeça cresceram chifres. Acaso foste sempre um animal? O certo é que agora te transformaste em touro".

O lirismo de Eurípides, com a sua riqueza de imagens, sons e cores, conta-se entre o que de mais espantoso a poesia grega nos deixou. O voo dos grous, a alegria dos golfinhos, o cintilar, o refulgir, o rebrilhar de cores: tudo expresso numa linguagem carregada de excessos e pleonasmos que são o pesadelo máximo do tradutor. Termino com a ode dedicada a Cípris (Afrodite, deusa do Amor) e Eros, o derradeiro canto coral dessa tragédia incomparável, *Hipólito*:

> És tu, Cípris, que conduzes o espírito intransigente
> dos deuses e dos homens; e contigo Eros das asas
> brilhantes e variegadas, que os abrange
> num rapidíssimo bater de asa.
> Ele voa sobre a terra e sobre o marulhante mar salgado.
> Enfeitiça aqueles em cujo desvairado coração
> irrompe, alado e fulgente de ouro.
> As crias dos animais dos montes e do mar,
> tudo o que a terra alimenta, tudo o que de cima
> o sol ardente contempla – e os homens:
> sozinha estendes sobre todos, Cípris,
> o teu reino majestático.

9. ARISTÓFANES: A MUSA CÓMICA

Os frequentadores do teatro de Dioniso em Atenas tinham estômagos invejáveis. Eram capazes de deglutir, de enfiada, três tragédias seguidas de um drama satírico e, no final do dia, ainda conseguiam digerir uma comédia. E é preciso ver que a comédia ática, no século V a.C., podia ser bastante indigesta. Excremento, flatulência, pulgas, percevejos, sexo oral, sexo anal, hinos ao pénis, a vagina assemelhada a um leitão: vou ficar por aqui. A multiplicidade de referências obscenas nunca deixa de surpreender mesmo quem já conheça bem os textos e, pela parte que me toca, volto sempre a perguntar: isto é cómico? Para o gosto actual, talvez não seja. E, na própria Grécia, este tipo de comicidade não perdurou. Na carreira de um só comediógrafo — único de que temos comédias completas — assistimos ao esplendor e ao declínio daquilo a que se chama "Comédia Antiga".

Pois a última comédia conservada de Aristófanes (*Riqueza*) já se nos afigura bastante comedida em comparação com as loucuras das primeiras peças. Por esse motivo, é compreensível que tenha sido a comédia mais lida e estudada na Antiguidade Tardia e nos mil anos de Bizâncio, acabando por ser o primeiro texto cómico grego a ser traduzido por um português: Miguel Cabedo, que no século XVI traduziu *Riqueza* para... latim. É que o Aristófanes mais comedido desta comédia não o era suficientemente para o gosto quinhentista, que talvez não apreciasse, por exemplo, alusões ao prepúcio, entre outros pormenores anatómicos.

No entanto, a leitura de *Riqueza* obriga-nos a reconhecer um facto iniludível. Ao querer despojar a sua comédia da obscenidade de outrora, Aristófanes cometeu o erro de deitar fora o bebé com a água do banho: é que, juntamente com a dimensão fescenina, foram também pelo ralo abaixo a mensagem política e a dimensão lírica. No que diz respeito a esta última componente, basta dizer que o magistral estudo de Laetitia Parker sobre os cantos líricos de Aristófanes (*The Songs of Aristophanes*, Oxford, 1997) consagra tão-só oito das suas 580 páginas à lírica desta peça.

Se a última comédia conservada de Aristófanes é claramente a mais decepcionante das onze que nos foram legadas pela transmissão manuscrita bizantina, a mais antiga é, a vários títulos, das mais interessantes. *Acarnenses* foi apresentada a concurso em 425, em plena Guerra do Peloponeso, e desenvolve dois temas que se revelariam fulcrais para a comédia aristofânica no seu conjunto: a crítica à guerra e a crítica à tragédia. Na hipocrisia que a caracterizou ao longo dos séculos, a classe política é vítima dos mais mordazes e sardónicos remoques: sem papas na língua, o poeta cómico afirma que a guerra é resultado da corrupção e da cupidez interesseira de uns quantos políticos, capazes a todo o momento de sobrepor a sua ganância ao bem comum dos cidadãos.

Para problematizar estas ideias, Aristófanes recorre a uma personagem deliciosa: Diceópolis (cujo nome congrega as palavras "justo" e "cidade"), um velho rústico, detentor de uma sensatez muito terra-a-terra, que põe em marcha o plano arrojado para obter uma paz tão egoísta quanto a guerra dos políticos. Estabelece um tratado pessoal com os Lacedemónios, pelo que, no seu quintal, a guerra acabou. O abastecimento de víveres, tão prejudicado por anos de guerra, é retomado – só que o único beneficiário é Diceópolis e sua família. Boas carnes, bons legumes e sobretudo boas enguias voltam a estimular o paladar de quem viveu privado de tais pitéus.

O aparecimento das enguias é especialmente saboroso, porque Aristófanes põe Diceópolis a cantar uma monódia de júbilo à maneira trágica, embora com muita displicência cómica pelo meio. O efeito desta paródia é obviamente desconcertante: um voo lírico empolado e repleto de figuras emotivas (apóstrofes, exclamações etc.), dirigido em estilo trágico a um objecto que – escusado será dizê-lo – nunca caberia na tragédia. Mais tarde, em *Rãs*, Aristófanes fará algo de semelhante com uma intrincada monódia trágica à maneira euripidiana, supostamente cantada por uma mulher a quem roubaram a galinha.

Que Eurípides apareça como personagem na primeira comédia conservada de Aristófanes não podia ser mais apropriado, pois, das onze comédias, só as últimas duas, apresentadas já depois da morte de Eurípides, não gozam cruelmente com a poética do mais trágico dos poetas (ainda que, como personagem viva, Eurípides só entre em *Acarnenses* e *Tesmofórias*, figurando ainda em *Rãs* como habitante do mundo dos mortos). Aristófanes faz tudo para nos apresentar Eurípides como mau poeta e ainda pior dramaturgo, mas o efeito cumulativo das críticas acaba por despertar no leitor das comédias um sentimento de fascínio por Eurípides – sentimento esse (ou me engano muito...) a que o próprio Aristófanes não foi insensível.

Em *Acarnenses*, a crítica a Eurípides centra-se no facto de, muito literalmente, ele ter vestido a tragédia de farrapos. E são os farrapos utilizados pelo herói euripidiano Télefo que Diceópolis vem pedir emprestados ao tragediógrafo, numa cena que pretende também ridicularizar os processos de composição de Eurípides – o qual, como não podia deixar de ser, compõe as tragédias vestido de roupas andrajosas, para melhor entrar na mente de quem, em cena, as terá de vestir. Este tema virá novamente à baila em *Tesmofórias*, quando Ágaton é posto a ridículo por andar vestido de mulher, o que propicia especulações picantes sobre o papel que Ágaton gostará de desempenhar na relação sexual.

Mais cruel ainda é a crítica a Sócrates em *Nuvens*. O filósofo que, no retrato de Platão, lançou os alicerces da metafísica e, no relato talvez mais fidedigno de Aristóteles, se dedicou ao foro da ética, é apresentado ao público do teatro de Dioniso sob a forma de obcecado indagador sobre questões de lana caprina, como por exemplo quantas vezes a pulga será capaz de saltar o comprimento das suas próprias patas. Pior do que isso, é-lhe apontada a capacidade, ou o "jeito empírico" (como Platão dirá mais tarde no *Górgias*), de fazer prevalecer argumentos injustos sobre argumentos justos. Há aqui uma vontade nítida e obstinada de confundir Sócrates com os sofistas, célebres pelo seu cinismo e amor ao vil metal. Isto seria para rir? Pelo menos no diálogo que Platão escreverá muito mais tarde (aquando da estreia de *Nuvens*, Platão teria cinco anos) sobre a festa de Ágaton após a primeira vitória deste nas competições trágicas – o célebre *Banquete* –, encontramos Sócrates, Ágaton e Aristófanes muito bem dispostos na companhia uns dos outros: e no final do diálogo, até vemos Sócrates a tentar convencer o comediógrafo e o tragediógrafo de que a pessoa mais capacitada para escrever tragédias é também a mais capacitada para escrever comédias... paradoxo impensável na Antiguidade, mas que Shakespeare, Verdi e Wagner viriam muitos séculos mais tarde a convalidar.

Sócrates poderá não ter levado a mal a comédia *Nuvens*, mas o público não a levou a bem. Na versão que até nós chegou, há um momento coral a meio da peça em que notamos a reescrita própria de uma "segunda edição". Trata-se da chamada "parábase", um extenso canto entoado pelo coro, directamente dirigido à assistência e ao júri do festival, com assumida quebra de ilusão dramática. Na parábase desta segunda edição de *Nuvens*, Aristófanes queixa-se de a primeira versão ter sido mal recebida, por falta de cultura e discernimento da parte do público. Ao lermos o texto, ficamos com a impressão de que a comédia aristofânica é tão requintada e rarefeita que nenhum público teria sensibilidade suficiente para lhe fazer justiça, tanto mais que a assistência do teatro seria constantemente brindada com comédias rasteiras, cheias de piadas excrementícias e obscenas, da autoria dos rivais de Aristófanes...

É um traço reconhecível da psicologia humana criticarmos severamente nos outros os nossos próprios defeitos, mas aqui Aristófanes exagera. E logo nas *Nuvens*, cujo subtítulo podia ser "A comédia dos peidos". Mas talvez tenhamos de deixar em aberto a possibilidade de Aristófanes ter estado intimamente convencido da sofisticação elevada da sua comédia, pois noutras peças volta à carga com a mesma coisa: os rivais apostam na comicidade reles e obscena, ao passo que ele nunca permitiu que a Musa Cómica descambasse dessa maneira... Mas quando chegamos a *Rãs*, a obra-prima do poeta (de 405), já vemos Aristófanes a gozar com as suas próprias preocupações acerca da "comédia limpa" e da "comédia porca", e, no prólogo, o escravo Xântias vai atirando ao ar todos os gracejos sobre toda a espécie de incontinência intestinal na presença do próprio deus do teatro, Dioniso, que, para manter as aparências, finge achar tudo aquilo repugnante.

Mas nas *Rãs* não seriam estas piadas de mau gosto a provocar o deslumbramento da assistência, mas sim o coro de batráquios canoros, com o famoso verso *bre-ke-ke-kéx coáx coáx*, numa sequência lírica jâmbico-trocaica à maneira do estilo tardio de Eurípides, na qual o verso em causa, que imita os vocalizos dos "cisnes coaxantes", é um lecítio, isto é, um verso que tanto pode ser interpretado como dímetro jâmbico a que

Aristófanes 69

falta a primeira sílaba (acéfalo) ou como dímetro trocaico a que falta a última (cataléctico): por esse motivo, é o verso ideal para o poeta passar de um ritmo para o outro dentro da mesma sequência lírica. O facto de as rãs cantarem esta música tão euripidiana traz água no bico, neste caso uma insinuação maldosa: não serão os cantos líricos de Eurípides um pouco como o coaxar das rãs (ou seja, desprovidos de sentido), tal como os cantos de Ágaton tinham sido descritos em *Tesmofórias* como "carreiros de formigas"?

Curiosamente, há notícia de uma comédia perdida intitulada *Formigas*. Que som produziria o coro? E o coro da comédia chamada *Peixes*? Quanto às *Cegonhas*, já imaginamos que os sons seriam parecidos com a sinfonia da passarada nas *Aves*, onde Aristófanes consegue efeitos poéticos de um virtuosismo estonteante na reprodução de diversos chilreios, gorjeios, trinados e assobios. O canto da Poupa, em particular, parece-me dos momentos mais altos de toda a poesia grega, pelo estranho milagre que opera: a mais artificial elaboração aparece sob a capa da mais completa espontaneidade.

Há qualquer coisa de primordial na poesia de *Aves*: uma espécie de dimensão órfica, mágica, encantatória – um pouco como no hino ao pénis de *Acarnenses*, em que, no fundo, não há obscenidade: há força telúrica, aliada à naturalidade de se aceitar a anatomia humana como ela é. Também a poesia aristofânica tem de ser apreciada "como ela é". E neste aspecto não é por acaso que tanto *Acarnenses* como *Aves* terminam, à semelhança de *Paz*, *Lisístrata* e *Tesmofórias*, com a explicitação de preliminares que, a seguir ao último verso da peça, culminarão no orgasmo.

10. CALÍMACO, APOLÓNIO, TEÓCRITO: A POESIA MODERNA

Da poesia que foi produzida na Grécia de Homero a Aristófanes chegou-nos apenas uma ínfima fracção. Mas a leitura dessa "fracção" é o suficiente para nos interrogarmos sobre o interesse de se acrescentar mais um verso a uma poesia que, de forma inultrapassável, abrangeu todos os géneros: poesia épica, jâmbica, elegíaca, lírica, filosófica (Parménides, Empédocles), trágica, cómica. E, na verdade, alguns helenistas actuais ainda partilham a opinião dos filólogos do século XIX, segundo a qual toda a poesia grega que veio depois de Aristófanes mais valia não ter sido escrita.

Ora, se nós sentimos isto perante a ínfima fracção, muito mais esmagados se teriam sentido poetas como Calímaco e Apolónio de Rodes, sentados nos seus gabinetes na Biblioteca de Alexandria, perante a "Poesia Toda" da Grécia, que tinham ali à mão de semear. Mas o que é facto é que não se deixaram esmagar. Procuraram novos "caminhos" — termo eminentemente programático, que o próprio Calímaco empregou na sua arte poética, o chamado "prólogo" do poema elegíaco *Origens*.

Pela influência pervagante que exerceu, tanto em Alexandria como em Roma, o prólogo das *Origens* pode ser considerado o texto fundador da poesia helenística. É um texto apologético, em que Calímaco rejeita tanto a temática épica das "armas e barões assinalados" como o poema de grande extensão, propondo no seu lugar uma poesia "delgada". Esta terminologia da poesia delgada, por oposição à poesia "gorda", vem das *Rãs* de Aristófanes; concretamente do duelo poético, no Hades, entre Ésquilo e Eurípides. Ésquilo acusa Eurípides de ter depravado a tragédia, ao que Eurípides responde que não a depravou — o que fez foi "emagrecê-la".

Calímaco não explicita a temática que ele julga dever substituir os reis e heróis da mitologia: prefere comparar-se ao rouxinol, à cigarra e ao cisne, decerto convicto de que, com a leitura das *Origens*, os seus destinatários veriam na prática o tipo de poesia que ele preconizava. O nosso problema actual é justamente de não podermos ler as *Origens*, a não ser de forma muito fragmentária. Sabemos que se tratava de um poema em quatro livros, o que logo à partida levanta suspeitas quanto à rejeição, afirmada no prólogo, do poema longo. Mas para percebermos um pouco da poesia delgada de Calímaco, temos de recorrer a outros textos.

Infelizmente, o mais importante a seguir às *Origens* chegou até nós de forma ainda mais mutilada (pensa-se que o último manuscrito foi queimado em 1204, no saque de Constantinopla pelos cruzados ocidentais): é o "epílio" *Hécale*, um texto que, em Roma, também exerceu uma influência espantosa. A palavra "epílio" designa uma epopeia miniatural e será de supor que todo o poema não ultrapassasse o número de versos correspondente a um canto dos poemas homéricos. Pelas informações que até nós chegaram, a temática parece insólita: a figura que dá o nome ao poema seria uma velha muito pobre, que vivia numa cabana na floresta e que dava uma sopa de legumes a dois jovens heróis que lhe vieram bater à porta... Estamos longe, portanto, do universo da *Ilíada*: tão longe da guerra como das infindáveis espetadas de carne. Poesia delgada, de facto; pelo menos no que toca à sopa de legumes.

E já que estamos em maré culinária, os crustáceos é que não podem faltar à mesa da poética calimaquiana. Especialmente simbólico da estética "delgada" (e o adjectivo grego é *leptós*, que significa também "requintado", "subtil") é o epigrama de Calímaco que, desde a primeira colectânea moderna, organizada por Nicodemo Frischlin em 1577, tem o nº 5. Este epigrama precursor de Francis Ponge assume logo à partida uma feição diferente dos demais, em virtude de, à excepção do primeiro da colecção, cuja autoria calimaquiana é duvidosa, ser este o poema mais longo (de que temos conhecimento) do autor nesta modalidade. A questão não é despicienda, tratando-se de um poeta que se celebrizou pela defesa que empreendeu da perfeição miniatural como critério de aferição poética.

No epigrama de Calímaco, é a própria concha que fala na primeira pessoa: as palavras iniciais são "concha" (*kónkhos*) e o pronome "eu" (*ego*). A terceira palavra do poema é um vocativo, que tem por referente a deusa do amor, cuja associação à concha está amplamente documentada, desde a Antiguidade até ao *Nascimento de Vénus* de Botticelli. O "eu lírico" insólito deste poemeto relata o seu percurso como criatura viva no mar e sua ulterior transformação em "objecto lúdico e ornamental" (v. 8), admirado por todos os que visitam o templo de Zefírio, dedicado simultaneamente a Afrodite e a Arsínoe (esposa de Ptolemeu Filadelfo).

A opção de Calímaco pelo adjectivo *leptós* como termo qualificativo da sua poesia no prólogo das *Origens* é uma das coincidências mais fascinantes da história literária, dada a relação que estabelece com este poema da concha, na sua função de poema exemplificativo de uma poética. É que a etimologia de *leptós* associa-o a *lépas* ("rocha") e *lepás*, que significa: concha. E se atentarmos na forma correspondente latina, *lepidus* (cujo sentido é "gracioso", "elegante"), verificamos que está igualmente relacionada com vocábulos que significam "concha", como *lepas* e *lopada*. Aliás, no v. 493 da *Casinaria* de Plauto, "conchas" é mesmo o sentido que, por metonímia, devemos adscrever à forma *lepidas*. Por outras palavras, a poesia helenística surge como uma forma de "rococó literário" *avant la lettre* (note-se que a palavra "rococó" vem de *rocaille*, onde encontramos as rochas e as conchas do *leptós* calimaquiano).

Poesia rocalhosa, talvez, mas sobretudo poesia encarreirada numa senda nova, pela importância dada ao quotidiano, a personagens simples, rústicas, pobres. Estas características determinarão, sem dúvida, a estética própria da poesia helenística, onde não faltarão cabreiras, pescadores, velhinhas, donas de casa, prostitutas e prostitutos, animais de estimação, feiticeiras, rocas, bebés, queijos, favas tostadas, grinaldas de aipo e a fustigação de estátuas com cebolas albarrãs.

Este debruçamento ávido sobre o rosto do real (para parafrasear Sophia no poema "Em Hydra, evocando Fernando Pessoa"[6]) é-nos dado, porém, numa linguagem tão artificial que os diálogos da tragédia euripidiana, por comparação, parecem quase conversas de rua. Mesmo quando os poetas helenísticos recuperam registos de linguagem do passado, conseguem introduzir tantos arrebiques, exibicionismos e exageros de ornamentação, que o registo original acaba por ser pouco mais que a sombra de um sonho.

O caso mais evidente é o de Apolónio de Rodes, que, com ou sem autorização de Calímaco (seu professor), escreveu uma epopeia intitulada *Argonáutica*. A história diz respeito à viagem de Jasão e dos Argonautas à Cólquida em demanda do velo de ouro. Com a ajuda de Medeia, os Argonautas alcançam o seu objetivo. Mas para fugir à ira do pai (e também porque está apaixonada por Jasão), Medeia deixa a Cólquida rumo à

---

6   Sophia de Mello Breyner Andresen. *Dual. Obra poética III*. Lisboa, 1991.

Grécia, o que originará as desgraças já encenadas por Eurípides em *As Felíades* (sua tragédia de estreia, hoje perdida) e *Medeia*. Apolónio tem claramente a noção de que a sua epopeia é "pós--euripidiana" e as personagens de Medeia e Hipsípile, por já serem heroínas famosas do teatro trágico, são desenvolvidas de uma maneira que não é genuinamente "épica" (questão a que Virgílio, fascinado leitor de Apolónio, foi muito atento na construção da personagem de Dido na *Eneida*).

O metro e o registo de língua utilizados por Apolónio na *Argonáutica* pretendem ser homéricos, mas o poeta helenístico ficou muito aquém do original. Aquém – ou talvez além? Comparar a *Odisseia* com a *Argonáutica* é um pouco como comparar vinho tinto com vinho do Porto: pessoalmente prefiro vinho tinto; mas o Porto também tem o seu lugar. Embora cada um dos poemas homéricos tenha 24 cantos e a *Argonáutica* tenha só quatro (pelo menos na extensão os preceitos calimaquianos foram postos em prática), é o poema de Apolónio que nos parece ter mais momentos mortos, mais excrescências, mais enfeites desnecessários.

No entanto, há passos em que a sofisticação helenística produz efeitos magníficos. Um dos mais belos é aquilo que suponho ser a primeira materialização do tópico, mais tarde imortalizado pelas artes plásticas (e nomeadamente por Velázquez), do "Espelho de Vénus". Trata-se de uma écfrase onde se descreve a tapeçaria tecida por Atena, em que Afrodite contempla o seu reflexo no espelho constituído pelo escudo de Ares. O requinte implícito nos vários níveis da descrição é notável: a simbologia de ser na armadura do deus da guerra que a deusa do amor vê o seu rosto reflectido; a refracção de luz sugerida por meio de dois filtros que, segundo as leis da Física, não reflectem a luz – a tecelagem e o texto literário.

Mas é no escalpelo psicológico das contradições da paixão que Apolónio tem granjeado mais apreço da parte dos leitores modernos. O modo como a paixão de Medeia é encenada acrescenta à tragédia euripidiana cambiantes e incisões desassombradas que só a narrativa na terceira pessoa pode trazer. Se há trecho poético que prenuncia a complexidade interior do romance enquanto género literário é o Canto III da *Argonáutica*, onde encontramos, além do mais, imagens de vertiginosa beleza poética (algumas serão imitadas na *Eneida*), de que destaco o primeiro encontro a sós entre Jasão e Medeia, que ficam imobilizados, um perante o outro, no turbilhão sufocante de sensações de medo e de alegria, "como dois altos pinheiros".

Dos três grandes poetas helenísticos — Calímaco, Apolónio e Teócrito — é o último que se afirma sem qualquer esforço como criador original. Se a poesia bucólica foi ou não invenção de Teócrito é algo que não se pode comprovar: certo é, todavia, que não há qualquer informação de poesia pastoril em língua grega anterior à do poeta siracusano que, decepcionado com o ambiente pouco propício às artes na Sicília, decide tentar a sua sorte em Alexandria, onde escreverá um encómio a Ptolemeu que é das bajulações mais enjoativas da literatura clássica, apenas superada, em termos de mau gosto, por Marcial.

Mas não é no Teócrito "lambe-botas" que interessa fazer incidir a nossa atenção, mas no poeta que, como ninguém, falou do travo amargo que o amor deixa na boca de quem ama. O amor neste espaço bucólico idealizado é sempre não correspondido e quase todos os idílios vivem do contraste entre o paraíso em que as personagens pastoris se encontram e o inferno que vivem dentro de si próprias.

A personagem arquetípica deste mundo pastoril é Dáfnis, que morre misteriosamente no primeiro idílio da colectânea de Teócrito, vencido pelo desejo sexual a que jurara resistir. Isto é, o poema deixa em aberto a interpretação de que Dáfnis se afoga por saber que, se não optar quanto antes pela morte, não será capaz de resistir por mais tempo ao apelo do sexo.

Onde estará a linha separadora entre a necessidade exclusivamente física de alívio sexual e o idealismo da paixão é um problema crucial (e, para as personagens, excruciante) da poesia de Teócrito. O facto de as figuras intervenientes serem pastores dá azo a que o poeta focalize também a sexualidade "animalesca" das cabras e dos bodes, contrapondo-a ao desajeitamento dos pastores na gestão dos seus impulsos e sentimentos. Não estamos aqui, de forma alguma, no bucolismo madrigalesco de Camões (e muito menos no bucolismo de salão dos árcades setecentistas): somos colocados por Teócrito perante a realidade nua, e muitas vezes crua, do desejo. Os pastores de Teócrito posicionam-se uns perante os outros numa teia complexa de relações – e essas relações não excluem actos sexuais entre eles, expressos com desconcertante violência de linguagem (como nos mostra o Idílio v).

Mas além do sexo há outro tema obsessivo em Teócrito: a poesia. O mais belo e mais enigmático idílio (VII) é narrado na primeira pessoa e fala da caminhada, rumo a uma festa para celebrar a abundância do verão, onde o narrador e dois amigos encontram Lícidas, um "cabreiro" que apresenta fortes semelhanças com o deus Apolo. Há uma troca estranha de galhardetes entre o narrador e Lícidas, com emprego de terminologia suspeitosamente calimaquiana – sobretudo no que diz respeito à condenação dos imitadores de Homero, "a passarada das Musas que se põe a cacarejar contra o aedo de Quios". Depois cada um apresenta um poema de urdidura recente: poemas de amor, ambos de tema homoerótico, e ambos repletos de alusões a possíveis controvérsias literárias que já não podemos reconstituir. No termo desta apresentação poética, Lícidas oferece um cajado ao narrador, num gesto claramente reminiscente do episódio relatado por Hesíodo no proémio da *Teogonia*.

A poesia bucólica não é o único género representado na colectânea de Teócrito. Há poemas que se passam na própria cidade de Alexandria e o mais divertido é sem dúvida o Idílio xv, em que acompanhamos duas donas de casa alexandrinas (com realismo e montagem cinematográficos) num percurso pela cidade que termina no próprio palácio real, onde assistem a um concerto. Os pormenores do quotidiano são impagáveis: os transeuntes que as empurram nas ruas apinhadas de gente; a birra, antes de saírem de casa, do filho pequeno que também quer ir com a mãe; a maledicência constante das duas senhoras, em que o alvo preferencial são os maridos; um homem indelicado a mandá-las calar, já sentadas à espera que comece o concerto; a pressa de se irem embora no fim do recital, porque têm os maridos em casa à espera do jantar.

O momento mais interessante – e também mais expressivo do que é a própria poesia de Teócrito – surge quando as donas de casa entram no palácio e ficam pasmadas perante uma tapeçaria. "Que coisa esperta é o ser humano!", exclama uma delas, encantada com o trabalho do tecelão. "Parece que as figuras estão vivas! Parece que respiram!"

11. A LÍNGUA GREGA

Tragicamente arredada dos planos de estudo do ensino secundário e aprendida por uma minoria insignificante no ensino superior, a língua de Homero, Platão e do Novo Testamento tornou-se, em Portugal, aquilo que em 3 mil anos de história nunca chegou verdadeiramente a ser: uma língua morta.

É pena. Pois não só é um idioma mais belo e mais expressivo do que qualquer língua moderna (e se há pessoa que ama profundamente o português, o inglês e o alemão é o autor destas linhas...): foi em grego que os textos mais fundamentais para a nossa consciência de europeus foram escritos.

É uma língua difícil, sem dúvida. Para ser dominada com um mínimo de competência, requer à vontade dez anos de estudo diário, intenso. É uma língua exigente, porque quem não a lê todos os dias acaba rapidamente por esquecer o vocabulário, a diabólica morfologia, a multiplicidade de fenómenos fonéticos, os mistérios arcanos da sua acentuação. Pegar na *República* de Platão e lê-la como se fosse o jornal? São poucos os classicistas que chegam a esse estado de beatitude.

Na Universidade de Cambridge, tive o privilégio de conhecer alguns dos maiores helenistas da actualidade. Qualquer um deles lia grego todos os dias — treino diário, como se fossem pianistas ou atletas — para não perder a forma. James Diggle disse-me uma vez durante um almoço no Queens' College (colégio de Erasmo) que tinha estado de manhã a ler Teofrasto e, coisa insólita!, tinha encontrado uma palavra que não conhecia. "Fiquei irritado comigo mesmo", confidenciou-me, "pois tinha obrigação de a conhecer: aparece uma vez nas *Vespas* de Aristófanes".

Na minha esfera mais modesta, não sinto a esse ponto a obrigação de fixar uma palavra que só surge duas vezes em toda a literatura grega. Mas tenho consciência aguda da necessidade de trabalhar o grego todos os dias; do risco que me espreita sempre: deitar a perder anos de estudo. É mais fácil esquecer o grego do que aprendê-lo.

Claro que quando falo dos dez anos necessários para se chegar a um patamar decente de competência, estou-me a referir evidentemente a uma certa "profissionalização" na língua grega. São necessários esses dez anos para se ser helenista. Mas não há qualquer necessidade de todos sermos helenistas. Aliás, é uma profissão que o mercado de trabalho não comporta em grandes quantidades. Mas tal como muitos jovens e adultos, que nunca virão a ser a Maria João Pires, podem e devem aprender a tocar piano, do mesmo modo seria interessante para qualquer pessoa minimamente curiosa no que toca aos seus próprios processos interiores (mentais, anímicos) aprender pelo menos dois anos de grego clássico.

Para quê? Aqui reside a grande questão. Quando me perguntam a profissão e eu digo "professor de grego" a reacção é invariável: "Isso serve para quê?". Houve tempos em que dei por mim a responder "não serve para nada". Mas agora estou absolutamente convicto da seguinte resposta: "serve para tudo".

Há dois argumentos tradicionais que são normalmente invocados quando se trata de defender o ensino e aprendizagem das línguas clássicas. O mais patusco alega que aprender grego ou latim torna as pessoas mais inteligentes! Nas palavras do inimitável Raúl Miguel Rosado Fernandes[7], "se isso fosse verdade, não haveria tantos classicistas estúpidos".

Sou um pouco mais sensível ao segundo argumento tradicional: saber grego e latim enriquece a relação do lusitano com a sua própria língua. Digo "um pouco mais", porque já reparei há algum tempo que, entre as camadas mais jovens da população universitária, os estudantes de línguas clássicas falam tão mal português como os que nunca leram duas palavras de Horácio. "É assim": parece que o português falado entrou em queda livre, a todos os níveis. Trata-se de um fenómeno histórico,

---

7 Raúl Miguel Rosado Fernandes (1934-2018) foi um professor, escritor e político português. Lecionou no Departamento de Filologia Clássica da Faculdade de Letras da Universidade de Lisboa, instituição da qual foi reitor. [N. E.]

sociológico; irreversível, de qualquer forma — e os botas de elástico da "correcção" podem bem arrumar de vez as botas.

Não, o grego não torna ninguém mais inteligente; também não oferece defesa contra a plastificação da língua portuguesa, imposta por uma televisão tão reles como a de Itália, pátria de Horácio. Há apenas duas razões para aprender grego. Dá prazer. Alarga.

Sobre o prazer não direi nada. Como naquela outra actividade, em relação à qual "fazer" é bem melhor que "descrever", só posso dar um conselho: experimentem.

Sobre o alargamento é que me sinto na obrigação de partilhar alguns conhecimentos. E começo por exemplificar este conceito recorrendo a outra língua, cuja proficuidade actual ninguém põe em causa: o inglês. Vale a pena aprender inglês? Esta pergunta suscita logo uma catadupa de respostas irrefutáveis: é a língua internacional, é a língua da União Europeia, é a língua da net, é a língua do Harry Potter. Mas se me perguntassem a razão pela qual eu considero a aprendizagem do inglês necessária, eu diria a mesma coisa que disse em relação ao grego: alarga. Alarga o horizonte mental, força o português que aprende a língua de Shakespeare a descobrir coisas novas sobre si próprio; coisas às quais a sua lindíssima e musicalíssima língua materna não lhe dá acesso. *Consciousness*, por exemplo, palavra de que "consciência" é uma imperfeita aproximação. *Awareness*. Não vou multiplicar os exemplos. Vou só dizer que o acto de aprendizagem que nos leva a criar uma directoria nova na nossa mente para abarcar palavras como *consciousness* ou *awareness* "alarga" a capacidade interior da alma: cada nova palavra que nos enriquece com um novo estado de consciência (na acepção de *consciousness*) aumenta-nos a contagem total dos giga-bytes mentais. Quem estuda alemão apura a sua capacidade de sentir ao aprender a diferença entre *fühlen* e *spüren*. Estes dois verbos reduzem-se a um em português: sentir. Mas é o alemão a ensinar-nos que o nosso verbo é "dois em um", alargando-lhe assim o potencial.

Ora, o grego alarga por todas estas razões, mas também pela própria estrutura da sua morfologia. No romance *Middlemarch* da autora inglesa George Elliot, há uma personagem que diz "a conjugação verbal do grego antigo é inatingível para o cérebro da mulher". A misoginia da personagem levou à omissão das três palavras que, em rigor, deveriam completar a frase. "A conjugação verbal do grego antigo é inatingível para o cérebro da mulher e do homem."

De facto, nada há de mais potenciador do alargamento mental que um verbo com três vozes (activa, passiva e média), seis modos (indicativo, imperativo, conjuntivo, optativo, infinitivo e particípio), sete tempos (presente, imperfeito, futuro, aoristo, perfeito, mais-que-perfeito, futuro perfeito), conjugado em três números (singular, plural, dual) e cujos particípios são declinados em quatro casos (nominativo, acusativo, genitivo, dativo), três números e três géneros (masculino, feminino e neutro).

Felizmente, nem todos os modos têm todos os tempos. O modo mais rico do ponto de vista da multiplicidade de formas é o indicativo. Os outros modos dispensam tanta confusão de tempos porque, curiosamente, não exprimem "tempo", mas sim "aspecto". E aqui está um aspecto em que me vou demorar um pouco, pois é a partir dele que podemos surpreender o "alargamento" proporcionado pela aprendizagem do grego de modo mais facilmente apreensível.

Como se viu pela enumeração acima exposta, existe um tempo verbal em grego sem equivalência em português: o aoristo. É um tempo a que está associada uma qualidade muito pontual e concreta, contrariamente à vagueza, atinente ao aqui e agora, implícita no tempo verbal "presente". Quando estamos sentados numa biblioteca e vemos um letreiro a dizer "silêncio", o *aspecto* expresso é equivalente ao presente em grego: algo que não tem focalização concreta em termos temporais; o silêncio é simplesmente para fazer sempre. Mas quando dizemos a alguém "cala-te!", estamos a empregar o aoristo, uma vez que o *aspecto* verbal tem uma qualidade claramente pontual. Embora, no que diz respeito a certas pessoas, tal possibilidade se afigurasse aliciante, não estamos a dizer à pessoa para nunca mais abrir a boca em toda a sua vida.

Um exemplo mais profundo desta oposição presente/aoristo vem ao encontro dominical de quem vai à missa. Por que é que se vai à missa? Há uma frase na liturgia, retirada do Novo

Testamento, que nos dá a resposta: "Fazei isto em memória de mim". Cristo não disse estas palavras em grego; mas como foi em grego que os Evangelhos foram escritos, a língua de Homero e Platão é o mais perto que conseguimos chegar, sem o contacto em segunda mão proporcionado por traduções, das palavras de Jesus. E a frase em grego é *toûto poieîte eis ten emen anámnesin*. O imperativo "fazei" está conjugado no presente do verbo grego: é como o "silêncio" no letreiro da biblioteca, algo para se fazer sempre. Se o evangelista tivesse utilizado o aoristo (*poiésate*), tal teria significado que a Eucaristia era algo de pontual, só ali, na Última Ceia. Não era para continuar a fazer no futuro e toda a história do Cristianismo teria sido diferente.

Sobremaneira interessante na frase de Cristo é a palavra *anámnesis*, que neste caso se traduz por "memória". No entanto, é a mesma palavra utilizada por Platão para "reminiscência", o processo anímico e filosófico que nos aproxima da Verdade. Não é uma frase vã dizer que o Novo Testamento está escrito na língua de Homero e Platão, pois poucas línguas terão mudado tão pouco ao longo dos seus 3 mil anos de história como o grego, desde as tabuinhas de barro encontradas em Creta e Pilos do século XIII a.C. ao grego moderno que lemos nas embalagens de muesli ao pequeno almoço. A palavra que Homero emprega para descrever o desmaio de Laertes, pai de Ulisses, no Canto XXIV da *Odisseia* voltará a aparecer, depois de setecentos anos, no Evangelho de São Lucas.

Mas, no estudo do grego, não é só a morfologia que alarga. Aprender o emprego dos modos verbais a nível sintáctico é, também, uma aventura do espírito. A língua grega tem possibilidades quase infinitas de expressão nas orações subordinadas, graças à alternância entre "sequências vívidas" e "sequências estritas". Não vou maçar o leitor com pormenores técnicos: direi apenas que isto tem a ver com o emprego do conjuntivo ou do optativo em orações subordinadas cujas orações subordinantes têm o verbo no imperfeito, no aoristo ou no mais-que-perfeito (os chamados tempos "secundários" do passado). A opção por parte do autor pelo conjuntivo ou pelo optativo nas subordinadas depende do modo como ele quer iluminar o texto: a mesma frase pode ser dita com mais ou menos ironia, mais ou menos convicção, mais ou menos isenção – dependendo do modo (conjuntivo ou optativo) escolhido.

Isto corresponde a um fenómeno impossível de traduzir, pois as orações subordinadas na tradução portuguesa ficam exactamente iguais, quer o verbo em grego esteja no optativo (sequência estrita) ou no conjuntivo (sequência vívida). Há, por conseguinte, toda uma paleta de cores no texto de Platão que se perde na nossa língua – e refiro Platão por ser um autor que encontrou em duas tradutoras portuguesas (Maria Helena da Rocha Pereira e Maria Teresa Schiappa de Azevedo) um apuramento na transmissão de inúmeras subtilezas que, pessoalmente, nunca encontrei até nas melhores traduções alemãs.

Mas o tradutor não pode fazer milagres. E quem queira abarcar o texto de Homero, de Platão ou do Novo Testamento em toda a sua latitude e longitude tem de se "alargar". Tem mesmo de aprender grego.

Poesia grega

1. A *ODISSEIA* HOMÉRICA: NOVAS VISÕES, VELHOS PROBLEMAS

Em meados da década de 1990 do século XX, as Universidades de Coimbra e Lisboa receberam a visita de um monstro sagrado da filologia grega: nada menos que o helenista inglês Sir Kenneth Dover. Conhecido pelo seu vocabulário aristofânico (para consternação da esposa, a sempre afável Lady Dover), o ex-presidente da British Academy e ex-reitor de um prestigiado colégio da Universidade de Oxford virou-se para mim, no meio de um engarrafamento na vila de Sintra, e declarou: "99% do que se publica sobre literatura grega é lixo".

E aqui devo avisar que a minha tradução das palavras que o senhor proferiu em inglês não é inteiramente literal – mas escusar-me-ei a entrar em pormenores. Direi, antes, que esta peremptória consignação para as latrinas da Filologia Clássica de 99% do que se escreve sobre literatura grega me tem consolado muitas vezes na *grande bouffe* bibliográfica que é aflorar, ainda que modestamente, uma amostra do que se tem escrito sobre Homero.

É que, se já nas primeiras décadas do século XIX os filólogos na Alemanha se queixavam do acervo incomportável de bibliografia acumulada sobre os poemas homéricos, que dirão os seus sucessores no século XXI? Ao menos, na época de Kayser, a filologia homérica limitava-se a uma língua, o latim[1]. Hoje em dia, pelo contrário, o helenista consciencioso sente-se esmagado pelos produtos cada vez menos apetecíveis da industrialização de teses e artigos, muitas vezes em línguas que não sabe, nem faz tenção de vir a saber. Mais oralismo, mais feminismo, mais estruturalismo, mais desconstrucionismo? Por vezes só de olhar para os títulos de *L'Année Philologique* sentimos um misto de desânimo e de azia intelectual.

Por outro lado, na nossa pretensão moderna de dominarmos quantidades gigantescas de bibliografia recente — pretensão essa a que Nigel Wilson, editor de Sófocles e um dos maiores helenistas das actualidade, chamou "um hábito académico desproporcionalmente sobrevalorizado hoje em dia"[2] — arriscamo-nos a esquecer a bibliografia mais antiga. Sobretudo no que diz respeito a certos problemas "eternos" da filologia homérica, temos de reconhecer amiúde que não se avançou muito desde os anos 1960, nalguns casos; desde o século XIX, noutros; e, noutros ainda, desde Aristarco, desde Aristófanes de Bizâncio, desde a *Poética* de Aristóteles.

Não será um dos maiores problemas da *Odisseia* o facto de Aristóteles ter elogiado Homero pelo bom gosto em omitir a história da cicatriz de Ulisses, quando na verdade ela está lá, de pedra e cal, no Canto XIX? E o problema não se resolve por meio da excisão dos versos em causa, pois a *Odisseia*, sem eles, não faria sentido. Há somente duas soluções, ambas hipotéticas: postularmos a existência de outra versão da *Odisseia*, conhecida em Atenas no século IV a.C., onde de facto não figurava o episódio da cicatriz de Ulisses; ou então aceitarmos muito simplesmente que Aristóteles se enganou.

Embora a segunda hipótese não seja improvável — pois é sabido que, ao referir-se, na *Retórica* e na *Poética*, ao *Rei Édipo* de Sófocles, Aristóteles comete erros de palmatória[3] —, é a primeira

---

1   Foi o caso do livro do próprio K. L. Kayser, *Disputatio de diversa Homericorum carminum origine*. Heidelberg, 1835.
2   N. G. Wilson, *Scholars of Byzantium*. Londres, 1996.
3   Por exemplo, a citação do v. 774 (com uma palavra errada) como se figurasse no prólogo (*Retórica* 1415a20); ou a descrição absurda do papel desempenhado pelo mensageiro coríntio na *Poética* (1452a).

tese, de que a *Odisseia* teria conhecido diferentes versões, que surge aos olhos da melhor filologia homérica moderna como interessante e profícua, não só pelo que ilumina do conteúdo do poema, como pelas intrigantes pistas de reflexão que proporciona.

Não admira, portanto, que três das mais importantes publicações sobre a *Odisseia* dos últimos cinquenta anos (ou seja, desde *The Homeric Odyssey* de D. L. Page, Oxford, 1955) discutam e apresentem achegas para reconstituições possíveis de versões alternativas, versões essas que, à semelhança do gato que aparece e desaparece em *Alice no País das Maravilhas*, deixaram, depois de desaparecer, o rastro de um sorriso fantasmagórico.

As publicações a que me refiro são três comentários ao texto integral da *Odisseia*; e quem queira dedicar-se a um estudo mais aprofundado do poema homérico não pode dispensar nenhum deles.

Começando pelo comentário mais antigo, que saiu na Oxford University Press no final da década de 1980 (depois de uma versão italiana na Fondazione Lorenzo Valla)[4], será objectivamente o mais útil dos três, porque alia à aposta no formato tradicional (canto a canto, verso a verso) uma procura de comedimento e isenção no modo de apresentar as muitas questões controversas suscitadas pela *Odisseia*. No entanto, os diferentes cantos do poema foram repartidos por vários helenistas, o que logo à partida imprime alguma oscilação de qualidade ao trabalho no seu conjunto (o mesmo problema é visível no comentário à *Ilíada* em seis volumes, da autoria de vários especialistas, publicado pela Cambridge University Press). Pelo equilíbrio, pela prodigalidade de informações úteis e pela finura de análise, a parte referente à Telemaquia (Cantos I-IV), da responsabilidade de Stephanie West, sobreleva claramente às outras.

Depois, em 1993, veio a bomba (que, contudo, nunca chegou verdadeiramente a rebentar): o comentário, acrescido de uma

---

4 A. Heubeck, S. West & J. B. Hainsworth, *A Commentary on Homer's Odyssey*, vol. I. Oxford, 1988 [Cantos I-VIII]. A. Heubeck & A. Hoekstra, *A Commentary of Homer's Odyssey*, vol. II. Oxford, 1989 [Cantos IX-XVI]. J. Russo, M. Fernández-Galiano & A. Heubeck, *A Commentary on Homer's Odyssey*, vol. III. Oxford, 1992 [Cantos XVII-XXIV].

tradução provocante e incomparável na sua aspereza e fealdade, da autoria de Roger Dawe (*The Odyssey*, Lewes). Este livro foi objecto de uma autêntica conspiração de silêncio nos meios académicos internacionais: foi recenseado com grande azedume e incompreensível malevolência na revista *Classical Review* (nº 45, 1995) e, a partir daí, nunca mais se falou nele. No entanto, as suas quase novecentas páginas constituem uma leitura fascinante: a tese profundamente "analista" de Dawe, de que a *Odisseia* é na sua maior parte um poema de fraca qualidade literária, leva-o a saturar o comentário de factos cuja irrefutabilidade nos deixa desconcertados, bem como de iluminações valiosas que nos deslumbram como raramente acontece na restante bibliografia homérica. Significa isto que, mesmo para quem, como eu, "acredita" na poesia da *Odisseia*, o estudo deste livro refina, molda e educa a sensibilidade para as recônditas subtilezas da poesia homérica. Pela parte que me toca, não tenho dúvida de que, se tivesse de escolher só um livro sobre a *Odisseia* para me acompanhar para o resto da vida, seria este.

Mas felizmente não há essa necessidade e, à medida que a minha biblioteca homérica vai crescendo, mais valor vou dando ao comentário publicado em Viena, em 1998, de Georg Danek, a que o autor apôs o título desastrado *Epos und Zitat: Studien zu den Quellen der Odyssee* (*Epopeia e citação: Estudos sobre as fontes da Odisseia*). Trata-se também aqui de um comentário canto a canto (não diria, neste caso, verso a verso), onde são postos em relevo importantes pontos de contacto – ao nível de citação de versos e de imitação de estruturas – entre a *Odisseia* e a *Ilíada*. Especialmente assinalável é a argúcia da especulação, sempre com grande eloquência e sensatez, sobre possíveis versões alternativas do poema: versões cuja existência putativa as bizarrias da nossa *Odisseia* parecem confirmar.

Ora, há um facto fundamental que ressalta da leitura destes três comentários. E esse facto é a caducidade do modelo tradicional de estudo da *Odisseia*, assente na clivagem entre a leitura analítica e a leitura unitária. Neste campo, reconhecemos que o comentário oxoniense pende mais para o unitarismo, ao passo que o comentário de Dawe constitui o derradeiro lampejo da chama analítica de linhagem oitocentista. Mas custa-me sinceramente a crer que, de futuro, se volte a escrever sobre a *Odisseia* nos mesmos termos. Neste aspecto, o trabalho de Danek parece-me mais "moderno", no bom sentido da palavra, porque procura conciliar o que de positivo ambas as abordagens trouxeram à compreensão da poesia homérica.

Pois é evidente que partir-se para uma leitura da *Odisseia* com base no princípio de que o texto é um aglomerado caótico de sequências soltas de qualidade poética muito variável, atamancadas sem grande poder de reflexão por um poeta desprovido de discernimento, esbarra em primeiro lugar contra o dado concreto de o poema proporcionar, ainda hoje, o maior deleite estético a incontáveis leitores. É assim tão mau – e as pessoas continuam a apregoar a sua genialidade? Não me parece que, neste aspecto, a visão analista tenha qualquer sustentação. E esbarra também, em segundo lugar, contra as descobertas do próprio unitarismo, segundo as quais o poema não é um aglomerado caótico, mas sim uma obra de arte que obedece a uma concepção arquitectónica de grande sofisticação (ressalvando embora que se deve estar de sobreaviso contra a artificialidade e inverosimilhança de muitas interpretações propostas neste sentido).

Pois bem: juntei, no que acabo de afirmar, três aspectos que, na maior parte da bibliografia, se repelem entre si. A visão analista (que denigre o valor literário da *Odisseia*); a visão unitária (que o exalta, quantas vezes de forma ingénua e falaciosa); e o deleite estético de quem lê. Agora pergunto: a partir do dado concreto do Prazer da Leitura não se poderia chegar a outra abordagem crítica ao texto da *Odisseia*? Uma abordagem simultaneamente objectiva e flexível, que incidisse na *estética* do poema, tanto no que diz respeito à sua urdidura, como no que respeita ao efeito que provoca em quem o ouve ou lê? Este método "estético" poderia, ainda, recuperar instrumentos valiosos, tanto do analitismo como do unitarismo, mas sem o cunho dogmático de que as duas abordagens tradicionais tantas vezes se revestiram.

*

Um velho problema no qual valeria a pena fazer incidir o feixe de uma nova visão é simultaneamente o mais antigo e mais bicudo de toda a *Odisseia*: o Canto XXIV. E é curioso que se trate de um canto que suscita habitualmente duas reacções contraditórias da parte de quem o lê: por um lado há a desilusão de a *Odisseia* acabar com um episódio tão decepcionante como é a luta abortada entre os familiares dos pretendentes e o trio avô-filho-neto (Laertes, Ulisses, Telémaco). A poesia não é inspirada e os eventos são narrados quase "a despachar".

Mas por outro lado, o encontro que antecede esse episódio decepcionante – o reconhecimento de Ulisses pelo pai, ao fim de vinte anos – é muitas vezes eleito pelos leitores (até na blogosfera!) como um dos momentos mais belos de todo o poema. Aliás, lembro-me de ter lido uma vez no *Público* um depoimento do poeta e religioso José Tolentino Mendonça em que ele escolhia o encontro entre Laertes e Ulisses como um autêntico marco da cultura ocidental.

Continuando este passeio volante pelo Canto XXIV em marcha atrás, chegamos ao episódio inicial, passado no Hades, onde, após uma conversa irrelevante para a história da *Odisseia* entre Aquiles e Agamémnon, temos de aguentar a maçada de ouvirmos da boca de um dos pretendentes mortos o relato da chacina a que assistíramos em directo no Canto XXII.

Recapitulando: o Canto XXIV divide-se naturalmente em três blocos, sendo o primeiro decepcionante e dispensável; o segundo, claramente comovente e valorizador do conjunto do poema; e o terceiro, decepcionante mas indispensável, dada a estrutura da *Odisseia* que nós temos (pois o tema da vingança por parte dos familiares dos pretendentes começa já a ser preparado no Canto XX). Esta é a visão possível no que respeita ao conteúdo, ao material narrativo contido nos três episódios que compõem o canto.

Mas se observarmos esses mesmos episódios, não sob o prisma do conteúdo, mas sob o prisma da linguagem em que esse conteúdo é expresso, somos confrontados com uma realidade muito diferente. É que, em termos de língua e de técnica de versificação, constatamos que a nota mais alta vai para o Primeiro Episódio, passado no Hades (o tal que já tínhamos considerado "decepcionante e dispensável"); a nota pior vai para o "genial" episódio de Laertes, com os seus barbarismos de arrepiar os cabelos a qualquer bardo genuinamente homérico; e fica uma nota muito medíocre para o episódio conclusivo, tão banal no uso da linguagem homérica como na técnica narrativa adoptada.

O último episódio do Canto XXIV não merece claramente que sobre ele expendamos qualquer esforço de hermenêutica. Mas sobre os outros dois episódios valerá a pena pormenorizar alguns aspectos, até porque, à sua maneira, esses aspectos exemplificam o tipo de problemática que a *Odisseia* no seu conjunto coloca ao hermeneuta.

Embora já na própria Antiguidade houvesse quem considerasse o Canto XXIV um acrescento posterior, foi um autor alemão chamado F. A. G. Spohn que, em 1816, em Leipzig, empreendeu a primeira investigação sistemática sobre a natureza deste canto — trabalho cuja conclusão aparece logo no título do livro, que em português se chamaria *Comentário à última parte da Odisseia, composta em época mais recente que a homérica* (*Commentatio de extrema Odysseae parte, aevo recentiore orta quam Homerico*). As conclusões de Spohn vieram mais tarde a ser refinadas por Page, no já citado livro publicado em 1955.

Nenhum destes autores é nome benquisto dos homeristas unitários, porque, para aqueles que pretendem ver no Canto XXIV o zimbório que coroa o glorioso edifício da *Odisseia*, os argumentos combinados de Spohn e de Page são sísmicos, pois Spohn ateve-se mais ao conteúdo, ao passo que Page se concentrou acima de tudo em questões linguísticas. O saudoso Joaquim Lourenço de Carvalho, por exemplo, na sua frustração de não conseguir refutar os ditos argumentos, viu-se frequentemente obrigado a recorrer a insultos e sarcasmos vários (muitas vezes escritos à margem de livros actualmente na Biblioteca da Faculdade de Letras de Lisboa), decerto considerando que bastava chamar a Spohn "mofento" para que a argumentação do filólogo germânico caísse por terra[5]. Não surpreenderia, de facto, que um livro escrito em 1816 tivesse, entretanto, acumulado uma

---

5 Joaquim Lourenço de Carvalho, *O fecho da Odisseia. A última anagnórise*. Lisboa, 1977, p. 8.

patine de mofo; surpreende, sim, é que muitas das suas conclusões permaneçam válidas quase duzentos anos depois.

Não irei, aqui, escalpelizar os duzentos versos que constituem o Primeiro Episódio do Canto XXIV: haverá no futuro, segundo espero, outro contexto mais apropriado para o fazer, nomeadamente no comentário português à *Odisseia* que tenciono elaborar. Centrar-me-ei por agora numas quantas frases proferidas por Anfimedonte, o pretendente morto que conta a história da chacina a Agamémnon, por podermos ver nelas, e de modo bem explícito, o problema das "fantasmagóricas" versões alternativas a que já aludi; versões essas cujo rastro o autor da nossa *Odisseia* não pôde, não soube ou não quis eliminar.

Depois de ter verbalizado pela terceira vez no poema a história da teia de Penélope, Anfimedonte conta a Agamémnon como Ulisses se introduziu no palácio, disfarçado de mendigo. Ninguém o reconheceu e ele aguentou ser agredido e alvejado em sua própria casa. Passo a citar (vv. 164-169):

> Mas quando por fim o incitou a mente de Zeus detentor
> da égide, retirou as belas armas com a ajuda de Telémaco,
> depositando-as na câmara e fechando bem as trancas.
> Depois com grande astúcia ordenou à mulher
> que pusesse à nossa frente o arco e o ferro cinzento como
> contenda para nós, malfadados, e como início da chacina.

Esta citação consegue concentrar, no espaço de meia dúzia de versos, dois problemas clássicos da *Odisseia*: a chamada "Remoção das Armas" (referida nos Cantos XVI e XIX) e a questão atinente ao ponto preciso da narração em que Penélope reconhece Ulisses. Além disto, há a referir a súbita omnisciência narrativa que a morte conferiu a Anfimedonte: é que tanto nestes versos como nos precedentes a personagem recorre a um manancial de informação que extravasa flagrantemente além daquilo que, pelas leis da verossimilhança, ele poderia com legitimidade saber.

Este aspecto é importante para a avaliação do alcance das palavras de Anfimedonte: se até aqui ele falou, com sobrenatural conhecimento de causa, de assuntos a cujos segredos a verossimilhança narrativa lhe negaria à partida o acesso, não é lícito pretendermos agora postular que a ideia por ele expressa, segundo a qual Penélope estabelece o Concurso do Arco em conluio com Ulisses, não passa de interpretação assumidamente falaciosa, adscrita pelo poeta à personagem tão-somente porque seria psicologicamente verosímil que qualquer pretendente assim pensasse.

Assim, creio que temos de aceitar que as palavras de Anfimedonte pertenceriam com mais adequação a uma *Odisseia* em que, de facto, Penélope e Ulisses se reconheciam antes do Concurso do Arco. A sua presença aqui dever-se-á a descuido, uma vez que vieram aterrar numa *Odisseia* que tem efectivamente a Remoção das Armas, mas que dispensou o tema da cumplicidade entre Ulisses e Penélope no tocante ao estabelecimento do Concurso do Arco. Só para dar uma ideia dos estratos de arqueologia poética ainda visíveis no nosso poema, deixados por versões paralelas de certos episódios, cito as palavras de Dawe (p. 873) em relação à Remoção das Armas: "1) houve originalmente uma *Odisseia* sem Remoção das Armas; 2) houve uma *Odisseia* em que figurava a Remoção, executada por Telémaco, com ou sem ajuda do pai; 3) houve uma *Odisseia* em que a Remoção das Armas era executada por Telémaco e Ulisses, com luz proporcionada pela presença sobrenatural de Atena; 4) houve uma *Odisseia* como a anterior, mas em que a luz proporcionada por Atena era proveniente de uma lamparina".

O problema de sabermos se este ou aquele episódio pertence, de direito próprio, na forma em que se encontra, à "nossa" *Odisseia* coloca-se de modo candente a propósito da figura de Laertes. Será que Laertes pertence a esta *Odisseia*? O comentário de Dawe assinala, a cada nova referência a Laertes no poema, anomalias linguísticas que deverão pôr o helenista de sobreaviso[6]; e, num artigo importante, Stephanie West exprime a opinião de que todas as referências a Laertes ao longo do poema foram introduzidas em fase já tardia, para preparar

---

6 Cf. comentário aos seguintes passos: I, 185, 429; XI, 187; XIV, 9, 173; XV, 347-350; XVI, 137; XXIV, 336.

a cena do Canto XXIV[7] — a tal cena a que o doutor Carvalho chamou tão expressivamente "a última anagnórise". Mas já em 1906, um filólogo alemão chamado Mülder afirmara peremptoriamente que "toda a figura de Laertes no Canto XXIV é sob qualquer ponto de vista impossível"[8].

Se a figura é ou não impossível não caberá agora dizer. Mas não há dúvida de que, do ponto de vista estrito da língua grega utilizada, temos na cena de Laertes fenómenos de suspeitosa modernidade. Page e Dawe apontam as seguintes bizarrias: o único exemplo (?!) de um optativo oblíquo em Homero no v. 237; uma infracção métrica à lei de Wernicke no v. 240; uma construção do verbo "ter" com advérbio, para a qual só encontramos atestação a partir de Sófocles, no v. 245; um hiato sem paralelo no v. 247; o emprego de um advérbio interrogativo, que só aparece a partir de Aristófanes, no v. 288; o uso de uma partícula no v. 299 que nos faz avançar subitamente no tempo para as frases mais coloquiais de Eurípides e para a comédia ática; o verbo "arrefecer" usado no sentido de "desmaiar" no v. 348, fenómeno que só voltará a repetir-se no Evangelho de São Lucas (21.26).

Que ilações podemos extrair da presença destes deslizes de linguagem no final do poema? Serão eles contemporâneos da "última demão" sofrida pela *Odisseia*, pelo que outorgam crédito à afirmação de Martin West de que o poema, a que nós chamamos "Odisseia", é "uma adaptação do século VI" de outro poema, presumivelmente do mesmo nome[9]?

Mas partindo do princípio improvável de que tal suposição pudesse ser comprovada cientificamente, o que teríamos nós ganho enquanto leitores da *Odisseia*?

Muito pouco. É que se a relativa modernidade dos versos pudesse funcionar objectivamente como prova de fraca qualidade poética, poderíamos partir para a conclusão de que o episódio de Laertes é "impossível" (para retomar o termo de

---

7 Stepanhie West, "Laertes Revisited", *Proceedings of the Cambridge Philological Society* 35 (1989), pp. 113-143.
8 D. Mülder, *Neue Jahrbücher für das klassische Altertum, Geschichte und Deutsche Literatur* 17 (1906), p. 40 ("die ganze Figur des Laertes in XXIV ist ja nach jeder Richtung hin unmöglich", citado por Dawe, p. 872).
9 M. L. West, *Hesiod, Works and Days*. Oxford, 1978, p. 61.

Mülder) porque a poesia é má. Mas não é esse o caso. É certo que filólogos como Page e Dawe não gostaram do encontro entre Ulisses e Laertes, porque não encontraram nele o estilo autenticamente homérico da *Ilíada* ou de outras partes da *Odisseia*; e penso que só uma defesa muito irracional da unidade da *Odisseia* pode passar por cima dos aspectos linguísticos por eles assinalados.

Mas justamente o episódio de Laertes, ainda que serôdia fulguração da poesia homérica, mostra as falhas tanto da perspectiva unitária como da analista. Podemos reconhecer que o episódio é mais tardio, como a linguagem comprova, mas sem lhe negar a beleza poética de que está imbuído — tão bem realçada na sugestiva leitura semiótica de John Henderson, num artigo que começa logo por invocar o prazer do texto barthesiano[10]. Acreditar cegamente na filologia analista? Mas afinal o encontro de pai e filho no jardim não suscitou o entusiasmo de Poetas — como Alexander Pope ou José Tolentino Mendonça?

> Agora nomear-te-ei as árvores que me deste no bem tratado
> pomar, quando eu, ainda criança, te seguia pelo jardim.
> Passámos por estas árvores: tu disseste-me os nomes
> e explicaste-me como era cada uma. Deste-me treze pereiras,
> dez macieiras e quarenta figueiras. Prometeste-me também
> cinquenta renques de cepas; cada uma amadureceria
> na época própria, com cachos de uvas de toda a espécie
> quando descessem do céu as estações de Zeus... (vv. 336-344)

Claro que temos de dar razão a G. Germain, que em 1954 chamou a atenção para o facto de os numerais treze e quarenta serem "fort peu homériques"[11]. Mas cinquenta anos depois, em 2004, podemos ter uma nova visão desse velho problema.

Afirmar que o poeta do "Jardim de Laertes" e o poeta de "Nausícaa na Praia" terá sido o mesmo homem é algo que a

---

10 J. Henderson, "The Name of the Tree: Recounting Odyssey XXIV 340-2", *Journal of Hellenic Studies* 117 (1997), pp. 87-116.
11 G. Germain, *Genèse de l'Odyssée*. Paris, 1954, p. 672.

crítica analítica à *Odisseia* nos ensinou a evitar. Mas cada um à sua maneira, cada um com os seus hábitos linguísticos, cada um no seu momento próprio da história do texto, operou e opera ainda no leitor o sortilégio apregoado pelas Sereias do Canto XII (v. 188), elas próprias — quem sabe? — porventura a criação de outro poeta...:

> depois de se deleitar, prossegue caminho, mais sabedor...

2. AEDO E HERÓI

Se definirmos o herói homérico como aquele que vive e morre para alcançar o renome, e se neste contexto definirmos o aedo como aquele por intermédio de quem o renome é concedido, é possível afirmar que, entre o aedo que produz o canto heróico e o herói que nesse canto é celebrado, existe uma conexão profunda cujo significado se funde com a própria essência do canto heróico.

Esta conexão é susceptível de ser detectada em vários passos dos poemas homéricos, entre os quais o conhecido episódio do Canto IX da *Ilíada*, em que os enviados de Agamémnon deparam com Aquiles, o protótipo do herói épico, a dedilhar a sua lira ao mesmo tempo que canta "os feitos gloriosos dos homens" (v. 189). Homero dá especial atenção à preciosidade do instrumento, descrevendo a lira como "prateada", "bela" e "bem trabalhada". Acrescenta, ainda, que a lira fazia parte do espólio de uma cidade saqueada por Aquiles, o que levou Hélène Monsacré a comentar "entre o herói saqueador de cidades e o aedo com a sua lira existe como que uma complementaridade obrigatória"[12].

A atenção que o poeta dá ao próprio instrumento musical é, em si, sintomática de uma cultura onde a lira revestia, desde os tempos mais remotos, qualidades e funções mágicas: basta lembrarmos os mitos de Anfíon e de Orfeu, nos quais as liras dos cantores tinham os dons de, no caso de Anfíon, pôr em movimento as pedras com que se ergueram as muralhas de Tebas;

---

12 H. Monsacré, *Les Larmes d'Achille*. Paris, 1984, p. 15.

e, no de Orfeu, de apaziguar as cóleras, ao mesmo tempo que conduzia animais e árvores.

E para que a semelhança com o aedo seja completa, Homero foca em seguida a presença indispensável do público. Pois Aquiles está a produzir aquele canto na presença de um ouvinte: Pátroclo, sentado em silêncio junto do amigo (v. 190). Assim, neste passo da *Ilíada*, as funções de aedo e herói convergem de modo sincrético no recital épico de Aquiles.

Também na *Odisseia* a figura de Aquiles aparece ligada a uma situação que, além de musical, é alusiva às próprias Musas. Trata-se do episódio do Canto XXIV, em que Hermes, no seu papel de condutor de almas, conduz os fantasmas dos pretendentes para o Hades, onde, nos campos de asfódelo, a alma de Agamémnon relata o funeral de Aquiles, dizendo que o treno foi cantado em coro pelas nove Musas de forma tão bela que todos os Aqueus se comoveram[13].

De qualquer forma, na *Odisseia* a fusão entre o aedo e o herói assume uma relevância maior do que na *Ilíada*: antes de mais porque cabe a Ulisses narrar as suas próprias viagens, nos Cantos IX, X, XI e XII. Neste caso, os ouvintes são os Feaces, cujo rei, Alcínoo, diz a Ulisses que a sua história foi contada com a perícia de um aedo (XI, vv. 367-368):

> Tens formosura de palavras e um entendimento excelente:
> contaste a história com a perícia de um aedo.

Mas a instância mais significativa encontra-se no Canto XXI, no momento em que Ulisses (embora sob a forma de um mendigo) recupera finalmente o seu estatuto heroico ao armar o seu antigo arco. É neste preciso momento, cheio da mais exacerbada tensão, que o poeta compara o herói ao aedo afinando a sua lira (vv. 406-411):

> Tal como um homem conhecedor da lira e do canto
> facilmente estica uma corda a partir de uma cravelha nova,

---

[13] Ver Maria de Lourdes Flor de Oliveira, *O tema das Musas na cultura grega*. Lisboa, 1982, p. 37.

atando bem a tripa torcida de ovelha de um lado e de outro – assim sem qualquer esforço Ulisses armou o grande arco. Pegando nele com a mão direita, experimentou a corda, que logo cantou com belo som, como se fosse uma andorinha.

Poder-se-á perguntar agora, conversivelmente, se o aedo nos poemas homéricos não estará imbuído de qualidades que pertenceriam mais propriamente ao herói. Esta questão encontra-se fora do âmbito da *Ilíada*, dado que o único aedo que figura no poema é Tâmiris, que incorreu pela sua insolente arrogância na ira das Musas (II, vv. 591-602). A *Odisseia*, por outro lado, apresenta-nos pelo menos dois aedos, Fémio e Demódoco. E no que diz respeito à interrogação acima formulada, há ainda a considerar o aedo anónimo que, segundo Nestor, foi encarregado por Agamémnon de guardar Clitemnestra na sua ausência (III, vv. 263-268). Esta, ao compreender que a presença do aedo seria um entrave para o prosseguimento da sua relação adúltera com Egisto, permite que o cantor seja abandonado numa ilha deserta, onde o seu cadáver será devorado por aves de rapina. Note-se que Egisto e Clitemnestra não se atrevem a assassinar o aedo, pois sabem que os deuses o protegem (até certo ponto) e que, como mais tarde dirá Fémio, o homicídio de um aedo acarreta dissabores para o assassino (XXII, v. 345 e sgs.). Na análise que faz a este passo, Stephen Scully admite que, embora o aedo não tenha a pujança física de um "herói", mesmo assim ele transmite, ensina e constrói os próprios valores da sociedade[14]. Neste caso estaremos, talvez, perante uma instância em que o aedo é chamado a desempenhar uma função que pertenceria mais propriamente ao herói.

Ainda a este propósito, e voltando aos aedos referidos em primeiro lugar, constata-se que "herói" é um dos diversos epítetos utilizados por Homero para qualificar o aedo Demódoco (*Odisseia* VIII, v. 483). Esta circunstância parece situar-se no âmago da questão sobre a qual temos estado a reflectir.

---

14 S. Scully, "The Bard as the Custodian of Homeric Society", *Quaderni Urbinati di Cultura Classica* 8/37, 1981, p. 78.

Qual será, então, o motivo pelo qual é atribuído aos heróis-protagonistas da *Ilíada* e da *Odisseia* um conhecimento prático da arte do aedo, ao mesmo tempo que uma configuração heroica é sugerida em relação aos aedos da *Odisseia*? Claro que, no caso do segundo poema, é um aedo (o autor) a conceder a outro aedo (a personagem) o epíteto de herói: e isso só é legítimo porque o público de ouvintes o legitimou, talvez porque na imaginação popular o aedo estava associado à temática que cantava de forma tão inextricável que lhe seria atribuído, da parte dos destinatários do canto épico, um estatuto, à sua maneira, "heróico".

Esta hipótese será ainda mais plausível se pensarmos em poetas gregos posteriores que receberam culto de herói, como por exemplo Arquíloco[15], um poeta de meados do século VII, talvez contemporâneo da feitura da *Odisseia*. A heroicização de Arquíloco sugere fortemente que na imaginação popular as duas figuras – aedo e herói – podiam convergir na mesma pessoa.

Mais importante é o facto de o aedo estar na posse do renome (*kléos*) que, tendo-lhe sido concedido pelas Musas, pode por sua vez ser conferido por ele àqueles que o merecerem. É isto justamente que nos diz Hesíodo (poeta talvez anterior à versão que nós conhecemos da *Odisseia*), quando descreve a ocasião em que as Musas o visitaram no Hélicon (*Teogonia*, vv. 31-32):

[...] insuflaram em mim uma voz divina
para que eu cantasse as coisas que foram e as que serão.

Assim, as Musas não só permitem ao poeta que confira renome àquilo que canta, como lhe dão a capacidade de construir uma ponte entre o passado e o futuro.

E voltamos deste modo às premissas com que começámos, em que se propunha que o renome (*kléos*) está na base da conexão profunda entre aedo e herói. Com efeito, a importância de *kléos* como elo de ligação torna-se tanto mais significativa quanto mais reflectirmos sobre o assunto, começando pela

---

15 Cf. G. Nagy, *The Best of the Achaeans. Concepts of the Hero in Archaic Greek Poetry*. Baltimore, 1979, p. 301.

riqueza de valores semânticos que a etimologia da palavra encerra. Note-se que o nome de Héracles, a quem Victor Jabouille chamou o "herói universal promovido a deus-símbolo de uma cultura clássica"[16], é constituído por dois elementos: *hêros* ("herói") + *kléos*. Note-se que a própria musa Clio, "aquela que concede o renome", tem no seu nome a palavra *kléos* (*Kleiô*, em grego). E a consulta ao dicionário etimológico de grego diz-nos que a raiz *"kl-"*, noutras línguas derivadas do indo-europeu, está na base de diversos vocábulos que significam "palavra". Ora, "palavra" é precisamente o significado de *épos*, donde deriva "epopeia".

Parece-me não haver dúvida, portanto, de que existe na verdade uma conexão profunda, como disse no início entre aedo e herói, e que essa conexão assenta no renome (*kléos*) que, por sua vez, se confunde com a própria essência do canto heróico (*épos*: palavra). Em última análise, trata-se de uma interdependência entre o renome alcançado pelo poeta e o renome concedido ao herói. Como mais tarde dirá o poeta Íbico ao herói-tirano Polícrates de Samos (fr. 282 Page):

> também tu, ó Polícrates, terás glória imortal
> por intermédio do meu canto e do meu renome.

3. UM INTERLÚDIO PARÓDICO NA *ODISSEIA*: O EPISÓDIO DE IRO (CANTO XVIII)

É frequente ouvirmos dizer que, de uma forma ou de outra, os poemas homéricos contêm em embrião todos os géneros literários que mais tarde se imporiam na Grécia e, por essa via, em toda a tradição europeia. A tragédia, em particular, parece nalguns aspectos partir da *Ilíada*, como notou Platão ao chamar a Homero "rastreador da tragédia" (*República* 598d) – ao passo que a *Odisseia* aponta em certos momentos para o humor negro do drama satírico (estou a pensar no episódio de Polifemo) e, noutros momentos, para a comédia aristofânica. Quanto à narração

---

16 V. Jabouille, *Introdução à ciência dos mitos*. Lisboa, 1986, p. 13.

posta, no Canto XV, na boca do porqueiro Eumeu – narração essa que conta como uma infância principesca deu lugar à vida de escravo –, poderíamos aproximá-la de situações da Comédia Nova, por um lado, e do próprio romance grego, por outro.

O episódio que vou abordar neste ensaio situa-se no início do Canto XVIII da *Odisseia*. Ulisses já entrou no seu palácio, ao fim de vinte anos de ausência, disfarçado de mendigo. Já sofreu violência às mãos daquele que lidera os pretendentes de Penélope, Antínoo, que no final do Canto XVII agride o mendigo, atirando-lhe um banco contra o ombro. Este acto causa a indignação geral: o poeta põe na boca dos outros pretendentes palavras de censura contra Antínoo, focando em seguida os sentimentos de Telémaco, que ao ver o pai agredido tenta reprimir as lágrimas, e os de Penélope. Embora a rainha não saiba quem é o mendigo agredido, sente pena dele e insurge-se contra o acto cruel e maldoso de Antínoo. No entanto, a sensação geral com que ficamos no final do Canto XVII é que, de algum modo, após este contratempo, a posição de Ulisses como mendigo está assegurada no palácio: parece agora passar despercebido, uma vez que os versos finais do canto nos falam dos pretendentes já distraídos com a música e a dança.

É neste contexto, pois, que abre o Canto XVIII, cujos versos iniciais passo a citar:

> Foi então que chegou um mendigo lá da terra, que na cidade
> de Ítaca mendigava o seu sustento. Era conhecido pelo estômago
> insaciável: comia e bebia sem cessar. Faltava-lhe força
> e energia, mas de corpo parecia um homem possante.
> Seu nome era Arneu, pois assim lhe chamara a excelsa mãe
> desde o nascimento. Mas os rapazes de Ítaca chamavam-lhe
> Iro, porque levava recados sempre que lhe era pedido.
> Chegara com a intenção de expulsar Ulisses da sua própria casa.

Há vários aspectos que podemos desde já apontar. O facto de se tratar de uma figura alheia ao mundo heróico é por demais visível na descrição que é feita deste tal Iro como alguém que come e bebe sem cessar. Trata-se de um estereótipo cómico, que será muito aproveitado por Aristófanes, por exemplo nos

Cavaleiros. Mas o toque humorístico que separa este símbolo de voracidade do mundo heróico pode ser aferido mediante a recordação da figura de Héracles, não só em Aristófanes (nas *Rãs*), como também na *Alceste* de Eurípides, onde há unanimidade da parte dos comentadores quanto ao facto de esse Héracles comilão se aproximar de um registo satírico, registo esse a que não é estranha a informação transmitida de que a *Alceste* era a quarta peça da tetralogia apresentada por Eurípides em 438. Mas o Iro da *Odisseia* é uma espécie de anti-Héracles, uma vez que à caracterização de comilão compulsivo é acrescentado outro traço: a falta de força, a despeito de parecer à primeira vista um homem possante.

A comicidade continua com a referência ao nome da personagem. Com efeito, a mãe dera-lhe o nome de "Arneu", nome certamente relacionado com o verbo grego que significa "conseguir" (*árnumai*). É um verbo cujo complemento directo em Homero é por vezes "renome"[17]. Aliás, há uma forma do verbo logo no início da *Odisseia*, no v. 5 do Canto I, quando se fala dos sofrimentos por que Ulisses passou "para conseguir o retorno dos companheiros a suas casas". Mas o nome não se adapta bem à personagem: eventualmente, só por antífrase. Certo é que surge logo de seguida a indicação da alcunha pela qual este comilão cobarde é conhecido: Iro. Outro jogo de palavras. E o referente é a deusa Íris, mensageira dos deuses. Iro, por conseguinte, seria uma espécie de moço de fretes de Ítaca.

Mas logo aqui surge um pequeno problema, que focarei novamente mais adiante. Na *Odisseia*, a deusa Íris está ausente, do primeiro ao último verso. O mensageiro dos deuses é Hermes, como se sabe. Esta circunstância põe-nos de sobreaviso relativamente à possibilidade de os pressupostos do poeta que compôs o episódio de Iro não serem talvez idênticos aos que se nos deparam no resto da *Odisseia*. Mas já voltamos a este tema.

Prosseguindo agora pelo curso imposto à cena pelo poeta, chegamos a uma troca de galhardetes. O verdadeiro mendigo insulta o falso: ambos prometem pancada um ao outro. Apesar da violência da linguagem, a agressividade é distinta daquela

---

17 Cf. *Ilíada*, VI, 446 ou IX, 303.

que nos surge nos desafios entre heróis na *Ilíada*. As ameaças de parte a parte são de se esmurrarem mutuamente: aqui não há espadas nem lanças. Temos dois arruaceiros que se brindam com insultos; não é a morte que, como na *Ilíada*, espreita como desfecho inelutável da altercação, mas tão-somente um lábio rebentado. Contudo, o poeta irá gorar as expectativas que ele próprio criou.

É aqui que entra, assumidamente, o riso; e pela pessoa de Antínoo. Pois ao aperceber-se das injúrias com que os mendigos se insultam, Antínoo desata a rir (v. 35). E diz assim para os companheiros (vv. 36-40):

"Amigos, nunca aconteceu coisa semelhante –
que um deus trouxesse para esta casa tal divertimento!
O estrangeiro e Iro desafiam-se um ao outro
para desatarem à pancada: vamos lá espicaçá-los."
Assim falou; e todos se levantaram, rindo às gargalhadas.

É na boca de Antínoo, portanto, que é posta a palavra-chave: "divertimento". A tradução alemã de Anton Weiher propõe para esta palavra a solução "hora (talvez mais propriamente 'momento') aprazível"[18]. É Antínoo, pois, que nos dá a pista para a interpretação do episódio como interlúdio paródico. Convém frisar, no entanto, que, em toda a poesia homérica, a palavra que traduzi por "divertimento" (*terpolê*) só aparece aqui.

Os jovens aristocratas reúnem-se em torno dos "dois mendigos esfarrapados" (v. 41). Antínoo propõe uma sessão de pugilato entre ambos: quem ganhar ficará com a posição de mendigo "oficial" no palácio de Ítaca. O prémio proposto é claramente anti-heróico: tripas de cabra, recheadas de sangue e gordura. No entanto, não será esta a única característica anti-heróica do discurso de Antínoo. O helenista mais obcecado com questões métricas notará certamente que o ritmo do v. 46 deixa algo a desejar:

---

18 Cf. Homer, *Odyssee*. Übertragen von Anton Weiher. Düsseldorf/Zurique, 2000, p. 491. A expressão em causa é *ergötzliche Stunde*.

"Àquele dos dois que vencer e mostrar ser o melhor, daremos a escolher as tripas que preferir..."

O problema reside na palavra que traduzi por "vencer". O que se passa é que, no original, temos um trissílabo (o conjuntivo aoristo de "vencer") que atravanca, por assim dizer, uma posição métrica em que deveríamos ter, antes, uma quebra de palavra. Quem compôs este verso não obteria vinte valores num teste de métrica homérica...

Talvez fosse boa altura, neste momento, de passarmos em revista as anomalias linguísticas que, no original grego, já apareceram desde o início do Canto XVIII. Logo no primeiro verso há um adjectivo que não só podemos considerar absolutamente anti-homérico como só volta a aparecer, em toda a literatura grega, no Livro IX da Antologia Palatina (IX. 383). Trata-se de *pandémios*, que traduzi "lá da terra". No v. 8, temos uma forma do verbo "perseguir", para a qual os especialistas não encontram outro paralelo. Quando, nos insultos de Iro contra Ulisses, o mendigo pergunta "não vês como todos me piscam o olho?" (v. 8), o verbo para piscar o olho nunca aparece na *Ilíada*, e na *Odisseia* é esta a sua única ocorrência; aparecerá depois uma vez no *Hino homérico a Hermes* (v. 387) e algumas vezes em Apolónio de Rodes (I, 486; III, 791; IV, 389). Outro insulto que Iro lança contra Ulisses ("velhota em torno do seu forno", v. 27) recorre a uma forma linguística desconhecida, pelo menos no grego antigo que nós conhecemos. E quando o poeta diz que os mendigos se insultavam "com grande força e empenho", o advérbio que esta expressão traduz (*panthumadón*) é uma ocorrência única na língua grega, tão bizarra que, na opinião de um comentador[19], deveria ser colocada num museu debaixo de uma redoma de vidro.

Acompanhando mais uma vez o desenrolar da cena, chegamos ao problema colocado por dois pequenos discursos: um de Ulisses; a que se segue outro de Telémaco. O discurso de Ulisses é, a uma primeira leitura, intrinsecamente contraditório: começa por afirmar que, enquanto homem fraco e idoso,

---

19 R. D. Dawe, *The Odyssey*. Lewes, 1993, p. 654.

será vencido por Iro. Mas depois convence os pretendentes a jurar que não prestarão auxílio a Iro durante a luta. Mas o poeta tem o cuidado de introduzir o discurso com a fórmula "falou-lhes então com intuito manhoso o astucioso Ulisses" (v. 51). Adapta-se bem, em meu entender, à figura e à caracterização global do herói da *Odisseia*.

Problema mais grave é o que é levantado pelo discurso de Telémaco. Aqui podemos mesmo perguntar se o poeta do episódio de Iro mediu bem as consequências de enxertar este interlúdio cómico; dá-nos a ideia de, no caso concreto do discurso de Telémaco, não ter harmonizado o conteúdo com o que já surgira antes no poema. É que Telémaco declara estar disposto a defender o velho mendigo, que ele sabe ser seu pai. Diz-lhe (vv. 62-65):

"[...] não receies nenhum dos Aqueus
aqui presentes, pois quem te bater terá de lutar com um mais forte.
Sou eu o teu anfitrião, e com isto estão de acordo os príncipes
Antínoo e Eurímaco, ambos homens prudentes."

Ora, a questão que se levanta é que Telémaco já recebera instruções claras da parte do pai para não reagir se os pretendentes o agredissem. É sob este prisma que devemos entender o momento já referido do Canto XVII, quando Telémaco se esforça por reprimir as lágrimas após a agressão contra Ulisses. No discurso que o jovem príncipe profere no episódio de Iro, parece ter esquecido as indicações do pai. Trata-se de um problema que surge amiúde na *Odisseia*, concretamente em relação à personagem de Telémaco: a presença de possíveis acrescentos de épocas diversas ao longo do poema leva a que se quebre de vez em quando a continuidade na caracterização da personagem de Telémaco. Talvez o exemplo mais óbvio surja no Canto XXII, quando Telémaco castiga Melanteu e as escravas que tinham dormido com os pretendentes. É difícil vermos na castração e mutilação do escravo e no enforcamento das escravas o jovem herói da Telemaquia, os cantos iniciais da *Odisseia*.

A estes dois discursos segue-se um novo momento cómico: o desnudamento dos combatentes. Ao despir os farrapos e ao exibir a sua heróica musculatura, Ulisses provoca naturalmente em Iro tremuras de pavor. Os pretendentes ficam espantados, e Atena aumenta ainda mais os músculos de Ulisses. No comentário que dirigem uns aos outros, os pretendentes recorrem a um tipo de jogo de palavras, que aparecerá mais tarde inúmeras vezes na comédia aristofânica: "não tarda que Iro tenha de mudar o nome para Desaire". Para preservar o jogo de palavras, não pude ser inteiramente literal na tradução, pois a palavra sobre a qual incide a graça, *Áïros*, começa com alfa privativo, pelo que significa qualquer coisa como "não-Iro".

Este momento é divertido, sem dúvida: e o humor negro é reforçado quando Antínoo ameaça Iro com a deportação para o continente, onde será entregue ao rei Équeto, "mutilador de todos os homens", que é descrito como capaz de fazer a Iro as crueldades que mais tarde Telémaco fará a Melanteu: arrancar-lhe os testículos para os dar a comer, crus, aos cães. Claro que não nos surpreende a informação de que Iro começou a tremer ainda mais (v. 88).

Ora, esta etapa do episódio de Iro levanta um problema semelhante ao que vimos no discurso de Telémaco. O poeta utiliza elementos que destoam dos pressupostos que outros poetas já tinham inserido no poema. A questão aqui prende-se com os músculos de Ulisses. Quando o herói chega a Ítaca no Canto XIII, depreendemos que a sua musculatura sobreviveu intacta às errâncias e naufrágios, uma vez que Atena se vê na necessidade de a engelhar, para que o mendigo esfarrapado não chame sobre si a atenção dos itacences. No Canto XVI, para ocasionar o reconhecimento entre pai e filho, Atena aparece no casebre de Eumeu para restituir a Ulisses a sua musculatura. Mas no final desse canto, os músculos voltam a desaparecer.

No episódio de Iro, temos uma situação que não é consentânea com aquilo que acabei de delinear. Ulisses despe os farrapos: logo de seguida, os pretendentes ficam embasbacados a olhar para os músculos. Mas a incongruência agudiza-se com a aproximação de Atena, para injectar mais uns anabolizantes adicionais. Mais tarde, no Canto XXIII, quando Atena restitui a Ulisses o cabelo e a constituição heróica, é como se estes anabolizantes intrometidos no Canto XVIII nunca tivessem existido.

Além de que há um aspecto óbvio relacionado com o acto de mostrar a musculatura das pernas: a famosa cicatriz estaria à vista, para todos verem.

O auge da comicidade é atingido no combate propriamente dito. Aqui, a intenção paródica é por demais evidente. Adapta-se a estrutura típica dos combates na *Ilíada*: fulano agride sem êxito beltrano; por sua vez, beltrano agride com êxito fulano. Iro bate no ombro de Ulisses, ao que o herói responde com um murro que lhe estilhaça o crânio debaixo da orelha. Jorra logo o "rubro sangue" da boca de Iro: "caiu no chão com um mugido e rangeu os dentes,/ esperneando com os pés contra a terra" (vv. 98-99). Talvez à nossa sensibilidade moderna esta imagem não pareça muito cómica. Mas temos duas indicações da parte do poeta de que isto é mesmo para rir.

A primeira refere-se ao "mugido" com que Iro cai no chão. A palavra só é utilizada na poesia homérica quando o referente é um animal: na *Odisseia* aplica-se ao cervo do Canto X (v. 163) e ao javali que causa a cicatriz do jovem Ulisses no Canto XIX (v. 454). Na *Ilíada* aparece aplicada a um cavalo (XVI, 469). Iro é despromovido, portanto, de figura humana ridícula para um plano animalesco. Mas é a outra indicação dada pelo poeta que confirma a comicidade da derrota de Iro: é-nos dito literalmente que os pretendentes "morriam a rir" (*géloi ékthanon*, v. 100). E para reforçar o riso, depois de Ulisses ter arrastado Iro para junto dos portões para o deixar como espantalho para porcos e cães, o poeta termina o episódio com a referência a mais riso da parte dos pretendentes (v. 111).

Há ainda uma curiosidade que eu gostaria de referir, que encontrei no novo Suplemento do dicionário de Liddell-Scott[20]. Em relação à fórmula "rubro sangue" no v. 97 (*phoínion haîma*), é do conhecimento geral que só aparece aqui em toda a poesia homérica – o que não deixa de ser estranho, se pensarmos que, na *Ilíada*, haveria amplo escopo para a sua utilização. A verdade é que o adjectivo *phoínios* não é homérico: aparece em Píndaro e sobretudo na poesia ática do século V: tanto tragédia como comédia. A curiosidade que o Suplemento do Liddell-Scott vem

---

20 H. G. Liddell & R. Scott, *Greek-English Lexicon*. Oxford, 1996.

trazer é a informação de que, na comédia, o adjectivo que traduzi por "rubro" só é empregue em contextos paródicos, onde está em causa a ridicularização da tragédia. Será a sua presença aqui no episódio de Iro um indício de que os primeiros 110 versos do Canto XVIII da *Odisseia* são relativamente tardios? Já verificámos que existe uma concentração anómala, no episódio de Iro, de formas linguísticas não homéricas. O poeta destes versos dá dois pontapés na métrica do hexâmetro homérico, no v. 46 (como já vimos) e, ainda, no v. 83 (mesmo erro). Parece estar incompletamente familiarizado com outros momentos marcantes da *Odisseia*, que entram em contradição flagrante com o material poético que ele próprio quer enxertar no poema. Na minha opinião, a resposta a estas questões pode ser encontrada, como sucede tantas vezes na bibliografia homérica, na filologia alemã do século XIX. Já Kammer apelidou o episódio de Iro de "improvisação espirituosa" (*geistvolle Improvisation*).[21] Agora, lanço este repto: será que funciona?

Pela minha parte, não tenho dúvida de que funciona – e de modo brilhante. E aqui tocamos com o dedo no ponto nevrálgico da estética da recepção no que diz respeito à *Odisseia*: uma das coisas que nunca cessará de surpreender e encantar os leitores da *Odisseia* é o modo como a orgânica do poema tem este milagroso poder de encaixe; de absorver material extrínseco e contraditório e mesmo assim nos dar a sensação de estarmos perante uma obra-prima absoluta.

4. IMAGENS E EXPRESSÕES DE DELEITE ESTÉTICO NA POESIA GREGA ARCAICA

"Os maiores deleites provêm da contemplação de obras belas."[22] Esta opinião de Demócrito – pioneiro, no século V a.C., da disciplina a que mais tarde se daria o nome de Estética – foi

---

21 Cf. E. Kammer, *Die Einheit der Odyssee*. Leipzig, 1873, p. 396.
22 Fragmento 194 Diels, *Platão, Hípias Maior*. Tradução de Maria Teresa Schiappa de Azevedo. Coimbra, 1989, 2. ed., pp. 41-42.

certamente partilhada pelos cultores gregos da prosa artística na época imperial romana, como se vê pelas coloridas e variegadas écfrases (descrições) que constituem um ingrediente quase indispensável na prosa helenística tardia, a ponto de se terem transformado, nalguns casos, em género autónomo (como sucede nas *Imagens* de Filóstrato). As mais célebres — descrição do rapto de Europa por Aquiles Tácio; a écfrase do jardim de Dionisófanes em *Dáfnis e Cloe* de Longo; a requintada visualização da ametista cinzelada em Heliodoro — obedecem claramente a uma intenção decorativa e esteticizante, proporcionando ao leitor um momento de puro deleite estético[23] por meio da evocação de imagens e da formulação de enunciados intrinsecamente "cinzelados".

A expressão é tirada do *Tratado da elocução* atribuído a Demétrio, que, ao propor uma compartimentação sugestiva dos estilos inerentes a diversos tipos de discurso literário, dá considerável relevo ao discurso "cinzelado" (em grego, *glaphurós*), cuja característica mais saliente é a "graciosidade". Pseudo-Demétrio explicita ainda que a graciosidade é conferida ao texto literário quer pela própria temática, quer pela arte com que os elementos caracterizadores do discurso se encontram dispostos.

E são várias as formas sob as quais a graça pode manifestar-se: em primeiro lugar, o próprio *tema* do discurso, como "os jardins das Ninfas, cantos nupciais, assuntos eróticos ou toda a poesia de Safo" (§ 132). Tais temas, diz Demétrio, são graciosos mesmo nas mãos de um poeta mordaz como Hipónax, visto que o conteúdo já é aprazível de si. Em seguida, temos a *expressão*, que pode tornar deleitoso um tema que de si o não é, ideia que é de novo retomada no parágrafo 164, onde se lê: "o gracioso advém, além da ornamentação, do emprego de palavras belas, que criam especialmente a graciosidade, como a

---

23 Sobre a descrição da ametista, Marília Pulquério Futre observa que as pretensões literárias "não ultrapassam a mera finalidade de constituir um devaneio retórico do autor e um motivo de deleite estético para o leitor" ("Essai Littéraire et Stylistique d'Héliodore, *Les Éthiopiques* V. 14", *Euphrosyne* 11 [1981-1982], p. 110).

'terra de grinaldas às miríades refulge de cores variegadas' ou 'o esverdeado-acastanhado rouxinol'".

Compreende-se, então, o propósito de Demétrio ao dizer-nos que "quando Safo canta a beleza, fá-lo com palavras que são belas e suaves, sucedendo o mesmo quando o tema é o amor, a primavera e o alcíone; todo o vocabulário da beleza encontra-se entretecido na sua poesia" (166). Para confirmar esta ideia, o autor cita Teofrasto, que define a palavra intrinsecamente bela da seguinte maneira: "a beleza de uma palavra consiste naquilo que é agradável ao ouvido e à vista", donde Demétrio conclui: "tudo o que é contemplado com prazer é também belo ao ser verbalizado".

Continuando nesta linha, poderemos agora observar que, entre os lugares-comuns repetidos a respeito da poesia grega, avulta a noção de que o decorativismo meramente esteticizante (ou seja, como finalidade artística em si mesma) só começou a manifestar-se no período helenístico, na produção poética dos alexandrinos Calímaco, Teócrito, Apolónio e seus epígonos (desde Catulo a Tomás António Gonzaga...). No entanto, os estudiosos de Eurípides sabem que, mesmo em peças antigas como *Hipólito*, há uma carga apreciável de puro decorativismo nas partes líricas; e que, se nos voltarmos para os dramas euripidianos tardios (sobretudo a partir de *Ifigénia entre os tauros*), cada vez mais notamos que há da parte do poeta um comprazimento desinibido na evocação sonora e verbal de imagens e expressões cuja única finalidade é o deleite estético do ouvinte/leitor.

Se, por um lado, podemos explicar esta circunstância recorrendo à tradição antiga, segundo a qual Eurípides teria sido pintor[24], é inegável, por outro, que Eurípides foi em muitos aspectos um precursor da poética helenística[25]. Mas aqui surge um problema, já levantado por Kenneth Dover[26]: é que certas

---

24 Cf. Maria de Fátima Silva, "Elementos visuais e pictóricos na tragédia de Eurípides", *Humanitas* 37-38 (1985-1986), pp. 9-86.
25 É a opinião de Francis Cairns, *Tibullus, a Hellenistic Poet at Rome*. Cambridge, 1979, p. 8 e sgs.
26 K. J. Dover, *Theocritus, Select Poems*. Bristol, 1987, p. LXVII.

características, consideradas típicas da poesia helenística, não são menos típicas da poesia grega arcaica e clássica. Assim sendo, tentarei indagar até que ponto o decorativismo "meramente" esteticizante, por meio do qual o poeta tenta proporcionar ao ouvinte/leitor um momento de puro deleite estético, aparece já na poesia grega arcaica.

Começarei pelos poemas homéricos, dos quais destaco dois passos, um da *Ilíada* (XIV, 347-351), outro da *Odisseia* (V, 63-77). O primeiro passo é dos momentos mais célebres do chamado "Dolo de Zeus", em que o soberano dos deuses é seduzido pela própria mulher, e onde o poeta evoca um quadro repleto de sensualidade:

> Debaixo deles a terra divina fez crescer relva fresca,
> A flor de lótus orvalhada e açafrão e jacintos
> macios em profusão, que os mantiveram acima do solo.
> Foi nesse leito que se deitaram, ocultando-se numa nuvem
> bela e dourada, a qual destilava gotas reluzentes.

Como observou David Campbell, "tal sensualidade, aliada a um ambiente irreal, não encontra paralelo antes da lírica de Safo [...]. Foi este o tipo de imagética que os poetas líricos adaptaram e desenvolveram ao descreverem as suas próprias emoções"[27].

Mas se esta primeira ocorrência do tópico do *locus amoenus* surpreende pelos matizes inconfundivelmente eróticos que a caracterizam, muito mais nos surpreende a descrição da natureza em torno da gruta de Calipso na *Odisseia*, visto que aí o poeta acrescentou o pormenor importante de a visão descrita estar a ser percepcionada por uma figura divina, através dos olhos da qual o ouvinte/leitor experimenta o momento de deleite estético:

> Em torno da gruta crescia um bosque frondoso
> de álamos, choupos e ciprestes perfumados,

---

27 D. Campbell, *The Golden Lyre: The Themes of the Greek Lyric Poets*. Londres, 1983, pp. 2-3.

onde aves de longas asas faziam os seus ninhos:
corujas, falcões e tagarelas corvos marinhos,
aves que mergulham no mar em demanda de sustento.
E em redor da côncava gruta estendia-se uma vinha:
uma trepadeira no auge do seu viço, cheia de cachos.
Fluíam ali perto quatro nascentes de água límpida,
juntas umas das outras, correndo por toda a parte;
e floriam suaves pradarias de aipo e violeta.
Até um imortal, que ali chegasse, se quedaria,
só para dar prazer ao seu espírito com tal visão.
E aí se quedou, maravilhado, o Matador de Argos.
Depois de no coração se ter maravilhado com tudo,
entrou de seguida na gruta espaçosa...

É evidente para o leitor da poesia grega que este passo da *Odisseia* exerceu uma influência óbvia em vários autores, especialmente no poeta bucólico Teócrito, que o aproveitou no seu mais belo idílio, *As Talísias*, em dois passos diferentes. O primeiro diz respeito à descrição da fonte de Burina (Idílio VII, vv. 7-9):

[...] e, junto da fonte,
choupos e ulmeiros, luxuriantes de folhagem frondosa,
teceram um bosque de bela sombra.

O segundo, mais desenvolvido, situa-se no final do idílio, justamente um dos passos mais célebres da literatura helenística (vv. 135-146):

Por cima das nossas cabeças, agitavam-se
choupos e ulmeiros; e ao lado murmurava a água sagrada,
que escorria da gruta das Ninfas.
Nos ramos de bela sombra, as negras cigarras tagarelavam
sem nunca descansar. Ao longe, algures nos densos acantos,
coaxava a voz de uma rã arbórea.
Cantavam as cotovias e os pintassilgos; gemia a rola,
e as abelhas esvoaçavam em torno das fontes.
Por todo o lado se cheirava um verão abundante;
cheirava-se a estação dos frutos.

Havia pêras aos nossos pés, e maçãs rolavam
mesmo ao nosso lado; os ramos carregados de ameixas
pendiam até ao chão.[28]

Uma diferença curiosa entre a realização homérica e a teocritiana neste tópico do *locus amoenus* reside na circunstância de, no passo da *Odisseia*, se chamar explicitamente a atenção para a écfrase, com a referência ao deleite que "até um imortal" seria levado a experimentar. Somos convidados pelo poeta homérico a visualizar o deus Hermes, parado à entrada da gruta, atrasando o desempenho da função que lhe fora incumbida por Zeus, maravilhado a contemplar aquele espectáculo de beleza natural, impossível de ignorar – até para um deus. No passo de Teócrito, apesar de ser um poeta helenístico e, consequentemente, menos inibido quando se trata de explicitar os artifícios da sua oficina poética, impõe-se um clima comparativamente mais "ingénuo".

A técnica utilizada pelo poeta da *Odisseia* ao criar um momento de deleite estético, recorrendo para tal a uma figura cujo deslumbramento perante a cena descrita nos indica a forma como devemos percepcionar a visão proposta pelo poeta (não esqueçamos que a palavra "estética" deriva da palavra grega para "percepção"), é igualmente explorada por Baquílides no Ditirambo XVII, no momento em que Teseu mergulha no mar para recuperar o anel de Minos (vv. 97-116):

> E os golfinhos que habitam o mar
> levaram rapidamente Teseu para a casa
> de seu pai, deus dos cavalos;
> e chegou à grande sala dos deuses. Foi aí
> que avistou as filhas do bem-aventurado Neleu e ficou estarrecido:
> pois dos seus membros fulgentes brilhava um esplendor
> como se fosse de fogo, e estavam entretecidas
> nos seus cabelos fitas bordadas a ouro;
> e deleitavam os corações ao dançar com líquidos pés.

---

28 As traduções aqui apresentadas do Idílio VII de Teócrito são devedoras das aulas de literatura grega da doutora Maria Helena Ureña Prieto.

E viu a esposa amada de seu pai no belo palácio,
a veneranda Anfitrite com olhos de novilha;
ela vestiu-o de púrpura e colocou no seu cabelo
uma grinalda livre de censura:
a mesma que lhe dera outrora a enganadora Afrodite,
quando do seu casamento, carregada de rosas.

Tal como no passo da *Odisseia*, é por intermédio do deslumbramento de Teseu perante todo aquele espectáculo de estonteante beleza sobrenatural que o ouvinte/leitor é levado a deleitar-se com a profusão de palavras e de imagens intrinsecamente belas. A insistência nos vocábulos que remetem para a ideia de "ver" e todo o acumular de expressões que denotam "brilho" vincam bem o cariz intensamente visual da cena. Por outro lado, a alusão homérica (Anfitrite qualificada de "com olhos de novilha") e a remissa para Safo, Teógnis e Simónides (Afrodite "enganadora") não deixam de nos lembrar processos poéticos (alusão, remissa, citação) considerados típicos dos poetas helenísticos. No entanto, há rasgos de inspiração que se nos afiguram inovadores, como os pés líquidos das bailarinas aquáticas deleitando-se (uma vez mais a presença de "deleite") com a sua dança.

A ideia de movimento, aqui associada aos movimentos coreográficos das Ninfas, surge frequentemente na poesia grega quando se trata de criar imagens e expressões de deleite estético. Entre os vários elementos susceptíveis de conferir graciosidade à poesia de Safo, o autor do *Tratado da elocução* salienta o alcíone. No caso presente, Baquílides recorre a outro elemento para introduzir no poema a ideia de movimento: o golfinho, cujo modo de se mover evoca de imediato a "alegria rápida" que lhe é adscrita na poesia de Sophia de Mello Breyner Andresen[29], aqui sugerida por Baquílides através do advérbio "rapidamente".

---

29 Veja-se "Crepúsculo dos deuses" (in *Geografia*); "Em Hydra, evocando Fernando Pessoa" (in *Dual*): Sophia de Mello Breyner Andresen, *Obra poética III*. Lisboa, 1991, p. 70 e p. 145, respectivamente.

Mas já no citado Canto V da *Odisseia*, o poeta homérico antepõe à descrição atrás referida uma outra imagem, cuja capacidade de evocar a ideia de movimento contrastará de modo artístico com o carácter mais estático da descrição da gruta. Trata-se da poderosa visualização do voo de Hermes, que é comparado, precisamente, ao alcíone (vv. 50-54):

> Do alto éter chegou à Piéria e logo sobrevoou o mar:
> apressou-se por cima das ondas como o alcíone,
> que nos abismos terríveis do mar nunca vindimado
> humedece as espessas penas em demanda de peixe.
> Deste modo voou Hermes por cima das ondas.

Apesar de o potencial imagético do alcíone ser utilizado por outros poetas gregos, a beleza da imagem homérica só encontrará uma realização ao mesmo nível (de novo) no Idílio VII de Teócrito, nos versos que abrem o canto de Lícidas (vv. 52-60):

> Agéanax terá uma bela viagem para Mitilene
> quando, sob a constelação dos Cabritos no céu crepuscular
> o Noto perseguir as aquosas ondas, e quando Oríon pousar
> os pés no Oceano, se livrar Lícidas do fogo de Afrodite,
> pois abrasa-me o amor ardente que sinto por ele.
> E os alcíones hão-de serenar as ondas e o mar
> e o Noto e o Euro, que arrasta as algas mais profundas;
> os alcíones, dentre todas as aves as mais amadas pelas esverdeadas
> Nereides e por todos aqueles cuja presa vem do mar.

A imagem dos alcíones, utilizada em contexto claramente erótico, confere aos versos iniciais do canto de Lícidas o sortilégio visual do movimento, qualidade essa que é reforçada pelo ritmo musical do hexâmetro, que, nas mãos de um artista como Teócrito, sugere pela própria cadência o voo das aves marinhas "à flor das vagas", acompanhado pelo movimento, debaixo das ondas, das algas arrastadas pelo vento.

Verificamos, portanto, que a imagem de deleite estético pode corresponder a uma visão em movimento, ou a um quadro comparativamente estático. Nesta última categoria, salientarei ainda outra realização possível, especialmente consentânea com a concepção helénica de beleza na sua manifestação mais perfeita: o corpo humano. Os fragmentos que até nós chegaram da lírica arcaica oferecem-nos vários testemunhos que documentam um acto de ver muito especial: o sujeito apaixonado contemplando, num acto de fruição estética, a beleza do objecto da sua paixão, imagem que o impressiona de modo agudo e perturbador. Como já dei alguns exemplos do tópico neste livro (pp. 42-44), destacarei agora um belo fragmento de Arquíloco (30 West), composto por apenas dois versos:

> ela deleitava-se segurando um ramo de mirto
> e a bela flor da rosa...

Apesar de termos apenas um fragmento e não um poema inteiro, sendo, por conseguinte, impossível adivinhar o contexto em que estes dois versos se enquadrariam, ressalta mesmo assim o seguinte jogo requintadíssimo: de o sujeito enunciador estar a transferir para o objecto encantador da descrição (a figura feminina) a reacção anímica que a sua imagem lhe provoca, projectando no espírito da pessoa contemplada o deleite que lhe inspira a contemplação dessa mesma pessoa. Note-se que estamos na presença de um nível de sofisticação – num poeta do século VII a.C. – que é costume associar-se à poética helenística.

Chegados a este ponto, será altura de recordar o *locus classicus* onde, segundo Pseudo-Demétrio, se materializa de modo mais perfeito a graciosidade característica do discurso "cinzelado": "toda a poesia de Safo". Começamos por fazer de novo referência aos dois versos citados pelo autor do *Tratado da elocução* (164): "a terra de grinaldas às miríades refulge de cores variegadas" e "o esverdeado-acastanhado rouxinol". A filologia moderna não reconhece estes versos como autenticamente sáficos, mas a nós interessa a razão pela qual o autor do *Tratado da elocução* os escolheu para exemplificar a graciosidade típica do discurso "cinzelado".

Neste aspecto, impõe-se a seguinte consideração, que vai ao encontro daquilo que afirma o próprio Pseudo-Demétrio ("quando Safo canta a beleza, fá-lo com palavras que são belas e suaves"): há palavras que podem ser consideradas intrinsecamente detentoras de graciosidade. Parece claro, portanto, que a intenção de Pseudo-Demétrio, ao aduzir os versos citados, é de salientar a qualidade ornamental que a mera presença de certos vocábulos, expressivos do matizar e avivar de cores, pode conferir ao poema. A isto eu juntaria o próprio rouxinol (cf. Safo, fr. 136 Lobel-Page), que, tal como o alcíone, o golfinho, o cisne, a andorinha etc., corresponde já de si a uma imagem na poesia grega susceptível de proporcionar o deleite.

Também os fragmentos autênticos que até nós chegaram de Safo abundam em imagens de deleite estético, sendo o mais célebre (e mais extenso) o fr. 2 Lobel-Page, que cito na versão absolutamente inspirada de Eugénio de Andrade[30]:

> Se passares por Creta vem ao templo sagrado,
> Onde mais grato é o pomar de macieiras,
> e do altar sobe um perfume de incenso.
>
> Aqui, onde a sombra é a das rosas,
> no meio dos ramos escorre a água,
> e no rumor das folhas vem o sono.
>
> Aqui, no prado onde todas as cores
> da primavera abrem e os cavalos pastam,
> a brisa traz um aroma de mel.

Uma das características salientes da imagética que nos oferece a poesia de Safo é a sensibilidade da poetisa para fenómenos atmosféricos, como a aurora, o entardecer, e o céu nocturno, brilhante de astros, no qual a lua esplende soberana (fr. 34 Lobel-Page):

> As estrelas, em volta da formosa lua,
> de novo ocultam a sua vista esplendente,

---

30 *Poemas e fragmentos de Safo.* Porto, 1982, 2. ed., p. 22.

quando a lua cheia brilha mais, argêntea,
sobre toda a terra.[31]

Entre os passos mais significativos no âmbito do tema que nos tem ocupado, tenho de salientar a primeira estrofe do fr. 16 Lobel-Page:

Uns dizem que é uma hoste de cavalaria,
outros de infantaria; outros ainda dizem que
é uma frota a coisa mais bela na terra escura:
eu digo que é aquilo que se ama.

Aqui, temos claramente a ideia de que "o mais belo", ou seja, aquilo que é mais conducente à fruição estética de determinada visão, além de ser subjectivo, depende acima de tudo do "erotismo" no nosso modo de olhar. Estes versos encontram um complemento interessante num poema altamente mutilado e de interpretação dificílima (fr. 58), do qual, no entanto, Eugénio de Andrade arriscou uma interpretação brilhante:

Amo o esplendor. Para mim o desejo
é um sol magnificente e a beleza
coube-me em herança.

A definição do que é "o mais belo", com base numa hierarquia de valores em que amor, desejo e luz se interpenetram, ilumina de modo muito especial a temática sobre a qual temos estado a reflectir – com a ressalva de o foco pressuposto por tal iluminação se encontrar mais na verdade poética da versão portuguesa de Eugénio do que no fragmento mutilado de Safo.

Para finalizar, atentemos de novo no belo superlativizado do fragmento de Safo, desta vez para o colocarmos em confronto com um dístico famoso do heterónimo de Pessoa, Alberto Caeiro:

---

[31] Tradução de Maria Helena da Rocha Pereira (*Hélade*).

A beleza é o nome de qualquer coisa que não existe, que eu dou às coisas em troca do agrado que elas me dão.

E fechamos assim o círculo, voltando à citação inicial de Demócrito: "os maiores deleites provêm da contemplação de obras belas".

5. A ARTE POÉTICA DE CALÍMACO

0. Quando, em 1927, A. S. Hunt publicou pela primeira vez em *The Oxyrhynchus Papyri* (n° 17) o papiro onde figura a arte poética a que hoje chamamos o Prólogo das *Origens* de Calímaco, os estudiosos foram confrontados com um texto ao mesmo tempo desconhecido e familiar. É que a semelhança curiosa entre certos passos programáticos, de teorização literária implícita, em Virgílio, Horácio, Propércio e Ovídio, deixava entrever a existência de um texto helenístico perdido, a que os poetas romanos pareciam aludir cada vez que actualizavam o tópico da recusa da poesia épica, contrapondo à epopeia outro tipo de poesia (bucólica, lírica, elegíaca), cuja menor extensão de versos possibilitaria, como se dirá mais tarde, o "trabalho da lima". Cada um dos quatro poetas romanos quis ser, à sua maneira, a reencarnação de Calímaco em terras itálicas, processo de metempsicose esse que passou necessariamente pela adaptação e assimilação, por cada um deles, do Prólogo das *Origens*.

Não admira, pois, que a publicação deste fragmento tenha revolucionado a forma de abordar a poesia alexandrina e romana, sobretudo a partir da magistral edição completa de todos os fragmentos de Calímaco, da responsabilidade de Rudolf Pfeiffer, publicada em Oxford em 1949 – edição essa onde o Prólogo fragmentário das *Origens* recebeu o título significativo "fragmento 1 Pfeiffer".

É minha intenção propor, aqui, a primeira tradução portuguesa desta arte poética fragmentária, antecedida de breves comentários que possam ajudar a enquadrá-la no seu contexto literário.

I. Em primeiro lugar, algumas informações sobre o autor. Calímaco foi uma das figuras literárias que, no século III a.c., gravitaram em torno da corte dos Ptolemeus em Alexandria, e grande parte da sua actividade foi desenvolvida na Biblioteca da cidade fundada por Alexandre, onde se distinguiu, antes de mais, como autor do próprio catálogo da Biblioteca (em nada menos que 120 volumes) e como autor de tratados em prosa sobre vários temas (Ninfas, ventos, aves etc.), sendo o tratado cujo título se nos afigura mais sugestivo *Sobre as fundações das ilhas e das cidades e sobre as suas mudanças de nome*.

O interesse deste tratado (hoje perdido) é o facto de estabelecer um elo com a poesia que Calímaco produziu, pois o fascínio por factos recônditos nas áreas da geografia, da história e do "folclore" constitui uma das características mais evidentes da obra poética que até nós chegou. Testemunho disto é o próprio título da obra de que a arte poética fragmentária terá sido o prólogo: *Origens* ou *Causas* (a palavra grega *Aitia* abarca ambos os sentidos). No seu estado completo, era um longo poema elegíaco em quatro livros, com uma estrutura quase dialéctica, dado que Calímaco se imagina transportado em sonho para o Hélicon, onde participa numa sessão de perguntas e respostas com as próprias Musas. Grande parte do poema, ao que parece, teria sido constituída pelas respostas das Musas às interrogações do poeta.

O leitor da poesia grega não pode deixar de ver aqui uma alusão a Hesíodo e ao encontro com as Musas no Hélicon por ele relatado. A intenção de Hesíodo foi de assegurar aos seus ouvintes que tudo o que lhe saía da boca era pura verdade, por obra e graça das próprias Musas, que lhe concederam esse dom. Calímaco também quer fazer do seu texto uma proclamação de supremacia poética relativamente a outros cultores das Musas, mas, como veremos, o vocabulário da crítica poética evoluiu, do século VII ao século III, de modo surpreendente, pelo que os termos "verdade" e "mentira" já não serão arvorados em bitola para a aferição da qualidade poética.

II. A assunção da herança hesiódica nas *Origens* ganha complexidade e interesse adicionais em confronto com outro texto de

Calímaco, neste caso uma curiosa "recensão crítica" em verso ao livro de poesia de um colega e amigo, Acato. Este poema faz parte da colectânea de epigramas de Calímaco e, na edição de Pfeiffer, tem o n° 27:

> É poesia à maneira de Hesíodo! E não foi ao menor dos aedos que Arato foi buscar inspiração. Pelo contrário, tomou por modelo o mais doce dos poetas épicos. Salve, versos subtis, símbolo das insónias de Arato!

Neste epigrama gracioso, mais tarde imitado em Roma por Hélvio Cina e Ausónio[32], Calímaco formula a sua opinião entusiástica acerca do poema astronómico de Arato, os *Fenómenos*. Se a imitação de Homero era condenada por Calímaco (como veremos), o mesmo não sucedia em relação a Hesíodo, o mais "doce" dos cultores arcaicos da poesia em hexâmetro dactílico; talvez porque a poesia hesiódica se inseria numa corrente de sageza ingénua que os poetas helenísticos, no seu preciosismo característico, achariam "patusca". Paralelamente, a vertente didáctica da poesia de Hesíodo era muito apreciada em Alexandria: compor versos sobre temas técnicos, agrícolas ou astronómicos (como no caso de Arato) era tão valorizado que, mais tarde em Roma, seria com a composição das *Geórgicas* que Virgílio se afirmaria como "Calímaco Romano".

O elogio a Arato é materializado por meio de três elementos: a invertida relação hierárquica entre Homero e Hesíodo que o epigrama pressupõe (isto é, Arato fez bem porque imitou o mais doce); o adjectivo "subtil" aplicado aos versos; e a insónia, que simboliza aqui o que mais tarde os romanos chamariam o *labor limae*: a procura incessante da perfeição literária. Destes três elementos, sem dúvida o mais expressivo e de "largo espectro" é o adjectivo "subtil": em grego, *leptós*.

---

[32] Remeto para o meu ensaio "Quem tem a candeia acesa? A insónia como tópico estético-literário em Calímaco, Hélvio Cina e Ausónio", *Classica* 20 (1994), pp. 51-59.

O adjectivo grego é polissémico, pois ao mesmo tempo que significa "fino" por oposição a "grosso", e "delgado" por oposição a "gordo", é igualmente utilizado na poesia grega com o sentido de "subtil" e "requintado". Curiosamente, o adjectivo *leptós* fora já utilizado por Aristófanes como termo literário em *Rãs* (v. 828, 876), mas para infamar a poesia de Eurípides. Passará, todavia, a partir da acepção em que é utilizado por Calímaco no Epigrama 27 e no Prólogo das *Origens*, a termo elogioso; e na sua forma latina, *lepidus*, surge logo no primeiro verso do livro de Catulo aplicado à colectânea no seu conjunto, como proclamação abertamente programática.

Quanto à aparente depreciação de Homero, trata-se também de um tema fulcral para a compreensão da arte poética que Calímaco antepôs às *Origens*. Neste fragmento, como veremos, há nitidamente um tom apologético (para não dizer ressentido e rezingão), sensível na insistência com que a temática épica é recusada e apodada de pouco original. Para melhor enquadrarmos o problema, convirá trazer à colação outros dois textos de Calímaco e um do seu contemporâneo, Teócrito. Começamos pelo Epigrama 28:

> Odeio o poema cíclico e não me apraz o caminho
> constantemente percorrido pela multidão.
> Também odeio um jovem promíscuo e recuso-me
> a beber da fonte pública. Detesto o que está ao alcance de todos.
> Lisânias, lá bonito és tu – muito bonito mesmo. Mas antes
> de o poder dizer claramente, o eco ressoa "já anda com outro".

O poema cíclico – isto é, a epopeia dos imitadores de Homero – é execrado por Calímaco porque representa (independentemente do desprestígio patente na equivalência estabelecida entre tal género poético e o jovem promíscuo) uma reprodução estéril dos poemas homéricos, dos quais estes poetastros alexandrinos, rivais de Calímaco, souberam imitar a extensão de milhares de versos, mas não a qualidade.

Neste aspecto, o sentido do verso inicial do Epigrama 28 encontra clarificação suplementar num passo de Teócrito (Idílio VII, 45-48), onde está igualmente em causa a correlação entre os problemas do tamanho desmesurado e da imitação de Homero:

> Detesto o construtor que tenta erigir uma casa
> do tamanho do monte Oromedonte,
> assim como a passarada das Musas que, cacarejando
> contra o aedo de Quios, se esforça para nada.

Quem profere estas palavras é Lícidas, um cabreiro que tem sido identificado pelos estudiosos com variadíssimas figuras, desde o deus Apolo ao próprio Calímaco. A imagem do construtor que tenta erigir uma casa do tamanho de uma montanha liga-se claramente à ideia do poeta que concebe a actividade literária em termos de quantidade e não de qualidade (tema que aparecerá no Prólogo das *Origens*). É evidente, também, a alusão aos poetas cíclicos na referência à "passarada das Musas", que se esforça em vão para repetir o que o aedo de Quios (Homero) já fizera melhor que ninguém.

Parece lógico poder inferir-se que Calímaco e Teócrito estão a insurgir-se contra uma prática corrente na época: a composição de epopeias de grande extensão. "Um grande livro é um grande mal" é uma frase de Calímaco, preservada por Ateneu, que hoje conhecemos como fr. 465 Pfeiffer, embora não saibamos se o contexto original em que a frase surgia se reportava ou não à epopeia.

Semelhante dúvida encontra-se arredada, contudo, da coda com que Calímaco termina o seu *Hino a Apolo* (vv. 105-112):

> A Inveja falou em segredo ao ouvido de Apolo:
> "Não me agrada o poeta cujo canto tem a extensão do mar".
> Apolo afastou a Inveja com o pé e disse:
> "É grande a corrente do rio assírio, mas arrasta
> com a sua água lama e imundície de toda a espécie.
> Não é uma água qualquer que as abelhas levam a Deméter,
> mar um fiozinho especial que, puro e imaculado,
> brota de uma nascente sagrada".

Aqui parece claro que a epopeia está implicada nas referências ao poeta, cujo canto tem a extensão do mar, e ao rio lamacento de grande caudal.

III. Ora, as ideias que acabámos de passar em revista têm o seu desenvolvimento pleno no Prólogo das *Origens*, onde o poeta responde aos seus rivais invejosos, que designa por "Telquínios" (uma raça de feiticeiros que teria vivido na ilha de Rodes, famosa pelo seu olhar maligno).

Estes rivais acusam Calímaco de se dedicar à poesia miniatural como se fosse uma criança e de não ter composto ainda um poema épico de grande envergadura: um poema "contínuo" (é esse o adjectivo utilizado por Calímaco no v. 3), expressão a que mais tarde Ovídio fará referência no proémio das *Metamorfoses* com as palavras "canto perpétuo".

O poeta dá exemplos de poemas grandes falhados: a "velha interminável" aludirá talvez ao poema *Bitis*, de Filetas (ao passo que a "trigosa Tesmofória" seria o poema *Deméter*, do mesmo poeta); a "mulher grande" será a *Nano* de Mimnermo.

Quantidade e qualidade são coisas diferentes; a perícia literária (*sophia*) não deve ser avaliada com base na medida persa (ou seja, pela extensão), mas sim pela arte. Num dístico que, a partir da imitação que dele fez Virgílio na VI[a] Bucólica, será dos mais influentes em toda a poética clássica, o poeta refere que foi o próprio deus Apolo que lhe fez a recomendação de manter a musa delgada (o adjectivo empregue é uma forma com mais duas sílabas de *leptós*): gordura só é formosura num animal destinado ao sacrifício. Assim, os caminhos que o carro poético de Calímaco irá percorrer serão os mais originais e estreitos possíveis. O poeta compara-se a uma cigarra, cujas estridulações melódicas contrastam com a cacofonia dos burros, seus rivais.

Termina com uma alusão ao cisne, que, como muitos séculos depois escreverá Camões (Soneto 54 Costa Pimpão), "quando sente ser chegada/ a hora que põe termo a sua vida,/ música com voz alta e mui subida/ levanta pela praia inabitada".

IV. Tradução[33]

Os Telquínios resmungam frequentemente
   comigo, esses incultos
na arte da poesia, que nunca foram amigos das Musas,
porque não foi um poema contínuo que escrevi acerca de reis,
em muitos milhares de versos,
nem acerca dos heróis de antanho; em
   vez disso, desenrolo a poesia
aos bocadinhos, como uma criança, apesar de
   os meus anos não serem poucos.
Pela minha parte, o que digo aos Telquínios
   é isto: raça espinhosa,
apenas capaz de derreter o seu próprio fígado,
eu sou, na verdade, um poeta de poucos
   versos; mas é muito superior
à velha interminável a trigosa Tesmofória.
Dos dois, são os versos finos, e não a mulher grande,
que testemunham a doçura de Mimnermo.
Que extensamente do Egipto para a Trácia voe
a garça, deliciada com o sangue dos Pigmeus,
e que extensamente os Masságetas atirem contra o homem
persa: porém é à minha maneira que os rouxinóis
   cantam com maior doçura.
Pereça a raça perniciosa dos invejosos!
   Pois doravante será pela arte,
e não pela medida persa, que devereis julgar a poesia.
Nem espereis que da minha parte um canto
   retumbante de grandes proporções
possa nascer: trovejar não a mim, mas a Zeus compete.
Na verdade, quando pela primeira vez a tabuinha coloquei
sobre os joelhos, foi isto que me disse Apolo Liceu:
"Lembra-te, querido aedo, que embora o
   animal para o sacrifício deva ser

---

33 Baseio-me na edição crítica de Neil Hopkinson (*A Hellenistic Anthology*. Cambridge, 1989), que, cinquenta anos depois da edição de Pfeiffer, pôde contar com novos contributos da moderna crítica textual para a reconstituição do texto.

o mais gordo possível, a Musa, caro amigo, deve ser delgada.
Mais ainda te ordeno isto: os caminhos
    que os carros não repisaram,
esses deverás trilhar; nem conduzas no encalço de outros
o teu carro por uma estrada larga; mas por
    sentidos nunca antes pisados,
mesmo que seja pelo caminho mais estreito,
    deverás conduzir a tua poesia."
Obedeci ao deus. Canto, pois, para aqueles
    a quem agrada o som fino
da cigarra, de preferência à zurraria dos burros.
Que outro se ponha a zurrar como o
    animal bem provido de orelhas;
mas que eu seja o pequeno, o alado!
Sim, para cantar alimentado pelo orvalho,
    orvalhado alimento proveniente
do éter divino, para que a velhice
eu imediatamente dispa, pois para mim
    o seu fardo tem o peso
da ilha triangular sobre o desgraçado Encélado.
Mas não é grave: pois aqueles a quem,
    enquanto novos, as Musas olharam
sem ser de soslaio, a esses elas não rejeitam
    quando têm cabelos brancos.
É quando a ave das Musas já não consegue mover as asas
que o seu canto atinge o auge do esplendor.

Teatro

1. ROSTOS DE ELECTRA

Apesar de não ser a figura feminina mais apelativa da tragédia grega, há algo na personagem de Electra que nos convida a considerá-la a mulher arquetípica do drama antigo. Basta pensarmos naquele momento imortal da *Electra* de Sófocles, em que sai do palácio um vulto solitário, cuja indumentária esfarrapada contrasta com a pose altiva, para invocar a luz depurada e o ar na exacta medida da terra: no encontro deste gesto dramático com a poesia proferida pela personagem surpreendemos a quinta-essência de uma emoção estética que só a tragédia ática logrou alcançar.

Os versos colocados por Sófocles na boca desta figura andrajosa levam-nos a reflectir sobre o seguinte aspecto: não é o agir de Electra nas quatro peças em que é interveniente que convida a adesão do espectador; nem a caracterização de que a personagem é alvo. O que suscita da nossa parte uma adesão imediata à figura de Electra é a extraordinária qualidade da poesia que, com inusitada prodigalidade, lhe é atribuída por Sófocles e Eurípides. Fenómeno esse que irá repercutir-se em recriações posteriores, nomeadamente na Electra de Hugo von Hofmannsthal, em cuja boca o autor austríaco colocou aquilo que me parece um dos mais belos versos da poesia ocidental, "o tempo escorre em cascata das estrelas" (*von den Sternen stürzt alle Zeit herab*). Curiosamente, este verso de Hofmannsthal não traduz especificamente nenhuma frase que se nos depare na *Electra* de Sófocles; mas revela, não obstante, aguda sensibilidade relativamente ao estilo trágico, pois é justamente o género de afirmação que a Electra de Sófocles e Eurípides poderia muito bem ter feito (aliás, ambas se referem, mais cedo ou mais tarde, às estrelas).

Não mencionei ainda o nome de Ésquilo, talvez porque haverá menos a dizer sobre a personagem de Electra nas *Coéforas*, sobretudo se a compararmos com a complexidade das figuras homónimas de Sófocles e Eurípides. Há, contudo, aspectos que devem ser assinalados, começando pelo elemento, que me parece especialmente significativo, relevado pelo poeta no preciso momento em que Electra aparece em cena. Apesar de imiscuída no coro das Coéforas que se dirigem ao túmulo de Agamémnon, Orestes não deixa de reconhecer a irmã, visto ser ela "que entre todas se distingue pela sua profunda tristeza"[1]. Eis o traço distintivo mais marcante da personagem, traço esse que encontrará eco no título da recriação norte-americana de Eugene O'Neill, *Mourning Becomes Electra*.

No diálogo que se segue ao Párodo entre Electra e o Coro, o leitor de Sófocles e Eurípides terá dificuldade em reprimir uma reacção irónica face à dependência que Electra manifesta relativamente aos conselhos do Coro. E o facto de ter de ser o Coro a lembrar a Electra o nome de Orestes a propósito das preces que esta pretende proferir não deixa de produzir um efeito de estranheza no leitor moderno. Esta sensação de inépcia dramática – convirá notá-lo – não se pressente, porém, quando a peça é encenada, o que abona em favor da noção de que se trata, antes de mais, de uma obra dramática para ser vista, e não lida.

Mas o momento das *Coéforas* que tradicionalmente tem suscitado uma sensação de estranheza quanto à sua eficácia dramática é o gesto de Electra de comparar o anel de cabelo que vê deposto no túmulo do pai com o seu próprio cabelo. Aliás, é em Eurípides que encontramos uma crítica explícita aos aspectos dramaticamente inverosímeis das *Coéforas*, no diálogo entre Electra e o Velho, lamentavelmente considerado espúrio

---

[1] *Coéforas*, v. 17 e sgs. Tradução de Manuel de Oliveira Pulquério. Ésquilo, *Oresteia*. Lisboa, s.d., p. 116.

por Fraenkel no seu comentário ao *Agamémnon*, seguido por Kovacs na nova edição euripidiana da colecção Loeb. As palavras da Electra de Eurípides – "como é que o cabelo se poderá assemelhar ao meu, se o dele cresceu nas palestras de jovens bem nascidos, ao passo que o meu é feminino e penteado? É impossível. Verás que muitas pessoas têm cabelo semelhante sem que haja consanguinidade"[2] – nestas palavras perpassa, pois, a intenção de criticar uma estratégia dramática que avultava porventura antiquada às sensibilidades da geração de Eurípides. O mesmo poderá dizer-se do outro elemento que leva a Electra de Ésquilo a reconhecer a presença recente do irmão junto ao túmulo de Agamémnon: a marca dos pés.

Mas voltando à questão já abordada da alta qualidade poética dos versos proferidos ou cantados por Electra (e aqui caberá sublinhar que, em qualquer um dos três tragediógrafos, o papel de Electra foi concebido para um actor-cantor), parece evidente que, na concepção de Ésquilo, a funcionalidade da figura de Electra neste drama de matricídio é entendida em termos quase exclusivamente líricos. É a participação de Electra no grande momento operático do lamento formal (*kommós*) que se nos afigura determinante: após o termo deste empolgante momento musical, Electra sai de cena, para não mais regressar, visto que o mesmo actor terá de interpretar, na segunda parte da peça, o papel de Clitemnestra. E será igualmente neste lamento lírico que encontramos elementos adicionais que contribuem para a caracterização da personagem. Estes elementos avultam especialmente significativos se tomarmos também em conta a sua projecção não só nos dois tragediógrafos mais novos, como na recepção da figura de Electra na cultura ocidental.

Começo por citar a quarta antístrofe (vv. 395 e sgs.): "quando é que Zeus todo-poderoso deixará cair a sua mão? Ah! Ah! Quando estas cabeças forem esmagadas, a confiança renascerá nesta terra. Peço justiça contra a injustiça. Escutai-me, Terra e veneráveis deuses infernais!".

Nestes versos ouvimos claramente duas linhas caracterizadoras da personagem: por um lado, no regozijo com que

---

[2] Cf. Eurípides, *Electra*, vv. 527-531.

Electra antevê a morte de Egisto e de Clitemnestra, ressalta o lado implacável, quase diríamos sanguinário, da personagem – lado esse tão realçado por Hofmannsthal (aliás no verso já referido do tempo a derramar-se das estrelas, o que está em causa é uma comparação com o sangue a escorrer de gargantas degoladas às centenas). Por outro lado, os versos citados de Ésquilo autorizam a outra leitura, quiçá mais positiva, que tem sido feita da personagem. "Peço justiça contra a injustiça", canta Electra. É nesta concepção da figura que radica evidentemente a nossa bela Electra portuguesa no poema de Sophia de Mello Breyner Andresen, cujos últimos versos passo a citar:

> Porque o grito de Electra é a insónia de todas as coisas
> A lamentação arrancada ao interior dos sonhos dos
>   remorsos e dos crimes
> E a invocação exposta
> Na claridade frontal do exterior
> No duro sol dos pátios
> Para que a justiça dos deuses seja convocada.[3]

Voltando a Ésquilo, a sexta antístrofe do lamento lírico volta a vincar o lado cruento da personagem de Electra, mormente no que concerne à atitude manifestada face a Clitemnestra. É a própria Electra que equaciona o problema da relação com a mãe assassina, ao dizer de si mesma "a minha mãe fez do meu coração um lobo sanguinário e implacável" (v. 421). Este aspecto será depois desenvolvido por Sófocles e Eurípides, como veremos mais adiante.

Na segunda parte do *kommós* assistimos ainda a exteriorizações de Electra sobre si própria que valerá a pena assinalar. O auto-compadecimento, a pena que sente de si mesma (a que Eurípides dará voz exagerada), é bem audível quando o Coro se refere à mutilação ignominiosa de que foi alvo o cadáver de Agamémnon. Electra reage a estas afirmações inflectindo deliberadamente o foco dos sentimentos de compaixão noutra

---

3 *Geografia*. Lisboa, 1967, p. 66.

direcção: "falas da sorte de meu pai. E eu, que fui posta de lado, desprezada, envilecida, atirada para um canto como um cão malfazejo?" (vv. 445 e sgs.).

Outro tema focado ao de leve por Ésquilo, mas que será objecto de desenvolvimentos surpreendentes em Eurípides, é o do casamento, que a Electra esquiliana associa obsessivamente ao túmulo do pai, ao dizer que "uma vez na posse da minha herança, sairei da casa paterna para te oferecer libações no dia das minhas núpcias e o teu túmulo será o primeiro objecto da minha veneração" (vv. 486 e sgs.). Claro que esta alusão prospectiva a núpcias que ainda se adivinham longe é uma maneira indirecta de chamar a atenção para o drama de uma figura que, nas palavras de Maria do Céu Fialho, está "votada à asfixia da sua natureza de mulher"[4]. Donde ressalta, efectivamente, na caracterização de que a figura é alvo em Sófocles, uma certa impressão de masculinidade, sobretudo nos diálogos com Crisótemis e Clitemnestra, as quais encarnam, cada uma a seu modo, tipologias femininas mais consentâneas com noções tradicionais de feminilidade.

Os traços largos da caracterização de Electra nas *Coéforas* de Ésquilo irão, pois, reflectir-se, com maior desenvolvimento e sofisticação, nas tragédias epónimas de Sófocles e Eurípides – tragédias essas cujos problemas de cronologia relativa são bem conhecidos dos classicistas, pelo que convirá desde já declarar que o facto de me referir primeiro à *Electra* de Sófocles não implica qualquer convicção da minha parte de que esta peça tenha sido composta antes da *Electra* de Eurípides. Penso que não serei a única pessoa a sentir elementos "tardios" e quase diria euripidianos na poesia da *Electra* de Sófocles – elementos que apontariam para uma proximidade cronológica com o *Filoctetes*, já de si uma tragédia que indicia (como muitos helenistas repararam) uma leitura assaz atenta da parte de Sófocles da produção poética do seu rival e amigo. O mesmo se viria a dizer séculos mais tarde, quando Verdi compôs as suas óperas "neo-wagnerianas", *Otello* e *Falstaff*. Mas a discussão destes problemas levar-nos-ia agora para zonas críticas já muito

---

[4] Cf. Maria do Céu Fialho, *Luz e trevas no teatro de Sófocles*. Coimbra: INIC, 1992, p. 157.

distantes daquela em que se centra a presente reflexão, pelo que terei de a deixar para outra oportunidade.

A personagem de Electra na tragédia homónima de Sófocles é a todos os títulos uma figura emancipada relativamente à Electra de Ésquilo, facto que se manifesta de modo evidente, em termos estritamente literários, na sua auto-representação. O recurso a analogias referentes à sua própria situação é disto sintoma flagrante: a comparação que Electra estabelece com Ítis, com Níobe; e os recursos literários utilizados pela personagem (alguns deles retintamente euripidianos) apontam para um grau extremo de *self-consciousness* na remissão para outros textos, na exibição – quase apetece dizê-lo – de leituras feitas.

É uma Electra atenta a fenómenos atmosféricos, que fala das "rajadas tremeluzentes dos astros" (v. 105), que produz enunciados como "sei e compreendo" (v. 130) e justifica a sua dor obsessiva como argumento de que só uma pessoa "não dotada de linguagem" (v. 145) é que poderia ter um comportamento diferente do dela. No epodo culminante da longa sequência lírica da entrada do Coro, Electra reflecte sobre a própria natureza da infelicidade, avaliando a possibilidade de existir algo como a "medida certa", um *métron*, para a infelicidade humana. E depois de aflorar todos estes temas em registo lírico, segue-se um longo discurso de mais de cinquenta trímetros jâmbicos, em que as mesmas ideias são de novo analisadas com impecável estruturação retórica.

Eminentemente retórica é também a conversa que se segue com Crisótemis, onde reconhecemos um dos padrões típicos da dialéctica sofocliana: por um lado, somos postos perante uma personagem inflexível nas suas convicções éticas, detentora de certezas unívocas em tudo o que se relacione com o comportamento humano. Por outro, o poeta não deixa de fazer soar outra voz, que veicula um ideário de relativismo moral, de adaptação acomodatícia à realidade humana. Como genial dramaturgo que é, Sófocles é demasiado subtil para querer arrastar o espectador numa direcção ou noutra: ficamos sempre um pouco vacilantes entre Antígona e Ismena, entre Electra e Crisótemis.

No que diz respeito, porém, à força de espírito e de personalidade, Electra domina facilmente toda a cena com a irmã: nem a ameaça relatada por Crisótemis de emparedamento parece afectar Electra, cujo pragmatismo ontológico nos deixa desarmados na *reductio ad absurdum* com que é formulado (v. 354): "não estou viva?".

No entanto, a superioridade granjeada no diálogo com Crisótemis não lhe é outorgada de modo tão pacífico na entrevista com Clitemnestra, o ponto alto do drama de Sófocles, juntamente com a cena em que Electra reconhece Orestes. Mas mesmo aqui, apesar da intensidade dramática com que Clitemnestra é caracterizada, Electra pode sempre recorrer ao trunfo da racionalidade, do discurso estruturado. Contrariamente à mãe, que tem evidentemente as emoções à flor da pele e se descontrola com grande facilidade, Electra conta sempre com o fleumatismo da sua inteligência. "Na tua cabeça tudo é forte", diz à filha a Clitemnestra de Hofmannsthal (*in deinem Kopf ist alles stark*). Só a entrada do Pedagogo, com a notícia da morte de Orestes, é que consegue vergar Electra. Mas não por muito tempo. Porque no segundo diálogo com Crisótemis, Electra já só tem uma ideia: fazer pelas suas próprias mãos aquilo que Orestes já não pode fazer.

A clara inversão genérica que esta atitude revela não passa despercebida a Crisótemis, que tenta fazer ver à irmã que, contrariamente ao que Electra parece pensar, ela é, afinal, uma mulher (997).

A admirável cena do reconhecimento é onde a crítica, talvez por influência da ópera de Richard Strauss, gosta de ver um pouco mais de humanidade na figura da Electra sofocliana. Mas, mesmo aqui, repare-se, por parte de Electra, na primazia da razão e do discurso. O móbil da anagnórise é explicitamente indicado por Sófocles: é a incapacidade de Orestes de conter, de dominar a linguagem. "Que direi?" (pergunta). "Por que palavras inábeis poderei enveredar? Já não tenho a força de dominar a minha língua" (vv. 1174-1175).

O verbo negativamente utilizado por Orestes é retomado por Electra no momento culminante do drama: no preciso instante em que se ouve a voz de Clitemnestra a gritar, depois de ter recebido o primeiro golpe da espada do filho. "Desfecha-lhe, se tiveres força, o segundo golpe!", clama Electra

(v. 1415). Quase que ficamos com a sensação de que, se tivesse sido Electra a manejar a espada, um segundo golpe nem teria sido necessário...

Em comparação com a Electra de Sófocles, a heroína da peça homónima de Eurípides surge-nos como uma figura de uma feminilidade quase caprichosa. As suas primeiras palavras constituem uma invocação à noite como "ama" dos astros dourados, mas como tantas vezes sucede em Eurípides, a impressão resultante é mais de "gesto" do que de "conteúdo". Mesmo no diálogo lírico com o Coro, a alusão às manifestações tradicionais de luto não nos fere os ouvidos com a mesma acutilância que encontramos em Sófocles. De certo modo o efeito tenebroso da descrição de lágrimas e faces ensanguentadas é mitigado pela circunstância de, numa estrofe, Electra dar a entender que tem o cabelo rapado, ao passo que, uns versos mais à frente, se queixa do estado lastimável da sua cabeleira. Quando Electra e as senhoras do Coro entram num diálogo acerca dos vestidos que estas poderão emprestar àquela para assistir a uma festa no templo de Hera, não temos dúvida de que o tom trágico desta tragédia será, como diria Camões (Écloga I), uma coisa vária e inesperada.

Inesperado é, com efeito, o golpe dramático mais arrojado da tragédia, que é de nos apresentar Electra casada com um agricultor e a viver em felicidade conjugal na *banlieue* de Micenas. Mas há complicações que se entretecem nesta trama quase romanesca: por pudor ante a genealogia da esposa, o referido agricultor respeitou sempre a virgindade da princesa, tema sobre o qual Electra discorre despreocupadamente na conversa com o homem estranho que virá a revelar-se Orestes. As contínuas descontinuidades na caracterização de Electra nesta peça não nos convidam a levar muito a sério a sua asserção de que estaria perfeitamente disposta a matar a mãe à machadada, utilizando para tal a mesma arma com que Agamémnon fora assassinado. No entanto, quando chegamos propriamente à descrição da morte de Clitemnestra, verificamos que a Electra euripidiana desempenhou, de facto, um papel preponderante; que Orestes teria perdido a coragem se não tivesse sido acicatado pela irmã: a ponto de Electra chamar sobre si a culpa do sucedido.

Tudo isto nos leva a reagir com ainda maior surpresa perante o discurso de Castor, o *deus ex machina*. Electra não é abrangida pela culpa do matricídio: é Orestes que tem de partir para Atenas. A Electra é reservada uma dose renovada de felicidade conjugal, desta feita com outro marido: Pílades, amigo de Orestes. Pelas entrelinhas do que é dito ao longo da peça depreendemos que Electra terá agora um marido não só mais aristocrático do que o agricultor, mas também mais jovem e mais bem parecido. No caso, porém, desta última qualidade, estamos autorizados a dizer que Electra lhe é insensível, pois, na estranha oração fúnebre que profere a seguir à morte de Egisto, Electra afirma claramente que um homem bonito só serve para... dançar no coro (v. 951).

Seria fútil tentar escamotear a sensação profundamente desconcertante que a leitura desta tragédia provoca.

E chegamos assim à obra-prima do final da carreira de Eurípides, o *Orestes* de 408, em que Electra tem um papel fundamental. Com o aforismo inicial proferido pela personagem – "não há palavra alguma tão terrível que exprima um sofrimento, ou aflição enviada pelos deuses, cujo peso a natureza humana não possa vir a suportar" – o poeta assegura-nos que está no auge da sua forma, e que as voltas dramáticas com que irá glosar este mote serão da mais alta qualidade. À semelhança da Electra de Sófocles, esta é leitora atenta da melhor literatura, pelo que se nos depara o anacronismo delicioso de, numa peça situada na época micénica, termos ecos claros da chamada "meteorosofística", assim como da filosofia de Anaxágoras. Também do ponto de vista musical esta Electra está bem ao corrente do *dernier cri*: na sua monódia emprega ritmos claramente pertencentes à nova música do final do século V, com a sua utilização ambígua de sequências jâmbicas e trocaicas. Neste ponto musical a Electra da peça homónima canta com ritmos "antiquados" que a ligam mais à Evadne das *Suplicantes*; ao passo que a Electra de *Orestes* aponta para o futuro, para a monódia de Ifigénia, que é tão tardia na carreira de Eurípides que terá provavelmente sido composta já depois da sua morte.

Não há dúvida de que é a Electra de *Orestes* que se nos afigura a personagem mais "simpática", se se pode utilizar tal termo com referência a uma figura da tragédia grega. Durante grande parte da peça sentimo-nos comovidos pela sua solicitude relativamente ao irmão; no diálogo com Helena que se segue ao monólogo inicial, sentimos pena desta admirável Florence Nightingale por causa das alfinetadas maliciosas de que é alvo por parte da tia. Quando recebemos a notícia de que Orestes e Electra terão de morrer por lapidação, a nossa empatia é perfeita. Mas depois, como vários estudiosos já repararam (incluindo eu próprio, num artigo sobre a figura de Pílades nesta peça)[5], há uma mudança abrupta na caracterização de Orestes e Electra. Quando Pílades sugere o assassínio de Helena como meio de espalhar o sofrimento mais equitativamente pela família toda, a acção dramática transforma-se e Electra adquire inesperadamente características que a assemelham às criações anteriores de Sófocles e do próprio Eurípides. Quando se ouvem os gritos de Helena de dentro do palácio, a reacção de Electra é de soltar, juntamente com o Coro (pelo menos na edição de James Diggle), um canto cuja letra é "matai, feri, assassinai, destruí!". E o cinismo com que se dirige à pobre Hermíone é digno do humor negro do diálogo entre Electra e Egisto na tragédia de Sófocles. O desfecho, mais uma vez, deixa-nos a sensação de perplexidade perante o amontoado de problemas que ficaram por resolver. O que não impede que a Electra seja novamente prometida, desta vez pela boca de Apolo, uma vida de felicidade conjugal.

Passando, pois, em revista os elementos que aduzi, poderemos dizer que as principais linhas caracterizadoras da figura de Electra na tragédia grega se encontram já, em forma embrionária, nas *Coéforas* de Ésquilo. Linhas essas que serão inflectidas de modo diferente por Sófocles e Eurípides, com maior dose de fantasia no caso do segundo e com melhor materialização poético-dramática no caso do primeiro. Não surpreende, no fundo, que tenha sido a *Electra* de Sófocles a integrar, em termos de transmissão manuscrita, uma tríade bizantina (com o elevado número de testemunhos ecdóticos que tal termo implica), ao passo que a de Eurípides está apenas conservada num único manuscrito do século XIV e no apógrafo que dele foi feito

---

5   Cf., neste livro, "Bons e maus amigos no *Orestes* de Eurípides", pp. 141-149.

pouco depois das primeiras correcções efectuadas por Demétrio Triclínio. Também não surpreende que Hofmannsthal se tenha interessado pela Electra de Sófocles e não pela de Eurípides. Surpreendentes — isso sim — são as intromissões insidiosas das *Coéforas* de Ésquilo e do *Orestes* de Eurípides na *Elektra* de Hofmannsthal. Mas aqui já estou a entrar num campo de análise em que me falta a competência para avançar.

2. AMIZADE NA *ALCESTE* DE EURÍPIDES

O procedimento do bom e do mau amigo foi um tema que, aos olhos dos tragediógrafos gregos, se afigurou fecundo em termos de potencial dramático, graças às situações tensas que naturalmente acarreta, plenas de conflito entre as exigências dilacerantes do interesse próprio, por um lado, e da lealdade altruísta, por outro.

Na verdade, o comportamento do bom e do mau amigo é algo que dificilmente dissociaríamos de dramas como *Ájax* e *Filoctetes* (Sófocles) ou *Héracles* e *Orestes* (Eurípides). E casos há, entre os dramas euripidianos conservados, em que esta problemática se revela tão desconcertante que o procedimento do amigo (que o é, sem sombra de dúvida) acaba por superar, em malícia involuntária, a mais cruel inimizade. O aforismo de Teseu que acompanha, em *Héracles*, o seu generoso gesto de amizade terá menos aplicação empírica do que à primeira vista parece: "não é dentre os amigos que surgem os espíritos malignos" (v. 1234).

Uma peça euripidiana que, a um primeiro nível, parece confirmar esta sentença é a mais antiga conservada do autor: *Alceste*, apresentada em 438 a.C., no quarto lugar da tetralogia, habitualmente reservado ao drama satírico. Ora, nesta peça, espantosamente propiciadora de sucessivos aturdimentos no espectador, toda a acção pode ser sintetizada em termos de laços de amizade.

No Prólogo, surge o deus Apolo, que nos resume os dados do drama que está para se desenrolar: o jovem rei de Feras, Admeto, estava destinado a uma morte prematura. Apolo conseguiu das Moiras que aceitassem em vez dele a morte de outra pessoa, disposta a dar a vida pelo rei. Só Alceste, a esposa de Admeto, se prontificara a um tal gesto. No início da peça, Apolo tenta em vão negociar com a Morte mais tempo de vida para Alceste. A rainha morre pouco tempo depois, deixando a família inconsolável. Entretanto aparece Héracles, que, apesar do luto profundo em que a casa se encontra, é recebido por Admeto com irrepreensível gentileza. Consciente das leis da hospitalidade, o rei esconde ao grande herói o facto de a esposa ter falecido, para não fazer com que Héracles se sinta obrigado a pedir guarida noutro lugar. No entanto, um Servo de Admeto, indignado com a generosidade exagerada do rei, conta a Héracles o que se passava. E como gesto de gratidão relativamente ao altruísmo da hospitalidade de Admeto, Héracles trava uma luta com a Morte e restitui Alceste à sua família. A peça termina com uma justificada reflexão coral sobre a imprevisibilidade da actuação dos deuses.

Os laços de amizade como móbeis dramáticos são, portanto, bastante evidentes: Apolo surge no Prólogo como gesto de amizade para com Admeto, para tentar impedir que a Morte transforme em casa de luto uma família feliz. Alceste está pronta a morrer pelo marido, num gesto supremo de amizade conjugal. Por fim, como gesto de amizade para com Admeto, Héracles vai ao mundo dos mortos buscar Alceste, possibilitando assim o desfecho feliz que, nesta peça, mais do que em qualquer outra, deixa uma sensação insolitamente amarga.

Isto porque, como notámos, Admeto é o ponto de intersecção dos sentimentos de amizade de três entes superiores: Apolo, Alceste e Héracles, dispostos a tudo para protegerem alguém que lhes é muito querido. A amargura da situação decorre do facto de o recipiente de toda esta maravilhosa dinâmica emotiva parecer indigno de tal afectividade. Egocêntrico e narcísico, Admeto é, à primeira vista, o mais ignóbil dos heróis trágicos de Eurípides. Para citar a professora Dale, Admeto é "vaidoso, superficial, egoísta, irascível, mentiroso, histérico e hipócrita".[6]

No entanto, nenhum outro herói euripidiano recebe tanto amor, tanta compreensão, tanta amizade. Será legítimo, por

---

6   A. M. Dale, *Eurípides, Alcestis*. Oxford, 1954, p. XXII.

conseguinte, interrogarmo-nos relativamente às intenções de Eurípides nesta peça, de modo a tentarmos surpreender no que assenta a dinâmica da amizade na *Alceste*: qual a sua complexidade semântica, qual a sua funcionalidade dramática.

Uma surpresa aguarda quem comece por especular acerca das ocorrências nesta peça de palavras pertencentes ao campo semântico de "amigo" (*phílos*). A consulta de qualquer concordância de Eurípides esclarece-nos que *Alceste* é a peça euripidiana em que o vocábulo *phílos* surge mais vezes. Quanto a *philía* (amizade), que só figura seis vezes no texto conservado de Eurípides, aparece duas vezes nesta peça. O emprego constante de "amigo" parece-nos claramente programático: um motivo condutor a que não podemos fechar os ouvidos, sob pena de nos passar ao lado uma parte significativa do alcance da obra.

Depara-se-nos uma situação parecida no *Hipólito* do mesmo autor, no que diz respeito às ocorrências de "amor" (*eros*): o próprio facto de se tratar da peça euripidiana em que este vocábulo surge mais vezes é já de si uma pista interpretativa. Ora, *Hipólito* é, entre outras coisas, a peça do amor extraconjugal não correspondido, do *eros* adúltero de Fedra. *Alceste,* pelo contrário, é a peça do amor conjugal, da *philía* matrimonial da figura que lhe dá o título. Uma questão liminar será compreender a diferença entre os dois termos, tanto mais que "amizade" surge aos nossos olhos modernos como uma emoção demasiado tépida para justificar a dádiva que Alceste oferece ao marido: a sua própria vida.

*

Um bom ponto de partida será interrogarmo-nos sobre as ocorrências de *eros* na *Alceste:* será que há lugar, nesta peça aparentemente alheia ao erotismo, para uma emoção incontrolável? Verifica-se, com efeito, que há apenas uma atestação para o substantivo "amor" (v. 1080) e para o verbo "amar" (v. 715, 866). Em qualquer uma destas três ocorrências, trata-se de termos postos por Eurípides na boca de Admeto: num caso (que comentarei mais adiante) com referência ao exagerado apego à vida do seu velho pai, Feres; nos outros dois, com referência a Alceste.

Notamos, porém, que, nestas duas ocorrências, os termos são utilizados pelo marido inconsolável depois de Alceste já ter morrido. Aliás, o tragediógrafo parece querer vincar o lado doentio da personalidade de Admeto ao inserir as únicas ocorrências na peça de um vocabulário erótico em contexto subtilmente necrófilo. Primeiro, o desabafo de Admeto na intervenção inicial do seu longo lamento com acompanhamento coral: "invejo os mortos, amo-os apaixonadamente, é nas suas moradas que desejo habitar" (vv. 866-867). Depois, a reposta que o jovem viúvo dá a Héracles, quando este lhe pergunta o que poderá adiantar chorar eternamente: "estou consciente disso, só que me arrasta um *eros* qualquer" (v. 1080). "Pois claro", responde Héracles, "estimar alguém atrai as lágrimas..." (v. 1081).

Ter-se-á reparado que, na resposta de Admeto, não traduzi o termo *eros*, muito simplesmente porque – neste caso, pelo menos – não há verdadeiramente correspondência nas línguas modernas. O que está em causa, nesta espantosa tomada de consciência de Admeto, é algo que podemos comparar a uma reflexão de Fedra no primeiro episódio de *Hipólito*. Como se sabe, Fedra é casada com Teseu, mas está apaixonada por Hipólito, seu enteado. E não lhe passam despercebidas as implicações sociais e éticas da sua situação: por um lado, sabe que tanto a sociedade a que pertence como a educação que recebeu condenam as suas emoções; por outro, ainda que se esforce, não é capaz de suprimir os seus sentimentos. Uma coisa é compreendermos racionalmente as nossas emoções; outra coisa é deixarmos de as sentir, por imposição própria ou de outrem.

Nesse passo de *Hipólito*, Fedra não emprega (curiosamente) o termo *eros*: a palavra eleita é "prazer" (v. 382, 383). Mas o "prazer qualquer" a que Fedra alude é a mesma realidade a que Admeto chama um "*eros* qualquer". O fulcro da questão é a primazia do irracional que, naquele momento dramático, condiciona o *sentir* – ainda que não o *pensar* – destas controversas personagens euripidianas. Fedra *sabe* (*Hipólito*, v. 380) que não devia estar apaixonada por Hipólito; Admeto *sabe* (*Alceste*, v. 1080) que de nada vale chorar eternamente: mas é arrastado por um impulso irracional impossível de controlar, um *eros*.

Talvez resida aqui, na concepção grega, a diferença fundamental entre amor e amizade: enquanto o segundo termo implica uma emotividade racional, sensata, dirigida a familiares e amigos que merecem o nosso respeito ou a nossa gratidão, "amor" é algo de irracional, designando emoções avassaladoras, que se apoderam de nós à revelia de nós mesmos.

Isto explica a reacção de Héracles à frase tão significativa de Admeto: "pois claro, estimar alguém atrai as lágrimas". Como é da esposa que o amigo está a falar, Héracles utiliza o verbo "estimar" (da mesma família de *phílos*). As estranhas implicações de *eros* na boca de Admeto passam-lhe ao lado – o que não será de estranhar, visto que a intuição psicológica não é um traço distintivo na caracterização de Héracles nesta peça (mais perto do alarve que nos aparece nas *Rãs* de Aristófanes do que do herói modelo na tragédia homónima de Eurípides).

O verbo acima referido, "estimar", ocorre, de resto, quatro vezes em *Alceste*: uma vez para o amor que um pai sente pelos filhos (v. 302), outra vez para a estima do marido pela mulher (v. 1081) e duas vezes para o valor que se dá à própria vida (v. 703, 704). É, aliás, recorrendo ao peso não despiciendo deste verbo que Feres (o velho pai de Admeto que, apesar de decrépito, se recusou a dar a vida pelo filho) justifica a sua posição. E termina o seu discurso, no debate retórico menos elevado da dramaturgia euripidiana, com esta frase cortante: "pensa que, se tu estimas a tua vida, os demais também" (vv. 703-704).

Assistimos, aqui, a uma subtil deturpação, por parte de Feres, do que está verdadeiramente em causa no respeitante à semântica da *philía* nesta peça. No entanto, o pai de Admeto é o único a pôr em evidência o egoísmo do filho, ao sugerir que Admeto só consegue sentir estima pela própria vida. Admeto responderá a esta acusação com algo de mais forte: quanto a ele, é por uma vida longa que o pai está doentiamente "apaixonado" (v. 715). E para exprimir esta ideia, emprega uma forma do verbo derivado de *eros*. Se ele, Admeto, "estima" a vida, isso é natural; mas o facto de Feres estar "apaixonado" pela vida é inaceitável: afinal, como dizem os vv. 669-672, os idosos não pedem aos deuses para morrer?

Chegados a este ponto, talvez possamos já avançar a seguinte ilação: o campo semântico de *eros* abrange primacialmente

Alceste 139

emoções irracionais e/ou moralmente condenáveis; ao passo que *philía* aponta para uma certa sensatez acomodatícia, até no que toca à salvaguarda das aparências. Só que, assim sendo, não estará *philía* deslocada nesta peça em que há uma esposa que dá a vida pelo marido? Resta saber se será ou não lícito incluir o altruísmo de Alceste sob a alçada da amizade.

Há um aspecto que podemos desde já observar: a palavra "amigo" (*phílos*), que ocorre tantas vezes nesta peça, quer como substantivo, quer como adjectivo[7], só é pronunciada por Alceste uma única vez – e indirectamente –, no momento em que a Serva narra como a rainha se despediu dos altares do palácio, relatando a prece dirigida por Alceste à deusa Héstia. Nessa oração, a esposa dedicada pede à deusa que vele pelos seus filhos, e que case o filho com uma noiva "amiga", e a filha com um "nobre esposo" (vv. 165-166).

Isto apesar de o Coro e Admeto empregarem frequentemente "amiga" para referir Alceste. O Coro chega mesmo a sugerir que é no grau superlativo que a rainha deve ser referida, pois Alceste não é "amiga, mas amicíssima" (v. 230).

A formulação que Alceste escolhe para descrever o seu gesto (e a atitude relativamente a Admeto que lhe subjaz) é, muito simplesmente, "porque te coloco em primeiro lugar... morro" (vv. 282-284). Não há, por estranho que pareça, na despedida de Alceste, qualquer traço de emoção ou afectividade em relação a Admeto. Muito mais carga emotiva pode ser discernida nas frases iniciais cantadas pela rainha, quando se despede do sol, da luz do dia e dos celestes redemoinhos das nuvens.

A própria justificação dada a Admeto não recorre a qualquer vocábulo do campo semântico de "amizade" (muito menos de "amor"). O verbo que Alceste emprega é o mesmo que, vinte anos antes, a Electra de *Coéforas* utilizara para descrever o que sentia pelo túmulo de Agamémnon: "honrar", "pôr em primeiro lugar" (*presbeúo*: *Coéforas*, v. 488).

É pelo *marido* que Alceste morre; não por Admeto.

---

7 Como substantivo: vv. 15, 79, 212, 218, 266, 339, 355, 369, 530, 630, 701, 895, 935, 960. Como adjectivo: vv. 42, 165, 201, 351, 376, 406, 460, 509, 562, 668, 722, 991, 992, 1008, 1011.

*

Será agora o momento de considerarmos as duas ocorrências neste drama da palavra "amizade". O primeiro caso é especialmente curioso. Ocorre logo a seguir à já referida despedida lírica de Alceste do sol, da luz, das nuvens, da terra, dos filhos. Apesar de Alceste entrar em cena acompanhada pelo marido, e apesar de a sua ária inicial ser entrecortada por intervenções de Admeto, nem uma única palavra é dirigida pela rainha ao esposo por quem está prestes a dar a vida. A seguir ao epodo cantado por Alceste, Admeto tenta (compreensivelmente) evidenciar-se. Afirma que não poderá viver sem ela e enaltece a "amizade" da esposa (v. 279). É a esta frase que Alceste responde: "coloquei-te em primeiro lugar".

A conotação emotiva está claramente expressa na frase de Admeto: é em termos de amizade que ele entende o sacrifício da mulher. Mas penso ter deixado bem claro que não é assim que Alceste vê a situação. De resto, a outra ocorrência de "amizade" nesta peça adscreve tal emoção ao rei: chorando a viuvez de Admeto, o Coro canta "morreu a tua esposa, abandonou a tua amizade" (vv. 930-931).

Para concluir, gostaria mais uma vez de frisar o seguinte facto: numa peça que, mais do que qualquer outra, recorre constantemente ao campo semântico da amizade, há ostensivamente uma figura que se exclui dessa emoção: a protagonista. Amizade é algo que poderemos aplicar ao comportamento de Apolo em relação a Admeto, de Admeto em relação a Héracles e de este em relação àquele.

Significa isto que as leituras posteriores deste drama (desde o *Banquete* de Platão à *Alceste* de Gluck), que adscrevem ao amor a causa do sacrifício de Alceste, não encontram qualquer abono no texto de Eurípides.

3. BONS E MAUS AMIGOS NO *ORESTES* DE EURÍPIDES

O estudo das emoções na tragédia grega corresponde a um âmbito de investigação em que há ainda bastante terreno a desbravar. Entre os poucos helenistas que ousaram enveredar por este caminho (porventura ingrato por carecer de uma metodologia passível de objectivação), conta-se o nome de William Stanford, que, em 1983, publicou *Greek Tragedy and the Emotions*, obra a que apôs o prudente subtítulo "estudo introdutório". Na listagem oferecida por Stanford dos estados emotivos que se manifestam na tragédia grega, encontramos, ao lado de "amor" e "desejo", a emoção designada por "amizade" (p. 40). E para amizade, o exemplo máximo, segundo Stanford, é Pílades, amigo de Orestes.

É curioso notar, no entanto, que o helenista irlandês se limita a referir o comportamento de Pílades em duas peças, *Coéforas* de Ésquilo e *Electra* de Eurípides, embora na primeira Pílades profira apenas três versos e, na segunda, nenhum.

Por que razão não terá Stanford mencionado a acção de Pílades na tragédia em que ele é uma das personagens fulcrais, justamente a figura escolhida por Eurípides para materializar a mais surpreendente inovação mítica e dramática de toda a sua obra: o malogrado assassínio e consequente apoteose de Helena? De facto, a omissão de *Orestes* no elenco de Stanford é intrigante; mas, bem vistas as coisas, tal omissão é perdoável, pois no que toca às relações de amizade, nenhuma peça de Eurípides nos confunde mais do que a última tragédia apresentada pelo poeta em Atenas, no ano de 408 a.C.

Como reflexão inicial, podemos observar que, noutras peças euripidianas anteriores a *Orestes*, a amizade já é uma emoção extremamente confusa, constituindo um fértil campo de acção, tanto em termos psíquicos como dramatúrgicos, para o poeta do "irracional". Em *Hipólito*, Fedra acaba por se suicidar na sequência das boas intenções da sua melhor amiga, a Ama. E, em *Íon*, é por pouco que o Velho, servo de Creúsa, não opera a desgraça completa da sua princesa, ao tentar convencê-la a incendiar o templo de Apolo, matar o marido e envenenar Íon, que é filho dela. A amizade totalmente dedicada destas figuras leva-as a esquecer a dimensão ética na procura de assegurar a felicidade da pessoa amiga; e o melhor testemunho disto é o discurso da Ama em *Hipólito*, em que argumenta a favor do adultério (vv. 433-481). Parece que a célebre frase de Teseu em

Héracles, de que "não é dentre os amigos que surgem os espíritos malignos" (v. 1234), não se aplica a estas duas tragédias. E ainda menos, em meu entender, a *Orestes*.

Na *Oresteia* esquiliana, apresentada cinquenta anos antes nas Grandes Dionísias de 458, o problema fulcral prendia-se com a reinserção social e religiosa de um filho que mata a própria mãe por obediência a determinados códigos comportamentais exigidos pela sociedade a que pertence. O apoio de Apolo é algo de tangível e as Fúrias, por serem reais, podem ser aplacadas por Atena.

No *Orestes* de Eurípides o caso é muito diferente. Não é o problema da reinserção social e religiosa de Orestes que está em causa: é a sobrevivência. O apoio de Apolo não é palpável (como em *Euménides*), e as Fúrias estão agora num lugar impossível de controlar: a psique do próprio Orestes. Assim, o que Apolo e Atena fizeram pelo Orestes de Ésquilo terá agora de ser feito por amigos meramente humanos. E, à primeira vista, o Orestes de Eurípides até não está mal servido de familiares e amigos, pois ao longo da peça vamos sucessivamente conhecendo a irmã, a tia, a prima, o tio, o avô e o melhor amigo do herói.

Mas nem todos são amigos no mesmo grau de intensidade: afinal, o tio (Menelau) e o avô (Tindáreo) são maus amigos porque estão contra Orestes; a tia (Helena) e a prima (Hermíone) de pouco lhe servem (a primeira é demasiado fútil; a segunda, demasiado passiva); pelo que, verdadeiramente, Orestes apenas pode contar com a irmã, Electra, e com o melhor amigo, Pílades, terceto que forma nesta peça uma "família" muito especial, no tocante à qual Eurípides surge como um precursor do cineasta Nicholas Ray e da família de inadaptados imortalizada por James Dean, Nathalie Wood e Sal Mineo em *Rebel without a Cause* (1955).

Que Menelau e Tindáreo são "maus amigos" (cf. v. 748) de Orestes parece ser um facto aceite desde a Antiguidade. Até Aristóteles se refere à caracterização negativa de Menelau nesta peça (*Poética* 1454a, 1461b), achando-a exagerada. Outro leitor antigo de *Orestes*, Aristófanes de Bizâncio, também nos deixou a sua opinião acerca das personagens do drama,

escrevendo no resumo aposto ao texto nos manuscritos bizantinos "à excepção de Pílades, são todos abjectos".
De facto, uma primeira leitura da tragédia deixa essa impressão. Todos agem por desespero, insanidade ou egoísmo, à excepção do amigo dedicado, para quem a amizade e companhia de Orestes constituem o critério único de aferição da felicidade possível neste mundo. "Para quê viver, privado da tua companhia?" (v. 1072). Esta frase é expressiva do modo escolhido por Pílades de se apresentar a si próprio; ele que se assume, desde a sua entrada, como o contrário de Menelau. Quando Orestes lamenta que as suas desgraças possam vir a afectar o amigo, Pílades responde que os seus modos não são os de Menelau e que aguentará as desgraças ao lado de Orestes (v. 769).
Aliás, a primeira entrada de Pílades no final do Segundo Episódio é um dos golpes de teatro mais geniais de Eurípides: a primeira frase da personagem traz de imediato uma arrepiante intensificação emotiva, proporcionada pela transição repentina do trímetro jâmbico para o tetrâmetro trocaico, na primeira ocorrência nesta peça deste metro eminentemente emotivo. Depois da atmosfera deprimente de ódio e rancor na cena de Tindáreo, e depois do cinismo acomodatício de Menelau, sentimos que entrou uma lufada de ar fresco e que, na pessoa de Pílades, Eurípides quis reabilitar a até aí desfigurada dignidade humana. Orestes e Electra foram abandonados pela família e pelos cidadãos da sua cidade; mas, como conclui Orestes antes de o Coro iniciar o Segundo Estásimo, um verdadeiro amigo vale 10 mil familiares (vv. 805-806).
Orestes e Pílades voltam à cena no Terceiro Episódio, após uma malograda tentativa de apelo à benevolência da assembleia dos Argivos. Electra e o Coro já sabem que os filhos de Agamémnon foram condenados à morte por lapidação. O espectáculo de Pílades a amparar carinhosamente o amigo leva o Coro a fazer-lhe um rasgado elogio: chama-lhe "o mais fiel de todos" e "homem igual a um irmão" (vv. 1014-1015). E não há dúvida de que, nos momentos críticos que se seguem, Pílades é, de facto, a personagem mais bela da peça: já que Orestes e Electra têm de morrer, ele não vê razão para continuar vivo (v. 1070, 1072). Seria incapaz de trair Orestes (vv. 1086-1088, 1095-1097).

A sua nobreza parece inexcedível.

Mas, de repente, o discurso de Pílades muda de tom. Depois da exteriorização hiperbólica dos seus sentimentos de amizade, que prenunciam o Posa de *Don Carlos* (tanto o de Schiller como o de Verdi), Pílades profere dois versos que não só alteram por completo todo o curso da acção (a ponto de se poder dizer que, a partir deles, é outro o drama a que estamos a assistir), como transformam o simpático trio de rejeitados em psicópatas homicidas. Agora é que, para citar Maria Helena da Rocha Pereira, se torna "difícil distinguir uma lucidez cruel de uma loucura desenfreada"[8]. Eis os versos em causa (vv. 1098-1099):

> visto que temos de morrer, cheguemos agora a uma conclusão conjunta, de modo a que Menelau também sofra.

O ressentimento contra Menelau leva Orestes a acolher esta ideia com euforia: valeria a pena morrer só para ver Menelau rebaixado (v. 1100). E quando Pílades expõe a sua ideia na frase-chave de toda a peça[9], que Eurípides levou 1100 versos a preparar – "matemos Helena, o que para Menelau será uma dor amarga" (v. 1105) – não há, da parte de Orestes, qualquer vestígio de dilema moral: aceita por inteiro a proposta, pelo que a longa justificação dada por Pílades (de que toda a Grécia lhes ficará grata pelo assassínio da maior de todas as assassinas, vv. 1131-1150) é mais para o público apreciador de argumentos sofísticos do que para as personagens em cena. A "demanda da salvação", para citar o título de um célebre artigo de Hugh Parry, resvalou no "absurdo da violência", na expressão não menos célebre de Walter Burkert.[10]

---

8   Maria Helena da Rocha Pereira, "Mito, ironia e psicologia no *Orestes* de Eurípides", *Humanitas* 39-40 (1987-1988), p. 10.
9   Cf. C. W. Willink, *Eurípides, Orestes*. Oxford, 1989, 2. ed., pp. XXVIII-XXXV.
10 Cf. H. Parry, "Eurípides' *Orestes*: The Quest for Salvation", *Transactions of the American Philological Society* 100 (1969), pp. 337-353; W. Burkert, "Die Absurdität der Gewalt und das Ende der Tragödie: Eurípides' Orestes". *Antike und Abendland* 20 (1974), pp. 97-109.

Chegados a este ponto, é altura de relermos dois passos que, na minha perspectiva, merecem uma reflexão mais atenta. Ambos constituem apreciações do carácter de Pílades, ainda que sob prismas radicalmente diversos.

O primeiro passo que vou citar destila toda a afectividade e dependência que Orestes sente relativamente ao amigo. Aparece como réplica ao referido discurso de Pílades sobre a gratidão que toda a Grécia sentirá ao receber a notícia do assassínio de Helena (vv. 1155-1162):

> Nada há que seja superior a um amigo verdadeiro:
> nem a riqueza, nem o poder real. É incalculável,
> em termos numéricos, o valor de um nobre amigo.
> Pois foste tu que planeaste a desgraça de Egisto
> e, nos perigos, estiveste sempre ao meu lado.
> E agora ofereces-me mais uma vez o ajuste de contas
> com os meus inimigos e estás aqui, de corpo presente,
> sem te ausentares! Não te elogio mais porque há algo
> de pesado nisso: no elogiar em demasia.

Ora, há, neste encómio, dois elementos que considero perturbadores: a informação de que foi Pílades o autor da desgraça de Egisto; e a presença, de seguida, do advérbio grego que significa "mais uma vez" (*au*). Ou seja, o assassínio planeado de Helena é *mais uma* "ideia luminosa" de Pílades, obedecendo à mesma finalidade que redundou nas mortes de Clitemnestra e Egisto. Foi Pílades quem, por amizade, orquestrou um ajuste de contas em que o amigo assassina a mãe e o padrasto; agora, inventa um expediente para Orestes matar Helena, sua tia.

Sem nos determos em especulações sobre eventos anteriores ao início da acção representada nesta peça (como o grau de interferência de Apolo nas acções de Orestes), podemos apenas observar o seguinte: sem Pílades, *Orestes* seria uma tragédia em que o protagonista teria os contornos de um Hamlet grego. Mas a presença do "amigo ideal", e a influência que exerce sobre o príncipe angustiado, aproximam o nosso drama do mundo perverso retratado por Luchino Visconti no seu filme *Os malditos* (1969), onde o "Orestes" de Helmut Berger, a "Clitemnestra" de Ingrid Thulin e o "Egisto" de Dirk Bogarde são controlados por um "Pílades" (Helmut Griem) que é membro dos SS.

O outro passo que gostaria de trazer à colação constitui a única apreciação negativa do comportamento de Pílades que encontramos na tragédia. Trata-se de um momento da espantosa narrativa lírica do escravo Frígio, um sensacional momento operático, único em todas as tragédias conservadas.

O escravo descreve como os "helénicos leões" (v. 1401), Orestes e Pílades, irromperam nos aposentos de Helena. A Orestes não adscreve grande importância; é o elemento secundário do par. Mas Pílades suscita-lhe algumas palavras azedas (vv. 1403-1407):

> O outro era o filho de Estrófio [Pílades],
>   homem mal-intencionado,
> da laia de Ulisses, falso no que deixa por dizer,
> mas fiel aos amigos, corajoso no combate,
> treinado para a guerra, uma serpente assassina!
> Que pereça com o seu calculismo tranquilo,
> pois é um malvado!

Relativamente a este passo, o comentário oxoniense de Willink salienta o misto de admiração e de desprezo que as palavras do Frígio comportam. A virilidade atlética de Pílades é, com efeito, alvo de alguma apreciação positiva da parte do Frígio (aliás, a desenvoltura física de Pílades leva o Frígio a compará-lo um pouco mais adiante a Heitor). Mas a impressão de conjunto é francamente negativa.

Curiosíssima é a associação de Pílades a Ulisses: no ano a seguir ao *Filoctetes* de Sófocles, Ulisses não seria a figura mítica mais prestigiada do imaginário ateniense. Será que Eurípides quer fazer aqui um paralelo entre o seu Orestes e o Neoptólemo sofocliano, dominado por uma inteligência superior, tanto no que diz, como no que deixa por dizer? Tanto mais que, como reparou Willink, há ressonâncias sensíveis da obra-prima sofocliana no *Orestes*, a ponto de, ao lermos uma peça imediatamente a seguir à outra, experimentarmos "uma sensação de *déjà vu*" (p. LVI, nº 92).

Parece claro, porém, que as palavras do Frígio correspondem a uma intromissão da voz do tragediógrafo, como sucede noutras peças em que certa personagem se exprime recorrendo a uma linguagem ou ideário que a sua caracterização dramática não autoriza[11]. Como notou Werner Biehl relativamente a estas palavras do Frígio, "o Frígio sabe mais sobre a pessoa de Pílades do que poderia saber só por si"[12]. Pílades surge, inclusivamente, como uma espécie de Ulisses em pior: pois a palavra, única em toda a língua grega, que o escravo Frígio lhe aplica *(kakómetis*: "mal-intencionado") é claramente uma deturpação deliberada do epíteto homérico *polúmetis* ("dos mil artifícios").

Mas o mais importante de tudo, na minha leitura, é a imagem da serpente assassina, que recorda as palavras com que Tindáreo rejeita o neto: "serpente matricida!" (v. 479). Talvez as palavras do escravo Frígio nos expliquem que a serpente vislumbrada por Tindáreo no olhar do neto não é Orestes, mas sim Pílades, o seu espírito maligno.

Nos versos iniciais desta fascinante tragédia da fase final da carreira de Eurípides, Electra reflecte que

> Não há palavra alguma tão terrível
> que exprima um sofrimento, ou aflição enviada pelos deuses,
> cujo peso a natureza humana não possa vir a suportar.

Ironicamente, é a última palavra de que nos lembraríamos neste contexto que mais significativamente se lhe adequa: amigo.

---

11 Cf. E. R. Dodds, "Euripides the Irrationalist", *The Ancient Concept of Progress and Other Essays*. Oxford, 1973, p. 80.
12 W. Biehl, *Euripides, Orestes erklärt*. Berlim, 1965, p. 154.

4. A MONÓDIA TRÁGICA

Quando, hoje em dia, lemos uma tragédia grega, é fácil esquecermo-nos de que estamos perante o "guião" de um espectáculo musical. E que, nas representações dramáticas em Atenas no século V a.C., a componente musical era de primeira importância (como sabiam os inventores da ópera em Florença no início do século XVII, cujo propósito foi recriar a tragédia grega).

Infelizmente, a música original das primeiras representações das tragédias de Ésquilo, Sófocles e Eurípides perdeu-se muito cedo (se é que alguma vez foi registada – os poucos fragmentos que restam não devem ser do século V); e, para reconstituirmos alguma coisa da componente musical das tragédias, temos como única pista a métrica dos cantos líricos (corais ou monódicos), porquanto o ritmo poético se baseava em alternâncias estruturadas de sílabas longas e breves que, por sua vez, corresponderiam, na materialização melódica dos cantos, a notas de maior ou menor duração.

Que havia convergência entre o ritmo poético e o ritmo musical parece ser facto assente: como observou a professora Dale, "cada poeta grego era o compositor musical dos seus próprios textos; e nenhum poeta escreveria palavras estruturadas em elaborados esquemas métricos para de seguida aniquilar esses ritmos com música ritmicamente incompatível".[13]

A monódia – à semelhança, de resto, dos demais cantos trágicos – tinha como acompanhamento musical um "obligato" executado pelo auletista, cujo instrumento (o *aulós*) produzia um som plangente, que imaginamos parecido com o moderno oboé. Desde logo, temos a diferença de a monódia ser um canto solístico, diferente das odes cantadas pelo coro constituído por quinze cantores, que entoavam o seu canto em uníssono ou à distância de oitava. Não esqueçamos, ainda, que, além da componente musical, havia igualmente uma vertente coreográfica, logo implícita na palavra "coro", ligada ao verbo grego que significa dançar, assim como na nomenclatura que hoje utilizamos para designar cada unidade poética (estância): "estrofe"

---

13   Cf. A. M. Dale, *Collected Papers*. Cambridge, 1969, p. 16l.

e "antístrofe", termos que, embora muito mais tardios[14], se encontram possivelmente ligados ao verbo que significa "voltar" ou "virar".

O binómio "estrofe/antístrofe" serve também para pôr em relevo a estrutura básica dos cantos dramáticos, quer cómicos, quer trágicos. Com efeito, à excepção dos cantos "astróficos" (especialmente característicos de Eurípides), a música de cada canto era ouvida duas vezes; no entanto, o texto cantado na repetição (antístrofe) era diferente do da estrofe. Metricamente, existe correspondência quase exacta entre estrofe e antístrofe, a ponto de ser possível por vezes reconstituir o texto de uma das estâncias a partir do ritmo da estância correspondente, como (meramente a título de exemplo) no v. 122 de *Antígona* de Sófocles, que corresponde ao v. 105. No texto transmitido pelos manuscritos mais antigos, falta ao v. 122 uma sílaba para poder ser escandido como "hiponacteu" à semelhança do v. 105, pelo que o estudioso bizantino Demétrio Triclínio propôs, no início do século XIV (os seus autógrafos encontram-se hoje em Paris), o suplemento de uma partícula monossilábica, aceite pela edição oxoniense de Sófocles.

Quanto ao próprio termo "monódia" (à letra, "canto a solo"), é de tradição antiga e encontra-se ligado ao treno já no escólio ao v. 103 da *Andrómaca* de Eurípides, que nos diz "monódia é o canto de uma personagem a lamentar-se". Aparece também no *Léxico* do estudioso bizantino Fócio.

O móbil dramático da monódia é, salvo raras excepções, a necessidade incontrolável sentida por determinada personagem de verbalizar um sofrimento sufocante. Liga-se, assim, ao lamento tradicional em anapestos, como os que são recitados por Xerxes ao iniciar o lamento em *Persas* de Ésquilo (vv. 908--917). Paralelamente, a ligação da monódia ao treno faz com que a morte seja um tópico que matiza os solos líricos na tragédia grega com cores fúnebres e sombrias (situação a que não é alheia a circunstância de Hades, Perséfone e Hécate serem divindades invocadas pelos monodistas de Eurípides em *Electra*, *Troianas*, *Ifigénia entre os tauros* e *Helena*).

14 Cf. M. L. West, *Aeschylus, Tragoediae*. Stuttgart, 1990, p. LIV.

Face a um sofrimento insustentável, o monodista deseja não raro morrer, pedindo por vezes a outrem que lhe satisfaça esse desejo, como Hipólito na tragédia homónima de Eurípides (vv. 1372 e sgs.):

> Deixai-me – como sou infeliz! – e que venha até mim
> o remédio da morte! Matai, matai este desgraçado!
> Só desejo ardentemente uma espada de dois gumes...

Ao mesmo tempo, o sofrimento é sentido como uma espécie de carência. Nas palavras da Creúsa do *Íon* de Eurípides (vv. 865 e sgs.),

> Não tenho casa, não tenho filhos; estão arruinadas
> as esperanças que quis pôr em prática,
> mas que não fui capaz de realizar...

Ou então há quase uma espécie de privação "ontológica" – como no caso do Filoctetes sofocliano, que se descreve como sendo "nada" (v. 1217).

Nas tragédias conservadas de Ésquilo, não há exemplos de monódia (à excepção de *Prometeu*, que de qualquer forma não será de Ésquilo)[15]. Nas de Sófocles, a ligação ao "treno conjunto" (expressão de Aristóteles, *Poética* 1452b24) é ainda sensível. Note-se, por exemplo, que a monódia de Ájax (vv. 394-427) corresponde, formalmente, a um par antistrófico de uma sequência lírica já iniciada pelo coro. E no caso da monódia de Filoctetes, dois pares antistróficos a solo dão lugar a um epodo que é retintamente um diálogo lírico (*Filoctetes* 1170--1217). Todavia, se compararmos o lirismo apagado da derradeira monódia de Sófocles (a de Antígona em *Édipo em Colono* 237-54) com o tipo de ária operática cultivado por Eurípides na mesma altura (as monódias de *Orestes* são disso testemunho),

---

15 O estudo fundamental sobre este assunto continua a ser o de Mark Griffith, *The Authenticity of Prometheus Bound*. Cambridge, 1977. Esse autor conclui que Ésquilo não pode ter composto *Prometeu agrilhoado*. (No Brasil, a tradução do título é *Prometeu acorrentado*. [N. E.])

facilmente concluímos que não era no âmbito do solo lírico de actor que a criatividade poética de Sófocles mais brilhava.

É, efectivamente, com Eurípides que o solo lírico de actor adquire autonomia, tanto em termos de estrutura como de conteúdo. É a ele que se deve o desenvolvimento das várias potencialidades que a monódia oferece; e a ridicularização maldosa (mas não por isso menos brilhante) de que a monódia euripidiana é alvo nas *Rãs* de Aristófanes (vv. 1331-1363) explica-se em grande medida pelo facto de a monódia ter avultado aos olhos dos próprios atenienses como um ingrediente essencial da poética euripidiana – facto que se depreende, aliás, da inclusão desta modalidade lírica na "dieta de emagrecimento" a que a personagem Eurípides nas *Rãs* diz ter submetido a tragédia esquiliana (*Rãs*, v. 944)[16].

De um modo geral, a temática mais característica da monódia trágica é a auto-comiseração: a enorme pena que a personagem sente de si própria. A Electra euripidiana chega a aludir ao prazer que experimenta nas suas lamentações (*Electra*, v. 126). Encontramos, contudo, outros motivos mais sofisticados. Contrariamente a Prometeu, Ájax e Filoctetes, que se oferecem ao olhar alheio como encarnando, eles próprios, visões de sofrimento[17], alguns monodistas de Eurípides tomam como tema do seu canto a visão do sofrimento, como Teseu (*Hipólito*, vv. 822 e sgs.):

> Vejo, desgraçado, um mar de males, tão grande
> que nunca me salvarei a nado, nem poderei
> atravessar as ondas destas infelicidades.

Tanto Sófocles como Eurípides utilizam as potencialidades poéticas proporcionadas pelo *chiaroscuro* semântico resultante da justaposição de lexemas "luminosos" e "sombrios". O passo mais belo, na tragédia, da utilização poética do binómio luz/escuridão é, sem dúvida, o surpreendente oximoro inicial da monódia de Ájax ("ó escuridão que és a minha luz", *Ájax*, 394-5).

---

16 Cf. os comentários de Maria de Fátima Silva, *Crítica do teatro na Comédia Antiga*. Coimbra, 1987, pp. 283-90.
17 Cf. *Prometeu* 92-3, *Ájax* 351-3, *Filoctetes* 1128-32.

Outro exemplo ocorre no primeiro solo lírico da primeira tragédia conservada de Eurípides, onde a luminosidade do primeiro par antistrófico do canto de Alceste (invocação ao sol, à luz do dia e à dança das nuvens) contrasta com os motivos fúnebres do segundo (*Alceste* 244-63).

Esta técnica é igualmente utilizada na monódia de Cassandra em *Troianas* (vv. 308-824), onde Eurípides acumula vocábulos susceptíveis de proporcionar um jogo poético por meio da imagética luz/escuridão (formando assim um contraste com a antístrofe em que tal imagética não é utilizada).

Mas o passo mais expressivo surge em *Helena* (vv. 167-183):

HELENA
Aladas donzelas, virginais filhas
da Terra, Sereias!
Quem dera que, com a flauta líbia
ou siringes ou liras, viésseis
ao encontro das minhas desgraças!
E que como coro sintonizado
com os meus lamentos,
às minhas lágrimas enviásseis
consentâneas lágrimas;
às minhas dores, dores;
às minhas, consentâneas melodias:
para que dedicado da minha parte
aos mortos falecidos,
em seus nocturnos aposentos,
chorosa, um péan acolhesse Perséfone,
mortífero e desgracioso.

CORO
Junto à água azulada me encontrava
a estender na erva verdejante
roupas de púrpura
aos raios dourados do sol,
junto aos rebentos de junco...

À estrofe cantada pela protagonista, carregada de imagens ctônicas e tristemente sombrias, corresponde – como se detrás de uma nuvem tivesse subitamente brilhado o sol – a antístrofe, delicadamente matizada em tons de azul, verde, dourado e púrpura.

Quanto a questões de tipologia enunciativa, podemos observar que, nas monódias euripidianas, a interrogação é utilizada como um recurso poético dotado de variedade proteica. Os versos iniciais da monódia de Creúsa constituem uma materialização exemplificativa de sequência interrogativa expressiva de desorientação emocional, ao mesmo tempo que funcionam como desabafo quase espontâneo de desespero (*Íon*, 879-64):

> Minha alma, como posso calar-me?
> Mas como revelar obscuros amores,
> como renunciar ao pudor?
> Que obstáculo me impede ainda?
> Contra quem competirei em virtude?
> Não se tornou meu marido um traidor?

Íon é uma tragédia já relativamente tardia na carreira de Eurípides, mas as monódias (tanto a de Íon como a de Creúsa) avultam um pouco conservadoras em termos de arrojo musical. Passados poucos anos, Eurípides já terá entrado numa fase de total liberdade na composição das suas monódias – e é aí que se vê a afinidade com o canto monódico do seiscentismo italiano. O ritmo musical cola-se ao enunciado poético e ao próprio extravasar emocional da personagem. Em vez de esquemas estróficos, com obrigatoriedade de ocorrência de sílabas de comprimentos determinados em lugares fixos da estrofe, Eurípides optará, nas monódias tardias, pela composição "astrófica", com flexibilidade completa no agrupamento e seriação dos núcleos rítmicos.

No caso de *Orestes*, a monódia final do escravo Frígio torna-se especialmente fascinante por propor um sincretismo entre a monódia e a narração – pois, para todos os efeitos, esta monódia ocupa o lugar destinado ao tradicional discurso do mensageiro. Assim, na última tragédia que compôs em Atenas, Eurípides já levava a monódia para foros de experimentalismo que, mesmo na ópera, pertencem ao século XIX: a *Erzählung* em forma de ária na ópera alemã (como no terceiro acto de *Tannhäuser*) está separada por dois séculos dos primórdios da ópera florentina.

Deste modo, a última monódia que até nós chegou da tragédia grega, no auge do florescimento da forma e autenticamente enquadrada na sua poética própria, é a de Antígona em *Fenícias* (dado que a monódia de *Ifigénia em Áulis* não deverá ser integralmente euripidiana). Metricamente, temos uma explosão de quase todos os ritmos conhecidos da lírica grega, num estilo poético recheado de pleonasmos e de ousados efeitos de linguagem. E será com as palavras que a compõem, infelizmente amputadas de música, que irei terminar (*Fenícias*, vv. 1485-1529):

> Sem cobrir a delicadeza do rosto ensombrado pelos
>   anéis dos cabelos,
> nem me envergonhando, à maneira virginal, dos olhos
> avermelhados e do rubor da cara,
> sinto-me impelida, como bacante dos mortos, a soltar o véu
> dos cabelos e a despir-me da elegância deste vestido
>   cor de açafrão,
> para conduzir, lavada em lágrimas, o cortejo dos mortos.
>   Ai de mim!
> Ó Polinices, foste como diz o teu nome, pródigo em chacinas!
>   Pobre Tebas!
> O teu conflito – não foi conflito, mas matança sobre matança –
> destruiu a casa de Édipo com um terrível derramar de sangue,
> com um funesto derramar de sangue!
> Que canto,
> ou que triste melodia
> em lágrimas e lágrimas, ó casa ó casa!,
> haverei de invocar
> ao acompanhar estes três corpos consanguíneos,
> mãe e filhos, como regozijo da Erínia?
> Foi ela que destruiu a casa de Édipo,

Monódia trágica

quando da cruel cantora, da esfinge,
ele compreendeu o enigmático canto,
dando-lhe assim a morte.
Ai de mim!
Que grego ou bárbaro
ou quem dentre os antepassados
sofreu tais males,
ou que outro mortal
tão visíveis desgraças?
Pobre de mim!
Que ave nos mais altos ramos
de um carvalho ou pinheiro
com seus lamentos de mãe solitária
cantará em sintonia com o meu canto?
Choro estes irmãos com pranto e lamentações,
eu que, sozinha, tenho pela frente
uma eternidade de tempo em derrame de lágrimas.
Sobre que cadáver atirarei em primeiro lugar
a oferenda do meu cabelo?
Para cima dos peitos já sem leite
de minha mãe?
Ou para cima dos cadáveres mutilados
dos meus irmãos?

5. EFEITOS DE CONTRASTE NA LÍRICA EURIPIDIANA

Uma diferença frisante entre os cantos líricos da tragédia de Eurípides e a lírica trágica de Ésquilo e Sófocles é o facto de os dois poetas mais velhos se terem mostrado sempre empenhados em compor cantos directamente relevantes para a acção dramática da peça. Este problema foi já identificado na Antiguidade, pois um escólio à margem do Terceiro Estásimo (canto coral) da tragédia *Fenícias* de Eurípides preservou para a posteridade um irritado desabafo de exasperação: "isto não serve para nada".

Pensemos, por exemplo, na *Electra* de Eurípides, uma tragédia que, à semelhança da peça homónima de Sófocles (e de

Coéforas de Ésquilo), trata um dos temas mais horripilantes do repertório trágico: o assassínio de Clitemnestra, às mãos do próprio filho, Orestes. Enquanto o Primeiro Estásimo da tragédia de Sófocles se encontra construído em torno de temas essenciais para a compreensão da peça (Justiça na estrofe; Erínia na antístrofe; e a referência à história de Pélops e Mírtilo no epodo, história essa donde veio a maldição dos Atridas), o Primeiro Estásimo da *Electra* euripidiana dá-nos uma visão decorativa da frota grega a navegar para Tróia, rodeada de Nereides e golfinhos folgazões, lançando-se de seguida na écfrase aparatosa das armas douradas de Aquiles (!), numa linguagem tão viva e sensual que, longe de ecoar a solenidade litúrgica das *Coéforas* esquilianas, aponta em frente, para as cores variegadas do "barroco" helenístico. Depois de quatro estâncias neste registo pictórico-decorativo, o epodo menciona abruptamente Clitemnestra; e já mesmo no fim do canto (v. 484), lá se faz uma alusão à Justiça... 46 versos após o início do estásimo.

O Segundo Estásimo de *Helena* – conhecido como "Ode à Mãe da Montanha" (*Helena* vv. 1301-1368) – constitui outro exemplo desconcertante de aparente indiferença, por parte de Eurípides, relativamente à relevância dramática do canto lírico na estrutura global da peça. Trata-se neste caso de uma narração lírica em ritmo eólico, em que o coro canta a história das errâncias desesperadas de Deméter em demanda da filha, Perséfone, até ao momento em que finalmente a música (será por acaso?) traz de novo um sorriso ao semblante da deusa.

Mais uma vez, é na última estância do canto que Eurípides alude veladamente à acção da peça, embora neste caso vários problemas de ordem textual nos impeçam de descortinar a razão pela qual o tragediógrafo pensou que *este* canto coral ficaria bem *nesta* tragédia em especial. Uma notável comentadora desta peça, a professora Dale, chegou mesmo a sugerir que a Ode à Mãe da Montanha foi incluída na *Helena* por motivos exclusivamente atinentes à dinâmica interna da própria ode[18]. Pela minha parte, penso que não devemos tomar isto como uma derrota crítica, mas como um desafio positivo para apreciarmos

---

18   A. M. Dale, *Euripides, Helen*. Oxford, 1967, p. 147.

a lírica euripidiana em conformidade com os termos que lhe são próprios.

Os estudiosos modernos de Eurípides têm encarado o problema da relevância dramática dos cantos corais de uma perspectiva que está nos antípodas da rejeição impaciente do escoliasta de *Fenícias*, sendo moda agora analisar à lupa todos os pormenores em busca do sentido dramático do estásimo. Dá ideia que tal é o horror de o canto em causa poder ser apelidado de mero interlúdio (*embólimon*, na terminologia aristotélica) que a possibilidade de o público de Eurípides ter apreciado a sua lírica pela beleza intrínseca das palavras e da música parece demasiado crassa para que se possa afigurar sustentável. Mas a minha leitura de Eurípides leva-me a ver as coisas por outro prisma.

Claro que muitos cantos corais de Eurípides tecem considerações sobre a situação dramática da tragédia, fazendo eco de motivos e problemas já abordados, ou a abordar, na peça, dando-lhes expressão lírica e aquilo a que Dodds chamou "expressão emocional"[19]. Os estásimos de *Bacantes* demonstram que, já mesmo no final da sua carreira, Eurípides era capaz de compor cantos líricos da mais penetrante adequação dramática – quando era essa a sua intenção. Por outro lado, temos suficientes exemplos de estásimos que parecem "vingar" de outras maneiras, para com toda a legitimidade questionarmos se a "relevância dramática" é o único instrumento à nossa disposição para sondarmos a intencionalidade artística dos cantos líricos de Eurípides. Talvez seja mais útil perguntarmos se, na sua atitude face ao estásimo coral, não teriam sido muito simplesmente considerações de ordem estética (e não dramática) a prevalecer na mente criadora de Eurípides.

Tomemos como exemplo o Terceiro Estásimo de *Medeia*, um canto que alivia o ambiente depressivo do diálogo precedente entre Medeia e o Coro sobre o tema cruento do infanticídio. Na abertura do estásimo, o coro lança-se num elogio de Atenas, em que as benesses concedidas pelos deuses à cidade são enumeradas num ritmo de especial elevação e nobreza na lírica grega, o dáctilo-epítrito (muito utilizado por Píndaro).

---

19 E. R. Dodds, *Euripides, Bacchae*. Oxford, 1960, 2. ed., p. 117.

Este canto surge num momento particularmente tenso da tragédia; assim, a dicção elevada característica do metro, os superlativos aplicados pelo Coro à cidade (até à própria luminosidade do ar, v. 829) e a visão de Atenas como local onde as Musas "deram à luz" a Harmonia – tudo isto contrasta de modo significativo com as cenas anteriores, durante as quais nos tinha sido posta diante dos olhos a natureza humana em várias das suas manifestações mais reles. E a antístrofe vinca ainda mais este efeito de contraste, ao referir agora o ar de Atenas como perfumado de rosas e de erotismo.

Haverá nisto alguma relevância dramática? Ou estará o Coro a transportar-nos "nas asas do canto" (para citar o título de uma conhecida canção de Mendelssohn) para uma paisagem ideal, na contemplação fantasiada da qual nos é concedido um espaço de respiração, uma quebra a separar-nos do horror do presente?

Do mesmo modo, no final do Segundo Episódio de *Hipólito*, o Coro pergunta a Fedra como tenciona lidar com o seu terrível problema, ao que ela responde "morrer" (*Hipólito*, v. 723). Poucos versos depois, o Coro lança um dos estásimos mais belos de toda a tragédia grega, exprimindo o desejo de transformação em pássaro, para poderem voar para longe dali, para a mais idealizada de todas as paisagens ideais, o jardim das Hespérides:

> Pudesse eu encontrar-me nos mais íngremes esconderijos
> das montanhas, onde um deus me transformasse
> em pássaro alado...
> Pudesse eu chegar à margem semeada de macieiras
> das cantoras Hespérides, onde o senhor do mar cor de violeta
> deixa de indicar o caminho aos marinheiros...
> onde fontes de ambrosia jorram junto ao leito nupcial
> de Zeus...

O contraste será, pois, como já sugeriu Richard Kannicht (embora sem desenvolver o tema)[20], o expediente predilecto de

---

20 Cf. Richard Kannicht, *Euripides, Helena*, Vol. II, Heidelberg, 1969, p. 71, nº 10. "Seria possível demonstrar que o contraste é o expediente lírico preferido de Eurípides para tornar apreensíveis as relações desarmónicas da realidade."

Eurípides não só para criar arrepiantes efeitos líricos, mas também para juntar fios temáticos aparentemente díspares numa urdidura poética que prima mais pela relevância estética do que pela dramática.

*

Outro emprego significativo do contraste na lírica euripidiana é a exploração do potencial de "outrora" e "agora". A acção por vezes incompreensível do Tempo sobre a vida humana é um tema tradicional da poesia grega, especialmente a de Píndaro.[21] Na tragédia ática, em particular, são vários os cantos líricos que abordam este tema, sendo o mais belo o párodo de *Traquínias*, onde Sófocles integra os ciclos de sofrimento humano no esquema cósmico da existência, por meio da sugestão de que tais ciclos reflectem os movimentos giratórios das estrelas (vv. 130-132).

Eurípides incrusta frequentemente nas suas odes reflexões gnómicas sobre o tempo (dir-se-ia à maneira pindárica), como no Terceiro Estásimo de *Hipólito*, por exemplo, onde o tema adquire ressonâncias mais complexas devido ao facto de, em grego, a mesma palavra (*aiôn*) reunir os sentidos de "período de existência" (ou seja, vida) e de "extensão temporal" (vv. 1108-1109):

> Desisto da compreensão que na esperança abrigava
> ao contemplar a sorte e os actos dos mortais.
> Outras coisas sobrevêm de outros lados
> e a vida para os homens nunca para de divagar.

A reflexão sobre a mutabilidade de *aiôn* surge, portanto, como uma das vertentes do interesse, manifestado na lírica

---

21 Veja-se o belo texto de Maria do Céu Fialho, "Sobre o tempo em Píndaro", *Miscelânea de estudos em honra do prof. Américo da Costa Ramalho*. Coimbra, 1992, pp. 47-62. O tema mereceu ao filósofo Michael Theunissen um dos mais assombrosos livros alguma vez escritos sobre poesia grega: *Pindar, Menschenlos und Wende der Zeit* (Munique, 2000).

euripidiana, em relação ao mecanismo e à acção do tempo (outros exemplos seriam *Héracles* 671-672, *Ifigénia entre os tauros* 1121-1122, *Orestes* 976-981 e *Bacantes* 395-397). Outra vertente, mais consentânea com a estética do contraste, é o modo como o passado é convocado para – digamos assim – tornar mais nítidos, para "afiar", os contornos do presente.

Um canto coral da primeira fase da carreira trágica de Eurípides deliberadamente construído sobre a disjunção "outrora/agora" é o Terceiro Estásimo de *Alceste*. O palácio hospitaleiro de Admeto é invocado numa frase lírica altamente elaborada como local onde o próprio deus Apolo se dignou residir (vv. 568-572). Esta invocação dá lugar a uma narração que recorda Apolo enquanto pastor divino, assim como o efeito "órfico" da sua música, que encantava os animais selvagens (leões, linces, gamos). A segunda estrofe apresenta-nos de seguida a riqueza de Admeto como efeito dos favores que lhe outorgara Apolo. Só que com as palavras iniciais da segunda antístrofe – "mas agora..." (v. 597) – estabelece-se um contraste cortante: tendo sido levado para a recordação idílica das venturas do passado, o ouvinte é trazido de modo abrupto para o presente e obrigado a assistir ao dever grotesco imposto a Admeto pelas normas da hospitalidade do aqui e agora, do presente: o de receber Héracles como hóspede, mas sem lhe poder comunicar a notícia da morte de Alceste, sua mulher.

Outro exemplo pregnante desta utilização súbita das palavras "mas agora..." encontramo-lo nas *Suplicantes*, onde as mães Argivas passam da rememoração emotiva das dores do parto para a dor incomparavelmente mais aguda ("mas agora...", vv. 921-922), provocada pela morte desses filhos a quem, um dia, elas deram a vida. A expressão é também utilizada pela Creúsa de *Íon*, com igual sequência de raciocínio (nascimento do filho – morte do filho), quando recorda o bebé que, às ocultas, dera à luz e abandonara à nascença, imaginando-o agora ("mas agora...", v. 902) devorado por animais selvagens e aves de rapina.

O Primeiro Estásimo de *Medeia* (um canto aparentemente sem grandes complicações, muitas vezes elogiado pelos sentimentos feministas que veicula) revela-se sobremaneira interessante pelo modo como vai focalizando percepções diversificadas do tempo. As primeiras duas estâncias focam um futuro imaginário, em que o sexo feminino já não será alvo da calúnia dos homens (vv. 419-420). A segunda estrofe retrocede ao passado, com uma referência um pouco indelicada aos antecedentes de Medeia e ao modo como os seus actos pretéritos condicionam agora o presente. Trata-se de uma estância magistral na sua construção, pois Eurípides dá-nos duas situações temporalmente contrastantes na vida de Medeia, materializadas num longo período lírico bipartido, em que as situações se destacam uma da outra pelo recurso a partículas gramaticais que reforçam a sua individualidade e, ao mesmo tempo, articulam a relação complementar entre elas, estando num dos casos o verbo no passado ("tu navegaste da tua terra pátria...") e, no outro, no presente ("numa terra estrangeira vives agora...").

Há um efeito análogo de contraste no Segundo Estásimo de *Hipólito*: o primeiro par de estâncias descreve (como vimos) uma paisagem idealizada, com imagens cheias de cor e sensualidade. Mas a segunda parte da ode salta desse local imaginado (uma espécie de futuro no "grau zero") para o passado, concretamente para a viagem fatídica que Fedra empreendeu de Creta para Atenas, para casar com Teseu:

> Ó nave cretense de velas brancas, que de sua casa feliz
> para núpcias fatais trouxeste a minha rainha,
> através da onda marulhante do mar salgado!

De seguida, passa-se em ritmo estonteante do passado recente para o futuro próximo, da desgraça do amor ilícito e não correspondido à única saída possível, a morte:

> Na sequência destes presságios, foi atingida no espírito
> por uma doença terrível: uma paixão condenável,
> enviada por Afrodite. E transbordando de sofrimento,
> atará às traves do quarto nupcial um laço pendente,
> ajustando-o em torno do alvo pescoço...

*

Um traço distintivo da lírica grega consiste em remontar ao passado mítico para assim focar com a maior definição possível a realidade do presente. Eurípides não foi excepção e, no Primeiro Estásimo de *Hipólito*, faz seguir a um hino sobre a força terrível do Amor a narração miniatural de dois mitos que a ilustram: Íole e Sémele (vv. 545-564). Estas narrações transferem de "outrora" para "agora" os efeitos destrutivos da paixão erótica, convocando visões de horror e morte, que as frases líricas nos porão diante dos olhos como símbolos sinistros do que estará para acontecer (embora, neste momento da tragédia, a morte de Fedra possa ainda ser vista como uma calamidade evitável).

O próprio advérbio "outrora" (*poté*) é frequentemente utilizado por Eurípides para efectuar repentinas analepses (*flashbacks*), cuja finalidade é de lembrar uma experiência do passado que contrastará com a situação presente. O párodo de *Hipólito* é quase todo ele dedicado à descrição da "doença" de Fedra. Na última estância, contudo, o coro de mulheres de Trezena tenta contextualizar o problema enigmático de Fedra no quadro mais amplo da própria vulnerabilidade feminina. A reflexão gnómica com que abre a estância diz-nos (vv. 161-164):

> Uma infeliz e nefasta vulnerabilidade face às dores do parto
> e da loucura anda associada ao equilíbrio instável das mulheres.

Esta sentença ambígua ganha definição e significado pessoal na frase que se segue, onde "outrora" avulta como pedra basilar:

> Uma rajada assim soprou outrora através do meu ventre.
> Mas invoquei a mitigadora dos partos, a celestial senhora
> das setas, Ártemis, que com o consentimento dos deuses
> me tem sempre visitado...

As mulheres do Coro partem do princípio de que a "doença" de Fedra é do foro ginecológico e recordam a sua experiência passada como parturientes para iluminar a situação que se vive, agora, no palácio. Mas ao mesmo tempo, a invocação a Ártemis é amargamente irónica: pois a deusa poderá nunca ter falhado no auxílio passado, mas na situação presente permanecerá fria e impassível.

Face à racionalização fácil de tudo o que já foi, a força do contraste residirá aqui: na trágica insondabilidade de "agora".

6. *IFIGÉNIA EM ÁULIS* E A TRANSMISSÃO DO TEXTO DE EURÍPIDES

No conspecto geral da problemática relativa à tradição textual dos autores gregos antigos, os textos dos tragediógrafos constituem uma categoria à parte.

Isso porque não foram apenas submetidos às vicissitudes de uma transmissão manuscrita: como textos essencialmente destinados ao teatro, sofreram, sobretudo no início do século IV a.C., as consequências decorrentes de uma popularidade que se saldou em representações cujo número é hoje impossível determinar, mas que teria excedido em muito quaisquer expectativas que Ésquilo, Sófocles e Eurípides pudessem ter acalentado no tocante à longevidade das suas obras.

Sobretudo no caso de Eurípides, um poeta que, em vida, não gozou de uma popularidade especialmente assinalável (ao longo de uma carreira que foi de 455 a 406 a.C. alcançou o primeiro prémio nas competições trágicas apenas quatro vezes), assistimos após a sua morte a um notável recrudescimento de interesse por parte de actores e espectadores atenienses.

Este fascínio pela obra euripidiana continuará a fazer-se sentir ao longo dos períodos helenístico e romano. Por seu lado, a cultura bizantina (à excepção do período compreendido entre os séculos VII e IX, em que a literatura pagã constituiu objecto de reprovação ideológica) não será de modo algum insensível ao apelo do "mais trágico dos poetas". É a ela que devemos a tradição propriamente manuscrita de Eurípides e a conservação de um *corpus* de dezanove peças. Se no caso das peças "alfabéticas" — sobreviventes de um volume das obras completas de Eurípides, organizadas segundo o critério alfabético, e onde se incluem ambas as *Ifigénias* — temos tão-só o testemunho do precioso manuscrito de Florença, no respeitante à chamada tríade bizantina (*Hécuba*, *Orestes*, *Fenícias*) os testemunhos ultrapassam as duas centenas, aos quais podemos ainda acrescentar fragmentos papiráceos e repertórios de sentenças (gnomologias).

Para equacionarmos a problemática que se levanta em torno de *Ifigénia em Áulis* enquanto obra póstuma, impõe-se, em primeiro lugar, uma reflexão sobre a fase da transmissão do texto de Eurípides que se situa entre a morte do poeta (406 a.C.) e a determinação oficial de Licurgo (aproximadamente entre 338 e 326 a.C.) no sentido de impedir que os dramas dos três grandes tragediógrafos fossem representados em versões livres, eivadas de interpolações, ou seja, material poético cuja presença numa determinada peça nada deveu à iniciativa do próprio autor. Ora, as duas tragédias euripidianas em que há um número maior de interpolações são *Fenícias* e *Ifigénia em Áulis*. No caso de *Fenícias*, o índice elevado de interpolações poderá dever-se à grande popularidade da peça, atestada por um escólio ao v. 53 das *Rãs* de Aristófanes, onde o escoliasta assinala de modo apreciativo *Hipsípile* (hoje fragmentária), *Fenícias* e *Antíope* (fragmentária) entre as peças tardias de Eurípides.

Quanto a *Ifigénia em Áulis*, a questão é bastante mais complicada. É sabido que não foi o próprio Eurípides a apresentá-la no teatro de Dioniso. Se terá sido ou não Eurípides-o-Moço a acabar a obra deixada incompleta por seu pai é questão que não podemos resolver com segurança, tanto mais que há indício de interpolações que deverão ser bastante posteriores à fase pré-alexandrina do texto euripidiano. Certo é que a peça, nas palavras do maior especialista actual de Eurípides, James Diggle, "emaranha, sem hipótese de destrinça, material acabado e inacabado de Eurípides, os acrescentos de incontáveis actores e encenadores e não poucos versos compostos em Constantinopla"[22].

Que as peças de Eurípides foram repostas em representações posteriores à morte do poeta é facto assente. A partir de 386 a.C., as Grandes Dionísias passam a incluir *hors concours* a reposição de uma tragédia antiga. Curiosamente, uma das reposições de que temos notícia é justamente de uma *Ifigénia*, nas

---

22 James Diggle, *Euripidea: Collected Essays*. Oxford, 1994, p. 49.

Grandes Dionísias de 341 a.C.[23], embora não possamos dizer ao certo de qual das duas tragédias se trata. Todavia, o facto de a reposição ter sido produzida pelo famoso actor Neoptólemo, certamente com a intenção de fazer dela o que hoje se chamaria um *star vehicle*, não torna implausível a suposição de que se possa tratar de *Ifigénia em Áulis*, com a sua brilhante monódia final (vv. 1279-1335, considerados inautênticos por Diggle), repleta de *pathos* e de oportunidades para um grande actor pôr em evidência todo o seu virtuosismo. Aliás, a hipótese de que poderá ter sido Neoptólemo a compor ou a encomendar a referida monódia é verosímil, mas impossível de comprovar.

No ano seguinte, Neoptólemo volta a pôr em cena uma reposição de Eurípides, desta vez *Orestes*. É possível que, em 339, tenha havido também uma reposição de Eurípides nas Grandes Dionísias; contudo, é impossível determinar qual a tragédia, devido ao estado lacunoso da inscrição com a lista das tragédias representadas no referido festival. Em data não muito posterior a 308, um actor desconhecido vence nas Grandes Dionísias com uma peça de Eurípides. Outras reposições de que temos notícia neste período são *Cresfontes* (perdida), *Fénix* (perdida), *Hécuba*, *Andrómaca* e *Enómao* (perdida). Nos papéis de Mérope (*Cresfontes*), Políxena, Hécuba e Andrómaca, o actor Teodoro (elogiado por Aristóteles na *Retórica* 3. 1404b22) foi alvo de grande admiração, segundo regista Demóstenes (*Da falsa legação* 246). Segundo o mesmo autor, no papel de Enómao, Ésquino terá sido menos feliz: num momento de encenação em que deveria correr atrás de Pélops, estatela-se no chão.

A paixão pela tragédia do século V é um elemento de primeira importância na atitude cultural de Alexandre. Segundo Plutarco, o rei deleitava-se com a leitura dos trágicos; e acompanharam-no na Ásia os textos de "Eurípides, Sófocles e Ésquilo" (*Alexandre* 8.3: repare-se na ordem pela qual os poetas

---

23 Toda a informação sobre as reposições e sobre os registos epigráficos que as documentam vem no primeiro volume dos *Tragicorum Graecorum fragmenta*, Bruno Snell (org.). Göttingen, 1986. Outro repositório de informações precioso, onde figuram todas as fontes antigas (literárias e epigráficas) relativas às reposições das tragédias, é o livro de A. Pickard-Cambridge, *The Dramatic Festivals of Athens*, Oxford, 1968, 2. ed.

são enumerados!). Diodoro Sículo faz referência a um festival dramático organizado por Alexandre em Tebas (335 a.C.). Em 332, ao que parece, o real diletante terá mandado organizar uma competição trágica em Tiro (Plutarco, *Alexandre* 29). Na sumptuosa boda de Alexandre em Susa, as festividades incluíram representações trágicas.

O interesse de Alexandre pela tragédia é igualmente partilhado pelos seus sucessores. Diodoro alude ao grandioso festival dramático organizado, em 302, por Antígono em Antigonia, no qual se reuniram os mais célebres actores da Grécia. Embora não haja registos concretos de que estas representações tenham incluído obras de Eurípides, o mais provável é que tal tenha acontecido. Pois para o século III temos novamente notícia de reposições de tragédias euripidianas: numa inscrição do final do século III alusiva à carreira de um actor desconhecido, há referência a reposições de *Orestes* em Atenas, de *Héracles* em Delfos, de *Héracles* e *Aquelau* (perdida) em Argos e de *Arquelau* em Dodona.

Como resultado da difusão alargada da cultura grega que caracterizou a época helenística, notamos cada vez mais a existência de reposições euripidianas em localidades já muito afastadas da metrópole ateniense – se bem que tenham sido os próprios tragediógrafos a incentivar a "exportação" das suas obras, a darmos crédito ao escólio ao v. 1028 das *Rãs* de Aristófanes, que refere uma reposição de *Persas* de Ésquilo em Siracusa ou à biografia antiga, muito fantasiada, de Eurípides (a chamada *Vita Euripidis*), que alude a uma representação de *Arquelau* em Pela, talvez em 407. Luciano regista uma reposição de *Andrómeda* (hoje muito fragmentária) em Abdera (?), possivelmente no final do século IV a.C. Já para o século I d.C., há notícia de reposições de *Bacantes* na Pártia e de *Hipsípile* na Numídia. Em Éfeso, no século II d.C., houve reposições de *Ino* e *Cresfontes* (ambas perdidas).

Voltando à problemática concernente a *Ifigénia em Áulis*, interessa-nos registar a seguinte observação: embora seja impossível reconstituir a natureza destas representações, podemos afirmar com segurança que não terão primado por um respeito escrupuloso no tocante às intenções originais do poeta. Uma inscrição de Delfos, datada de 194 a.C., refere-se à interpretação de um arranjo (ou, mais literalmente, de uma "guitarrada", *kithárisma*) de *Bacantes*. Mais tarde, uma inscrição ístmica do século II d.C. refere-se a um actor vitorioso na *melopoiesis* de Eurípides, Sófocles e Timóteo, donde se infere que a dramaturgia euripidiana era também encarada como uma espécie de repertório de "temas poético-musicais", do qual os actores seleccionavam os trechos que mais convinham aos seus dotes vocais e histriónicos.

Vários papiros confirmam, aliás, essa suposição. Um célebre papiro, hoje em Estrasburgo (WG 301, século III a.C.), é uma antologia lírica de cantos que faziam parte do repertório de um cantor trágico; outro tanto se poderá dizer no respeitante a outro papiro, hoje em Berlim (P. Berol. 9771, século III a.C.), que preserva parte do párodo de *Faetonte* (peça hoje fragmentária).

Especialmente interessante é o caso do "papiro musical" de Leiden (P. Leid. inv. 510, século III a.C.), com os vv. 150-158 e 784-793 de *Ifigénia em Áulis*, pela ordem indicada. Segundo a interpretação de Comotti[24], trata-se de uma partitura destinada a ser utilizada por um cantor num recital virtuosístico de trechos poético-musicais de Eurípides. Comotti depreende que os vv. 1500-1508 teriam sido cantados pelo solista e por um coro, tendo sido os vv. 784-793 cantados pelo coro.

Pela minha parte, preferiria manter em aberto a hipótese de os vv. 784-793 (parte do epodo do Segundo Estásimo) terem sido, nessa versão insolitamente bárbara de *Ifigénia em Áulis*, "usurpados" ao coro pelo solista. É que, segundo o testemunho de um papiro de Oxirrinco contendo os vv. 941-951 e 973-982 de *Orestes* (P. Oxy. 3716, séculos II-I a.C.), é possível que a atribuição a um solista de partes líricas corais tenha sido prática usual na época helenística.

O efeito mais negativo da popularidade de que a tragédia euripidiana gozou após a morte do poeta foi, conforme já referimos, a interferência no próprio texto por parte de actores e encenadores. Como observou Barrett na sua edição comentada

---

24 G. Comotti, "Words, Verse and Music in Euripides' *Iphigenia in Aulis*", *Museum Philologicum Londinense* 2 (1977), p. 70.

de *Hipólito*, "na encenação de peças antigas destinadas a um público moderno, os actores não se coibiam de as adaptar ao gosto contemporâneo"[25]. Já observámos que as liberdades tomadas chegaram a tal ponto que, por imposição de Licurgo, as representações de Ésquilo, Sófocles e Eurípides em Atenas tiveram de se cingir a um texto oficial. Esse foi o texto que serviu de base à edição alexandrina dos três tragediógrafos, preparada para a Biblioteca ptolemaica, segundo tudo leva a crer, por Aristófanes de Bizâncio, que o terá certamente cotejado com outras versões.

No entanto, como nota Barrett (p. 47), o texto oficial de Licurgo não deveria ter sido melhor que "um texto vulgar da época, incorporando já todas as modificações efectuadas por actores" até à altura. Com efeito, basta pensarmos na distância cronológica que o separa das estreias de *Alceste* (438) e *Medeia* (431), as primeiras peças conservadas de Eurípides (cem anos, aproximadamente). Não admira, pois, que em relação a uma tragédia como *Sete contra Tebas* de Ésquilo fosse já impossível recuperar a versão original apresentada pelo autor em 467 a.C.

Por outro lado, há o seguinte problema, levantado por Zuntz[26]. Na verdade, mesmo que Aristófanes de Bizâncio tivesse sido capaz de identificar as interpolações, os sinais diacríticos utilizados acabaram por se perder, pelo que grande parte delas acabou por penetrar na tradição textual bizantina. Paralelamente, deve tomar-se em linha de conta a reduzida plausibilidade de Aristófanes ter editado cada tragédia com a minúcia que associamos ao esforço de um editor moderno. Não esqueçamos que, se é verdade que foram da sua responsabilidade as edições alexandrinas de Homero, Hesíodo, Aristófanes, Píndaro – além de aproximadamente trezentas peças de Ésquilo, Sófocles e Eurípides! –, o grau de profundidade com que cada problema textual terá sido encarado não inspira obviamente grande confiança.

Um aspecto importante do trabalho desenvolvido na Biblioteca de Alexandria foi a colometria das partes líricas, isto é, a

---

25 W. S. Barrett, *Euripides, Hippolytos*. Oxford, 1964, p. 46.
26 G. Zuntz, *An Inquiry into the Transmission of the Plays of Euripides*. Cambridge, 1965, pp. 251-252.

decisão de dar ao texto poético um aspecto gráfico em que cada linha correspondia a um verso (em vez de se ter os versos todos seguidos na página, como se fossem prosa), facilitando assim tanto a leitura como a interpretação métrica. É essa, segundo tudo leva a crer, a base da colometria herdada pela tradição bizantina. Aliás, pode dizer-se que o texto alexandrino constituiu a base da tradição manuscrita bizantina, no sentido em que o grau de interferência no texto entre Alexandria e Constantinopla é mínimo quando comparado com as corrupções sofridas entre Atenas e Alexandria.

A edição alexandrina desencadeia, efectivamente, uma mudança de atitude em relação ao texto dos trágicos (que passará cada vez mais a ser um texto literário para ser ensinado e estudado, e não um texto dramático para ser representado), noção que podemos fundamentar comparando papiros do início da época helenística com testemunhos do mesmo género, mais tardios. O já referido papiro de Estrasburgo, uma antologia de textos líricos euripidianos, revela um descuido e negligência quase incompreensíveis no modo como o texto foi copiado: os versos líricos encontram-se copiados como se fossem prosa; faltam acentos, espíritos e apóstrofes a marcar elisões – o que documenta claramente a sua independência relativamente à filologia ptolemaica (além de que a qualidade do texto é muito duvidosa).

Ora, podemos fazer uma ideia da influência da edição alexandrina se compararmos o papiro de Estrasburgo com um papiro do século II d.C. (P. Harris 38), que contém os vv. 719-723, 1046--1053 e 1301-1323 de *Medeia*. Os versos líricos estão divididos em estrofes e versos demarcados; há profusões de acentos, espíritos e marcas de elisão. Nesse caso temos um excelente testemunho representativo da influência do texto alexandrino, que demonstra, ao mesmo tempo, mediante o confronto com testemunhos codicológicos posteriores, que o texto sofreu poucas modificações entre as épocas ptolemaica e bizantina.

Outro aspecto importante documentado pelos papiros da época helenística e imperial é, naturalmente, o interesse continuado pela obra de Eurípides. Das peças que foram conservadas pela tradição manuscrita bizantina, só *Ciclope*, *Heraclidas*, *Suplicantes* e *Íon* não estão representadas, até à data, em testemunhos papirológicos. Por outro lado, há papiros de várias tragédias que a tradição bizantina não conservou, como por exemplo *Faetonte*, *Hipsípile* e *Antíope*. No caso de *Faetonte*, temos inclusivamente um fragmento em escrita uncial (a forma de maiúscula utilizada antes da adopção das letras minúsculas nos séculos IX-X d.C.) proveniente de um códice do século V d.C., mais tarde incluído no chamado *Codex Claromontanus*, com o texto euripidiano rasurado e substituído pela primeira Epístola aos Coríntios de São Paulo. Juntamente com o fragmento de um códice egípcio do século VI (Berlim, codex P.5005), contendo os vv. 243-459 e 492-515 de *Hipólito*, o fragmento de *Faetonte* é neste momento o mais antigo testemunho euripidiano existente em suporte codicológico.

Durante o período em que as tragédias de Eurípides circularam no mundo antigo em suporte papiráceo, é de admitir que um rolo não contivesse mais de uma peça. As margens diminutas de um rolo de papiro não permitiam a inclusão dos abundantes comentários cuja necessidade se afigurava cada vez mais premente à medida que a linguagem de Eurípides se tornava menos acessível a falantes do grego (e leitores romanos) que dominavam imperfeitamente o ático da época clássica. Nesse aspecto, o códice trouxe uma notável vantagem, nomeadamente o aproveitamento das margens para escólios e comentários explicativos.

A transição do rolo ao códice foi gradual. Se, no século II d.C., o rolo de papiro ainda predomina nos testemunhos encontrados no Egipto, a partir do século IV nota-se já o predomínio do códice. É graças ao novo suporte que podemos, hoje, ler peças completas de Eurípides: pois apesar de termos mais de uma vintena de papiros com trechos de *Orestes*, ficaríamos com uma ideia muito distorcida da obra se não pudéssemos contar, para a reconstituição do texto, com os produtos dos *scriptoria* bizantinos.

Mas a transição do rolo para o códice trouxe outro tipo de problema. Como já referimos, um rolo continha uma tragédia; mas o novo formato permitia abarcar entre sete e dez tragédias. Aqui levanta-se naturalmente um problema de selecção: que tragédias escolher? Essa pergunta não tem resposta que possa ser aceite sem reservas. Depreende-se pela utilização das tragédias em contextos didácticos que a "elevação moral" dos entrechos pudesse ter sido um factor tido em conta. Certo é que as tragédias euripidianas já consideradas moralmente chocantes em vida do poeta – o primeiro *Hipólito*, *Estenebeia* e *Belerofonte*, com temática relacionada com o adultério – não figuram na selecta, como não figuram também outras tragédias, cujo argumento seria infinitamente mais chocante em Constantinopla do que em Atenas, como, por exemplo, *Crisipo*, com a sua temática homoerótica (a paixão de Laio, pai de Édipo, por Crisipo teria sido apresentada em termos da habitual dicotomia euripidiana entre as emoções e a razão).

Independentemente, pois, dos critérios que presidiram à sua constituição, a tradição manuscrita bizantina mostra que, tal como nos casos de Ésquilo e Sófocles, houve de facto uma selecta de tragédias euripidianas, constituída por *Hécuba*, *Orestes*, *Fenícias*, *Hipólito*, *Medeia*, *Andrómaca*, *Alceste*, *Reso*, *Troianas* e *Bacantes*. Dessas, as peças mais lidas e estudadas foram incontestavelmente as primeiras três mencionadas, que vieram a formar a chamada "tríade bizantina".

No entanto, é de supor que, anteriormente ao período em que a literatura pagã foi alvo de reprovação ideológica na sociedade bizantina (séculos VII-IX), existisse, em Constantinopla, a obra completa de Eurípides, organizada por ordem alfabética. Esse facto é apoiado pelo precioso manuscrito de Florença (Laurentianus 32.2), copiado em Tessalonica no início do século XIV, o único a transmitir as peças *Ciclope*, *Heraclidas*, *Suplicantes*, *Electra*, *Héracles*, *Ifigénia entre os tauros*, *Íon*, *Helena* e, claro, está *Ifigénia em Aulis*. Quando pensamos em certas recriações modernas a partir dessas peças, custa-nos admitir que foi só por acaso que esses textos não desapareceram para sempre: o que seria da nossa cultura sem as obras, que dessas tragédias surgiram, de Gluck, Goethe e Richard Strauss?

Devemos esse tesouro incomparável à atitude esclarecida de alguém cujo nome já não sabemos (a não ser que tenha sido o próprio Demétrio Triclínio, corrector do manuscrito, o responsável). De qualquer forma, como observou Barrett (p. 51), essas peças euripidianas "alfabéticas" teriam constado de um

único códice em escrita uncial, "que por coincidência sobreviveu ao obscurantismo para depois ser transliterado em letra minúscula no período medieval: teria feito parte da colecção completa da obra de Eurípides (75 peças, no total), em oito ou nove códices, colecção essa de que só este volume sobreviveu, depois de todos os outros se terem perdido".
É caso para citar um verso de *Héracles*, tragédia apenas preservada por este manuscrito (v. 771):

além de todas as expectativas sobreveio a esperança.

7. FEMINISMO PRAZENTEIRO NAS *TESMOFÓRIAS* DE ARISTÓFANES

I. A comédia *As mulheres que celebram as Tesmofórias* é um caso à parte na história da transmissão do texto das peças aristofânicas, podendo dizer-se que foi só por um milagroso acaso que essa obra-prima absoluta do teatro antigo não desapareceu para sempre durante o período bizantino. Mesmo *Mulheres na assembleia*, a seguir a *Tesmofórias* a comédia menos representada nos manuscritos de Aristófanes, aparece integralmente em três manuscritos e parcialmente em mais quatro. *Tesmofórias* figura apenas no mais antigo testemunho existente das comédias aristofânicas, o precioso manuscrito de Ravena, que foi copiado por volta de 950 e contém o texto completo (com respectivos escólios) das onze comédias conservadas[27].

Do facto de haver tão poucos testemunhos de *Tesmofórias* podemos extrair a ilação de que essa comédia nunca foi das mais populares de Aristófanes. Sabemos que, até meados do século XVIII, foi *Riqueza* (ou *Pluto*) a peça mais lida e estudada da Comédia Antiga, facto que é corroborado pela atestação do

---

27 São elas (por ordem cronológica): *Acarnenses, Cavaleiros, Nuvens, Vespas, Paz, Aves, Lisístrata, Tesmofórias, Rãs, Mulheres na assembleia, Riqueza*. Exceptuando *Nuvens* (de que existe tradução bem castiça de Custódio Magueijo), *Rãs* e *Riqueza* (traduzidas por Américo da Costa Ramalho), as outras foram magnificamente traduzidas para português por Maria de Fátima Silva.

texto em mais de 150 manuscritos e pela circunstância de, em praticamente todos os manuscritos contendo mais de uma comédia aristofânica, ser essa a peça que figura em primeiro lugar (seguida, normalmente, de *Nuvens* e *Rãs*).

As razões pelas quais *Tesmofórias* foi postergada para 11º lugar pelos leitores antigos de Aristófanes são diametralmente opostas às que elevaram *Riqueza* ao estatuto de "peça modelo" da Comédia Antiga; e prendem-se com um problema evidente. À semelhança de *Lisístrata*, *Tesmofórias* é uma comédia cuja temática se relaciona directamente com a sexualidade humana. Mas ao contrário do que sucede em *Lisístrata* – onde a sexualidade em causa é do tipo conjugal – depara-se-nos em *Tesmofórias* uma mistura explosiva de adultério, prostituição, homossexualidade e transvestimento. Passar por cima da obscenidade de *Tesmofórias* é impossível; e quem escreve sobre essa comédia tem obrigatoriamente de se confrontar com esse aspecto do teatro aristofânico.

Como não ver a máscara de frivolidade e irreverência (mesmo em relação às coisas mais sérias) ostentada por *Tesmofórias*? Mas como não ver, por outro lado, a seriedade da temática feminista e os remoques cortantes sobre a condição social da mulher? Poderá objectar-se que essa temática está mais bem desenvolvida em *Mulheres na assembleia*, peça em que – apesar dos gracejos habituais na comédia grega sobre o alcoolismo e ninfomania supostamente típicos da mulher – as personagens femininas, especialmente Praxágora (a protagonista), surgem com uma caracterização em termos de inteligência, capacidade de resolução e altruísmo que deixa os homens a perder de vista. Mas *Tesmofórias* coloca o problema do estatuto social da mulher no epicentro do drama, ao dedicar-lhe o momento central da comédia, a chamada "parábase": o momento em que o coro tira as máscaras, avança em direcção ao público e quebra voluntariamente a ilusão dramática.

II. Nas parábases de *Nuvens* e *Paz* e nos versos iniciais de *Rãs*, Aristófanes formula uma estética da sua comédia que poderá surpreender quem a leve inteiramente a sério, uma vez que o poeta critica nos seus adversários o recurso a processos cómicos rasteiros que ele próprio emprega. O exemplo apontado é o humor excrementício, explicitamente rejeitado na parábase de *Paz* (vv. 748 e sgs.), a comédia, por sinal, em que esse tipo de humor é utilizado de modo mais exagerado e repugnante. Como reagir perante essa discrepância entre a teoria e a prática da comicidade? A propósito da cena de *Mulheres na assembleia*, que Aristófanes dedica à obstipação de Blépiro (vv. 311-373), Maria de Fátima Silva dá a entender que a utilização cómica da escatologia pode ser de dois tipos, dependendo ou não de uma "justificação dramática segura"[28]. Esta está presente, segundo a autora, em *Rãs* (vv. 285-308), onde a referência à diarreia tem o objectivo de realçar a personalidade ultra-tímida de Dioniso; ao passo que Blépiro e a sua obstipação constituem, pelo contrário, "uma cedência à vulgaridade e à tradição popular de um Aristófanes que, fatigado pelos anos, se aproximava do termo de uma existência votada a Dioniso".

Não sei se tal distinção é necessária, porquanto a referência directa às necessidades fisiológicas e sexuais do ser humano avulta como uma característica básica da Comédia Antiga grega, sem a qual o género perderia parte da sua especificidade. Isso determina que, por muito que Aristófanes insista na sua consciência do mau gosto de que a comicidade excrementícia é detentora, tais gracejos continuem sempre a aparecer: pois sem eles faltaria, na comédia, um ingrediente essencial.

Ora, na parábase de *Paz*, Aristófanes gaba-se de não ter integrado no elenco das suas comédias personagens femininas (v. 751), dando a entender, por um lado, que tal processo era próprio da comédia de mau gosto; e provando, por outro, que a figura feminina era considerada intrinsecamente cómica – de outro modo, os seus rivais, empenhados em explorar o cómico fácil de êxito garantido, não a utilizariam. No entanto, apesar desses pruridos estéticos manifestados pelo comediógrafo, temos em comédias posteriores a *Paz* – como *Lisístrata*, *Tesmofórias* e *Mulheres na assembleia* – o aproveitamento da figura

---

28 Maria de Fátima Silva, "Tradição e novidade na Comédia Antiga", in F. de Oliveira e M. F. Silva, *O teatro de Aristófanes*. Coimbra, 1991, pp. 64-65.

feminina. Como é que a presença da mulher se coaduna com a comédia "rarefeita" que Aristófanes proclama ser a sua?

Em primeiro lugar, a suposta rarefacção da comédia aristofânica relativamente ao tipo de comicidade cultivada pela concorrência não é tão radical como as parábases de *Paz* e *Nuvens* querem dar a entender, embora tenhamos de convir que, à excepção da cena final de *Mulheres na assembleia*, não temos em Aristófanes o motivo da velha lasciva e embriagada, criada por Frínico, cuja presença em Êupolis o poeta de *Nuvens* critica (vv. 553 sgs.). Muito menos o "córdax", dança obscena que essa mesma velha executava. Mas tal não significa que Aristófanes não recorresse aos dois lugares-comuns mais frequentes no aproveitamento cómico e misógino da figura feminina: o alcoolismo e a ninfomania.

Uma manifestação esfusiante desse ideário primitivo aparece, em *Tesmofórias*, no discurso do velho Parente (ele próprio mascarado de mulher...) sobre as fraquezas femininas que Eurípides ignorou na sua tragédia (vv. 473-480)[29]:

> "Como é que vamos acusar o sujeito e ficar irritadas, lá porque disse duas ou três das nossas patifarias, quando ele bem sabe que as praticamos aos milhares? Eu própria, em primeiro lugar, para não falar de mais nenhuma, bem conheço as minhas tratantadas, que são muitas. Há uma então que é a pior de todas: estava eu casada há três dias e o meu marido dormia ao meu lado. Mas eu tinha um amante, que me tinha desflorado aos sete anos..."

III. Mas o que é ser mulher? O que é ser homem? Há intersecção dessas categorias? É sobre essas questões que Aristófanes se debruça em *Tesmofórias*. Desconcertante, sem dúvida, é o facto de, nessa comédia, as relações entre os sexos aparecerem de forma desfocada: é que as principais personagens masculinas nunca demarcam um espaço inconfundivelmente viril, em virtude de todas elas – o Parente, Eurípides e Ágaton (não esquecendo Clístenes) – surgirem, mais cedo ou mais tarde, vestidas de mulher.

---

29 Cito a excelente tradução de Maria de Fátima Silva (Lisboa: Edições 70, 2001).

Essa confusão entre masculino e feminino decorrerá igualmente da reconstituição que, como leitores, fazemos das circunstâncias reais de representação: é que todo o elenco da peça, desde os actores aos membros do coro, é constituído por homens. Uns são mulheres "a sério", como o coro das celebrantes das Tesmofórias. Outros são mulheres "a fingir" (o Parente; Eurípides na sua metamorfose final em alcoviteira). Mas todos são homens vestidos de mulher.

Não pareceria estranho, à assistência, que o Parente sobressaísse como homem vestido de mulher, no meio de "mulheres" que eram, visivelmente, homens transvestidos? Julgo que a pergunta tem pertinência, na medida em que põe em relevo a incongruência básica da acção de *Tesmofórias*. Por outro lado, a sua formulação equivale a esquecer uma das características mais salientes da comédia aristofânica, a que Dover chamou o "tratamento selectivo da realidade"[30], e que surge com especial incidência em *Tesmofórias* e *Mulheres na assembleia*, comédias em que temos homens vestidos de mulher; e homens vestidos de mulher que se vestem de homens. É muito possível, todavia, que a comicidade resultante da incongruência a que aludi seja um aspecto para o qual o leitor moderno está mais sensibilizado do que o espectador antigo. Pois este estava "imunizado", de certa forma, contra a expectativa de ver em cena situações verosímeis, já que o coro das comédias era frequentemente constituído por homens vestidos de rãs, vespas, cegonhas, cabras, formigas ou sardinhas.

Exceptuando, talvez, *Tesmofórias* e *Rãs*, a acção propriamente dita das comédias conservadas de Aristófanes pretende oferecer à assistência sentada no teatro de Dioniso um "núcleo duro" de reflexão social, escondido no meio da panóplia de recursos conducentes ao riso que o comediógrafo ateniense tinha à sua disposição. Em *Acarnenses*, *Paz* e *Lisístrata*, tal núcleo de reflexão social diz respeito à Guerra do Peloponeso. Em *Cavaleiros* e *Nuvens*, temos um ataque individualizado a uma figura específica, Cléon e Sócrates, respectivamente; e *Vespas* é um ataque frontal aos tribunais de Atenas. Por sua vez, *Aves*

---

30 K. J. Dover, *Aristophanic Comedy*. Londres, 1972, p. 43.

e *Riqueza* chegam ao ponto de propor uma nova sociedade utópica, objectivamente impossível de acordo com os padrões de verosimilhança a que a experiência e a observação do mundo real nos habituaram, cuja justificação é o simples facto de a "entidade", da qual se criticam alguns defeitos nas outras comédias, já não ter remédio possível, a não ser a transformação radical de alto a baixo. Essa entidade é evidentemente a cidade de Atenas, o verdadeiro protagonista da comédia aristofânica.

Pus de parte, ao referir o núcleo de reflexão social contido na acção propriamente dita da comédia aristofânica, *Tesmofórias* e *Rãs*, por razões que se prendem com a circunstância de ambas as peças terem como tema principal a crítica à tragédia. No entanto, como bom exemplo que são da quase inacreditável versatilidade da Comédia Antiga, ambas as peças tentam articular, em dado momento, um conjunto de tomadas de consciência acerca do mundo real (ou seja, Atenas). E esse momento é, naturalmente, a parábase. Aliás, é na parábase de *Rãs* que o coro declara de modo mais explícito que tem legitimidade para dar conselhos úteis à cidade (vv. 686-687).

Diferente é a situação que se nos depara na parábase de *Tesmofórias*, onde o coro de mulheres pretende demonstrar a superioridade do sexo feminino por meio de argumentos tão absurdos quanto hilariantes (vv. 799 e sgs.). De resto, a simples formulação da ideia era, à época, já de si absurda e hilariante, visto que a igualdade entre homens e mulheres tinha a mesma relevância para a sociedade ateniense do século V que "a igualdade entre homens e pássaros"[31]. O que dizer, então, da proposta das celebrantes das Tesmofórias de que as mulheres são *superiores* aos homens?! Poderá, pois, parecer que nem mesmo a parábase de *Tesmofórias* é para ser tomada a sério.

No entanto, olhando bem para os vv. 785-799, vemos que a realidade não é tão simples. Na verdade, verificamos que estamos perante um dos comentários mais realistas e sérios acerca da condição da mulher em Atenas que a literatura grega nos legou.

Pois nesses versos Aristófanes denuncia três atitudes dos atenienses relativas à mulher, arreigadas na psique masculina com

---

31 K. J. Dover, op. cit., p. 227.

raízes tão fundas que se surpreendem em qualquer época e em qualquer cultura. Essas atitudes são, em primeiro lugar, a misoginia, que consiste, entre outras coisas, na ideia tão velha como Hesíodo de considerar a mulher a causa de todos os males. Seguidamente, a limitação na liberdade de movimentos da mulher, obrigada a ficar fechada em casa, impossibilitada de participar na vida social, política e intelectual da cidade. E finalmente, a instauração de uma relação predador/presa entre o homem e a mulher, a qual é obrigada pelos cânones culturais instituídos pelo homem a esconder-se e a fazer-se arisca, de modo a exacerbar ainda mais a apetência masculina pela caça à fêmea:

> "Não há quem não diga o pior possível do sexo fraco: que somos a ruína completa dos homens, as culpadas de tudo, das discórdias, das questões, de divergências terríveis, do sofrimento, da guerra. Ora bem: se somos uma peste, porque é que vocês casam conosco? Porque é que nos proíbem de sair, de pôr o nariz fora e em vez disso se empenham em guardar a peste com tanto cuidado? Mal a pobre mulher sai, e vocês descobrem que está fora de portas, ficam completamente doidos; quando deviam mas era dar graças e esfregar as mãos de contentes... Se nos debruçamos à janela, lá andam vocês a tentar ver a peste; se, por vergonha, nos metemos para dentro, ainda mais desejosos ficam de ver a peste debruçar-se outra vez..."

Até que ponto será válida a "seriedade" desses versos iniciais da parábase, tratando-se de uma comédia que recorre sem inibições à comicidade rápida do alcoolismo e da ninfomania supostamente típicos da mulher? Uma resposta possível é a que ressalta do discurso de Praxágora em *Mulheres na assembleia* (vv. 214 e sgs.). Ao ensaiar o discurso que mais tarde proferirá na assembleia, Praxágora tenta encontrar argumentos para demonstrar que as mulheres estão naturalmente vocacionadas para administração política, pois, ao contrário da cidade dos atenienses que, quando encontra alguma coisa de útil, não descansa enquanto não inventa uma inovação qualquer, as mulheres têm espírito prático suficiente para perceber que nada há de melhor que a boa tradição antiga (v. 216). Assim, vamos ter, como prova dessa asserção, a listagem de todas as actividades que as mulheres continuam a desempenhar à moda antiga, entre as quais encontramos "dar cabo dos maridos", "andar com amantes", "amar o bom vinho" e "gostar de foder" (é mesmo o verbo obsceno que Praxágora emprega, como clímax cómico da enumeração – imaginamos a explosão de gargalhadas no teatro).

Ou seja, Aristófanes vai bater, também aqui, no tópico do alcoolismo e da ninfomania femininos, num contexto, porém, em que a intenção parecia ser elogiar o bom senso da mulher. Como explicar essa retórica invertida, que consiste em aproveitar os piores argumentos para chegar à persuasão? Muito dificilmente, pois a sua função é simplesmente de criar, por meio da incongruência, um momento cómico. Nada vale mais que as gargalhadas do público. Mas esse facto não implica, no entanto, que as duas intenções, a séria e a cómica, se anulem mutuamente; antes pelo contrário, é a coexistência do mais sério com o mais ridículo da existência humana que dá ao teatro de Aristófanes a sua espantosa relevância universal.

A alegre superficialidade, portanto, com que a figura feminina é tratada em *Tesmofórias* não invalida a seriedade dos versos iniciais da parábase. Note-se que, de *Acarnenses* a *Rãs*, a parábase é sempre o momento para se falar a sério, pelo que não há razão para menosprezarmos o pouco que temos de reflexão social na parábase de *Tesmofórias* – mesmo que se contraponha que o coro das mulheres não está a falar em nome do poeta, mas sim em nome da sua identidade dramática, que é a das celebrantes das Tesmofórias; mesmo que se postule que a situação não difere da parábase de *Aves* ou de parte da parábase de *Nuvens*, em que o coro veicula uma mundividência que poderia ser com toda a verosimilhança a das nuvens ou das aves, mas que não pode ser a de Aristófanes.

Importante é o facto de o coro exteriorizar essas ideias. E apesar de tudo, por muito insignificante que fosse a posição da mulher ateniense, mesmo assim é de conjecturar que a assistência não percepcionasse da mesma maneira um coro cómico formado por "mulheres" e um coro formado por "sardinhas" ou "formigas" – não obstante em qualquer dos casos os coreutas serem homens.

IV. *Tesmofórias* não é apenas uma comédia intensamente divertida porque, durante parte da sua duração, assistimos ao espectáculo impagável de vermos um velhote rezingão a desempenhar os papéis de uma matrona ateniense, da mulher mais bela do mundo (Helena) e de uma virgem inocente acorrentada a uma rocha (Andrómeda).

Mas contrariamente ao que opinou Sir Kenneth Dover, não me parece que seja justo afirmar que *Tesmofórias* é uma peça que deixa o espectador "sem nada em que pensar"[32]. É que por trás da facilidade superficial do recurso ao cómico previsível da temática "feminista", soa como que uma nota bastante mais séria, a ponto de a parábase poder ser lida como denúncia da situação socialmente injusta da mulher grega. É que a mulher, na cultura grega, não só era considerada mais estúpida que o homem[33], mas era obrigada a adaptar-se à concepção degradante e misógina que a cultura masculinizada tinha a seu respeito. "Que os homens são frequentemente mais altos e mais fortes que as mulheres é um dado empírico; que são mais inteligentes e mais estáveis emocionalmente foram crenças que serviram para racionalizar o modo como os gregos tratavam as mulheres — tratamento esse que, na medida em que as mulheres aceitavam a avaliação que os homens faziam delas, tendia a validar essas crenças"[34].

Tesmofórias é uma obra dramática que contesta essas crenças. E isso faz com que surja um elo estreito entre a comédia aristofânica e a tragédia euripidiana, tanto mais que o ponto de partida da temática feminista em *Tesmofórias* é a tentação irresistível de ridicularizar a tragédia euripidiana (tema que já Aristófanes desenvolvera em *Acarnenses* e viria a desenvolver em *Rãs*). Ambos os poetas deram um tratamento insólito (para a época) às suas personagens femininas. Mas no momento central de *Tesmofórias*, o espectador/leitor perde a noção da fronteira entre sarcasmo e apreço genuíno relativamente a Eurípides; entre comicidade desenfreada e reflexão séria acerca

---

32 K. J. Dover, op. cit., p. 169.
33 Cf. Platão, *Banquete* 181c (opinião da personagem Pausânias).
34 K. J. Dover, *Plato, Symposium*. Cambridge, 1980, p. 98.

de temas que se situam no centro da filigrana emocional, que
determina a felicidade individual de cada ser humano.

V. Mas será que o feminismo, em *Tesmofórias*, vem a reboque
de outra coisa? Froma Zeitlin observou que *Tesmofórias* é uma
peça simultaneamente "complexa" e "integrada", pois situa-
-se num espaço onde convergem realidades diferentes como
masculinidade e feminilidade, comédia e tragédia, teatro e
festival[35]. Os modos de relacionamento entre essas realidades
avultam instáveis e reversíveis. Não será por isso que Aristó-
fanes começa essa comédia com uma das suas mais deliciosas
personagens, o jovem tragediógrafo Ágaton, que, pela sua
beleza física andrógina e vida sentimental algures entre o fe-
minino e o masculino, pôde corporalizar o núcleo duro dessa
peça, onde "ser mulher" e "ser homem" permanentemente se
confundem?

8. OBSCENIDADE E MIMESE NO PRÓLOGO DE *TESMOFÓRIAS*

À semelhança de *Cavaleiros*, *Vespas*, *Paz*, *Aves* e *Rãs*, o pró-
logo de *Tesmofórias* começa imediatamente com um diálogo
entre duas personagens: Eurípides e a personagem a que o ma-
nuscrito de Ravena dá o nome de Mnesíloco (supostamente o
sogro do tragediógrafo), mas que nunca é nomeada no texto
propriamente dito. Um papiro fragmentário da época helenís-
tica parece atribuir-lhe a designação "Parente"; e é essa a razão
pela qual muitos comentadores modernos de Aristófanes pre-
ferem dar-lhe apenas esse título genérico de parentesco.

Mas se a identificação da personagem é um problema que
não tem solução satisfatória, o mesmo já não acontece com a
identificação do tipo cómico a que o Parente pertence: esta-
mos obviamente na presença de uma versão do estereótipo

---

35 Cf. F. Zeitlin, "Travesties of Gender and Genre in Aristophanes' *Thesmopho-
riazusae*", in H. Foley (org.), *Reflection of Women in Antiquity*. Nova York, 1981,
p. 170.

cómico do "labrego aristofânico", a que pertence igualmente o Estrepsíades de *Nuvens*. Como são de *Nuvens* os diálogos entre Estrepsíades e Sócrates em que somos levados a pensar durante a conversa de Eurípides com o Parente no início de *Tesmofórias*, ainda que a situação dramática lembre, antes, o início de *Aves* e de *Rãs*. A incompreensão de Estrepsíades relativamente às "subtilíssimas banalidades" de Sócrates tem a sua contrapartida exacta nas reacções de Parente perante os sofismas de Eurípides.

Eurípides começa, por conseguinte, a ser ridicularizado a partir do momento em que entra em cena. Mas como a sátira aristofânica é sempre "democrática" e equitativa, o facto de ser a estupidez do Parente o veículo escolhido para fazer troça do pretensiosismo balofo de Eurípides não significa que o Parente também não esteja a ser gozado pela estupidez que, nesse momento, a situação dramática exige dele. Claro que, à medida que a acção se vai desenrolando, vai surgindo cada vez mais a dúvida se é dramaticamente verosímil que uma personagem com um perfil cultural como o do Salsicheiro de *Cavaleiros* se mostre tão entendedor da tragédia euripidiana, a ponto de recitar de cor trechos de *Helena* e *Andrómeda*. Mas é preciso notar que a coerência dramática e psicológica, na caracterização das personagens, não é um conceito operacional no teatro de Aristófanes: a personagem é aquilo que a situação cómica do momento quer que ela seja.

Por outro lado, a conversa desencontrada, que se desenvolve ao longo dos versos iniciais, tem outra função: a de prender, logo no começo da representação da peça, a atenção do espectador com uma comicidade de preferência bizarra. Esse padrão inicial dos prólogos aristofânicos tem a sua realização mais subtil em *Vespas*, na conversa dos escravos sobre o sono e os sonhos, e a sua explosão mais hilariante (e excrementícia) em *Paz*. Nessas duas comédias, Aristófanes dá à assistência cinquenta versos de diálogo bizarro, quase incompreensível. Depois, volta como que ao princípio com a fórmula "bom, vamos lá explicar isto aos espectadores".

Esse momento será adiado no prólogo de *Tesmofórias* pela introdução gradual da personagem de Ágaton, primeiro com a explicitação de que a porta no cenário é a da casa do jovem tragediógrafo; depois com a entrada do Servo de Ágaton. A porta vai ser objecto de um acesso de humor por parte do Parente, gracejo que Eurípides coroa logo de seguida com uma insinuação maliciosa referente à vida privada de Ágaton, que não é mais que um pretexto para fazer rir a assistência com um fortíssimo palavrão. O foco de toda a primeira parte do prólogo é, com efeito, essa irrupção repentina do verbo extremamente grosseiro *binéo* (que só se pode traduzir por "foder"), para insinuar que Ágaton, quando mais jovem, se teria prostituído.

A cena seguinte já tinha sido trabalhada por Aristófanes em *Acarnenses* – peça em que encontramos também um servo quase tão euripidiano como o próprio Eurípides, o que provoca a admiração de Diceópolis (protagonista de *Acarnenses*). A situação em que Eurípides se encontra em *Tesmofórias* – ter de se dirigir a Ágaton como suplicante – era a mesma em que Diceópolis se encontrava em *Acarnenses*, visto que a sua intenção era pedir a Eurípides que lhe facultasse os andrajos utilizados na produção de *Télefo* (tragédia euripidiana perdida, parodiada em *Tesmofórias*). Mas todo o material reformulado a partir de *Acarnenses* foi agora submetido a um trabalho de aperfeiçoamento muito marcado.

É o próprio Eurípides que avisa a assistência que o Servo de Ágaton está a sair de casa para "oferecer sacrifícios" pela poesia do amo. Começa agora a ridicularização da mística da criação poética. O Servo entoa um hino solene que requer, mesmo da própria natureza, um silêncio e concentração totais. É que está um "tíaso" de Musas em casa do amo a compor um canto. O Parente, com a irreverência que lhe é própria, interrompe as imagens sublimes do Servo – "retenha os seus sopros o calmo éter, não ressoe a onda cerúlea do mar"[36] – com exclamações porventura expressivas de flatulência ("catapum!").

Mas a relativa inocência dessas exclamações vai rapidamente degenerar em duas intervenções obscenas do Parente (vv. 50 e 57), que trazem de novo à baila o tema da homossexualidade passiva de Ágaton. Mais interessante é a terminologia utilizada

---

36 Todas as citações de *Tesmofórias* reportam-se à tradução de Maria de Fátima Silva (Lisboa: Edições 70, 2001).

pelo Servo para descrever o método de composição de Ágaton, que consiste em "colocar as traves, suportes de uma tragédia. Articula novas junturas de versos, torneia uns, cola outros, ora martela sentenças, ora cria palavras novas, ora funde, ora arredonda, ora molda...". A frase do Servo é interrompida pelo Parente, que volta à carga com uma nova insinuação obscena, que imputa a Ágaton a prática da felação[37].

Quanto ao método de composição poética de Ágaton, tal como este nos é descrito pelo Servo, é sugestiva a ideia de Taillardat, segundo a qual não passa de *bricolage*[38]. Significa isso que a valorização dada por Aristófanes à poesia altamente arrebicada de Ágaton não é positiva. E para carregar ainda mais a ridicularização da poesia e dos métodos de trabalho de Ágaton, Aristófanes socorreu-se, como demonstrou Carmen Morenilla-Tarens[39], de um jogo de palavras obsceno, que bate novamente na tecla da homossexualidade do poeta trágico.

O jogo de palavras (vv. 49-62) consiste no aproveitamento anagramático de duas palavras: *épos* ("palavra") e *péos*. Esse último vocábulo designa de forma ofensiva e grosseira aquilo a que se refere o seu equivalente português ("caralho"). O jogo de palavras verdadeiramente insultuoso tem início a partir do v. 53: é que todos os verbos que o Servo vai empregar, para ilustrar o tipo de trabalho poético que Ágaton desenvolve, têm agora um sentido duplo, em que o objecto subentendido é "caralho". Para que o potencial cómico desta cena não passe despercebido, o Parente abandona o subentendido para explicitar a obscenidade mais crua – a que se refere à felação, mencionada no parágrafo anterior. Ora, como o verbo grego expressivo da prática de sexo oral só tem um complemento possível (*péos*), a interrupção do Parente mostra-nos que é esse mesmo complemento que devemos subentender nos versos anteriores.

---

37 Curiosamente, nenhuma das edições por que passou a tradução de Fátima Silva acertou ainda neste ponto.
38 J. Taillardat, *Les Images d'Aristophane: Études de langue et de style*. Paris, 1962, p. 442.
39 Cf. C. Morenilla-Tarens, "Ein Beitrag zum Studium der Metaphern bei Aristophanes", *Eranos* 86 (1988), pp. 160-162.

No respeitante à intenção desse jogo de palavras, é claro que Aristófanes quer estabelecer uma correlação entre o tipo de poesia que Ágaton cultiva e o perfil específico das suas preferências eróticas. Por outras palavras, a poesia de Ágaton não seria a mesma se ele não fosse homossexual.

Mas haverá mesmo seriedade nisso? Tenho alguma dificuldade em admiti-lo. É que Aristófanes parece interessar-se pela vida privada de Ágaton na medida em que esta lhe dá uma oportunidade para caricaturar, com mais eficácia cómica – devido à incongruência que resulta da justaposição do requinte da figura e da poesia de Ágaton com o nível rasteiro da comicidade resultante dos palavrões mencionados – a poesia requintada do tragediógrafo, que (tal como aconteceria dois milénios mais tarde com o poeta inglês Rupert Brooke) todos associavam às ideias de juventude e beleza.

O Servo de Ágaton ainda serve para arrancar do público mais duas gargalhadas: primeiro como eco (v. 63) do *péos* do verso anterior; e depois com a referência à mania do artista temperamental, que não consegue "vergar" as suas estrofes, a não ser que saia de casa para tomar banhos de sol. E assim, tendo cumprido a sua função de introduzir a forma como a personagem Ágaton vai ser tratada, o Servo volta para dentro de casa: em primeiro lugar, para mudar de indumentária – pois o actor que desempenha o papel do Servo é o mesmo que a seguir faz de Ágaton; em segundo lugar, para deixar que Eurípides explique ao Parente e aos espectadores o que trata, afinal, esta peça.

*

"Ó Zeus, que tencionas fazer hoje de mim?" (v. 71)

Esse desabafo de sabor apropriadamente trágico (visto que é Eurípides que o profere) encontra paralelos no *Rei Édipo* de Sófocles (v. 738) e num fragmento do próprio *Télefo* euripidiano. A interrogação trágico-patética provoca no Parente uma viva reacção: é que já vamos no v. 72 da comédia e a assistência ainda não obteve qualquer informação concreta acerca do *enredo* da peça – pois o *tema* (crítica poética), esse já se pôde adivinhar a partir da presença de Eurípides e de toda a cena do

Servo de Ágaton. Em poucos versos, portanto, vamos ter uma concentração excepcional de informação:

a) Eurípides diz que está na iminência de ser condenado à morte;
b) isso é impossível, objecta o Parente, porque se está no dia do meio das Tesmofórias;
c) não, responde Eurípides, são as próprias celebrantes das Tesmofórias que o vão condenar, revoltadas contra a utilização misógina da mulher na tragédia euripidiana;
d) o estratagema (*mechanê*) que Eurípides inventou para se salvar dessa situação consiste em convencer Ágaton a vestir-se de mulher, de modo a que possa participar incógnito da celebração das Tesmofórias e proferir um discurso a favor de Eurípides.

O Parente observa apenas que a ideia é bem... euripidiana.

E como Aristófanes já deu todas as informações verdadeiramente necessárias para que o público possa agora seguir o entrecho da peça sem mais explicações, prossegue com a entrada em cena de Ágaton em pessoa, recostado numa plataforma rolante (processo idêntico ao que utilizara para a entrada de Eurípides em *Acarnenses*).

A epifania de Ágaton deixa o Parente estupefacto. Afinal é um homem – ou uma conhecida prostituta ateniense (de seu nome Cirene) que ele vê à frente? Segundo Jane Snyder, nem uma coisa nem outra[40]: o que o Parente vê, sem se aperceber disso, é a ressurreição do poeta Anacreonte, o mais requintado (juntamente com Íbico) dos poetas arcaicos jónicos que gravitaram em torno da corte sofisticada do tirano Polícrates de Samos. Anacreonte esse que aparece na cerâmica ática de figuras vermelhas, a partir do início do século V, vestido com roupas efeminadas e segurando uma lira na mão.

As razões pelas quais Aristófanes escolheu representar Ágaton vestido de Anacreonte não são claras, mas é possível

---

[40] J. Snyder, "Aristophanes' Agathon as Anacreon", *Hermes* 102 (1974), pp. 244-246.

que Jane Snyder tenha razão ao afirmar que o fulcro da indumentária de Ágaton não está na vestimenta em si, mas no pretensiosismo do jovem Ágaton em querer envergá-la: como se isso correspondesse, da sua parte, à afirmação pública de que havia na poesia grega um novo Anacreonte: ele mesmo. Essa ideia é, aliás, corroborada pelo próprio Ágaton, que, ao explicar mais tarde a razão pela qual se veste de mulher[41], invoca abertamente, sem preocupações de modéstia, os nomes de Anacreonte, Íbico e Alceu, *dandies* que se vestiam à maneira jónica e a cuja estética Ágaton quer ver-se associado.

Mas é claro que não é na indumentária de Ágaton que o sarcasmo aristofânico vai primacialmente incidir: um dos momentos fulcrais do prólogo é, pelo menos em termos de poética, o canto lírico que será entoado por Ágaton. O grande problema, no entanto, é que esse canto constitui, como disse Dover, "a paródia a um original desconhecido"[42]. É que da obra de Ágaton não nos resta quase nada: averiguar, portanto, até que ponto a paródia aqui seria verso a verso (como acontecerá mais tarde em *Tesmofórias* em relação à *Helena* de Eurípides), ou meramente uma paródia livre, é impossível. Uma coisa, porém, é certa: o que está a ser parodiado nesse hino cantado por Ágaton pouco terá a ver com o conteúdo literário dele, uma vez que a linguagem desse canto nada tem de especial, sucedendo-se o mesmo com o ideário. "Paradoxalmente", afirma Fátima Silva, "à estrutura elaborada do ritmo e da música da composição, corresponde uma poesia insossa e recheada de lugares comuns"[43].

É a vertente musical da composição poética de Ágaton que a paródia vai pôr a ridículo. E a dificuldade que se nos depara é que, se quase nada sabemos acerca da poesia de Ágaton, muito menos ainda podemos saber acerca da sua música. O único elemento que poderá tornar tangível a caricatura aristofânica é a métrica.

---

41 Note-se que, para G. Murray (*Aristophanes: A Study*. Oxford, 1933, p. 112), Ágaton estaria apenas mascarado de heroína trágica.
42 K. J. Dover, *Greek and the Greeks I*. Oxford, 1976, p. 247.
43 M. F. Silva, *Crítica do teatro na Comédia Antiga*. Coimbra, 1987, p. 403.

Ora, o metro predominante do hino cantado por Ágaton é o jónico, uma raridade musical perfumada de exotismo, cujo esquema básico é a sequência de sílabas "breve/breve longa/longa". No teatro grego, esse ritmo foi especialmente utilizado em *Persas* e *Suplicantes* de Ésquilo e em *Bacantes* de Eurípides, onde as paragens exóticas, a que o público associava a identidade do coro, tinham expressão no ritmo jónico em si. No entanto, o ritmo jónico podia também revestir-se de conotações eróticas; e é curioso notar que, em *Mulheres na assembleia*, é um canto jónico que a Primeira Velha entoa, na esperança de poder caçar um jovem para a satisfazer, pois o ritmo jónico produziria um efeito afrodisíaco. A força sexual da música jónica seria tal que, em *Tesmofórias*, o canto de Ágaton em honra de Apolo e Ártemis (sob nenhum ponto de vista as divindades mais lascivas da religião grega) põe o Parente a falar em beijos sensuais (v. 130), chegando a provocar nele uma reacção itifálica (v. 132). Isso põe em relevo, mais uma vez, o facto de ser a forma a prevalecer sobre o conteúdo.

Da análise métrica desse canto, feita pela grande especialista Laetitia Parker[44], ressaltam a grande variedade de modulações, a pulsação livre dos ritmos e a mistura algo insólita de sequências eólicas e jâmbicas no meio dos versos jónicos: tudo aquilo, em suma, que o Parente resume, na sua terminologia castiça, à frase "carreiros de formigas" (v. 100).

*

"Pela primeira vez é emitida, pela boca de Ágaton, uma teoria sobre a criação estética: entre o artista e a obra é forçoso que exista conformidade"[45].

A frase sintetiza o modo como o Ágaton aristofânico concebe a criação literária. Essa concepção divide-se em duas vertentes: por um lado, a ideia de que é necessário que o dramaturgo participe da natureza das suas personagens (vv. 149 e sgs.), o que,

---

44 L. P. E. Parker, *The Songs of Aristophanes*. Oxford, 1997, pp. 398-405.
45 Maria de Fátima Silva, no estudo introdutório que precede a tradução, p. 27.

todavia, será mais uma ideia do próprio Aristófanes, como se pode ver por *Acarnenses* (vv. 410 e sgs.), onde Eurípides aparece vestido de mendigo porque escreve peças sobre mendigos – tal como Ágaton surge agora vestido de mulher por existir, na sua tragédia, uma sensibilidade fortemente feminilizada. Essa ideia permite mais uma insinuação grosseira da parte do Parente, quando este pergunta "então cavalgas, quando compões uma *Fedra*?" (v. 153).

Por outro lado, Ágaton parece ir mais longe ao afirmar que Frínico escrevia peças bonitas porque ele próprio era um homem bonito, dando a entender, por extensão, que a qualidade literária e dramática da sua produção trágica é uma consequência directa do facto de ele, Ágaton, ser um homem dotado de uma beleza física invulgar, a qual é confirmada, aliás, por Platão (*Protágoras* 315d-e; *Banquete* 174a, 212e, 213c).

Se a segunda componente da estética de Ágaton impressiona pela antevisão que nos oferece do dandismo exuberante de figuras oitocentistas como Richard Wagner – de quem se diz ter composto as óperas *Lohengrin* e *Tannhäuser* vestido de cavaleiro medieval – e Oscar Wilde, a primeira terá mais importância, em virtude de propor, de modo comicamente absurdo, uma teoria da mimese. Esse conceito de mimese, no entanto, contrariamente ao que diz Aristóteles (*Poética* 1448b5-9), não avulta tanto como pertença intrínseca do ser humano, mas sim como o meio de nos podermos aproximar de algo que falta à nossa natureza. Nas palavras de Ágaton: "aquilo que não possuímos consegue-se pela imitação" (v. 155).

Palavras que não deixam de criar uma certa estranheza ao confrontarmos essa frase com o preceito enunciado por Ágaton no v. 167: "é uma necessidade compor de acordo com a própria natureza". Se é necessário que a criação artística se processe em conformidade com a própria natureza, o que é artificialmente criado por meio da experimentação mimética carecerá (poder-se-ia pensar) de validade estética, porquanto não decorreu directamente da verdadeira maneira de ser do poeta – a não ser que se entenda por mimese, na acepção de Ágaton, uma forma de obter experiência (destinada a uma subsequente integração na própria personalidade e à transformação ulterior em matéria artística) que em nada difere na experiência obtida pela natureza.

Por conseguinte, ao imitar um modo de estar caracteristicamente feminino — a ponto de, como sugere o Parente, "cavalgar" para perceber melhor as emoções de Fedra — Ágaton vai poder, a partir disso, compor "de acordo com a própria natureza", porque a imitação prática de Fedra (fazer de mulher no acto sexual), por ter sido vivida, transferiu essa experiência do campo da mimese para o da natureza.

Platão

à memória de Paulo Santiago

1. PARA UMA LEITURA DO *BANQUETE*

O alcance universal, a profundidade filosófica e a sofisticação artística da sua obra fizeram naturalmente de Platão um dos autores mais lidos e mais estudados de sempre. A exegese dos diálogos platónicos começou já na própria Antiguidade Clássica (o primeiro estudioso da obra platónica foi Aristóteles) e tem continuado até aos nossos dias, produzindo verdadeiras montanhas de bibliografia em línguas que vão desde o inglês e alemão (os idiomas tradicionais desde o século XIX para a hermenêutica platónica) até ao polaco e japonês. Sob certo ponto de vista, poderá parecer improvável que haja mais alguma coisa a dizer sobre Platão; por outro lado, é facto que os repertórios bibliográficos como *L'Année Philologique* precisam de cada vez mais páginas para registar tudo o que, em cada ano, se vai escrevendo sobre o filósofo.

Pois certo é que as características da obra platónica (enunciadas no parágrafo anterior) autorizam a afirmação de que, quando já não houver nada a dizer acerca de Platão, será essa a altura em que o perfil específico da nossa cultura ocidental deixou de existir, para dar lugar a uma nova cultura, divorciada das humanidades, que não se afigura especialmente aliciante. É que imaginar uma cultura na qual as concepções platónicas relativas ao saber, à alma, à morte, à política (na acepção etimológica do termo), à arte e ao amor já não têm qualquer relevância directa ou indirecta é entrar no foro da ficção científica. Pelo

Leitura do Banquete 193

menos por enquanto, Platão ainda tem muito para nos ensinar acerca de nós mesmos.

Contudo, poder-se-á perguntar que relevância terá a filosofia platónica numa altura em que vemos, à nossa volta e nas páginas de qualquer jornal, o mundo em que vivemos assolado por problemas como a guerra, a fome, a violação constante dos direitos humanos, a destruição progressiva de ecossistemas, a agropecuária criminosa dos países industrializados, a sida[1]. Neste contexto, serão irrelevantes os problemas de se a virtude pode ou não ser ensinada (colocada no *Protágoras* e no *Ménon*), a questão da verdade e da mentira (*Hípias Menor*) e da retórica e da demagogia (*Górgias*), ou a tentativa de compreender virtudes eminentemente emotivas como a coragem (*Laques*), a amizade (*Lísis*) e o amor (*Banquete*)?

Sobretudo no caso do *Banquete* – o diálogo que pretende problematizar aspectos importantes da sexualidade e do amor –, a relevância actual é óbvia, apesar de já ter passado a época em que era possível dizer que umas quantas flores e muito amor seriam o suficiente para resolver os problemas do mundo. O tempo encarregou-se de desactualizar o *all you need is love* dos Beatles. Mas mesmo assim, continua válida, para muitos de nós, a pergunta do poeta arcaico grego Mimnermo: "o que é a vida, o que é o prazer, sem a dourada Afrodite?". Amor e sexo são aspectos da existência humana a que a cultura actual dá suprema importância, em virtude de serem factores determinantes para a vivência da realização individual. E aqui Platão tem algo de mais profundo a dizer do que as visões corriqueiras e confrangedoramente unívocas das telenovelas e da literatura *light*.

Isso, claro está, se conseguirmos atingir o que Platão quer, de facto, propor no *Banquete*, o que não é tarefa fácil. Há grandes dificuldades de interpretação que se levantam em todos os diálogos platónicos, começando pela velha questão, que consiste na incerteza sentida por muitos estudiosos relativamente à identificação de uma "voz", algures na polifonia de cada diálogo, que veicule inequivocamente as concepções filosóficas do próprio Platão. É que Platão nunca "fala" em seu próprio

---

[1] Aids. [N. E.]

nome: a figura responsável pela articulação do conteúdo filosófico de quase todos os diálogos chama-se Sócrates.

A maior parte dos platonistas entende que são os diálogos ditos aporéticos do primeiro período (à semelhança do que sucede com Beethoven, é possível identificar na obra platónica três períodos distintos) os que mais denunciam a influência socrática, com a sua estrutura recorrente em que Sócrates conduz uma sessão de pergunta e resposta com vista à definição de determinada qualidade (amizade, coragem etc.), verificando-se, no final, que não é possível dar uma resposta satisfatória à pergunta "o que é X?" (a tal "aporia" característica desses primeiros diálogos), apesar de a indagação ter tido o resultado positivo de eliminar, pelo menos, uma série de respostas que não poderiam constituir, segundo a perspectiva de Sócrates, uma aproximação válida à questão.

Mas nos diálogos "médios" – de certo modo, os mais caracteristicamente "platónicos", como o *Fédon*, o *Banquete*, a *República* e o *Fedro* – temos já a presença de concepções que podem ser consideradas próprias de Platão, como a Teoria das Formas e a Teoria da Reminiscência (esta última figura pela primeira vez no *Ménon*, presumivelmente um dos últimos diálogos da primeira fase). Isso leva-nos a crer que o chamado "amor platónico" presente no *Banquete* corresponde à posição do próprio Platão relativamente a esse assunto, o qual, até em termos estritamente filosóficos (como o *Fedro* revelará), se reveste da maior importância para a compreensão do pensamento platónico no seu conjunto.

Mas a dificuldade inicial com que somos confrontados ao abordarmos o *Banquete* não deixa de provocar reacções ambivalentes. E essa dificuldade reside, antes de mais, na própria estrutura do diálogo. É que o *Banquete* não é todo ele o desenvolvimento pormenorizado de determinada argumentação com vista a uma conclusão precisa, como sucedera, por exemplo, no *Fédon*. O que nos surge nesse diálogo é um encadear de discursos (todos eles, à excepção do de Sócrates, com um alcance filosófico muito reduzido) em louvor de Eros, cujo clímax é um pseudo-discurso proferido por Sócrates, em que os pontos de vista filosóficos por ele defendidos são apresentados como "ensinamentos" de uma mulher natural de Mantineia[2] chamada Diotima.

Por outras palavras, não só não temos, no *Banquete*, a "voz" directa de Platão (como aliás era de esperar), como, ao que parece, nem sequer nos podemos apoiar no substituto constituído pela figura de Sócrates. Será mesmo *platónica* a concepção platónica do amor que Diotima ensinou a Sócrates? Apesar de pertinente, digamos que se trata de uma pergunta que nenhum platonista profissional levaria muito a sério, porque basta ler o conteúdo do discurso de Sócrates no *Banquete*, com o seu encadear de perguntas e respostas, para percebermos que o facto de termos ali uma figura com o nome de "Diotima" é mais ou menos irrelevante, quanto mais não seja porque imaginar a mulher de Mantineia profundamente familiarizada com a Teoria das Formas (que o próprio Sócrates histórico, segundo Aristóteles, desconhecia[3]) seria absurdo. De resto, Diotima "ouviu" o discurso de Aristófanes, como se pode ver por 205 d-e[4], o que parece confirmar a ideia de que se trata de uma figura completamente ficcional.

Parece evidente que o único "naco" de filosofia platónica de todo o diálogo surge guarnecido com os apetrechos da dialéctica socrática, pela simples razão de que, para Platão (como será dito com grande clareza no *Fedro*), a forma ideal de veicular um ideário não tinha que ver com retórica, mas sim com dialéctica. De certa forma, é simples perceber a razão pela qual Platão recorreu, no discurso de Sócrates, a esse tipo de apresentação indirecta da sua concepção de amor: a estrutura dramática do diálogo exige que cada interveniente (isto é, cada convidado do banquete de Ágaton) profira um discurso em louvor de Eros. O último a ter a palavra, antes da entrada esfuziante de Alcibíades, é Sócrates, que ao princípio da sua intervenção ainda emprega

2 O jogo de palavras entre o topónimo "Mantineia" e a palavra que, em grego, significa "vidente" não passou despercebido a K. J. Dover, *Plato, Symposium*. Cambridge, 1980, p. 137.
3 Aristóteles, *Metafísica* 987b1-10, 1078b17-1079a4, 1086a35-b5.
4 Os números e letras por meio dos quais se cita modernamente a obra de Platão são uma herança da primeira edição impressa e, pelo valor histórico e patrimonial que encerram, são mantidos em todas as edições e traduções actuais.

o método dialéctico na refutação de Ágaton. Mas é óbvio que continuar assim, a expor o seu ideário por meio de perguntas e respostas, constituiria uma transgressão da parte de Sócrates relativamente à regra aceite pelos outros convidados. Assim, temos a aparência de um discurso, mas a realidade é que estamos na presença de uma sessão de dialéctica socrática, com uma diferença: o actante conhecido nos restantes diálogos pelo nome "Sócrates" chama-se aqui "Diotima", estando o próprio Sócrates agora a desempenhar a função que noutros diálogos coube a um Cármides, um Lísis ou, mesmo no próprio *Banquete*, a Ágaton.

Que intenção terá levado o autor do diálogo a optar por essa troca de papéis? Enobrecer Sócrates com o verniz reticente da discrição, que será mais tarde apanágio do carácter britânico? Não me parece. Julgo que a intenção estará mais relacionada com uma questão de equilíbrio estrutural em termos de composição literária (não é por acaso que o *Banquete* é sempre considerado a obra-prima artística de Platão), pois o relato dos ensinamentos de Diotima, que corresponde ao discurso de Sócrates, avulta como a continuação harmoniosa da refutação de Ágaton.

Nas palavras de Sócrates: "impõe-se, naturalmente, começar como tu, Ágaton, por falar no Amor em si mesmo – quem é ele, qual a sua natureza – e em seguida os seus efeitos. Nesse sentido o mais prático, salvo erro, será expor-vos a doutrina da tal estrangeira nos mesmos termos em que ela me expôs, através das perguntas que me fazia. A verdade é que as minhas ideias sobre o assunto eram sensivelmente semelhantes às que Ágaton ainda agora professava..."[5].

O *Banquete* é, portanto, constituído por um encadear de discursos sobre o amor, proferidos por Fedro, Pausânias, Erixímaco, Aristófanes, Ágaton, Sócrates e, por fim, Alcibíades, que, em vez de proferir um discurso em louvor de Eros, produz, com embriagada eloquência, um elogio do modo coerente como Sócrates põe em prática o amor "platónico" ensinado por Diotima. Ora, parece óbvio que o maior prosador da literatura

---

5 Banquete 201d-e., *Platão, Banquete*. Tradução de Maria Teresa Schiappa de Azevedo. Lisboa, 1991, p. 68. Todas as citações do diálogo foram colhidas nesta extraordinária versão portuguesa.

Leitura do Banquete

grega não apresentaria, no diálogo que é considerado a sua obra-prima literária, uma sequência desgarrada e aleatória de discursos a culminar num clímax (o discurso de Sócrates) que nada tem a ver com tudo o que até aí fora dito. Os discursos que antecedem o de Sócrates estão naturalmente condicionados por aquilo que Platão quer, de facto, propor acerca do amor nesse diálogo, e não é, assim, de admirar que cada discurso faça soar um tema que será depois aproveitado directa ou indirectamente na apresentação do conceito platónico de amor.

Fedro, por exemplo, articula a ideia basilar de que o amor é, de todas as emoções que o ser humano é capaz de experimentar, a mais forte e avassaladora, de tal forma que consegue anular o próprio medo da morte. E Erixímaco dá a Eros uma dimensão cósmica, que nos prepara para o esforço exigido pelo discurso de Sócrates de desenquadrarmos o conceito de amor do contexto restrito e egocêntrico em que habitualmente o vivemos.

Pausânias, por sua vez, faz uma distinção relevante para a concepção platónica do amor, postulando que há dois tipos de amor, um elevado, que pode durar uma vida inteira[6], em que a gratificação sexual não é o factor mais importante, e um vulgar, que não transcende a dimensão sexual. O aspecto mais controverso da "teoria" de Pausânias é o facto de esta admitir, para o amor inferior, duas orientações sexuais possíveis, heterossexual e homossexual, reservando, no entanto, o amor elevado para relações de amizade apaixonada (digamos assim) entre membros do sexo masculino. Por outras palavras, o discurso de Pausânias é, de todos, aquele que mais pode funcionar como uma apologia da homossexualidade masculina (o que, como veremos, não está tão longe como poderá parecer do ideário de Diotima).

Mas é o discurso de Ágaton a estabelecer a relação mais explícita com o de Sócrates, pela simples razão de que Ágaton articula justamente as ideias que o próprio Sócrates tinha acerca do amor antes de ser ensinado por Diotima, ou seja, antes de

---

6   Cf. *Banquete* 183e. Pausânias é amante de Ágaton (cf. 177d, 193b) e a relação dos dois já durava, segundo J. L. Penwill ("Men in Love: Aspects of Plato's *Symposium*", *Ramus* 7 [1978], p. 145), há mais ou menos dezassete anos, uma vez que Platão já os apresenta como amantes no *Protágoras* 315d-e).

ter sido "convertido" ao amor platónico. Por isso, o discurso de Ágaton é o último da série: estabelece o ideário que vai ser submetido à refutação socrática (apesar de, nesse caso, não ser Sócrates a conduzir a argumentação, mas sim Diotima). Claro que toda a teoria do amor platónico poderia ter sido exposta numa continuação da conversa de Sócrates com Ágaton, mas isso seria fugir à estrutura literária inicial de apresentar, da parte de cada convidado, uma actuação a solo.

Posto isto, falta a referência ao discurso de Aristófanes, com o seu mito dos Três Géneros; mas como é este o discurso que se afasta mais do conceito platónico de Eros, será conveniente, antes de prosseguirmos, definir sucintamente no que consiste o amor platónico no âmbito do *Banquete* (no *Fedro* a questão complica-se devido à introdução do conceito de *anteros*, "amor recíproco" da pessoa amada, e ao alcance filosófico mais abrangente que Platão dá a Eros nesse diálogo, enquadrando-o na própria contextura das suas três grandes preocupações filosóficas, a Teoria das Formas, a Teoria da Reminiscência e a Imortalidade da Alma – esta última ausente do *Banquete*).

Muito sinteticamente, recordemos que, para Platão, a única realidade digna desse nome é a do mundo inteligível, onde os objectos de conhecimento, as Formas, não são passíveis de ser percepcionados pelos sentidos, mas unicamente pela inteligência. A Forma mais elevada de todas é o Bem; e, para Platão, "filosofia" acaba por significar o processo anímico conducente ao conhecimento desse mesmo Bem. Mas chegar às Formas sem qualquer ajuda dos sentidos é algo que não é fácil: é uma caminhada árdua, que pode durar um tempo indefinido, para a qual muito poucos estão vocacionados.

Mas Platão admite a hipótese de uma "via rápida", que proporciona um acesso mais directo ao mundo inteligível: Eros, que significa em grego um misto das emoções que conhecemos em português pelos nomes de "amor", "desejo" e "atracção sexual". A razão pela qual Eros pode constituir um "tapete mágico"[7] para chegarmos à verdadeira realidade, ou mesmo, como

---

[7] Expressão de G. Ferrari, *Listening to the Cicadas: A Study of Plato's Phaedrus*. Cambridge, 1987, p. 224.

sugeriu Dodds[8], a "ponte empírica" entre o mundo inteligível e o mundo sensível, prende-se com a ideia profundamente enraizada na cultura grega de que há uma relação causa/efeito entre a beleza física e o amor (a ideia de se desejar uma pessoa feia era aberrante para um ateniense do tempo de Platão: daí que tenha indiscutível sabor irónico – e incongruente – todo o relato da sua relação com Sócrates que Alcibíades oferece no final do *Banquete*).

Ora, a Beleza é uma Forma de que as coisas e as pessoas, que nós consideramos belas no mundo sensível, são apenas aproximações muito imperfeitas. No entanto, é uma Forma que, contrariamente à Justiça ou à Temperança, tem um reflexo *visível* no mundo que nos rodeia, susceptível de ser percepcionado pelo mais agudo dos sentidos, a vista (cf. *Fedro* 250c-d). É muito mais fácil, por conseguinte, tentarmos chegar à dimensão superior por via da beleza sensível do que por via de manifestações imperfeitas de virtudes como a justiça ou a temperança. Aquele que efectivamente conseguir identificar a emoção avassaladora sentida perante a beleza física de pessoas belas como dizendo na verdade respeito à Forma do Belo em si, sendo capaz de se compenetrar de que "a beleza deste ou daquele corpo é irmã da que reside em outro" (210b), poderá no final de uma progressão filosófica especial (a famosa "escada do amor") chegar à contemplação do Belo absoluto.

Nas palavras de Diotima (211c): "partindo da beleza sensível em direcção a esse Belo, é sempre ascender, como por degraus, da beleza de um único corpo à de dois, da beleza de dois à de todos os corpos, dos corpos belos às belas ocupações e destas à beleza dos conhecimentos, até que, a partir destes, alcance esse tal conhecimento, que não é senão o do Belo em si".

Mas antes de chegar às revelações mais sublimes dos "mistérios do amor" (210a), Diotima articula uma série de ideias que têm causado algumas dificuldades aos platonistas, as quais se prendem com o conceito algo surpreendente de "gravidez espiritual". Pois para Diotima, todos os seres humanos engravidam, não só fisicamente, mas espiritualmente (206c). Os que

---

8 E. R. Dodds, *The Greeks and the Irrational*. Berkeley, 1951, p. 218.

são grávidos segundo o corpo "voltam-se de preferência para as mulheres e esta é a sua maneira de amar, convictos como estão de que, através dos filhos que criam, asseguram a sua imortalidade, a lembrança do seu nome e uma bem-aventurança que perdure para todo o sempre" (208e).

Depois temos a referência aos grávidos segundo a alma: se os grávidos segundo o corpo são predominantemente heterossexuais, os grávidos segundo a alma voltam-se de preferência para pessoas do mesmo sexo. Será que qualquer semelhança entre essa ideia e o amor "elevado", exclusivamente homossexual, de Pausânias é pura coincidência? Maria Teresa Schiappa de Azevedo admite que "alguns pontos de contacto com a doutrina platónica dos primeiros diálogos são a tal ponto sensíveis que se tornou possível supor, por parte de Platão, um propósito de relembrar aqui velhas teorias" (pp. 17-18). Mas a autora contorna a questão com o juízo (quiçá subjectivo) de que "o relativismo moral, a estreita subordinação às leis e às normas sociais viciam toda a argumentação, mostrando à evidência a superficialidade dos princípios que a regem e a profunda distância moral que separa esta noção de 'amor pelos jovens' daquela que Platão defende, nomeadamente no *Eutidemo*, e retoma no *Banquete* e no *Fedro*".

A questão não se presta a soluções esquemáticas – e é mesmo possível que os platonistas nunca cheguem a acordo em relação a esse problema, tanto mais que as abordagens propriamente filosóficas ao *Banquete* fazem por esquecer que, antes das revelações de Diotima, há cinco discursos que (quanto a mim) são fundamentais para a compreensão do diálogo no seu conjunto. Nesse aspecto, o discurso de Pausânias tem sido aquele que os estudiosos mais têm tentado denegrir, tanto do ponto de vista "ético" como do literário. A esse propósito, Maria Teresa Schiappa de Azevedo assemelha o efeito produzido pela "longa exposição" de Pausânias a uma "sensação de fastio" (p. 16). E Alexander Nehamas chega ao ponto de sugerir que a função dos soluços de Aristófanes é de ridicularizar o discurso de Pausânias.[9] Seja como for – e independentemente

---

9   A. Nehamas & P. Woodruff, *Plato, Symposium*. Indianapolis/Cambridge, 1989, p. XIX.

das reacções subjectivas de cada leitor perante o discurso de Pausânias –, parece indiscutível que tanto o amor "elevado", enaltecido pelo companheiro de Ágaton, como a gravidez espiritual de Diotima se aplicam aos amantes que, em termos de orientação erótica, estão preferencialmente virados para o seu próprio sexo.

Será agora a altura de enunciarmos a pergunta que tem sido deliberadamente adiada ao longo desta exposição: que relevância terá, pois, o discurso de Aristófanes, com o seu mito dos Três Géneros, para a concepção platónica do amor? Num brilhante artigo sobre esse discurso, Kenneth Dover reconhece que, apesar de indiscutível, o contributo para a concepção platónica do amor em cada um dos cinco discursos que precedem o discurso de Sócrates não se tem revelado uma questão consensual; e afirma, relativamente ao discurso de Aristófanes, que "se Platão queria que considerássemos o discurso de Aristófanes uma achega para a concepção verdadeira de Eros, ocultou o seu propósito de modo impenetrável".[10]

É que mais tarde Diotima observará, em aparente oposição ao que Aristófanes defendera, que existe "uma teoria que diz que amar é andar em procura da sua própria metade [...]. Não, o que cada pessoa estima não é, creio, o que faz parte de si (a menos que por 'aparentado' e 'parte de si' se entenda o Bem e o Mal, como alheio...), dado que aquilo que os homens amam de verdade não é outra coisa senão o Bem" (205e-206a).

Penso que não é nesse aspecto do discurso de Aristófanes que vamos encontrar aquilo que Platão pretendeu aplicar na exposição de Sócrates/Diotima acerca do amor. O ponto de contacto mais evidente parece-me ser o próprio mito dos Três Géneros e o que esse mito pretende consciencializar acerca da natureza humana. Lembrando muito rapidamente o conteúdo do mito, afirma Aristófanes que "a nossa antiga natureza não era tal como hoje e sim diversa. Para começar, os seres humanos encontravam-se repartidos em três géneros e não apenas em dois – macho e fêmea – como agora: além destes, havia um

---

10 K. J. Dover, "Aristophanes' Speech in Plato's Symposium", *Journal of Hellenic Studies* 86 (1966), p. 48.

terceiro que partilhava das características de ambos, género hoje desaparecido, mas de que conservamos ainda o nome. Era ele o andrógino, que constituía então um género distinto, embora reunisse, tanto na forma como no nome, as características do macho e da fêmea..." (189d-e).

A forma humana era nessa altura globular e dupla: duas faces para uma só cabeça, quatro braços e pernas, quatro orelhas etc. Mas Zeus zangou-se com a arrogância da raça humana e cortou-a ao meio para a enfraquecer: o resultado é que cada ser procura incessantemente a metade que lhe falta; e, quando a encontra, "apaixona-se", sente uma maravilhosa plenitude, não desejando mais nada a não ser fundir-se com a metade reencontrada. No caso de as duas metades terem pertencido a um ser andrógino, resulta da expressão sexual do seu amor a continuação da espécie. Ao juntarem-se metades de seres que eram anteriormente masculinos ou femininos (agora "homossexuais" devido ao facto de a raça humana estar dividida ao meio), "haveria pelo menos a plenitude da união e, uma vez apaziguado o desejo, poderiam voltar às suas tarefas e interessar-se por outros aspectos da vida" (191c).

Assim, o mito dos Três Géneros propõe que, em termos de orientação erótica, os seres humanos se dividem naturalmente em homens que se sentem atraídos por mulheres; mulheres que se sentem atraídas por homens; e homens e mulheres para quem a metade desejada é da "mesma origem" (192b). Aristófanes afirma, pois, que heterossexualidade e homossexualidade são igualmente naturais e que cada ser humano já nasce com a sua orientação erótica determinada. Qual será, pois, o alcance dessa ideia de homossexualidade natural no âmbito da concepção platónica de amor?

Diotima afirma, como já vimos, que os homens que são grávidos segundo o corpo se viram preferencialmente para o sexo feminino, sendo esta a sua maneira de amar, felizes devido às "intimações de imortalidade", como diria Wordsworth (apaixonado leitor de Platão), que a constituição de descendência lhes proporciona. Os outros, metades dos seres globulares inteiramente masculinos e praticantes do amor elevado de Pausânias, que, devido ao facto de não poderem ou não quererem procriar, são potencialmente grávidos segundo a alma, serão aqueles que estão aptos a assumir o estatuto de amantes filosóficos. Só esses poderão subir a escada do amor (uma vez que os heterossexuais grávidos segundo o corpo já não têm "liquidez erótica" para investir no amor filosófico), ao longo da qual o filósofo se vai desprendendo gradualmente da beleza imperfeita da forma física que, no ser amado, é um reflexo da sua (o corpo masculino), para se concentrar cada vez mais na Beleza em si, pois no final do percurso já não é à imagem, mas sim ao "verdadeiro que está apegado" (212a).

Nas palavras sugestivas de V. Songe-Moller, "o filósofo grávido já não é libertado, como dantes, por um homem semelhante a ele mesmo, mas por aquilo que só é semelhante a si próprio, que não conhece outro estado que não seja o seu, que está eternamente em harmonia consigo mesmo. [...] O filósofo já não deseja, portanto, um outro ser que lhe é semelhante, mas a própria Semelhança em si".[11]

A semelhança que, em termos "aristofânicos", o atraía anteriormente nos corpos dos jovens deixa, agora, de funcionar como a "lembrança do estado anterior" (191a) que provocava o desejo de fusão com o ser amado. E que, após a revelação da verdadeira causa dessa semelhança, operada pela visão "do Belo em si, verdadeiro, puro e sem mistura, [...] na simplicidade da sua natureza" (211e), tudo o que até aí entendera por Eros deixa de ter significado.

Tal depuração do erotismo era algo que o próprio Platão devia sentir como problemático, pois é necessário justificar do ponto de vista ético que não haveria nada de condenável na escolha de uma vida amorosa e/ou filosófica em que, à partida, a continuação da espécie está excluída. Com a inclusão hábil do tema do amor elevado, exclusivamente homossexual, no discurso de Pausânias (que terá a sua contrapartida na gravidez da alma, predominantemente homossexual, apresentada por Diotima) e com a teoria posta na boca de Aristófanes de que heterossexualidade e homossexualidade são igualmente

---

[11] V. Songe-Moller, "Sexualität und Philosophie in Platons Symposion", *Symbolae Osloenses* 63 (1988), p. 46.

naturais, Platão tem assim o terreno preparado para propor a sua filosofia do amor, no âmbito da qual, como muitos leitores do *Banquete* já notaram, não é tanto a homossexualidade, mas a sexualidade em si que perde toda e qualquer importância.

2. AMOR E RETÓRICA NO *FEDRO*[12]

Preâmbulo

Um aspecto paradoxal da forma como a cultura clássica continua a permear os nossos padrões mentais é o emprego da expressão "amor platónico" por pessoas que nunca leram uma linha de Platão. Se lhes perguntássemos o que entendem por essas palavras, responderiam decerto que se trata de um tipo de relacionamento emocional, em que, independentemente do grau de intensidade dos sentimentos experimentados, se encontra excluída a possibilidade de esses sentimentos assumirem uma expressão sexual.

Encarando, porém, a questão de uma forma mais analítica, a concepção coloquial de "amor platónico" acaba por ser um conceito vazio. É que tanto o filósofo como o helenista dirão que nada tem a ver com Platão. E isso porque o conceito platónico de *eros* não equivale, de facto, à ideia de uma relação amorosa amputada da sua expressão física, mas sim à concepção de "desejo" como reacção emotiva decorrente da forte impressão estética causada pela beleza física de determinado corpo sensível. É a vontade de prosseguir esse *eros* até à conclusão lógica do orgasmo que terá ulteriormente de ser ultrapassada por aqueles que queiram dedicar-se à filosofia na acepção platónica do termo, ou seja o processo anímico conducente ao conhecimento do Bem[13].

Não obstante essa atitude em relação ao desejo sexual, o emprego espontâneo da terminologia do erotismo surge, na

---

[12] É com sentido reconhecimento que agradeço a Maria Teresa Schiappa de Azevedo e José Trindade Santos a leitura crítica que uma primeira versão deste texto lhes mereceu.
[13] Cf. F. Cornford, *The Republic of Plato*. Oxford, 1941, p. XIX.

obra de Platão, com total naturalidade (e por "terminologia do erotismo" no contexto da cultura grega das épocas arcaica, clássica e helenística devemos entender os dois termos mais significativos: "amante" e "amado", por outras palavras o homem adulto e o jovem da relação homoerótica, tal como esta se estruturou nos padrões sócio-culturais do mundo antigo). Aliás, Sócrates chega mesmo a afirmar que o único assunto sobre o qual percebe alguma coisa é o erotismo (*Banquete* 177d). E quem já leu diálogos do primeiro período como *Cármides* e *Lísis* dá-lhe razão.

Em toda a obra de Platão, a vulnerabilidade patenteada por Sócrates relativamente ao encanto físico de todo e qualquer rapaz é óbvia. Mas no *Cármides* parece haver mais qualquer coisa. A reacção de Sócrates à proximidade física de Cármides atinge uma força surpreendente no momento em que, pela primeira vez, o jovem olha directamente para o filósofo. Para citar o passo em questão: "[Cármides] levantou os olhos para mim com olhar perturbador, como que se preparando para me interrogar; e todos os que estavam na palestra nos rodearam com círculo perfeito. Nesse momento, meu ilustre amigo, eu descortinei o que estava sob o seu manto: senti-me inflamar e não fiquei mais em mim"[14].

De facto, Sócrates tem uma intuição especial para as coisas do amor. Durante a conversa com Hipótales, no início de *Lísis*, Sócrates faz a seguinte afirmação: "não me digas se estás ou não apaixonado. Não só percebi que amas, mas, até, que já vais bem lançado na tua caminhada do amor… Nas outras coisas, sou uma pessoa banal e inútil; mas isso um deus me concedeu: perceber logo quem ama e quem é amado" (204b-c).

Aliás, é curioso verificarmos que, no respeitante às demais figuras que aparecem nos diálogos, Platão tem frequentemente o cuidado de registar o nome da pessoa de quem eram amantes. E isso abrange tanto os jovens atenienses presentes em casa de Cálias para assistirem ao "congresso dos sofistas" descrito no *Protágoras*, como o venerável Parménides do diálogo que tem

---

14 Platão, *Cármides* 155d. Tradução de Francisco de Oliveira. Coimbra, 1988, 2. ed., p. 46.

o seu nome. Apolodoro refere-se ironicamente a Aristodemo, no início do *Banquete*, como "amante" de Sócrates. E os fãs incondicionais dos sofistas em diálogos como *Ménon*, *Eutidemo* e *Protágoras* são metaforicamente descritos como seus "amantes". Mesmo o próprio Sócrates descreve-se a si mesmo, no *Górgias*, como "amante de Alcibíades e da filosofia", em oposição irónica a Cálicles, que é referido por Sócrates como amante dos "dois Demos": o povo e o jovem do mesmo nome[15].

Não admira, portanto, que a linguagem por meio da qual Platão decidiu desenvolver a sua metafísica se caracterize pela utilização metafórica de conceitos e de vocabulário que pertenceriam mais propriamente ao foro do discurso erótico.

Os diálogos em que Platão aprofundou a sua teoria do amor são *Lísis*, *Banquete* e *Fedro*, sendo *Banquete* o único dos três a tratar exclusivamente o tema do amor, visto que *Lísis* se centra mais na tentativa de definir o conceito de amizade, tratando *Fedro*, por sua vez, um leque de questões filosóficas e retóricas de tal forma abrangente que a questão erótica acaba, aparentemente, por se diluir. Mas é precisamente no *Fedro* que me irei centrar, porque, mais ainda que o *Banquete*, é esse o diálogo que procura elevar a problemática de atracção erótica para o plano filosófico, integrando o erotismo nas duas grandes vertentes da filosofia platónica, a Teoria das Formas e a Teoria da Reminiscência.

Amor e retórica na concepção negativa de Lísias

Num dia de verão de calor ardente, Sócrates encontra Fedro a dirigir-se para fora das muralhas de Atenas. Fedro conta que passou a manhã a ouvir o orador Lísias e oferece-se para relatar o teor do que Lísias disse, se Sócrates o acompanhar no seu passeio. Fedro acrescenta que o discurso de Lísias será particularmente agradável a Sócrates, em virtude de a sua temática se relacionar com o erotismo. Sócrates acede de bom grado ao convite de Fedro. Repara, no entanto, que o amigo escondeu, algo provocatoriamente, debaixo do braço, a transcrição do

---

[15] Ver, respectivamente, *Banquete* 173b, *Ménon* 70b, *Eutidemo* 267d, *Protágoras* 317c-d, *Górgias* 418d.

discurso erótico de Lísias. Fedro tem de aceder ao pedido de Sócrates de o ler.

O passeio situa-se agora junto ao rio Ilissos. Fedro observa que foi dali que Bóreas raptou Oritia e pergunta a Sócrates se acredita nesse mito. Sócrates responde que prefere acreditar nos mitos em vez de os tentar racionalizar, pois assim tem tempo para pensar noutras coisas mais importantes, como o auto-conhecimento. De qualquer forma, o tipo de perícia (*sophia*) a que é necessário recorrer para racionalizar os mitos não passa, segundo Sócrates, de uma "perícia boçal".

Os dois amigos encontram um lugar encantador para se sentarem a ler o discurso. Fedro fica admirado de ver em Sócrates uma sensibilidade insólita para os atractivos da natureza. De facto, o filósofo elogia rapsodicamente a beleza do local onde se encontram, realçando uma série de elementos típicos das descrições clássicas do *locus amoenus*, que aparecem na literatura grega do Canto V da *Odisseia* até *Dáfnis e Cloe*: a árvore (aqui um plátano especialmente frondoso, que sugere um jogo de palavras entre *plátanos* e *Pláton*), a fonte, a relva, o ar perfumado das flores, as estátuas votivas das Ninfas e o som melodioso das cigarras. Sócrates justifica a sua indiferença habitual em relação à natureza dizendo que as árvores nada lhe ensinam, ao contrário dos homens que vivem na cidade. Os amigos instalam-se e Fedro começa a ler.

O discurso de Lísias, que constitui o ponto de partida para toda a discussão filosófica do diálogo, introduz logo os dois temas principais: amor e retórica – ambos entendidos, porém, sob uma forma deturpada. Com efeito, o discurso de Lísias postula, numa linguagem arrebicada à maneira de Górgias, que um jovem tem maior vantagem em ceder às solicitações eróticas de um pretendente que não esteja apaixonado por ele, do que às de um amante verdadeiramente apaixonado.

Sócrates pouco tem a dizer acerca do conteúdo do discurso, talvez por ver nele apenas um exercício tipicamente sofístico, em que se argumenta a favor de um aspecto de determinado problema que, à partida, pareceria impossível de defender. Critica-o, contudo, do ponto de vista literário, pondo em relevo, por exemplo, o modo enfadonho com que o autor se limita a repetir, várias vezes, com palavras diferentes, as mesmas ideias. Sócrates afirma que sente, inexplicavelmente, um discurso sobre o mesmo tema – mas mais eloquente – a tomar forma na sua imaginação. Fedro convence-o a proferi-lo.

Temos então o primeiro discurso de Sócrates, em que a tese de Lísias é de novo apresentada, mas dessa vez com argumentos mais plausíveis. A diferença primacial relativamente ao discurso anterior revela considerável subtileza psicológica: trata-se, agora, da tentativa, da parte de um pretendente que *finge* não estar apaixonado, de persuadir o amado a ceder. Para que esse estratagema tenha um mínimo de verosimilhança, Sócrates dá, no papel desse amante hipócrita, uma definição peculiar de *eros* como desejo irracional do prazer da beleza física (238b). Partindo do princípio de que, em cada ser humano, há a propensão natural para se ser guiado, quer pela sensatez, quer pela desmesura, esse amante hipócrita encarnado por Sócrates coloca *eros* sob a alçada da desmesura, de modo a provar que é mais vantajoso para o jovem conceder os seus favores àquele que não ama, porque este é detentor da sensatez que falta ao apaixonado, mergulhado como está na desmesura dos seus sentimentos.

Mas é claro que uma tese dessas é tão hipócrita quanto a anterior – além de que é perigosa. E o perigo advém da combinação de eloquência com a articulação ordenada de ideias, qualidades que faltavam no discurso de Lísias. Portanto, o primeiro discurso de Sócrates continua a constituir um exemplo de amor e de retórica entendidos em acepção negativa.

As reservas suscitadas pela tese erótica aqui exposta são evidentes. No respeitante ao brilhantismo estilístico do discurso é que surge uma questão curiosa que valerá a pena referir: prende-se com a forte condenação que o discurso provocou da parte dos críticos literários antigos.[16] Tais objecções têm a ver com a ideia de que a prosa não deve empregar dicção e palavras poéticas, como sucede nesse primeiro discurso de Sócrates (que, à semelhança do discurso de Ágaton no *Banquete*, termina com uma sequência de palavras que formam um hexâmetro dactílico!).

---

16 Cf. E. Norden, *Die antike Kunstprosa*. Leipzig, 1898, pp. 107 e sgs.

Sócrates cai em si, consciente de que foram terríveis as palavras que acabou de proferir. Quer ir-se embora, antes que Fedro e a atmosfera estranha do local o obriguem a dizer coisas piores. Mas Fedro contrapõe que está na hora de maior calor; seria melhor esperar até que o tempo refrescasse. Sócrates concorda e, à maneira do poeta lírico Estesícoro, que perdeu a vista por ter dito mal de Helena, recuperando-a de novo depois de cantar uma palinódia, decide lavar os ouvidos "com um discurso de água limpa"[17] (243d).

Temos, de seguida, o segundo discurso de Sócrates, que vai agora colocar a problemática do erotismo em termos consentâneos com a filosofia platónica. Para tal, Sócrates começa por referir o amante, verdadeiramente apaixonado, da tese anterior – aquele que deveria ser preterido, devido ao facto de padecer de uma espécie de loucura. Como prova de que a palinódia vai mesmo afirmar o contrário da tese anterior, Sócrates declara agora que "os maiores benefícios vêm-nos por intermédio da loucura" (244a) e *eros* surge, juntamente com a profecia, a mística e a inspiração poética, como uma das loucuras cuja concessão pelos deuses nos traz a maior felicidade (245b-c). No entanto, para que se possa atingir o alcance dessa ideia, é necessário em primeiro lugar compreender qual a natureza da alma, tema de que Sócrates passa agora a ocupar-se.

A natureza da alma

Quer filosófica, quer literariamente, temos aqui um dos momentos mais importantes de toda a obra platónica. A ideia de que a alma é imortal não constitui novidade, nem na cultura grega, nem na obra de Platão, onde a questão da imortalidade da alma fora já abordada em quatro diálogos: *Ménon, Górgias, Fédon* e *República*. Refiro *Ménon* e *Górgias* nesse contexto devido ao facto de tanto a Teoria da Reminiscência do primeiro como o mito escatológico do segundo pressuporem

---

17 *Fedro* 243d. Todas as citações deste diálogo reportam-se à tradução de José Ribeiro Ferreira (Lisboa, 1997).

a imortalidade da alma. Mas é evidente que serão *Fédon* e *República* a tratar a questão com mais profundidade.

Aqui é necessário frisar que Platão não abordou sempre o tema da alma da mesma maneira. A leitura de *Fédon* deixa-nos a convicção de que "no homem há duas coisas distintas a considerar: por um lado, o corpo; por outro, a alma"[18]. A partir dessa dicotomia, Platão responsabiliza o corpo pelos aspectos negativos da existência humana, em termos que apontam já para o modo como o filósofo tratará a componente intrinsecamente negativa da alma no *Fedro*. Nas palavras de Sócrates, "enquanto possuirmos um corpo e a semelhante flagelo estiver a nossa alma enleada, jamais conseguiremos alcançar satisfatoriamente o alvo das nossas aspirações [...]. Inúmeros são, de facto, os entraves que o corpo nos põe, e não apenas pela natural necessidade de subsistência, pois também doenças que sobrevenham podem ser outros tantos impeditivos da nossa caça ao real. Paixões, desejos, temores, futilidades e fantasias de toda a ordem — com tudo isso ele nos açambarca, de tal sorte que não será exagero dizer-se, como se diz, que, sujeitos a ele, jamais teremos disponibilidades para pensar" (*Fédon* 66c-d).

Essa incompatibilidade entre o corpo e a alma manifesta-se também no contraste entre o mal multiforme que vem do corpo e a natureza simples, não-compósita, da alma, a qual se assemelha, segundo Sócrates diz no *Fédon*, "ao que possui uma só forma e é indissolúvel e se mantém constante e igual a si mesmo" (80b). Ora, no *Fédon* o facto de a alma ter essa natureza não-compósita será precisamente um dos argumentos aduzidos para sustentar que ela tem necessariamente que ser imortal. O mesmo poderá dizer-se no respeitante à abordagem da mesma questão na *República* (apesar da aparente discrepância entre os Livros IV e X). Com efeito, Sócrates afirma no Livro X que não seria correcto "supor que a alma, na sua verdadeira natureza, é de tal espécie que esteja repleta de variedade, disparidade e discordância consigo mesmo". E perante

---

18 *Fédon* 79b. Tradução de Maria Teresa Schiappa de Azevedo. Coimbra, 1988, 2. ed., p. 76. Todas as citações do *Fédon* aqui apresentadas foram retiradas desta tradução inultrapassável.

a perplexidade de Gláucon, Sócrates esclarece que "não é fácil ser eterno, se se é formado de muitas partes"[19].
Neste aspecto, *Fedro* apresenta uma diferença considerável. E não é difícil aceitarmos, com Guthrie[20], a ideia de que Platão terá sentido que havia alguma imperfeição argumentativa na dicotomia rígida entre corpo e alma, talvez derivada do chamado "puritanismo órfico"[21] – isso se entendermos por "puritanismo" uma atitude religiosa perante a vida, dominada pela crença metafísica na incompatibilidade radical entre corpo e alma. Efectivamente, a ideia desenvolvida no *Fédon*, de que a alma é uma espécie de prisioneira relutante num corpo doentio e maléfico, faria mais sentido se a alma não tivesse de expiar, no Além, as culpas cometidas pelo corpo. Visto que a alma estaria inocente dessas culpas, tal concepção avulta de certo modo opaca, pelo menos em termos estritamente racionais. A ideia que Platão irá propor no *Fedro* é muito mais satisfatória. Pois aqui a maldade não é apanágio do corpo, mas sim uma componente intrínseca da própria alma.

Platão reconhece que a tarefa de expor com exactidão no que consiste a natureza da alma é extremamente difícil. Sócrates afirma que "dizer o que ela é exigiria uma exposição de todo em todo divina e muito longa; dizer, contudo, ao que se assemelha é empresa humana e de menores proporções; é, portanto, sob esse ponto de vista que vamos falar" (*Fedro* 246a). Ou seja, para expor a natureza da alma, Platão vai recorrer, no *Fedro*, a um modo de exposição que aparece igualmente em *Górgias*, *Fédon*, *República* e *Timeu*: o mito. Aqui será pertinente lembrarmos as considerações que Sócrates já fizera acerca dos mitos nesse diálogo, das quais extrairei a ilação de que, filosoficamente, o mito não é um fim em si mesmo; tratar-se-á, antes, de um modo de exposição que pode ser posto ao serviço da filosofia, para

---

19 *República* x, 611b. Tradução de Maria Helena da Rocha Pereira. Lisboa, 2001, 9. ed., p. 482.
20 W. K. C. Guthrie, *A History of Greek Philosophy* IV. Cambridge, 1975, p. 421.
21 Expressão de E. R. Dodds, *The Greeks and the Irrational*. Berkeley, 1951, p. 139 e p. 149.

tornar mais imediatamente acessíveis conceitos que, de outra maneira, seriam impossíveis de precisar.

No grande mito do *Fedro*, a alma é vista como um cocheiro que tem de conduzir um carro puxado por dois cavalos. Um dos cavalos é belo e bom; o outro, porém, é mau, sendo os seus instintos negativos à causa ulterior da perda das asas e consequente queda da alma. É que a alma pode ter uma existência liberta do corpo e participar no cortejo celestial dos deuses, enquanto o cocheiro — a inteligência — foi capaz de dominar os dois cavalos, especialmente no momento mais difícil de todos, que é o da ascensão, nos dias de festa, em direcção ao cimo da abóbada celeste. Essa ascensão é fácil para os deuses, uma vez que os cavalos que têm de guiar não participam de uma natureza negativa. Colocam-se facilmente no dorso da abóbada celeste, donde contemplam as realidades — as Formas — que se situam no exterior do céu.

Mas para as outras almas, a dificuldade é extrema. Umas conseguem, de facto, chegar à contemplação das Formas, pelo que se alimentam da Verdade. As outras atropelam-se entre si e têm de contentar-se com uma dieta em que só figura a opinião. A alma que, durante o cortejo dos deuses, conseguir vislumbrar as Formas não precisa de encarnar. Mas aquela que se torna pesada e incapaz de dominar o cavalo mau, e que, por isso, não pôde descortinar as Formas no cortejo dos deuses, esta tem de encarnar num corpo humano.

Temos em seguida a enumeração de nove tipos humanos em que a alma poderá encarnar, referidos de acordo com uma hierarquia descendente, liderada por aqueles que se dedicam à sabedoria, ao belo, à música e ao amor. No fundo da escala encontramos, em oitavo lugar, o sofista e o demagogo; em nono lugar, o tirano. Aquele que viver uma vida justa terá a sua recompensa, mas nenhuma alma volta ao local donde veio antes de terem decorrido dez mil anos. Só a alma do filósofo, ou daquele que ama em conformidade com a filosofia, poderá, excepcionalmente, recuperar as asas perdidas, se viver, três vezes seguidas, uma vida consagrada à filosofia.

A pergunta que naturalmente se coloca, nesse contexto de uma alma compósita (como é a que surge no mito do *Fedro*), relaciona-se com a questão da imortalidade da alma. Se, no *Fédon*, a natureza simples, não-compósita, da alma constituía argumento a favor da sua imortalidade, como é que Platão contorna essa dificuldade no *Fedro*? Muito simplesmente por meio de uma prova diferente da sua imortalidade, menos original, porém, do que a do *Fédon*, uma vez que deriva (ao que parece) de Alcméon de Crotona: tudo o que se move a si mesmo é necessariamente imortal. Como é a alma, e não o corpo, que se move a si mesma, não há dificuldade, segundo essa teoria, em afirmar que a alma é imortal.

O importante é frisar que, no *Fedro*, tanto o bom como o mau estão já contidos na alma "tripartida", pelo que o lado negativo da existência humana pode agora ser atribuído ao cavalo mau, e não ao corpo, que já não é responsável pelos defeitos que lhe eram adscritos no *Fédon*: como nem sequer se move a si mesmo, já não tem voto na matéria. A esse respeito será interessante referir que essa concepção de alma como "o movimento que se move a si mesmo" será mais tarde formulada, precisamente com essas palavras, em *Leis* (895e). Por seu lado, a concepção de uma alma formada por partes separadas entre si irá aparecer de novo em *Timeu*, onde as diversas componentes da alma são situadas em partes específicas do corpo (*Timeu* 70 e sgs.).

Depois de salientar a importância da reminiscência das Formas outrora contempladas, Sócrates volta agora (249d) à questão da loucura, com a qual iniciara a sua palinódia. Com efeito, o quarto tipo de loucura (o amor) é justamente o resultado de um acto de reminiscência, em que a contemplação da beleza física de um corpo sensível provoca a lembrança do Belo absoluto do mundo inteligível.

Amor, Beleza e Formas

Mas a reminiscência, entendida como a compreensão das coisas "de acordo com o que chamamos Ideia, que vai da multiplicidade das sensações para a unidade, inferida pela reflexão" (249b), não é fácil para todos. Os que contemplaram a realidade de modo fugaz e os que se lembram só muito vagamente das Formas inteligíveis são aqueles para quem a reminiscência apresenta maior dificuldade, tanto mais que Formas como a Justiça, a Temperança e a Sabedoria não se manifestam no mundo sensível de uma maneira que possa ser captada pelos sentidos. Mas a Beleza é um caso à parte. Nas palavras de Sócrates, a beleza "brilhava na sua realidade entre aquelas visões; chegados aqui, temo-la surpreendido, resplandecendo em sua mais luminosa clareza, através do mais clarividente dos nossos sentidos. A visão é, de facto, a mais aguda das sensações que nos chega através do corpo" (250c-d).

Ora, quando "quem não foi há pouco iniciado ou se deixou corromper" vê o reflexo sensível do Belo absoluto num corpo fisicamente belo, não sente veneração pelo belo, mas deseja apenas satisfazer os seus impulsos sexuais. Aquele, porém, que consegue recordar a Beleza outrora contemplada, ao ver o seu reflexo num corpo sensível, sente um misto de emotividade e de veneração, o que lhe abre a possibilidade de recuperar as asas. O nascimento das asas provoca dor; mas a contemplação da beleza do amado é um poderoso analgésico (251d).

Aqui há um comentário que impõe fazer-se, e que se prende com a relação de causalidade que Platão estabelece entre a beleza física e *eros*. É que, no *Fedro*, nem sequer se põe a hipótese colocada no *Banquete* de que, numa segunda fase, depois de partir da beleza dos corpos, o amante se deve concentrar na beleza das almas. Essa segunda fase, no *Banquete*, tem início com a necessidade de "avaliar quanto a beleza espiritual sobreleva a beleza física, de tal sorte que uma alma bem formada, mesmo num corpo sem atractivos, será suficiente para lhe inspirar amor"[22].

A tentativa filosófica levada a cabo no *Fedro* de integrar o amor na teoria platónica das Formas e da Reminiscência, fazendo dele a ponte empírica, referida por Dodds[23], entre o estado sensível e o estado perfeito, irá obrigar a que *eros* seja o desejo como reacção emotiva decorrente da forte impressão estética causada pela beleza física de um corpo sensível. As coisas diferentes que conhecemos, em português, pelos nomes

---

22 *Banquete* 210b-c. Tradução de Maria Teresa Schiappa de Azevedo.
23 E. R. Dodds, op. cit., p. 218.

"amor", "paixão", "desejo" ou "atracção sexual" convergem todas na concepção platónica de *eros*. Para Platão, amar ou desejar alguém é a mesma coisa; mas é necessário salientar que se ama e deseja a pessoa em causa devido à sua beleza. A atracção física, no *Fedro*, é condição imprescindível para o aparecimento do quarto tipo de loucura; não se admite a possibilidade de o amado parecer belo porque o amante está apaixonado. Isso seria possível no discurso de Aristófanes no *Banquete*, onde se propõe um conceito de *eros* consentâneo com a nossa ideia "romântica" de amor. Mas no *Fedro* tal possibilidade nem sequer entra em linha de conta.

E a razão é esta. Se se admitisse *eros* como uma preferência irracional de A por B, só porque B é detentor de qualidades únicas e irrepetíveis, cuja validade não é passível de ser reforçada ou anulada pela presença ou ausência de beleza física, não seria possível interpretar *eros* como a reminiscência suprema, que nos conduz de modo directo e imediato ao Belo inteligível, uma vez que esse *eros* não seria decorrente de um acto de percepção levado a cabo no mundo sensível, que permitiu recordar a existência de uma dimensão superior àquela que pode ser captada pelos sentidos. Por isso, no contexto filosófico do *Fedro*, a beleza da alma como causa de *eros* parece irrelevante: como observou Dover, o que o amante sente quando vê o amado nunca deixa de ser o reconhecimento de algo que não tem que ver com a individualidade desse ser amado enquanto pessoa[24].

Sócrates afirma muito claramente que "quando [aquele que contemplou largamente a realidade de outrora] vê uma face divina, que imita a beleza, ou alguma forma do corpo, sente primeiro um estremecimento e invadem-no alguns temores do passado [...]. Com essa visão, como que se processa nele uma transformação, e após o estado de tremura, tomam-no um suor e um calor estranhos, pois se inflama, ao receber através dos olhos o afluxo da beleza" (251a-b).

Temos seguidamente uma nova tentativa da parte de Platão de racionalizar o aspecto mais subjectivo da vivência erótica humana: a motivação que está na base da preferência pela

---

24 K. J. Dover, *Greek Homosexuality*. Londres, 1978, p. 162.

beleza física do tipo A, B ou C, a qual determina, ao mesmo tempo, a indiferença perante a beleza física do tipo D ou E. Para abordarmos essa questão, é necessário voltarmos ao já referido cortejo dos deuses. Com efeito, cada alma seguia no cortejo de um dos onze deuses olímpios (onze porque Héstia, deusa da lareira, não participava). Ao encarnar num corpo humano, a alma vai justamente apaixonar-se por alguém que apresente qualidades semelhantes às do deus em cujo cortejo seguira, ao mesmo tempo que, depois de ter conquistado o amado, fará os possíveis para que ele desenvolva cada vez mais as qualidades próprias desse deus.

A descrição da conquista do amado recorrerá de novo à analogia do carro puxado por dois cavalos. Pois é evidente que, perante a disponibilidade do amado já rendido, tanto o cocheiro como o cavalo bom terão de lutar contra a tendência do cavalo mau para a desmesura, tendência essa que se traduzirá, aqui, na vontade condenável de dar à relação entre amante e amado uma dimensão sexual. É uma luta renhida que o cocheiro e o cavalo bom terão de travar contra as coisas "abomináveis e ilícitas" (254b) do cavalo mau.

A importância de subjugar as tendências do cavalo mau é logo de seguida posta em relevo por Platão na belíssima exposição que faz do conceito de *anteros*, isto é, o amor recíproco que o amado acaba por sentir pelo amante (255e). Nesse aspecto, estamos bem longe da discussão erótica do *Banquete*, onde, à excepção significativa do discurso de Alcibíades, tudo gira em torno dos sentimentos e dos desejos do amante. De resto, a atenção dada ao amor recíproco do amado pelo amante surge como uma iniciativa raríssima na literatura grega, pois, desde a lírica arcaica à poesia helenística, é sempre do ponto de vista de um Eu activo, apaixonado por um Tu de uma beleza perturbante mas passiva, que o poeta se coloca.

Aliás, temos um excelente exemplo no fragmento 360 (Page) de Anacreonte, que me parece, nesse contexto, sobremaneira sugestivo, em virtude de ter possivelmente contribuído para a imagética a que Platão recorreu no *Fedro* para ilustrar a natureza da alma:

jovem de olhar inocente,
procuro-te no meio das outras pessoas,
mas tu não reparas,
pois não sabes que deténs as rédeas da minha alma.

Esse pequeno poema problematiza o paradoxo que atormenta todos os amantes não-correspondidos, o qual se pode resumir na impossibilidade de compreendermos que determinada pessoa, sendo a coisa mais importante da nossa existência, possa sentir em relação a nós a mais perfeita indiferença.

Ao princípio, o amado não reconhece esse amor recíproco que sente pelo amante como *eros*; julga que é amizade (*philia*). Mas essa amizade é tão forte que o próprio amado já sente o desejo de encetar um contacto físico com o amante, a ponto de "sempre que estão deitados lado a lado, não ser capaz de recusar, da sua parte, os favores ao enamorado, se os desejar obter" (256a).

Essa frase faz-nos pensar no discurso de Alcibíades em *Banquete*: no relato picante que o suposto amado de Sócrates faz da ocasião em que, deitado a seu lado, lhe deu a entender que estava pronto para gratificar quaisquer solicitações eróticas que lhe fossem feitas por um amante tão especial. Só que o Sócrates do *Banquete* pôs em prática o comportamento que preconiza no *Fedro*: o momento em que tanto amante como amado estão dispostos a derivar satisfação sexual do *eros* e do *anteros* que os une é precisamente aquele que, pela renúncia, oferece maiores possibilidades de progresso espiritual. Por outro lado, temos finalmente a resposta à tese proposta no discurso de Lísias: na perspectiva platónica, o amado nem sequer deve gratificar aquele que está verdadeiramente apaixonado – quanto mais, como pretendia Lísias, um sensualista hipócrita, que não sente nada a não ser concupiscência.

Mas as normas do erotismo filosófico no *Fedro* admitem, porém, uma relação menos ideal, em que amante e amado não conseguem resistir à tentação de satisfazerem, de vez em quando, os seus desejos físicos. Esses não têm a possibilidade de recuperar as asas perdidas, mas, após a morte, também não precisam de ir para as trevas subterrâneas. Nas palavras de Sócrates: "estabelece-se que levem uma vida luminosa, se sintam felizes em viajar um com o outro e recebam ambos asas, graças ao amor, quando for altura disso" (256d-e). Eis uma manifestação inesperadamente indulgente do amor platónico, à qual não se tem dado a importância devida... No entanto, Platão deixa bem claro que o amado que fizer como sugere Lísias no seu cínico discurso sujeitar-se-á a que a sua alma "circule, durante 9 mil anos, à volta da terra e por baixo dela, privada de entendimento" (257a).

Temos agora a transição que tem causado uma certa perplexidade a muitos leitores do *Fedro*. Depois dessa descrição sublime da alma alada, percorrendo o cosmos no cortejo dos deuses, da realidade das Formas no lugar supraceleste e da dinâmica metafísica de *eros*, como é que se explica que – depois dessas visões transcendentes – passemos para a matéria árida da problemática da retórica? Tanto mais que o leitor do *Górgias* lembrar-se-á de que, naquele diálogo, a retórica era, como disse Julia Annas, "indignadamente rejeitada"[25].

Por um lado, é necessário mantermos presente a ideia de que, ao longo da sua vida, Platão mudou de posição relativamente a certos assuntos: basta lembrar a questão da cosmologia, que, no *Fédon*, é vista como um equívoco, ao passo que nos surge, no *Timeu*, como uma componente legítima da filosofia. Por outro lado, a discussão que se segue sobre a retórica não está deslocada, uma vez que o diálogo começara sob o signo da retórica, com a leitura do discurso erótico de Lísias. A palinódia de Sócrates a propor de modo tão eloquente a teoria platónica do amor decorre da temática do discurso erótico de Lísias e da intenção de dar um exemplo de "boa retórica". Retórica essa que se poderá manifestar num discurso que, em vez de "retórico", merecerá muito mais a qualificação de "filosófico". Mas já voltamos a essas questões.

---

25 J. Annas, "Plato", *The Oxford History of the Classical World*. Oxford, 1986, p. 244.

O mito das cigarras

Antes de abordarmos os problemas levantados pela discussão em torno da retórica, façamos um pequeno interlúdio para referir o mito das cigarras.

Fedro alude à opinião corrente de que é desprestigiante ser-se logógrafo — precisamente uma acusação de que Lísias fora alvo (257c). Mas Sócrates afirma que "em si mesmo, não é vergonhoso escrever discursos", mas que "já é vergonhoso não os pronunciar e escrever com perfeição, mas de uma forma desgraciosa e imperfeita" (258d).

Fedro concorda com Sócrates. De seguida o filósofo coloca a pergunta fundamental da crítica literária: "qual é o facto que caracteriza o escrever com perfeição e sem ela?", perguntando depois se Fedro considera que uma indagação desse género possa valer a pena. Fedro responde entusiasticamente e, como que para reforçar o entusiasmo do amigo, Sócrates conta o mito das cigarras (talvez uma invenção platónica).

Num tempo mítico anterior ao nascimento das Musas, as cigarras eram homens. Mas quando esses tomaram contacto pela primeira vez com os dons das deusas recém-nascidas, houve alguns dentre eles que se entusiasmaram de tal forma que se esqueceram de comer e beber, sucumbindo à inanição. As Musas transformaram esses primeiros "músicos" em cigarras, para que pudessem cantar o dia inteiro, até morrerem, sem precisarem de comida ou de bebida. Depois de mortas, as cigarras transmitem às Musas quem são aqueles dentre os homens que mais as honraram. A Terpsícore e a Érato, recomendam os que sobressaíram na música coral e no amor. Mas a Calíope e a Urânia, as Musas filosóficas, recomendam quem se distinguiu pela filosofia.

O tema das cigarras não é totalmente novo no *Fedro*, uma vez que aparece na descrição inicial que Sócrates faz do local idílico onde devemos imaginar toda essa conversa sobre o amor e a retórica. Ao retomá-lo agora, Platão efectua uma transição eficaz, em que o mito das cigarras funciona como pivô. Depois da "música" entendida na sua expressão mais elevada, a filosofia (cf. *Fédon* 61a); depois da tentativa de descrever a superioridade do mundo inteligível — voltamos agora à música das cigarras, que nos introduz de novo no mundo sensível, numa situação em que podemos experimentar o melhor que este tem para nos oferecer: a suavidade idílica de uma paisagem ideal. No entanto, é aqui que reside o perigo. A acção hipnotizante exercida pelo calor intenso e pelas estridulações das cigarras tem, como qualquer prazer físico, a desvantagem de nos convencer falsamente de que a sensação de conforto e de prazer provocada é real. Essa questão aparece bem clara no *Fédon*, onde Sócrates afirma: "toda a alma humana, quando a domina em excesso o prazer ou a dor, é simultaneamente levada a crer, pelo que toca à causa concreta dessa emoção, que é tudo quanto há de mais claro e verdadeiro; o que, na realidade, não acontece, pois que se trata de coisas essencialmente visíveis" (83c-d).

Sócrates chega mesmo a afirmar que "cada sentimento de prazer ou de dor é como pregos que fixassem a alma ao corpo". Assim, Sócrates compara as cigarras às Sereias da *Odisseia*, que também proporcionam uma sedução a que é necessário resistir. Se conseguirmos escutar as cigarras no calor ardente do meio-dia sem nos deixarmos adormecer pelo prazer enleante da sua música, serão as cigarras as primeiras a transmitir às Musas a notícia de que as honrámos condignamente. Sobretudo se a resistência tomar a forma de uma conversa filosófica, especialmente grata a Calíope e Urânia. "Por muitas razões", conclui Sócrates, "devemos conversar, e não dormir, na hora do meio-dia" (259d).

A problemática da retórica

A questão que Sócrates começa por colocar relativamente à problemática da retórica diz respeito à velha preocupação grega com a verdade no discurso, que remonta, como se sabe, a Hesíodo e ao seu encontro no Hélicon com as Musas, e que foi também abordada no diálogo platónico intitulado *Hípias Menor*. Ora, Sócrates propõe a ideia de que é necessário, em primeiro lugar, que o orador conheça a verdade sobre o assunto a tratar. Mas Fedro responde que, segundo ouviu dizer, a verdade em si não é tão importante como aquilo que a multidão considera ser verdadeiro, uma vez que é o recurso àquilo de que as pessoas já estão convencidas que conseguirá operar a persuasão.

Claro que, para Sócrates, uma atitude dessas é tão repugnante como fora antes a tese erótica de Lísias. O orador deverá conhecer não só a essência do assunto a abordar – coisa que Sócrates já afirmara no início do seu primeiro discurso (237b-c) – como também a verdade. De resto, Sócrates cita mais tarde, com evidente aprovação, um dizer típico dos Lacónios, segundo o qual "a genuína arte de falar [...], sem uma união à verdade, não existe, nem jamais pode existir no futuro" (260e). Portanto a opinião formulada mais adiante de que, afinal, o orador competente tem de ser filósofo não constituirá surpresa.

De facto, já se entrevia que a problematização da retórica redundasse na tomada de consciência de que estamos de novo, à semelhança do que sucedera no segundo discurso sobre o amor, perante uma forma possível de filosofia. E o que suscitou acima de tudo as nossas suspeitas foi a ênfase colocada na questão epistémica: o orador tem de *conhecer* a essência do assunto que irá versar; a mente do orador tem de *conhecer* a verdade do assunto.

Será escusado dizer que, para Platão, o saber é apanágio da filosofia, que tem de se apoiar no "fundo de verdade" proporcionado pela reminiscência[26]. O que poderá causar estranheza é a circunstância a que já fizemos alusão, isto é, de Platão rejeitar categoricamente a retórica no *Górgias*, para depois fazer a sua reabilitação no *Fedro*. A esse propósito, terá interesse citarmos a descrição que Platão fez no *Górgias* do verdadeiro orador: "o orador, que o é segundo a arte e o bem, fala às almas dos seus ouvintes em todas as circunstâncias. E, se dá ou tira aos cidadãos alguma coisa, é sempre com a intenção de fazer nascer a justiça na sua alma, de expulsar dela a injustiça, de implantar nela a moderação e dela afastar a intemperança, numa palavra, de lhe insuflar todas as virtudes e extirpar todos os vícios"[27].

---

26 Cf. José Trindade Santos, *O paradigma identitativo na convenção platónica do saber*. Lisboa, 1988, p. 191 (doutoramento).
27 *Górgias* 504d. Tradução de Manuel de Oliveira Pulquério. Lisboa, 1992.

A consideração objectiva desse passo do *Górgias* leva-nos a perguntar se, afinal, a rejeição indignada da retórica nesse diálogo é tão categórica como se poderá pensar. É que temos, no passo citado, claros indícios de que a concepção *idealizada* do orador é a que surgirá mais tarde no *Fedro* – concepção idealizada essa que é definida por oposição ao "pseudo-orador"[28].

Nesse contexto, é importante salientar a atenção dada à alma no referido trecho do *Górgias*. Isso porque no *Fedro*, justamente, a retórica é vista por Sócrates como uma "psicagogia" (261a), ou seja, uma forma de influenciar e conduzir a alma, ideia essa que já está claramente expressa no passo do *Górgias*. No entanto, essa noção vai ser precisada de modo ainda mais lúcido no *Fedro*, no momento em que Sócrates afirma que "é evidente que, se se quer ensinar a arte da palavra a alguém com rigor, deve mostrar-se com exactidão, na sua essência, a natureza do objecto a que ele aplicará os seus discursos. E não há dúvida de que esse objecto será a alma" (270e).

Ora, como se atribui à retórica validade filosófica e um objecto que é nada menos que a própria alma, temos plenamente justificada a exposição sobre a natureza da alma, que surgiu no segundo discurso de Sócrates. Se, de facto, *Fedro* é um diálogo que tem por tema principal a problemática da retórica, e se a retórica pode representar "uma área onde a compreensão filosófica superior pode ser proficuamente aplicada"[29] a um objecto que é a própria alma, então é absolutamente necessário que o verdadeiro orador conheça a natureza do objecto no qual vai aplicar o seu saber e a sua arte.

Assim, o segundo discurso de Sócrates avulta como "um exemplo do que é a retórica verdadeira, a qual não é nada menos que um voo filosófico vertiginoso, que revela no que consiste, de facto, a verdade, onde pode ser encontrada, e qual o efeito que a sua descoberta opera na alma potencialmente imortal do amante verdadeiro"[30].

---

28 Expressão de M. Heath, "The Unity of the *Phaedrus*: A Postscript", *Oxford Studies in Ancient Philosophy* 7 (1989), p. 190, nº 3.
29 J. Annas, op. cit., p. 244.
30 Guthrie, op. cit., p. 415.

Retórica e filosofia surgem, no *Fedro*, praticamente indissociáveis: o discurso de Lísias e o primeiro discurso de Sócrates são exemplos negativos porque ostentam retórica sem filosofia; mas teremos em seguida, no segundo discurso de Sócrates, uma demonstração de como a retórica deve ser posta ao serviço da filosofia. Na última parte do diálogo assistimos à indagação acerca da problemática da retórica que é, ao mesmo tempo, uma demonstração prática da dialéctica platónica, ou seja, o próprio método de indagação da filosofia.

Essas considerações levam-nos a apreciar a perícia com que as várias questões levantadas pelo *Fedro* foram arquitectadas por Platão (a metáfora arquitectónica foi, de resto, expressivamente utilizada por Thesleff, ao assemelhar a posição da palinódia na estrutura do *Fedro* à configuração do pedimento)[31]. No momento em que tomamos contacto teórico com aquilo que a retórica deverá ser, já contactámos directamente, na prática, com um exemplo inesquecível dessa mesma retórica. Nesse aspecto, temos, no *Fedro*, um modo de exposição inverso ao que surge em *Górgias*, *Fédon* e *República*, diálogo em que o "voo vertiginoso" ou mito filosófico surge no final, depois de terem sido destrinçados os aspectos mais áridos do tema submetido à análise dialéctica.

No entanto, Platão termina a discussão acerca da retórica no *Fedro* com um mito, nesse caso o do deus egípcio Theuth, o inventor da escrita (274b e sgs.). Por estranho que pareça, o maior prosador da língua grega e um dos autores mais influentes da cultura universal era o que se pode chamar "contra" a escrita. O mito diz-nos o seguinte: o deus Theuth ordenou ao rei Tamos que ensinasse ao povo a arte da escrita, uma vez que esta "tornaria os egípcios mais sábios e melhores de memória" (274e).

Mas Tamos respondeu ao deus que não é o inventor de determinada arte que melhor pode avaliar os seus efeitos, mas sim quem está de fora. E deu-lhe, com essas palavras, a seguinte resposta: "como pai da escrita que és, apontas-lhe, por lhe quereres bem, efeitos contrários àqueles de que ela é capaz. Essa descoberta, na verdade, provocará nas almas o esquecimento

---

31 Cf. H. Thesleff, *Studies in Platonic Chronology*. Helsinque, 1982, p. 171.

de quanto se aprende, devido à falta de exercício da memória, porque, confiadas na escrita, recordar-se-ão de fora, graças a sinais estranhos, e não de dentro, espontaneamente, pelos seus próprios sinais. Por conseguinte, não descobriste um remédio para a memória, mas para a recordação. Aos estudiosos oferece a aparência de sabedoria e não a verdade, já que, recebendo, graças a ti, grande quantidade de conhecimentos, sem necessidade de instrução, considerar-se-ão muito sabedores, quando são, na sua maior parte, ignorantes; são ainda de trato difícil, por terem a aparência de sábios e não o serem verdadeiramente" (275a-b).

Essas afirmações não podem ser vistas em isolado, pois há a considerar a própria atitude dos gregos relativamente à escrita. A cultura helénica das épocas arcaica e clássica vê, de facto, na escrita, pouco mais que um utensílio mnemónico; será mais a época helenística a desenvolver uma atitude perante a escrita mais parecida com a nossa. No entanto, é necessário salientar que, até na época helenística, o texto escrito era sempre visto em termos da sua realização oral. Ler significa em grego e latim muito simplesmente "ler alto", mesmo que a audiência se reduza à pessoa do próprio leitor.

Apesar disso, poderemos dar uma dimensão um pouco mais profunda ao problema da oralidade e da escrita colocado no *Fedro*. Se entendermos este diálogo como uma análise filosófica competente acerca da própria competência filosófica, teremos de reconhecer que Platão não poderia deixar de fazer uma pequena ressalva. É que a competência filosófica para Platão não pode ser entendida divorciada da dialéctica. E a dialéctica, por sua vez, não pode ser entendida divorciada da oralidade. Isso leva-nos à conclusão de que, na perspectiva platónica, a competência filosófica não pode ser reduzida à elaboração, por muito "retórica" que seja, de um texto escrito; nem tão-pouco à simples leitura do mesmo texto.

Escrita e leitura terão, portanto, de ser encaradas como uma actividade filosófica de segunda classe, pois nada substitui a discussão dialéctica de problemas filosóficos ao vivo, na qual o Mestre (ou seja, o amante ideal) poderá por meio da sua maiêutica conduzir o Discípulo (o amado) no caminho do Bem.

Fedro 225

A convergência do amor e da retórica na filosofia

Filosofia e oralidade são, portanto, duas coisas indissociáveis: a filosofia precisa da dialéctica e a dialéctica não pode ser concebida sem a componente oral. Mas a própria oralidade precisa de um referente fundamental: um interlocutor. O filósofo na acepção platónica não é um visionário isolado, mas um amante que vê no amor e no amor recíproco do amado o caminho mais directo e mais imediato para chegar ao mundo inteligível. A força da atracção sexual pode e deve ser utilizada pelo filósofo, da mesma forma que tem de utilizar a força da eloquência.

Mas sexo e retórica não podem ser vistos como uma finalidade em si mesma. Aqui reside o erro de Lísias. No *Fedro*, Platão retoma a problemática da retórica e mostra que a eloquência pode ser posta ao serviço da filosofia; pode ter uma dimensão superior, que transcende o mero "jeito empírico" para as palavras, com vista a uma gratificação banal, que criticara no *Górgias* (463b). Do mesmo modo, a relação erótica pode transcender em muito a mera gratificação sexual. "Tapete mágico", como lhe chamou Ferrari[32], o amor é a dinâmica, o derradeiro "belo risco" (*Fédon* 114d), que torna a filosofia possível.

---

32 G. R. F. Ferrari, *Listening to the Cicadas: A Study of Plato's Phaedrus*. Cambridge, 1987, p. 225.

Prosa tardia

1. ESPAÇO E DESCRIÇÃO EM *DÁFNIS E CLOE* DE LONGO

Composto, ao que parece, no século II d.C. por um autor acerca do qual nada se sabe (e sobre cujo nome já se levantou a suspeita de derivar de um erro ortográfico na palavra *lógos*, que significa "discurso"), *Dáfnis e Cloe* é seguramente o mais interessante texto romanesco que nos foi legado pela Antiguidade grega. Contrariamente aos outros romances completos que até nós chegaram (*Quéreas e Calírroe* de Cáriton; *As Efesíacas* de Xenofonte de Éfeso[1]; *Leucipe e Clitofonte* de Aquiles Tácio; e *As Etiópicas* de Heliodoro), o enredo de *Dáfnis e Cloe* não assenta em viagens e peripécias romanescas, centrando-se antes num espaço único, a ilha de Lesbos.

Essa recusa das viagens e peripécias é marcante a vários níveis: determina, por um lado, a concepção do próprio entrecho, que, por não recorrer aos lugares-comuns do romance de aventuras, se afigura mais rico do que nos outros romances gregos, mormente no que toca à caracterização das personagens. A célebre crítica de Bakhtine[2] ao romance grego – a de os eventos narrados não deixarem qualquer marca psicológica nas personagens principais – não se aplica a *Dáfnis e Cloe*, uma vez que se trata,

---

[1] Refiram-se as excelentes traduções dos romances de Cáriton e Xenofonte de Éfeso, da responsabilidade de Maria de Fátima Silva e Vítor Ruas, respectivamente, na editora Cosmos.
[2] Cf. M. Bakhtine, *Esthétique et théorie du roman*. Paris, 1978, p. 242.

afinal, do primeiro "romance de formação" da história da literatura europeia. Tanto a personagem de Dáfnis como a de Cloe avultam ao leitor de modo totalmente alterado no final do texto.

Por outro lado, a renúncia ao mecanismo das viagens rocambolescas confere à categoria "espaço" uma importância única nos romances gregos conhecidos. Com efeito, a localização da história é de tal modo importante que o proémio tem início com as palavras "Em Lesbos...", começando o romance propriamente dito com a frase "Mitilene é uma cidade de Lesbos...". E a localização do enredo continua, depois da breve descrição de Mitilene, com a referência ao local preciso onde se situa a propriedade de Dionisófanes: "a cerca de duzentos estádios de Mitilene havia a propriedade agrícola de um homem afortunado..." (I.1.1-2).

Embora não saibamos o motivo, o facto de a acção se passar em Lesbos, e não noutro local qualquer, parece não ter sido indiferente para Longo. Terá razão a Filologia Clássica de épocas mais bafientas, onde encontramos frequentemente a ideia de que a acção desse romance se passa em Lesbos, porque esta seria a ilha de que era originário o autor? Não há dados seguros que comprovem ou refutem essa possibilidade. Seja como for, o que me interessa sublinhar é o facto de, catorze séculos antes de ter sido composto o Canto IX d'*Os Lusíadas*, Longo ter tentado criar, por meio das imagens de Lesbos que nos apresenta, uma Ilha dos Amores à medida da história que lhe interessou contar, um espaço feliz, estimulador de "topofilia" (como diria Bachelard[3]), e que, pelo menos num pormenor importantíssimo, como veremos, nos ajuda a compreender o que Camões "quer" com a sua ilha encantada, toda feita de sexo e de literatura.

Claro que a terminologia de Bachelard não é para todos os gostos, mas não deixa de ter a sua pertinência no que diz respeito ao estudo da componente "espaço" no romance pastoril, visto que a característica definidora desse espaço estimulador de topofilia é a amenidade, donde a expressão *locus amoenus*. Isso não significa que *Dáfnis e Cloe* não contenha espaços disfóricos, onde os protagonistas experimentam uma sensação a que

---

3   G. Bachelard, *La Poétique de l'espace*. Paris, 1984, p. 17.

(de acordo com a topografia anímica do romance) poderíamos dar a apelação de "encarceramento".

É o que sucede, por exemplo, no início do Livro II, onde o espaço da vindima é nitidamente um espaço enclausurado, do qual Dáfnis e Cloe apenas desejam evadir-se (II.2.3). Mesmo a cidade de Mitilene, que no início do romance nos aparece como uma espécie de antevisão da Veneza de Guardi e Canaletto com as suas pontes e canais, acaba por se transformar, no final, num espaço conducente à "misotopia".

Outra representação do espaço disfórico é o mar, para onde os protagonistas são levados à força. Nessa situação, o encarceramento é real e não apenas anímico: Dáfnis é efectivamente raptado pelos piratas de Tiro e aprisionado num barco – outro espaço disfórico (I.28). Do mesmo modo, Cloe é arrebatada pelos Metímnios (II.20) e enclausurada, também, num barco. É de notar que, em ambos os casos, são os recursos próprios do espaço feliz que operam a salvação de Dáfnis e Cloe, ou seja, a siringe bucólica de Dórcon tocada por Cloe no primeiro caso, e o pedido dirigido por Dáfnis às Ninfas no segundo, as quais, por sua vez, conseguem a intervenção do deus Pã – dispensável no respeitante à estrita articulação da narrativa, mas absolutamente fulcral na caracterização do espaço idílico. Longo estava consciente da importância atribuída a Pã por Teócrito, inventor do género bucólico, que, no Idílio I (o seu poema mais programático), começa a demarcação do *locus amoenus* com o sussurro da árvore do deus da Arcádia (o pinheiro), num sortilégio deslumbrante de sugestões sonoras e imagéticas. As palavras de Tírsis (o cantor dos versos em questão) referem-se, além do mais, à música de Dáfnis, nesse caso a figura mítica do pastor idealizado, de uma beleza divina, mas não por isso menos torturado pelas frustrações da sexualidade.

Não é de admirar, consequentemente, que seja junto do pinheiro de Pã que Dáfnis jura amar Cloe eternamente (II.39.1); e esta, por seu lado, retribui-lhe o juramento – só que o espaço em que a promessa de Cloe é proferida não é o mesmo: e nesse pormenor sentimos a subtileza da arte de Longo. Com efeito, Cloe profere a sua promessa na gruta das Ninfas, onde fora encontrada, bebé recém-nascido, por Driante (I.4), facto que nos poderá parecer ligeiramente estranho. Encontramos, porém, a resposta mais adiante: Cloe pede a Dáfnis que jure uma segunda vez, pois Pã é concupiscente e infiel (II.39); e Dáfnis, para lhe fazer a vontade, jura pelo seu rebanho de cabras que será sempre fiel à sua pastora (II.39.4).

Ora, o leitor descobrirá mais tarde que, embora Cloe permaneça virgem até ao final do romance, o mesmo não acontece com Dáfnis, que trai Cloe ao deixar-se seduzir por Licénion (a personagem, apesar da aparência do nome, é feminina). Assim, para que esse episódio funcionasse de modo simbólico, Longo não pôde permitir que Cloe também jurasse junto do pinheiro de Pã (tal como Dáfnis muito adequadamente o fizera), pelo que transferiu os protagonistas para um outro espaço, mais interior (consequentemente, mais "feminino"), onde a ameaça fálica de Pã já não é sentida. No entanto, a inocência de Cloe (ou a perícia de Longo) leva-a a escolher como substituto do deus lascivo um rebanho de cabras...

Voltando à gruta das Ninfas (tema que já figura na *Odisseia*), pode dizer-se que estamos perante um dos elementos caracterizadores mais significativos no romance de Longo, tanto pela sua relevância na história, devido ao facto de Cloe (bebé abandonado pelos pais verdadeiros) ter sido encontrada no seu interior, como pelas propriedades mágico-religiosas que a narrativa lhe atribui. Logo, não é por acaso que é Cloe, e não Dáfnis, que está mais vinculada a esse espaço particular, onde convergem uma série de símbolos referentes à feminilidade. Note-se, ainda, que a conjuntura tópica da gruta, tal como nos aparece descrita em I.4, se reporta a um complexo espacial, pois o narrador refere a gruta em si, a entrada, a nascente de água e o prado, a que é atribuído o inesperado adjectivo "cinzelado", a que farei adiante referência.

A gruta é um espaço interior, em contraste com a realidade circundante, o ar livre – cuja materialização nesse romance pareceu de tal modo aliciante a Goethe, que, nas conversas com Eckermann, chegou a exprimir o desejo de nele se deitar, nu[4].

---

4   J. P. Eckermann, *Gespräche mit Goethe in den letzten Jahren seines Lebens*. Wiesbaden, 1955, p. 436.

Esse espaço exterior é, com efeito, o grande modelo espacial que prevalece no texto de Longo (ainda que possamos referir o interior da casa de Driante, onde decorre o episódio do inverno em III.3-11, uma pequena obra-prima).

Poderíamos, ainda, mencionar outros tópicos espaciais menos imediatos, como o fosso em que Dáfnis cai no Livro I (I.12.2); a sepultura de Dórcon (I.31.3); o espaço onírico em que têm lugar os sonhos; o espaço da festa, onde surge a música e a dança (II.31-38); e, até, aqueles espaços mais rarefeitos ainda, desde o cimo da árvore onde Dáfnis vai colher a maçã no ramo mais alto – numa clara alusão ao fragmento 105a Lobel-Page de Safo –, que constitui a consumação sublimada do erotismo nesse romance, até ao próprio regaço de Cloe, micro-espaço para onde a dita maçã é atirada. Ainda com referência a Safo, poderíamos mencionar o precipício donde Dáfnis está prestes a atirar-se quando Astilo vem ao seu encontro (IV.22), visto que há uma tradição antiga segundo a qual a poetisa se teria atirado de um precipício por desgosto de amor.

Ainda sobre o tema do espaço referirei dois tópicos que se ligam à questão que vou abordar em seguida, a descrição: o jardim de Filetas, no qual se dá a epifania de Eros, e o parque (literalmente "paraíso", em grego: *parádeisos*) de Dionisófanes, que proporciona a vista panorâmica. No que diz respeito ao jardim de Filetas (II.4-7), trata-se da decantação perfeita do tópico do *locus amoenus*, onde tudo aponta para um espaço abençoado, que, pela sua natureza paradisíaca e pelo seu impacto estético, parece pertencer a um plano próximo do divino. Eros diz, efectivamente, a Filetas que é ele o responsável pela beleza do jardim: "as tuas flores e as tuas plantas são belas porque os meus banhos as regam" (II.5.4).

A concepção do parque de Dionisófanes, por outro lado, embora situado num recinto sagrado, parece-nos menos "religiosa" do que a do jardim de Filetas, porquanto se nos afigura uma écfrase decorativa de grande aparato. Aliás, o parque de Dionisófanes é resumido por Longo em termos que seriam familiares a Ovídio e Oscar Wilde: "aqui, a natureza da natureza parecia ser a natureza da arte" (IV.2.5). Além de avultar como espaço de aplicação da retórica da Sofística greco-romana (a chamada "Segunda Sofística"), o parque tem particular interesse para a análise do espaço em *Dáfnis e Cloe*, em virtude de apresentar conotações espaciais complexas: o parque em si, a vista panorâmica que dele se consegue alcançar e, ainda, o templo de Dioniso, enquadrado nesse recinto peculiar, que ocasiona, por sua vez, uma écfrase dos seus ornamentos pictóricos.

Espaço e descrição são dois elementos intimamente ligados na narrativa literária, visto ser a descrição que, na maior parte dos casos, dá o espaço a conhecer ao leitor. Esse factor é especialmente relevante em *Dáfnis e Cloe*, porque é por intermédio da instância descritiva que Longo permite a fruição do seu ideário estético. Assim, é a descrição que, no romance de Longo, opera a magia da paisagem ao originar a própria amenidade do *locus amoenus*; é a descrição que produz o impacto estético do espaço.

Além disso, a descrição, como técnica narrativa, está inextricavelmente entrelaçada na própria textura do romance, já que é esse o artifício escolhido para motivar, no proémio, a narração da história de Dáfnis e Cloe, cuja elaboração em quatro livros deverá ser interpretada como a descrição do "espectáculo mais belo de todos quantos alguma vez vi", que o narrador menciona logo na primeira frase e que seguidamente descreve – sendo o "espectáculo" a pintura *affrescata* de uma paisagem ideal, no bosque das Ninfas em Lesbos. Assim, não é de admirar que Perry tenha considerado todo o romance uma écfrase[5].

Ora, entre as várias funções susceptíveis de serem atribuídas à écfrase, avulta com excepcional interesse aquilo que o objecto da descrição, assim como os termos em que a descrição é feita, nos diz acerca do texto por meio da qual a écfrase é consubstanciada. A questão é particularmente relevante na literatura de tradição clássica, mormente em materializações do *locus amoenus*: quando o texto nos fala da perfeição de uma paisagem idealizada, está a informar-nos acerca da perfeição dessa projecção fantasiosa que não existe (a paisagem), ou acerca do objecto real e imanente que temos diante dos olhos, o texto?

---

5   B. E. Perry, *The Ancient Romances: A Literary-Historical Account of their Origins*. Berkeley, 1967, p. 110.

O autor de *Dáfnis e Cloe* parece assumir essa problemática de modo deliberado no capítulo 4 do Livro I, ao descrever uma paisagem onde vemos em primeiro plano uma fonte e o prado por ela criado: "de uma nascente brotava água que fazia correr um pequeno rio, de tal modo que um prado cinzelado se estendia diante da gruta onde a humidade alimentava a relva branda" (I.4.3).

Pela tradução, já se adivinha o problema: "cinzelado" (*glaphurós*) não é um adjectivo normalmente associado a prados e relvados; mas, como o leitor desta *Grécia revisitada* já sabe, é um termo literário, com expressão no tratado de teorização literária de Pseudo-Demétrio.

O que Longo faz, efectivamente, é transpor um termo que serve para qualificar elogiosamente a obra de arte literária para o domínio das realidades próprias da natureza, das quais o prado "cinzelado" é um exemplo. Assim, não é o prado em si que é cinzelado — nem é a paisagem da Ilha dos Amores de Camões a verdadeira "tapeçaria bela e fina" (*Lusíadas* IX.60) — mas sim o próprio discurso literário que, ao qualificá-lo como tal, está reflexivamente a arrogar a si mesmo essa qualidade.

2. PLUTARCO EM BIZÂNCIO

Num poema composto no século XI, João Mauropous, professor de Retórica em Constantinopla, pede a Deus que salve as almas de Platão e Plutarco. Na formulação do prelado bizantino, "ambos, tanto na palavra como no espírito, aderiram de perto à lei de Deus"[6].

Este desejo da parte de um eclesiástico ortodoxo não é surpreendente. Desde os primeiros autores cristãos aos intelectuais da Idade Média e do Renascimento, nunca faltou quem se compadecesse da condenação eterna destinada aos autores pagãos. A escolha de Platão e Plutarco como autores especialmente merecedores da misericórdia divina também é compreensível. Como sabemos pela *Biblioteca* de Fócio (compilada no século IX), Plutarco

---

[6] O poema encontra-se na antologia de C. Trypanis, *Medieval and Modern Greek Poetry*. Oxford, 1951 (poema nº 50).

era visto como um autor que encorajava no leitor bons comportamentos morais, ao mesmo tempo que servia para consolidar ideais moralmente elevados (*Biblioteca* 161). A prece de Mauropous documenta o interesse continuado que a obra de Plutarco suscitou em Bizâncio. E é sobre alguns aspectos da recepção do sacerdote de Delfos na capital cristã do Oriente que incidirão as reflexões que seguidamente ofereço.

Em primeiro lugar, importa dizer que Plutarco não fazia parte do leque de autores lidos e estudados no percurso habitual da escolaridade bizantina: essa posição estava adscrita a Homero (que manteve inalterado, até 1453, o seu estatuto de "educador da Grécia"), aos trágicos (especialmente Eurípides), a Aristófanes e a Demóstenes, cujo estilo – até à queda de Constantinopla no século XV – nunca deixou de ser considerado o modelo a seguir em todo o tipo de composição em prosa, sobretudo e obrigatoriamente em documentos do foro oficial e administrativo, na redacção dos quais o funcionário imperial punha o mais esmerado empenho literário (aliás o critério determinante no recrutamento de funcionários públicos em Bizâncio era a cultura literária do candidato, excentricidade que, por razões compreensíveis, nos valeu em grande parte a preservação da literatura grega pagã, cuja leitura era considerada pobre em benefícios espirituais, mas indispensável para quem pretendesse alcançar um bom domínio do grego literário).

Mas o facto de Plutarco não ter sido utilizado como cartilha nas escolas não significa que estava fora dos horizontes da intelectualidade bizantina. Já São Basílio, na sua *Carta aos jovens acerca do valor da literatura grega*, mostra, no modo como problematiza o tema, a influência de Plutarco: lembre-se que os *Moralia* plutarquianos contêm uma secção sobre a educação dos jovens (1-14) e outra sobre a leitura dos poetas (14-37). Embora, na realidade, não haja nenhum passo específico do texto de Basílio que denuncie uma citação directa de Plutarco, vários momentos há ao longo do texto em que o autor pagão está presente, se não à letra, pelo menos em espírito[7]. Concretamente, a alusão

---

[7] Cf. N. G. Wilson, *Saint Basil on the Value of Greek Literature*. Londres, 1975, p. 12.

a "histórias" de carácter anedótico concernentes a personagens históricas e lendárias como Euclides, Alexandre, Mársias e Olimpo poderá ter encontrado a sua inspiração em Plutarco. Outro exemplo — neste caso, bastante mais tardio — da presença de Plutarco nas entrelinhas de uma obra basilar da literatura bizantina é o prefácio da *Alexíada* de Ana Comena, onde a autora imita uma expressão plutarquiana (*Mor.* 5) logo na frase inicial, que consubstancia uma reflexão programática e, para o nosso gosto moderno, curiosamente proustiana, acerca do tempo. Por feliz coincidência (?), há uma frase muito semelhante na já referida *Carta aos jovens sobre o valor da literatura grega* de São Basílio (8.5), o que nos dá um pouco a dimensão do carácter vivo do grego literário ao longo dos quase mil anos que separam Plutarco de Ana Comena.

O indício mais seguro da popularidade de um autor grego em Bizâncio é a própria tradição textual, que reflecte inevitavelmente o gosto da cultura que lhe deu origem: não é por acaso que os *scriptoria* bizantinos preservaram todas as obras de Platão e nenhuma do poeta lírico Baquílides. Nesse campo, verificamos um particular interesse pela obra de Plutarco na passagem do século X para o século XI. Existem vários manuscritos dos *Moralia* dessa época, que contêm, no entanto, na sua maior parte, pouco mais que a primeira vintena de opúsculos[8]. As *Vidas* tiveram também grande popularidade nesse período; verifica-se igualmente a preferência por colectâneas, visto que são poucos os manuscritos que contenham o texto integral. Um manuscrito actualmente em Florença (Laur. 69.6), datado de 997, contém apenas 14 Vidas. É curioso notarmos que esse manuscrito foi produzido durante o reinado do imperador Basílio II, monarca esse que, na opinião de Miguel Psellos (o mais importante intelectual bizantino do século XI), não encorajou as letras (*Cronografia* 1.29); no entanto, foi durante o seu reinado que se produziram alguns manuscritos importantes de autores gregos, entre eles o belíssimo manuscrito

---

[8] Cf. N. G. Wilson, *Scholars of Byzantium*. Londres, 1996, 2. ed., p. 151. Foi nesta obra de leitura absolutamente fascinante que pude colher a maior parte das informações em que baseio este texto.

iluminado do poema didáctico de Opiano, que se encontra hoje em Veneza (Marc.gr. 479).

Plutarco tem um papel marcante na produção literária de Miguel Psellos: a colectânea sobre temas filosóficos, científicos e teológicos do historiógrafo bizantino conhecida pelo título latino *De omnifaria doctrina* assenta na sua maior parte num decalque do *De philosophorum placitis* plutarqueano[9]. Também no estudo redigido por Psellos sobre a obra de Gregório de Nazianzo, encontramos uma importante referência a Plutarco, quando Psellos opina que o método literário de Gregório é superior ao do autor das *Vidas* por não misturar analogias derivadas da música e da geometria com questões do foro político. Também no seu ensaio sobre a utilidade dos autores pagãos (à boa maneira bizantina, essa utilidade é vista em termos exclusivamente literários), Psellos elogia a notável graciosidade da prosa de Plutarco, assim como o especial encanto da sua arte narrativa[10].

No século XII, Gregório de Corinto recomenda a leitura de Plutarco no seu tratado sobre estilística, incluindo-o num elenco de autores onde encontramos, curiosamente, como modelo de boa prosa grega, os já referidos São Basílio e Miguel Psellos. Outro indício valioso do apreço por Plutarco no século XII é a informação de que o mais velho dos irmãos Tzetzes foi forçado por razões económicas a vender a sua biblioteca volume a volume: por fim restou-lhe apenas um único texto literário, as *Vidas* de Plutarco.

A existência de obras não especificadas de Plutarco numa biblioteca grega da Sicília no século XII também merece ser aqui mencionada, uma vez que a Sicília fora uma província de Bizâncio. Henrique Aristipo, arcediago de Catânia[11], refere em carta um conjunto interessante de códices gregos, todos eles de temática científica e filosófica. É nesse elenco que encontramos

---

9   Cf. H. Hunger, *Die hochsprachliche profane Literatur der Byzantiner*. Munique, 1978, p. 21.
10 Não me foi possível aceder ao texto original (publicado por J. F. Boissonade, Nuremberg, 1838); baseio-me na tradução inglesa proposta por Wilson (*Scholars*, p. 173).
11 Sobre esta figura, ver W. Berschin, *Medioevo greco-latino da Gerolamo a Niccolò Cusano*. Nápoles, 1989, pp. 293-295.

a referência a obras de Plutarco e, por incrível que pareça, a obras não especificadas do filósofo pré-socrático Anaxágoras! Percebe-se assim a intenção da carta, que é de dissuadir um amigo da sua intenção de abandonar a Sicília, apelando à excepcional qualidade da biblioteca grega de Siracusa.

E chegamos agora ao período dourado da intelectualidade bizantina, a que se dá o nome de "renascimento paleólogo", visto terem sido os imperadores dessa dinastia, sobretudo Andronico II Paleólogo (1282-1328), a incentivar as letras e o estudo dos autores antigos. O termo "renascimento" não é exagerado se tivermos em conta o saque de Constantinopla em 1204, durante o qual os cruzados do Ocidente destruíram um património cultural incalculável. Muitas obras de autores gregos desapareceram para sempre nos incêndios decorrentes deste saque bárbaro da capital do Oriente. E o renovado interesse pela preservação da literatura após o trauma da Quarta Cruzada poderá dever-se à consciência dos perigos cada vez maiores que ameaçavam a sobrevivência de Bizâncio.

A figura intelectual mais marcante desse período é, sem dúvida, Máximo Planudes. O seu entusiasmo por Plutarco levou-o a copiar a obra do sacerdote pagão, organizando um grupo de escribas, provavelmente recrutado de entre os alunos mais adiantados da sua escola. A epistolografia de Planudes indicia os esforços que foram necessários para pôr em prática esse grande projecto: por exemplo, a preocupação em obter pergaminho com a qualidade desejada faz-se sentir nas suas cartas. O primeiro resultado dessa actividade encontra-se hoje na Biblioteca Ambrosiana de Milão: trata-se de um códice (Ambr.C 126 inf.) copiado por dez mãos diferentes, uma delas a do próprio Planudes. Contém os *Moralia* em versão praticamente integral (ao contrário do que era habitual em Bizâncio), e as *Vidas* dos imperadores Gaba e Otão. Em 1296, Planudes orientou a produção de um outro códice, hoje em Paris, com as restantes *Vidas* e o mesmo texto dos *Moralia* (Paris fr. 1671).

É ao período um pouco posterior à morte de Planudes que deve datar-se um dos mais impressionantes e monumentais testemunhos da preocupação bizantina com a preservação do legado antigo: o enorme códice contendo a obra completa de

Plutarco, numa caligrafia lindíssima e em suporte de pergaminho da mais alta qualidade. Esse belo livro encontra-se hoje em Paris (Paris gr. 1672). O carácter ambicioso do seu conteúdo levou a que se atribuísse a Planudes a iniciativa desse volume; mas segundo Hillyard, a caligrafia não autoriza tal suposição[12].

Outro leitor de Plutarco no reinado de Andronico II foi Teodoro Metochites, que foi responsável, no século XIV, pelo restauro dos mosaicos e dos frescos no mosteiro de Cora, considerados o ponto mais alto da arte bizantina tardia[13]. Na sua obra conhecida pelo título *Miscellanea philosophica et historica*, há uma referência a Plutarco, autor que suscitou da parte de Teodoro grande admiração pela temática da sua produção literária. No entanto, e curiosamente, Teodoro critica Plutarco por não se ter esmerado com o aspecto estilístico da sua obra.

Como contrapeso a essa visão positiva da recepção de Plutarco em Bizâncio, chamo agora a atenção para a existência de dois passos plutarqueanos que, ao que parece, chocaram a sensibilidade bizantina.

Um deles é dos casos raros em que um copista bizantino tentou moralizar um texto pagão, alterando-o. Trata-se de uma expressão referente à anatomia feminina no opúsculo *De curiositate* (7.518), que é simplesmente omitida numa família de manuscritos[14].

Outro exemplo é um escólio ao *Sólon* de Plutarco (1.6), em que o escoliasta pede ao leitor que não se ofenda com a referência às tendências homoeróticas de Sólon, uma vez que Platão, no *Cármides*, escreve imoralidades ainda muito piores. Segundo a opinião de alguns estudiosos, esse escólio é talvez da responsabilidade de Aretas, o bibliófilo e arcebispo de Cesareia na Capadócia no século IX, que apontou na margem do seu exemplar de Platão (o famoso *Clarkianus* que se encontra

---

12 Cf. B. Hillyard, "The Medieval Tradition of Plutarch, *De audiendo*", *Revue d'Histoire des Textes* 7 (1997), p. 28, n. l.
13 Cf. D. Talbot Rice, *Art of the Byzantine Era*. Londres, 1963, p. 223. Na p. 225 deste livro, encontra-se uma bela reprodução a cores do mosaico com o retrato de Teodoro ajoelhado aos pés de Cristo.
14 Cf. L. D. Reynolds & N. G. Wilson, *Scribes and Scholars: A Guide to the Transmission of Greek and Latin Literature*. Oxford, 1974, 2. ed., p. 211.

hoje na Biblioteca Bodleiana de Oxford) comentário análogo a um passo do *Cármides*[15].

Para finalizar, farei referência a mais uma figura bizantina: Jorge Crisococces, que foi professor em Constantinopla no início do século XV. Um dos seus alunos viria a ser a personagem fulcral na transmissão da cultura bizantina para o Ocidente: o cardeal Bessarião. Além das suas actividades lectivas, Crisococces dedicava-se também a copiar textos antigos; os seus clientes em Itália incluíam Filelfo, Aurispa e Cristoforo Garatone. Foi justamente para este último que Crisococces copiou as *Vidas* de Plutarco, contribuindo assim para a implantação do legado clássico, cuidadosamente preservado ao longo de mais de mil anos em Bizâncio, num solo fértil e novo: a Itália do Renascimento.

---

15 Cf. Wilson, *Scholars*, p. 128.

Pervivências

1. CASTRO, POEMA TRÁGICO

No frontispício da primeira edição da *Castro*, publicada anonimamente em Coimbra, em 1587, surge a descrição genérica da obra como "tragédia mui sentida e elegante". E embora, na posterior edição da peça incluída nos *Poemas lusitanos* de António Ferreira pelo seu filho Miguel Leite Ferreira (edição que veio a lume em 1598), não se tenha dado à designação de "tragédia" um destaque tão proeminente, o facto é que só a plena compreensão do termo nos pode aproximar daquilo que António Ferreira quis no mais ambicioso de todos os seus poemas; um poema que, na pirâmide do Sublime da poesia quinhentista portuguesa, ocupa o lugar culminante, ao lado d'*Os Lusíadas* de Luís de Camões.

Remontando rapidamente à origem do termo *tragoidia*, sabemos que designa um poema dramático que, na Atenas da época clássica, era representado em determinados festivais em honra de Dioniso. É curioso notarmos que os dois lexemas em que o termo se decompõe têm relevância directa para a *tragoidia* "mui sentida e elegante" de Ferreira: por um lado temos a palavra *trágos*, que significa "bode"; por outro, "-*oidia*", termo semelhante à palavra portuguesa "ode". Portanto, tragédia significa literalmente "canto do bode".

Ora, na *Castro* de Ferreira há cantos, mas não há bodes – situação, aliás, que se verifica também nas tragédias gregas que até nós chegaram. A dimensão sacrificial do bode oferecido a

Dioniso é alegorizada no próprio entrecho do drama. Por outras palavras, numa tragédia verdadeiramente digna do nome na acepção mais essencial do termo, há algo que tem de ser imolado. Mais concretamente, *alguém* tem de ser imolado. Esse tipo de entrecho trágico encontramo-lo sobretudo em Eurípides: foi ele, com efeito, que nos legou uma tragédia intitulada *Ifigénia em Áulis*, que, embora deixada incompleta pelo seu autor e mais tarde saturada de acrescentos de épocas posteriores, seria não obstante especialmente apreciada pelos leitores renascentistas, devido à tradução para latim que dela fez Erasmo. Nessa tragédia, Ifigénia tem de ser sacrificada aos deuses para salvação da Grécia. Embora resistindo, numa primeira fase, a destino tão cruel, Ifigénia acaba por aceitá-lo (num *volte-face* que muito chocou Aristóteles num passo célebre da sua *Poética*), transformando a imolação, exigida pela política e pelo fado, em glorioso sacrifício voluntário.

Na *Castro* não temos, como se sabe, a dimensão claramente expressa do sacrifício voluntário à maneira euripidiana. Mas mesmo assim a leitura/audição da peça mostra-nos Ferreira a fazer tudo por tudo, tanto em termos poéticos como retóricos, para conferir ao sacrifício de Inês algo de sublime. Sobretudo na versão de 1598, há constantemente uma estratégia assumida de enaltecer Inês, de a afastar do estereótipo possível da mulher sedutora e pecaminosa. Não só se vinca a sua castidade e, até, "santidade" (reconhecendo embora que é Pedro a atribuir-lhe tais qualidades...), como no momento culminante do confronto entre Inês e o Rei somos obrigados a assistir a um acto de conversão da parte de D. Afonso IV: ele que pensara poder arrumar confortavelmente a amada do filho na categoria de "amante", vê-se forçado a reconhecer que tem diante dos olhos uma "mulher forte", que, ao vencê-lo pelo seu espantoso poder de persuasão, não deixa dúvidas quanto ao facto de essa persuasão só ter efeito porque é sintoma sensível daquilo que está dentro dela e que, por esse motivo, não se vê: a sua extraordinária elevação de alma.

E aqui vamos ter a uma das normas aristotélicas que Ferreira soube pôr em prática com tanta naturalidade: segundo Aristóteles, a acção de uma tragédia só é trágica na medida em que o público reconhece, na figura que "sofre" a tragédia, alguém que, antes de mais, merece empatia e estima. Nesse aspecto, poderíamos dizer que a *Castro* de 1598 é mais "trágica" do que a *Castro* de 1587, justamente porque a revisão da peça teve como objectivo, entre outras coisas, o "branqueamento" da personagem de Inês. Mas se nos ativermos ainda ao campo abrangido pela noção aristotélica de que figuras grosseiras e repugnantes não podem ser "trágicas", verificamos que o escopo de aplicação almejado por Ferreira ultrapassa o que teriam feito Ésquilo, Sófocles ou Eurípides. É que, na *Castro*, não vamos encontrar o duo maldito da imaginação popular, os algozes de Inês. Antes pelo contrário. Ferreira esforça-se por pôr em relevo a "nobreza" de carácter tanto de Coelho como de Pacheco. Eles não actuam por ambição ou sadismo: actuam por motivos genuinamente altruístas, a ponto de declararem a Inês, antes de a matarem, que têm consciência de que a morte dela arrastará também as suas. Inês morre "para salvação do povo", como diz Pacheco. E para os dois celebrantes do sacrifício, matar Inês é associarem-se também à sua imolação. Esse aspecto de "tragédia de salvação", não menos que o outro já referido de "tragédia de imolação", filia evidentemente a *Castro* na tradição euripidiana. Mas não foi só à tragédia de Eurípides que Ferreira foi beber inspiração. Uma presença fortíssima na concepção da *Castro* é Séneca, o seguidor de Eurípides em Roma, que transformou um ingrediente secundário do drama euripidiano no prato forte da sua concepção própria de tragédia. Refiro-me à retórica, à utilização de argumentos para persuadir e rebater; e, no caso particular de Inês, para se salvar. Toda a peça é construída em torno de argumentos e dos discursos que lhes dão corpo: começamos logo na primeira cena com os discursos que Inês reporta de um debate de amantes havido entre ela e Pedro para, na segunda cena, sermos mergulhados em plena situação agónica, com Pedro e o Secretário a debaterem taco a taco os prós e os contras da relação de que Pedro teima em não prescindir. Se Coelho e Pacheco levam o Rei a anuir face a um problema que ele quereria resolver de outra maneira, é porque argumentam de modo convincente, insusceptível de refutação. E na cena culminante da peça, o que nos deslumbra e emociona é a perícia retórica com que Inês "dá a volta" ao Rei.

Nessa cena, precisamente, encontramos marcas curiosas do modelo senequiano, uma vez que grande parte das tiradas de Inês foram extraídas por Ferreira da boca da Medeia de Séneca e adaptadas à situação da heroína portuguesa. Nesse âmbito, o conhecedor da literatura latina terá sempre a tendência para ver a *Castro* como um centão ou manta de retalhos de passos célebres traduzidos de autores romanos: reconhecemos as *Geórgicas* de Virgílio na bem-aventurança adscrita pelo Rei aos lavradores (assim como ecos de um epodo de Horácio); ouvimos claramente passos da *Fedra* de Séneca no canto coral que termina o primeiro acto e vários passos de outras tragédias ao longo das demais intervenções do Coro.

Com a menção do Coro, atingimos o ponto nevrálgico da problemática da *Castro* enquanto tragédia. Se, para a nossa sensibilidade moderna, o importante na peça são os actores, ficando o Coro relegado para um plano secundaríssimo, não é essa, de modo algum, a noção que subjaz à essência do género trágico. Com efeito, na Grécia Antiga a tragédia começa justamente por ter apenas Coro: a presença do actor corresponde a uma evolução posterior; e quando Ésquilo começou a sua carreira, o número de actores em cena a contracenar com o Coro era... um. Foi Ésquilo, pois, que elevou o número de actores para dois, o que nos mostra que o Coro era ainda visto como constituindo o elemento fucral do género.

Na *Castro*, Ferreira recupera as funções tradicionais do Coro: as Moças de Coimbra comentam a acção, aconselham as personagens, surgem como repositório inesgotável de sentenças; são-lhes atribuídas, inclusivamente, qualidades proféticas, como no momento em que o Coro anuncia a Inês a sua morte. Acima de tudo, porém, o Coro de Ferreira (mais uma vez voltamos à matriz euripidiana) tem uma função lírica. "Canta." E as odes corais da *Castro* são talvez a sua maior coroa de glória. Mas são também o aspecto da peça que mais incompreensão poderá suscitar do espectador moderno.

A primeira ode coral ("Quando Amor nasceu...") é especialmente bela porque fecha de modo admirável o círculo lírico iniciado no princípio do primeiro acto, com a estrofe de canção, à maneira de Petrarca, cantada por Inês ("Colhei, colhei...").

Trata-se de uma das muitas melhorias à peça original trazidas pela segunda edição de 1598, alteração por meio da qual nos damos conta de que foi o desejo de aperfeiçoamento estético que motivou a reescrita da peça. É que a métrica de "Quando Amor nasceu..." é também a estrofe de canção petrarquista: e a euforia de Inês, na canção com que abrira a peça, é espelhada na temática da ode coral, na visão cósmica do poder benéfico do Amor. Mas tratando-se a *Castro* de uma obra que se nos afigura como lídimo exemplo do equilíbrio renascentista, não surpreende que à declaração dos benefícios do Amor se siga a visão contrária, a dos seus malefícios. Ainda que Ferreira siga aqui passos da *Fedra* de Séneca (que por sua vez remetem para a primeira ode coral do *Hipólito* de Eurípides), não há dúvida de que estamos perante uma materialização lírica ao nível do melhor que nos deu o lirismo quinhentista, onde a originalidade na criação de efeitos poéticos é desviada da temática "herdada" para o modo de a consubstanciar.

O virtuosismo métrico é, aliás, uma constante nas odes corais da *Castro*. Na controvérsia labiríntica em que se embrenharam alguns estudiosos sobre a autoria da *Castro*, na sequência da teoria retomada por Roger Bismut segundo a qual a peça atribuída a Ferreira seria a tradução da *Nise lastimosa* do frade galego Jerónimo Bermúdez, houve um argumento de peso aduzido por mais de um lusitanista: o facto de a tragédia portuguesa revelar perícia superior na utilização da métrica antiga. No caso das estrofes sáficas da ode "Quanto mais livre...", os acentos obrigatórios dos hendecassílabos encontram-se integrados com mais naturalidade e perícia na versão portuguesa do que na castelhana.

Significativamente, é em termos líricos, e na boca do Coro, que a morte de Inês adquire as suas ressonâncias mais profundas, na brilhante sextina com que Ferreira termina o quarto acto ("Já morreu Dona Inês, matou-a Amor"). Trata-se de uma composição em seis estrofes, cada uma com seis versos; as palavras com que termina cada verso na primeira estrofe serão repetidas no final de cada verso nas estrofes seguintes, mas por outra ordem e em contextos que lhes conferem cada vez mais variegados matizes. São elas: amor, olhos, morte, vida, nome, terra. Palavras emblemáticas, cada uma delas simbolizando um aspecto do conflito trágico que a peça problematiza. Como remate às seis estrofes, surge-nos no final um terceto, em que ouvimos novamente as seis palavras: "<u>Amor</u>, quanto perdeste nuns sós olhos,/ Que debaixo da <u>terra</u> pôs a <u>morte</u>,/ Tanto eles mais terão de vida e <u>nome</u>".

Figura complementar à do Coro, e como que partilhando de um fundo ontológico comum, é a da Ama. Descendente das Amas euripidianas na *Medeia* e no *Hipólito*, como elas tem tendência para se exprimir em sentenças por vezes enigmáticas, que ao mesmo tempo encerram uma parte significativa do manancial filosófico do texto (filosofia essa, neste caso, de cariz predominantemente estóico). A dedicação da Ama a Inês é total; e Ferreira alicerça, na relação entre as duas, a "nova" Inês reabilitada na versão revista (1598). O amor entre elas é sincero e leva-nos a nós, espectadores, a criar logo desde o início uma predisposição positiva relativamente à protagonista. Do ponto de vista "actancial", a Ama tem essencialmente a função de destinatário das narrativas de Inês: é a sua presença que suscita a narração do triunfo do amor, no primeiro acto, e a narração arrepiante do pesadelo, no terceiro acto.

Nesse aspecto, a figura do Secretário destaca-se do estatuto de mero correlato masculino da Ama. Ferreira varia com grande subtileza as duas cenas que se seguem uma à outra: Inês/Ama e Pedro/Secretário. A cumplicidade comovente entre as duas mulheres dá lugar a explosões pirotécnicas de oratória entre o príncipe e o seu melhor amigo: sentimos, efectivamente, a amizade entre Pedro e o Secretário, mas há a intenção concomitante de apresentar aos espectadores as duas figuras como rivais, ambos profundamente convencidos de que são donos exclusivos da razão absoluta. O Secretário não desperta da parte de Pedro qualquer latente veia narrativa: leva-o, antes, a procurar numa falível capacidade de raciocínio (onde se imiscui, não raro, emoção em demasia…) a justificação, sempre eivada de falácias argumentativas, da primazia sem contemplações que adscreve ao amor.

A personagem mais complexa da tragédia de Ferreira é, sem dúvida, o Rei. Enjeitando por completo o estereótipo do rei cruel e calculista, Ferreira adensa o clima trágico dando-nos acesso ao íntimo de um dilema dilacerante: esse Rei tem, na verdade, vocação de santo; mas é obrigado pelas razões de Estado a desempenhar o papel do monarca autocrático que age por hipocrisia e oportunismo. Esse Rei a quem tanto repugna o relativismo ético e os sofismas dos Conselheiros vai ser obrigado a arcar com a responsabilidade de um acto que para sempre o marcará como cínico e interesseiro. Sob certo prisma, é D. Afonso IV a verdadeira figura trágica da peça: pois de Inês só se espera a "beatificação" futura, independentemente de a merecer ou não (fica sempre alguma ambiguidade no tocante ao seu anterior comportamento relativamente à infeliz Constança). O drama do Rei é um conflito bem ao gosto da Sofística ateniense: pela natureza (*physis*) é um santo, dedicado à vida religiosa e a tudo o que agrada a Deus; mas a lei (*nómos*) obriga-o a renegar o que há de melhor em si mesmo. "Hei medo de deixar fama de injusto", diz aos Conselheiros. Será esse, também, o seu castigo...

O registo discursivo que predominantemente caracteriza a primeira cena da peça é a narração: será para fechar um grande arco poético que a narração surge de novo no final, na pessoa do Mensageiro, como o tipo de discurso que, de algum modo, destila a quinta-essência da acção trágica. Pois Ferreira oculta-nos, à maneira da tragédia grega, a vivência da morte de Inês (embora o talento visionário do Coro venha suprir essa "lacuna", cuja necessidade estava já inscrita de antemão no género trágico). Será ao Mensageiro que competirá verbalizar os eventos da morte de Inês; e como réplica à narração delineia-se outra tragédia — a tragédia da vingança, que Ferreira não segue, mas que o tradutor galego não resistiu a concretizar, com desassombrada utilização de violência em palco, na *Nise laureada*.

No final da *Castro*, que sensação fica no espectador? Diria, em primeiro lugar, que a beleza da poesia pode ter corrido o risco de postergar para segundo plano o "teatro". Recordemos as palavras do frontispício da edição de 1587. "Mui sentida e elegante." Será que "elegante" se sobrepõe a "sentida"? A peça é facilmente criticável por aquilo que nos parece ser a sua ausência de dramatismo imediato, no sentido em que, para o gosto moderno, haverá discurso a mais — e conflito a menos.

Será assim? Curiosamente, para todos quantos dela se ocupem, a *Castro* acaba sempre por se tornar um Problema. Actores, encenadores, professores, estudantes. Quem tenha tido a experiência de ensinar a *Castro* a jovens lusitanos sabe que nem mesmo *Os Lusíadas* ou *As viagens na minha terra* suscitam rejeição mais vincada. Até entre a população universitária (e agora refiro-me principalmente aos docentes), o nome de António Ferreira está longe de provocar manifestações espontâneas de adesão. O que não deixa de ser estranho, tratando-se da obra-prima da tragédia portuguesa: um texto que deveria, em princípio, despertar nos conterrâneos do seu autor reacções de admiração, encantamento e enlevo poético.

É que há uma questão iniludível que se levanta a propósito da *Castro*: a peça é uma tragédia que exemplifica a teorização renascentista referente à tragédia enquanto género dramático e literário, mas no mesmo texto em que se encontra também uma tragédia acerca da morte de Inês de Castro. É uma *Arte poética* da tragédia. Facto que não levantaria o mínimo problema se, à semelhança do que terá acontecido com Séneca, a intenção fosse de propor uma tragédia tão-somente para ser lida (e não representada). Mas não foi esse o caso: a primeira edição da *Castro* de 1587 refere logo no frontispício o facto de a peça já ter sido representada, em Coimbra, antes mesmo da publicação.

Circunstância curiosa, essa. Até porque a primeira versão da *Castro* (perdida durante vários séculos e de que só existe um exemplar na British Library de Londres) consegue ser ainda mais "parada" do que a versão hoje representada. Mas apesar de esta segunda versão introduzir, como vimos, notáveis melhorias na concepção dramática do entrecho, há um problema fundamental que permanece — pelo menos à luz da sensibilidade dramática contemporânea. A *Castro* é um drama de linguagem. Logo, uma peça essencialmente estática, porquanto não são tanto as acções que contam, mas o modo como a elas as personagens aludem. Tudo está na Palavra.

Para finalizar, deixo esta pergunta: o que é a *Castro*? Certamente a mais bela peça de teatro alguma vez escrita em português. Um texto que surpreende e encanta pelo modo como Ferreira consegue conciliar as diferentes exigências do lirismo "puro" e do lirismo que se assume como teorização literária em verso (à maneira do grande modelo romano de Ferreira, Horácio). Ora, neste campo — mais ainda que Sá de Miranda ou Camões, decerto poetas mais talentosos — Ferreira é a chave que nos permite compreender o fenómeno da poesia renascentista em Portugal. Não se pode dizer mais.

2. CAMÕES, LEITOR DA *ODISSEIA*?

Camões terá lido a *Odisseia*? A pergunta parecerá, a alguns, um pouco descabida. No entanto, está longe de ser impertinente, sobretudo se tomarmos em consideração recentes investigações no domínio da epopeia renascentista italiana, no âmbito das quais Jane Everson chega à conclusão de que não é possível comprovar que Ludovico Ariosto tenha lido os poemas homéricos, mesmo em tradução; e que falar em imitação directa de Homero na poesia europeia só é possível a partir da *Jerusalém libertada* de Tasso (que veio a lume, como se sabe, depois d'*Os Lusíadas*)[1].

Não significa isso, evidentemente, que Ariosto, autor de *Orlando furioso*, desconhecesse a existência da *Ilíada* e da *Odisseia*. Já Dante, na *Divina comédia*, menciona Homero como um dos poetas maiores — mas, claro, sem o ter lido directamente. E todos simpatizamos com a frustração de Petrarca, que adquiriu um manuscrito da *Ilíada* na língua original (hoje na Biblioteca Ambrosiana de Milão[2]), mas nunca o pôde ler, em virtude de se ter revelado insuficiente o estudo, já tardiamente empreendido, da língua grega. A frustração de Petrarca perante a incapacidade de ler Homero no original teve um resultado positivo: foi sob a sua égide que, nos anos 60 do século XIV, o calabrês Leonzio Pilato traduziu para latim a *Ilíada* e a *Odisseia*.

Mas a tradução importante de Homero só viria a lume na centúria seguinte: a versão de Lorenzo Valla foi impressa em

---

[1] Cf. Jane E. Everson, *The Italian Romance Epic in the Age of Humanism*. Oxford, 2001, p. 91.
[2] Cf. Nigel Wilson, *From Byzantium to Italy: Greek Studies in the Italian Renaissance*. Londres, 1992, p. 2.

Brescia em 1474. E volvida mais uma década, seria publicada em Florença, em 1488, a *editio princeps* de Homero, da responsabilidade do estudioso bizantino Demétrio Calcôndiles. Portanto, voltando à questão de se Ariosto leu ou não Homero, podemos desde já oferecer uma reformulação do problema enunciado por Jane Everson, afirmando que poderia tê-lo lido, se quisesse; mas que sua obra poética não nos dá qualquer indício seguro de que o fez, ao contrário do que acontece nos casos de Virgílio, Lucano e Estácio, que são explicitamente imitados em *Orlando furioso*.

Passando agora a Camões, poderemos colocar o mesmo problema. Em primeiro lugar, Camões teria podido ler a *Odisseia*, se quisesse? E, em caso afirmativo, que indícios nos dão *Os Lusíadas* de que a leu?

A primeira pergunta é de resposta fácil. Em 1550, vinte e dois anos antes da publicação d'*Os Lusíadas*, saiu em Salamanca a tradução castelhana da *Odisseia*, feita por Gonçalo Perez. Que esse livro teve um acolhimento entusiástico é comprovado pelo facto de, logo em 1550, ter tido duas impressões, sendo reimpresso em 1553, 1556 e 1562[3]. Um *bestseller*, portanto, a causar inveja a modernos tradutores da *Odisseia*... No caso de Camões, não temos de nos preocupar, por conseguinte, com o acesso, ou falta dele, a traduções latinas da *Odisseia*, uma vez que a leitura pôde ser feita numa língua que o poeta dominava tão bem como o português.

Aflorar o problema das traduções latinas serve de ponte para a segunda pergunta, atinente aos elementos concretos n'*Os Lusíadas* que indiciam a leitura efectiva da *Odisseia*. Faria e Sousa não põe em dúvida que Camões conhecesse tanto a *Ilíada* como a *Odisseia*: aparece inúmeras vezes no seu comentário a informação de que em determinado passo d'*Os Lusíadas* Camões "imitou" Homero, com a citação do respectivo passo homérico que Faria e Sousa quer trazer à colação como *locus similis* do passo em análise d'*Os Lusíadas*. Ora, essas citações homéricas, que se nos deparam no comentário de Faria

---

3 Cf. Hélio J. S. Alves, *Camões, Corte-real e o sistema da epopeia quinhentista*. Coimbra, 2001, p. 71.

e Sousa, são em latim, como sucede de resto com todas as citações de autores gregos. Como reagir perante esse dado? No meu entender, diz-nos muito pouco sobre a língua em que se encontravam escritos os livros que Camões manuseou. Pois dessa situação há apenas duas conclusões lógicas a extrair: a primeira é que Faria e Sousa leu todos os autores gregos por si citados em tradução latina; a segunda, compatível com a primeira, é que Faria e Sousa pensava ter sido em tradução latina que Camões leu os referidos autores.

Dessas conclusões, a primeira é, quanto a mim, a mais verosímil, porque os comentários de Faria e Sousa comprovam, sem dúvida, vastíssimas leituras em latim da parte do próprio comentador, mas nem sempre nos dão factos seguros sobre as leituras de Camões, quanto mais não seja porque são aduzidos passos de autores que Camões nunca poderia ter lido. Para evitarmos confusões sobre esse tema, podemos afirmar que, de um modo geral, quanto aos poetas latinos, estamos em terreno absolutamente seguro quando Faria e Sousa compara versos d'*Os Lusíadas* com versos da *Eneida* de Virgílio e das *Metamorfoses* de Ovídio. Quanto aos *loci similes* homéricos que são mencionados por Faria e Sousa, muitos deles são francamente inverosímeis, no sentido em que nos é difícil ver uma relação directa entre o verso camoniano e o verso homérico proposto. Por esse motivo, desisti da ideia de fazer um levantamento exaustivo das citações homéricas no comentário de Faria e Sousa, e optei antes por abordar o problema constituindo uma base de dados própria. É, portanto, o resultado da minha leitura comparativa da *Odisseia* e d'*Os Lusíadas* que aqui venho trazer; por isso, não direi se as informações que vou apresentar já figuram no comentário de Faria e Sousa, pelo simples facto de, em muitos casos, eu próprio não saber.

Volto a colocar a segunda questão há pouco formulada: que indícios encontramos n'*Os Lusíadas* de que Camões leu realmente a *Odisseia*?

À partida, uma coisa é certa: é o próprio Camões que levanta a lebre homérica, ao começar a terceira estrofe do poema com uma referência a Ulisses ("cessem do sábio grego..."), por meio da qual informa D. Sebastião que vai escrever um poema melhor do que a *Odisseia*. Paralelamente, no final d'*Os Lusíadas* Camões promete a D. Sebastião um novo poema épico sobre a campanha africana, poema esse que não provocaria em Alexandre inveja de Aquiles, ou seja, que não ficará atrás da *Ilíada*. E no ponto central e revelador que é o Canto V, Camões explana ao longo de várias estrofes a ideia de que o seu poema é superior à *Odisseia*. Já voltamos a essas estrofes.

Embora nos ficasse bem concluir logo que, se Camões fala em Homero, é porque conhece, é preciso frisar, no entanto, que os elementos até agora apontados não passam de lugares-comuns, que até um Dante poderia ter recolhido da tradição medieval indirecta. Quanto à *Ilíada*, nada n'*Os Lusíadas* nos autoriza a afirmar que Camões a leu. Basta olharmos para o modo como Camões se refere a Aquiles, para percebermos que não é o Aquiles da *Ilíada* homérica de que ele está a falar, mas sim do cavaleiro da tradição medieval, apaixonado por Políxena[4], que encontramos no *Roman de Troie* de Benoît de Sainte-Maure e na paráfrase latina que desta narrativa de cavalaria fez Guido delle Colonne, a *Historia destructionis Troiae*. Quanto a mim, é significativo o facto de não encontrarmos n'*Os Lusíadas* referências a outras personagens da *Ilíada*, além desse não-homérico Aquiles: Camões nunca refere Heitor, Andrómaca, Agamémnon, Pátroclo ou Príamo. Há uma referência a Helena, no Canto III (140), em que se refere "os que foram roubar a bela Helena". O plural, e o facto de Páris também não ser mencionado por Camões, é intrigante. Temos de contrapor a esse silêncio respeitante ao elenco da *Ilíada* o facto de Camões nomear todas as personagens importantes do *Orlando furioso* de Ariosto.

Alusões a personagens da *Odisseia* é que não faltam n'*Os Lusíadas*. Mas das nove vezes que Ulisses é mencionado, quatro menções dizem respeito a um episódio que não ocorre na *Odisseia*: a fundação de Lisboa[5]. Pelo modo como Camões se lhe refere, não podemos decidir se ele pensava ou não que o

---

4 Cf. *Lus*. III, 131.
5 Referências a Ulisses como fundador de Lisboa: III, 57; 58, 74; VIII, 5. As outras são: I, 3; II, 45, 82; V, 86; X, 24.

episódio da fundação de Lisboa figurasse na *Odisseia*. Mas temos também referências explícitas a Circe (*Lus.* V, III, 88; VI, III, 24), Polifemo (V, 28, 88;), às Sereias (V, 88), aos Cícones (V, 88), aos Lotófagos (V, 88), a Calipso (V, 89), a Cila e Caríbdis (VI, 24, 82), a Alcínoo (II, 82), aos Feaces (X, 8), a Demódoco (X, 8), que Camões pronuncia "Demodoco", para rimar com "soco". Convém explicitar que das duas referências a Circe, uma diz respeito a informações mitológicas alheias à *Odisseia*, passando-se o mesmo com uma das duas referências a Cifo (*Lus.* VI, 24).

A maior concentração destas referências encontramo-la no Canto V (88-89), quando o Gama termina a sua narrativa ao rei de Melinde com uma chamada de atenção para a inferioridade da *Odisseia*, quando comparada com a história cuja narração o ocupou. Passo a ler as primeiras das duas estrofes relativas ao poema homérico:

> Cantem, louvem e escrevam sempre extremos
> Desses seus Semi-deuses, e encareçam,
> Fingindo magas Circes, Polifemos,
> Sirenas que co'o canto os adormeçam;
> Dêem-lhe mais navegar à vela e remos
> Os Cícones e a terra onde se esqueçam
> Os companheiros, em gostando o loto;
> Dêem-lhe perder nas águas o piloto;

Nessa estrofe há três descuidos da parte de Camões: o primeiro é que as Sereias na *Odisseia* não adormecem quem ouve o seu canto, antes pelo contrário. O segundo é a maneira de referir o episódio dos Cícones pertencente ao Canto IX da *Odisseia*[6]: não vou agora citar o passo homérico, mas convido o leitor a fazer um dia a comparação entre os versos referentes aos Cícones num e noutro poema; verá que não se harmonizam muito bem. O terceiro é que a referência ao piloto que se afoga levanta fortes suspeitas de que Camões está a fazer confusão com a personagem de Palinuro, na *Eneida* (Canto V), personagem já de si inspirada no Elpenor da *Odisseia* (Cantos

---

6 *Odisseia* IX, vv. 39-66.

X-XI-XII), que, no entanto, não é piloto em Homero. Vejamos agora a segunda estrofe:

> Ventos soltos lhe finjam e imaginem
> Dos odres e Calipsos namoradas;
> Harpias que o manjar lhe contaminem;
> Decer às sombras nuas já passadas;
> Que, por muito e por muito que se afinem
> Nestas fábulas vãs, tão bem sonhadas,
> A verdade que eu conto, nua e pura,
> Vence toda grandíloqua escritura!

Aqui o elemento estranho é a referência às Harpias, novamente uma contaminação da *Eneida* (Canto III). Não há Harpias na *Odisseia*. Curioso é também a insistência na oposição verdade/mentira como critério de aferição de qualidade épica, sobretudo quando o que está em causa é denegrir a *Odisseia*. Pois é da própria *Odisseia* que deriva a matriz do tema. Cito as palavras dirigidas por Alcínoo a Ulisses no Canto XI (vv. 363-368):

> Ulisses, não julgamos ao contemplar-te que sejas mentiroso
> ou tecelão de falsidades, como aqueles que a terra negra
> cria em grande número, espalhados por toda a parte,
> inventando mentiras de coisas que nunca ninguém viu.
> Tens formosura de palavras e um entendimento excelente.
> Contaste a história com a perícia de um aedo...

Pelo que vimos até agora, uma coisa ressalta de imediato: os cantos da *Odisseia* cujo conhecimento por parte de Camões está implícito nas alusões ao poema homérico n'*Os Lusíadas* são somente os Cantos V e VIII-XII. Por outras palavras, nunca ouvimos falar na teia de Penélope, em Telémaco, em Nestor (Cantos I-IV da *Odisseia*), nem em nada que aconteça no poema homérico depois da chegada de Ulisses a Ítaca no Canto XIII. Não é que Camões não tivesse oportunidade de referir episódios dos Cantos XIII a XXIV da *Odisseia*: um caso flagrante é a referência à mutilação de narizes, em que Camões vai buscar o obscuro paralelo mitológico de Fálaris, quando tinha um exemplo muito melhor na *Odisseia*, o do rei Équeto, especialista em "tormentos inumanos" (*Lus.* III, 93), especialmente no que concerne à mutilação de narizes. Mas o rei Équeto só é referido a partir do Canto XVIII da *Odisseia*; quem sabe se Camões não se terá enfastiado com a leitura da tradução de Gonçalo Perez antes de lá ter chegado[7]...

Digo isto meio a brincar, mas todas as brincadeiras têm um lado sério, e a seriedade reside justamente no aspecto que quero focar a seguir.

Independentemente de óbvias semelhanças estruturais, aquilo que nos confirma sem margem de dúvida que Camões leu, por exemplo, a *Eneida* de Virgílio é a presença de versos n'*Os Lusíadas* que são quase traduções literais de versos virgilianos. Acontece o mesmo com as *Metamorfoses* de Ovídio, com a *Argonáutica* de Valério Flaco e com passos, inclusivamente, de Catulo, que é responsável pelas "lácteas tetas" de Vénus no Canto II: a expressão traduz o sintagma "*lactentis... papillas*" com que Catulo descreve os seios de Ariadne abandonada em Naxos (Poema 64, v. 65). Esse paralelo tem para mim o interesse acrescido de ter escapado a Faria e Sousa.

Na minha qualidade de tradutor da *Odisseia*, ou seja, de alguém que conhece por dentro o texto homérico, posso dizer que encontrar paralelos a esse nível entre *Os Lusíadas* e a *Odisseia* é praticamente impossível. E aqui tenho a opinião contrária de Faria e Sousa, que diz "imposible es ir copiando todos los lugares que el Poeta imita de Homero"[8]. Julgo, antes, que impossível é apontar com toda a certeza um único passo d'*Os Lusíadas* em que encontramos uma imitação de Homero que não tenha sido filtrada através da *Eneida* ou das *Metamorfoses*.

Daquilo que eu disse até agora, decorre uma nova pergunta: "por que razão Camões não imita directamente versos

---

7 É preciso ver, no entanto, que na alusão à antropofagia em *Lus.* X, 126 ("Carne humana comem...") não há remissão para o Ciclope (*Od.* IX) nem para os Lestrígones (*Od.* X).

8 A citação encontra-se no primeiro volume da edição fac-similada (INCM) do comentário de Faria e Sousa, na p. 46l.

da *Odisseia*?". Encontrar uma resposta para essa questão é entrar no terreno da especulação pura. Ocorrem-me três possibilidades especulativas.

A primeira é muito simples. Quando Camões diz, e mais de uma vez, que escreveu um poema melhor que a *Odisseia*, está a ser sincero. A leitura d'*Os Lusíadas* enquanto experiência estética diz-nos que quem escreveu o poema estava 100% sintonizado com Virgílio, Ovídio e Ariosto, mas muito longe do estilo e da estética homéricos. Aqui recordamos as palavras do poeta renascentista Pulci, no seu poema *Morgante*: "Omer troppo essaltò gli error d'Ulisse" (XXIV.2). De algum modo, Homero seria para os poetas renascentistas um pouco sobrevalorizado.

A segunda possibilidade é a seguinte: imaginando que Camões leu a *Odisseia* (ou parte da *Odisseia*…) em castelhano, o próprio facto de se tratar de uma tradução tê-lo-á levado a desenvolver uma relação com o texto homérico diferente da relação que estabeleceu com os três poetas mencionados, os quais ele leu na língua original. De acordo com essa hipótese, à sua maneira, tal como Petrarca, Camões nunca terá sentido que leu verdadeiramente Homero.

A terceira possibilidade é a mais radical. Camões teve conhecimento indirecto de alguns episódios da *Odisseia*, mas nunca leu o poema: eventualmente terá tido contacto com o equivalente quinhentista dos actuais resumos da Europa-América. Será assim tão grave aceitarmos essa hipótese? Pensemos no grande pintor quatrocentista Pinturicchio. Na National Gallery de Londres, há um quadro desse artista que representa Penélope sentada ao seu tear. Será necessário postular que, se Pinturicchio pinta Penélope, é porque leu a *Odisseia*?

Para finalizar, proponho uma resposta única às duas perguntas formuladas no início. A resposta é esta: embora Camões tivesse presumivelmente acesso a uma tradução castelhana da *Odisseia* – e apesar de ele ter querido que nós, leitores d'*Os Lusíadas*, pensássemos que ele leu o poema homérico –, não há nenhum dado concreto oferecido pelo texto d'*Os Lusíadas* que nos permita afirmar que Camões leu a *Odisseia*.

Isto é para sermos objectivos.

Pessoalmente, agrada-me uma das hipóteses já apresentadas, a saber, que Camões terá lido a *Odisseia*; depois terá pensado "eu consigo fazer mil vezes melhor que isto".

3. O TEJO NO PROÉMIO D'*OS LUSÍADAS*[9]

Quando, no Canto I d'*Os Lusíadas*, Camões alude à simpatia da deusa do amor pela língua portuguesa, a qual "como pouca corrupção crê que é latina" (I.33.8), não terá sido tanto ao português quinhentista que o poeta quis referir-se, mas antes à língua, por si inventada, em que foram compostos *Os Lusíadas*: uma língua que não só segue o mais perto que é possível para uma língua românica o modelo latino na colocação e formação de vocábulos, mas que faz também depender do conhecimento da linguagem poética clássica a compreensão plena das palavras (aparentemente portuguesas) que incrustou no texto.

Um caso paradigmático daquilo que acabei de dizer surge logo na proposição do poema, na invocação às Tágides que informa a quarta estrofe:

> E vós, Tágides minhas, pois criado
> tendes em mim um novo engenho ardente,
> se sempre em verso humilde celebrado
> foi de mim vosso rio alegremente,
> dai-me agora um som alto e sublimado,
> um estilo grandíloquo e corrente,
> porque de vossas águas Febo ordene
> que não tenham inveja as de Hipocrene.

É óbvia a estrutura em anel por que Camões optou nessa estância: às águas do Tejo referidas em posição inicial correspondem, no verso clausular, as de Hipocrene. Paralelamente,

---

[9] Gostaria de dirigir um agradecimento especial à doutora Maria Vitalina Leal de Matos, à doutora Isabel Almeida e ao doutor João R. Figueiredo pela amabilidade com que se prontificaram a ler uma primeira versão deste ensaio.

confrontam-se dois tipos de poesia, de que as duas águas são o símbolo: a bucólica, onde, na versão camoniana (as *Éclogas*), o Tejo ocupa um lugar de eleição; e a épica, associada à fonte das Musas no Hélicon. Ao estilo grandíloquo desta é contraposto o carácter humilde daquela, remetendo a terminologia utilizada para a codificação tradicional dos géneros discursivos em *humilis* e *grandiloquus*.

Se o termo "grandíloquo" aplicado ao estilo escolhido por Camões para a sua epopeia não suscita a mínima ambiguidade quanto ao seu significado e alcance estético-literário, o mesmo já não poderá dizer-se no tocante ao adjectivo "corrente". Como demonstrou José António Segurado e Campos[10], o termo, na concepção de Camões, deverá afastar-se sensivelmente das explicações desesperadas oferecidas pelos comentadores d'*Os Lusíadas* (começando por Faria e Sousa): "corrente" recorda a célebre descrição horaciana do estilo de Píndaro na Ode II do Livro IV: monte *decurrens velut amnis* ("precipitando-se da montanha como um rio").

Efectivamente, a impressão de que há algo de "aquático" na acepção camoniana de "corrente" no proémio d'*Os Lusíadas* é irresistível, dado o posicionamento do vocábulo entre a água das Tágides e a água das Musas. Note-se, ainda, que "correr" avulta como o *mot juste* que, no ideário camoniano, designa genericamente o movimento fluvial e, especificamente, o do rio Tejo. Cito alguns exemplos, extraídos das *Éclogas* e d'*Os Lusíadas*:

Écloga I. 29: "o Tejo corre turvo e descontente";
Écl. II. 25-26: "o Tejo com som grave/ corria mais medonho que suave";
Écl. II. 53-55: "corre suave e brando/ com tuas claras águas,/ saídas de meus olhos, doce Tejo";
Écl. IV. 57: "os correntes rios";
Lusíadas IV. 28.6: "correu ao mar o Tejo duvidoso".

Curiosamente, na Écloga VII (dita "dos Faunos"), o verbo "correr" é utilizado para descrever o curso de uma fonte cuja

---

10 Cf. J. A. Segurado e Campos, "O estilo corrente de Camões", *Humanitas* 45 (1993), pp. 307-312.

ligação às Musas e a Apolo não será menor que a do Hélicon já referida (vv. 37-42):

> No cume do Parnaso duro monte,
> de silvestre arvoredo rodeado,
> nasce uma cristalina e clara fonte,
> donde um manso ribeiro derivado
> por cima d'alvas pedras mansamente
> vai correndo suave e sossegado.

Acresce que a noção horaciana, segundo a qual a poética de Píndaro é uma torrente que jorra de modo exuberante, complementa a "fúria grande e sonorosa" que Camões pede às Tágides na estância seguinte: logo, podemos inferir que a circunstância de Horácio ter utilizado a metáfora do rio com intuito estético-literário constitui um dos marcos fundamentais no processo de traçarmos a genealogia poética do estilo "corrente" de Camões. Convém referir ainda que Camões conhecia bem o Livro IV das *Odes* de Horácio, pois a Ode IX camoniana ("Fogem as neves frias") é toda ela decalcada naquele que, em beleza poética, pode ser considerado o momento culminante da colectânea de Horácio, *Diffugere nives* (IV. 7).

Mas para a compreensão plena da estrofe 4 do Canto I d'*Os Lusíadas* temos de trazer igualmente à colação a dedicatória a Germânico nos *Fastos* de Ovídio (I. 23-4):

> e sabemos quanto correm os rios do teu engenho,
> quando o teu ímpeto se vira para as nossas artes.

É de salientar, antes de mais, o binómio engenho/arte, inventado (tanto quanto sabemos) por Horácio, mas caracteristicamente ovidiano[11], que surge neste dístico em posição

---

11 Cf. Horácio, *Arte poética* 295, pp. 408-410. Em conformidade com as informações colhidas numa base de dados informática da poesia latina, gentilmente cedida pelo meu colega Paulo Farmhouse Alberto, Ovídio é o poeta latino que usa com mais frequência o binómio engenho/arte: *Amores* I. 15.14, III. 8.1-3; *Arte de amar* II. 162-3, III. 545; *Heróides* XV. 83-4; *Metamorfoses* III. 158-9, VIII. 159, *Tristia* II. 424, V. 1.28-9.

praticamente contígua (cf. o eco que já ouvíramos em *Lus*. I. 2.8: "se a tanto me ajudar o engenho e a arte"). Atente-se, em seguida, nos "rios do engenho" que correm até desaguarem nas "artes", as quais, por serem apelidadas por Ovídio de "nossas", designam obviamente a própria poesia.

Ora, a presença, num poema de António Ferreira, de uma utilização análoga da imagem ovidiana confirma o facto de a ideia de "rio" como símbolo de inspiração e qualidade literárias ter sido um tópico conhecido dos poetas quinhentistas portugueses. Na *Carta* dirigida a António de Castilho (II. 6), Ferreira pergunta (vv. 16-18; 25-27):

> Quando será que eu veja a clara história
> do nome português por ti entoada,
> que vença da alta Roma a grã memória?
> [...]
> Abre já, meu Castilho, essas riquezas
> que tanto há já que em ti Febo entesoura,
> solta o grã rio, farta mil pobrezas.

É nesse contexto, igualmente, que devemos entender o jogo de palavras assumido por Diogo Bernardes relativamente aos sentidos possíveis da palavra "lima": por um lado, trata-se do título de uma das suas colectâneas poéticas; por outro, é o nome do rio que lhe serve de inspiração; e por fim, designa o instrumento que, na *Arte poética* de Horácio (v. 291), simboliza o esforço de aperfeiçoamento da obra literária por parte do seu autor, a palavra latina *lima*.

O jogo de palavras "lima/rio – lima/perfeição literária" surge explicitamente na Carta IX de *O Lima* de Diogo Bernardes, dirigida (significativamente) a Pero de Andrade Caminha. Note-se, ainda, que, no poema de Bernardes, "lima" na acepção horaciana rima com "rima" (v. 79), à semelhança, de resto, do que sucede num epigrama do próprio Andrade Caminha[12]:

---

12 O texto encontra-se na edição de Vanda Anastácio, *Visões de glória*. Lisboa, 1998, vol. II, p. 672.

Vai minha mal nascida e inculta rima
Vasconcelos raríssimo entr'as Musas
buscar a pura e grave e douta lima...

(Impossível seria não mencionar aqui que, na poesia contemporânea, idêntico jogo de palavras surge em António Franco Alexandre, tanto em *Uma fábula* [Lisboa, 2001, pp. 21-22] como em *Duende* [2002, p. 40]:

cego serei, mas lúcido a dizer-te
a verdade calada em cada rima.
Bem na foice da terra, no seu centro,
onde se estende a noite constelada,
levarei a tenda nupcial;
depois basta que tragas serra e lima...)

Também André Falcão de Resende, numa ode dirigida a Martim de Castro do Rio, aproveita o nome do dedicatário do poema para um brilhante jogo de palavras em que as várias acepções poéticas de "rio" são postas em relevo[13]. E, embora num registo de falsa modéstia ao invés da intenção camoniana, Pero de Andrade Caminha frisa bem as acepções fluviais do verbo "correr" numa estrofe em que a conexão entre as noções de rio, estilo e poesia é patente[14]:

Além do Eufrate e Nilo
irá deste por ti fermoso Tejo
o meu inculto estilo
que com teu nome vejo
livremente correr tudo sem pejo.

A alusão ao Eufrates no poema de Andrade Caminha leva-nos de volta à noção ovidiana de "rio" como metáfora de poesia,

---

13 O texto da ode de André Falcão de Resende encontra-se na antologia *Poesia maneirista* de Isabel Almeida. Lisboa, 1998, pp. 101-104.
14 Trata-se da ode "Quando os suspiros movo" (vv. 31-35: o texto encontra-se no vol. II da citada obra de Vanda Anastácio, p. 304).

porquanto esta mergulha as suas raízes na poética helenística, nomeadamente no final do *Hino a Apolo* de Calímaco, onde se contrasta o grande caudal lamacento do Eufrates com as águas puras de uma fonte (o passo está traduzido neste livro, na p. 123). Voltando a Camões, seria tentador postularmos que à plausível alusão ovidiana na estrofe 4 do Canto I d'*Os Lusíadas* subjaz outra, mais rarefeita, ao *Hino a Apolo* de Calímaco, texto que o poeta renascentista português poderia talvez ter lido em tradução latina — ressalvando embora, como vimos no ensaio anterior, que comprovar de modo irrefragável as leituras de Camões é tarefa melindrosa, quando não impossível.

No entanto, que Calímaco não estava tão longe do horizonte intelectual português como poderá à primeira vista parecer é-nos provado pela circunstância de ter existido, na biblioteca do humanista Aquiles Estaço (nascido em 1525, possivelmente o mesmo ano em que nasceu Camões), um exemplar de Calímaco[15], certamente os *Hinos*, o texto do poeta helenístico mais conhecido e valorizado no Renascimento, publicado pela primeira vez em 1496, conhecendo uma nova edição em 1513, a chamada edição Aldina, que terá levado o texto dos *Hinos* a um público mais alargado. Aliás, as imitações anacreônticas de António Ferreira, a partir de um texto, os *Anacreontea*, cuja primeira edição é de 1554, oferecem um valioso indício de que, no século XVI, os poetas portugueses estavam actualizados no que concerne às publicações mais importantes no campo da poesia grega e latina.

Seja como for, com ou sem conhecimento directo do poeta alexandrino, o facto é que ao conciliar, no proémio da sua epopeia, os pólos opostos do rio e da fonte (com que o Apolo de Calímaco designara a boa e a má poesia), Camões resolve de uma penada – ou de oito, tratando-se de uma oitava... – o problema que se colocara aos seus antecessores helenísticos e romanos no respeitante à questão sensível da obsolescência estética da

---

15   Cf. Belmiro Fernandes Pereira, "A livraria de Aquiles Estaço", *Humanitas* 45 (1993), p. 275.

epopeia[16], por ser um género poético cuja envergadura colocava um sério entrave ao exercício indefectível da lima. Ao anunciar a "fluvialidade" da sua grandiloquência por meio do termo "corrente", e ao afirmar que as águas do Tejo não ficarão atrás das de Hipocrene, Camões concretiza uma declaração de intenções estético-literárias, onde promete salvaguardar, nesta tentativa de superação da poesia antiga que é *Os Lusíadas*, a procura incessante de máxima perfeição literária. Qualidade que os antigos associavam à fonte cristalina das Musas. Associada, doravante, ao Tejo.

4. CATAFONIA VISÍVEL: *UMA FÁBULA*, DE ANTÓNIO FRANCO ALEXANDRE

Se há traço de personalidade indissociável do classicista profissional é o lamento constante "não tenho tempo para ler". No nosso idiolecto, porém, a frase não significa que não lemos (!). É, antes, sintoma inquieto de que nos damos conta da existência, em português, de toda uma literatura contemporânea que nos passa simplesmente ao lado. Mas de vez em quando até o classicista calha entrar por acaso numa livraria; calha folhear um livro escrito em português; decide, numa inspiração repentina, satisfazer determinada curiosidade a propósito de certo autor, de que já ouve falar há anos, mas que nunca teve "tempo para ler". Abre o primeiro livro que lhe vem à mão desse autor. Sente-se fulminado pela primeira página. Não. Pelas primeiras palavras.

Essa experiência ocorreu-me enquanto estava a escrever o romance *Pode um desejo imenso*. Entrei numa livraria e, para não incorrer em tentações imitativas, afastei-me o mais depressa possível da ficção portuguesa e aproximei-me de um escaparate intitulado "Poesia". À minha frente estava o livro de um poeta cujo nome provocava sempre em mim um vago sentimento de culpa: é que colegas e amigos (de diferentes gerações

---

16 Sobre a problemática da obsolescência da epopeia, a discussão já clássica é a de Brooks Otis, *Virgil: A Study in Civilized Poetry*. Oxford, 1964, pp. 5-40.

e de ambos os sexos) falavam-me nele em tons rapsódicos, mas eu (classicista típico...) nunca tivera tempo.

Peguei no livro. Li os primeiros seis versos. Comprei o livro imediatamente e, logo de seguida, devorei o primeiro poema ainda no Metro. Era uma segunda-feira. Ao fim da tarde do dia seguinte, já calcorreara Lisboa inteira com o intuito de reunir a obra completa de António Franco Alexandre. E consegui.

O livro que me fulminou nessa segunda-feira que nunca esquecerei é *Uma fábula* (Assírio & Alvim, 2001), um quarteto assombroso constituído por "Poema simples", "Duplo", "Eco" e "Epimítio" – uma obra que, segundo vim a saber mais tarde, tem provocado reacções contraditórias nos apreciadores da poesia de Franco Alexandre, devido à circunstância, a um tempo feliz e infeliz, de, antes dela, o poeta ter publicado um livro que é reconhecidamente das mais brilhantes e virtuosísticas manifestações poéticas da literatura portuguesa contemporânea: *Quatro caprichos* (1999, Prémio Luís Miguel Nava, Prémio APE).

Pela minha parte, e após a viagem fascinante que foi ler a obra completa de Franco Alexandre de fio a pavio, não tenho dúvida de que *Uma fábula* é o meu livro preferido. Mas compreendo também que ao leitor que tenha afinado a sua sensibilidade pelo diapasão da poética anterior de Franco Alexandre, *Uma fábula* surja como um texto desarmante, insólito; o texto de uma voz poética que de tenor passou a baixo, ou de barítono a contratenor... qualquer fenómeno desse género, inesperado, insidioso, desconcertante. Pois *Uma fábula* consubstancia uma metamorfose. Aliás, várias. E a uma surpreendente complexidade de níveis.

Que o tema da metamorfose é a chave de *Uma fábula*, é-nos proclamado pelo próprio poeta na epígrafe inicial, onde cita os versos que abrem as *Metamorfoses* de Ovídio ("a inspiração impele-me a contar como corpos se transformaram noutros corpos..."). Curiosamente, a epígrafe não surge em latim; nem, tão-pouco, em português. É na versão inglesa dos *Tales from Ovid* de Ted Hughes que os versos são citados. Essa circunstância não me parece fortuita nem despicienda. *Tale*, em inglês, abre de imediato a porta para a identificação possível da "fábula" do título com o conceito clássico de "mito" (note-se que "fábula" é simplesmente a versão latina da palavra grega "mito"). Aliás, o quarto poema da colectânea tem o título "Epimítio", termo que aponta para os remates pseudo-universalizantes das *Fábulas* de Esopo, os quais começam quase sempre com a fórmula "o mito demonstra que…".

Sem querer entrar no problema de se, entre mito e fábula, existe fronteira discernível, tenho de confessar que sou levado, cada vez que releio *Uma fábula*, a procurar estabelecer elos entre as várias referências à semântica dos dois lexemas, tanto mais que o poema inicial termina (parece-me que significativamente) com uma alusão à indecifrabilidade das "evidências do mito" (p. 27); e em "Duplo" sugere-se que um mero gesto poderá ocasionar o "desfazer dos mitos" (p. 38).

Contudo, a minha leitura do livro de António Franco Alexandre leva-me a suspeitar que será em "Eco" que, porventura, encontramos uma chave possível, pois, logo a seguir aos versos que assumem a irredutível literariedade da experiência amorosa descrita em *Uma fábula* ("Pois não posso dizer sequer que te amei nunca/ senão em cada gesto e pensamento/ e dentro destes vagos vãos poemas", p. 60), há como que uma breve concessão à *vox populi*, na qual se encontra algo paradoxalmente contido em uma das mais célebres tomadas de consciência acerca da condição humana que conhecemos do teatro shakespeareano:

> e já todos me ensinam em linguagem simples
> que somos mera fábula, obscuramente
> inventada na rima de um qualquer
> cantor sem voz…

Esses elementos dispersos levam-me a depreender que há um aspecto principal que interessa reter, no presente contexto, do conceito de "fábula": o facto de se afigurar uma modalidade discursiva eminentemente capacitada para universalizar aspectos da experiência humana, onde encontramos, sob a forma de denominador comum, a que qualquer leitor pode imediatamente aderir, vivências que não são exclusivas do sujeito lírico – são também de quem escreve o presente texto (portanto, "minhas"); e da leitora ou do leitor que o está agora a ler ("tuas").

Ora, o cerne, em termos de aplicação universalizante, da experiência humana versada em *Uma fábula* parece-me estar contido no poema inicial, que ostenta o título "Poema simples" (um texto poético que não sou o único a pôr ao nível do mais belo que existe na história da poesia em português), mais concretamente, na própria identidade do sujeito lírico. Identidade essa, porém, que não é logo apreensível a uma primeira leitura (pelo menos, para mim não foi), talvez porque ficamos, ao princípio, intelectualmente imobilizados com o sortilégio encantatório do ritmo do poema, do perfume que se desprende de cada verso; com a sensação paralisante de que estamos a ler um texto da mais inimaginável antiguidade que foi, inexplicavelmente, escrito hoje de manhã...

A voz que estamos a ouvir é a de Eco, a personagem do Canto III das *Metamorfoses* de Ovídio: a voz, por excelência, do amor não correspondido; a voz (ou "não-voz") da Ninfa que ama Narciso, condenada a não poder verbalizar esse amor, a não ser que ele tome primeiro a iniciativa de o fazer em relação a ela.

As figuras de Eco e Narciso, uma ou outra, ou ambas, surgem no poema inicial e em "Duplo"; em "Eco" (título sobremaneira falante) e, ainda, no poema final, "Epimítio", numa formulação admirável pela feição que comporta de "catafonia visível", funcionando assim como súmula do que até aí foi dito (p. 68):

É verdade que ficas bem, nesse espelho de água
e isso no seu eco me confunde.

Esse Eco de origem ovidiana é "polifónico", no sentido em que transcende a mera remissão para as *Metamorfoses*. Sendo Franco Alexandre um poeta que, já em livros anteriores, estabelecera um diálogo subtil com a poesia de Camões, não surpreende que, na elevação de Eco ao estatuto de produtora privilegiada da enunciação poética em "Poema simples", se entreteça, também, um fio camoniano.

Trata-se aqui da Elegia II, um texto que (passe, mais uma vez, a alusão auto-referencial) me interessou sobremaneira aquando da escrita de *Pode um desejo imenso*, pelo facto de ter sido dedicado por Camões a D. António de Noronha:

> Aquela que de amor descomedido
> pelo fermoso moço se perdeu,
> que só por si de amores foi perdido,
> depois que a Deusa em pedra a converteu,
> de seu humano gesto verdadeiro
> a última voz só lhe concedeu.

É em confronto com a elegia de Camões que se deve compreender a questão a que acima aludi, do poeta como "escriturário" de uma voz lírica que não é necessariamente a sua. Pois já o texto camoniano adverte:

> nem eu escrevo mal tão costumado,
> mas n'alma minha, triste e saudosa,
> a saudade escreve, e eu traslado.

Além de Eco e Narciso, e do tópico do poeta como escriturário, há mais dois motivos da elegia camoniana de que ouvimos ecos claros em *Uma fábula*. O primeiro é o famoso "mal de ausência", a que Franco Alexandre alude no "ser o servente delfim/ em ausência permanente" (p. 15), no "raio que destrói de pura ausência" (p. 43), em "acordado junto ao teu corpo ausente" (p. 51) e na "altiva promessa fica ardendo/ na ausência interminável do teu rosto" (p. 60).

No entanto, é o segundo motivo que, quanto a mim, adquire ressonâncias mais significativas. Trata-se da "última voz" dos versos iniciais da elegia de Camões, sujeita a transformações (mais uma vez) polifónicas em "Poema simples", que se consubstanciam nas "vozes que me habitaram" (p. 11) e na "voz ao longe que espanta" (p. 18), passando pela "vergonha cansada/ de ter ainda outra voz/ em rima pobre e sem nexo" (p. 15), tópico que se liga mais adiante à acusação de que o sujeito lírico diz ser alvo, de dar "sentidos à voz/ sem talento e sem pudor" (p. 25).

Metamorfoses polifónicas essas que perpassam também nos poemas seguintes. Ouvimo-las na "voz verdadeira" com que termina "Duplo" (p. 49); em "Eco", na "face mais obscura de uma voz" (p. 57), assim como na declaração de que "és tu a voz e o incêndio deste campo" (p. 63) — motivo, de resto, retomado em "Epimítio", com a possibilidade que é levantada de que "seja/ tua esta voz que canta em língua estranha" (p. 71). Verifica-se que essa ideia belíssima remete novamente para "Duplo", para os versos (p. 44)

> eu que seria mar, fosses tu barco,
> e barco do teu corpo sobre o mar
> fosses tu voz e sangue no meu corpo.

Faltaria referir o mais curioso nexo que *Uma fábula* estabelece com a Elegia II de Camões. E aqui é mesmo de uma voz fantasmagórica que se trata, pois podemos percorrer o livro da primeira à última página sem nos apercebermos dele. Pela minha parte, trago-o à colação somente porque as indagações a que procedi sobre a produção poética de Franco Alexandre me levaram à descoberta de que, numa primeira versão de "Poema simples", publicada na revista *Ave Azul* (III[a] série, verão/inverno 2000-2001, pp. 8-14), surge uma estrofe omitida de *Uma fábula* onde há menção de outra fábula a ser tomada em paralelo com a de Eco e Narciso. Eis os versos em questão:

> Outra história é a de orfeu
> pois rimador aqui estou;
> depois do frívolo idílio
> no inferno, aconteceu
> a pequena audácia trácia
> que virgílio não notou.

Esta referência órfica remete, por um lado, para os versos camonianos alusivos ao

> músico da Trácia, já seguro
> de perder a sua Eurídice, tangendo
> me ajudará, ferindo o ar escuro.

Mas a questão da "audácia trácia" elidida por Virgílio é novamente uma remissa para as *Metamorfoses* ovidianas, para o Canto X, onde (nas palavras de Nuno Galvão no meu romance) "Orfeu é referido como 'autor' não só de cantos poéticos, mas também de amores homoeróticos".

*

Ao reler o que escrevi, dou-me conta de que experimentei muito a necessidade de explicitar os elos que António Franco Alexandre estabelece com a tradição poética anterior: com Ovídio; com Camões. Da minha parte é nitidamente uma deformação profissional do classicista incapaz de ler um verso da *Eneida* sem pensar logo em pelo menos três versos da *Ilíada*, dois da *Odisseia* e um da *Argonáutica* de Apolónio de Rodes. O que me preocupa nas palavras que escrevi é que delas se possa inferir que *Uma fábula* é um livro de poesia essencialmente erudito e cerebral.

Sem querer obviamente negar tais qualidades à poesia de António Franco Alexandre, devo dizer que raramente li um texto poético que me tocasse de modo tão profundo em termos emocionais. Depois de ter lido o livro de trás para a frente inúmeras vezes, ainda sinto um nó na garganta quando leio o verso inicial de "Eco":

Agora vai ser assim: nunca mais te verei.

Uma fábula está repleta de versos como esse, que estilhaçam de imediato a redoma onde habitualmente guardamos a capacidade de nos comovermos. Versos como (p. 51):

... Pensava que amar-te (querer-te livre)
começava na ponta dos dedos e ia até às ideias mais abstractas,
que o teu corpo era a melhor expressão possível de ti...

Ou como os versos clausulares que preparam a sublime cadência final:

... numa noite de audácia incomparável
passo a tratar-te por tu, e abraço com as pontas dos dedos
os nós das tuas mãos; no fresco calor condicionado
de um quarto onde a luz não dá para ler, recito
estrofes e mitos, beijo-te, não é?...

Recensões

1. ÉSQUILO, *ORESTEIA*[1]

Foi em 458 a.C. que Ésquilo apresentou, em Atenas, a sua derradeira trilogia, a *Oresteia*, na competição mais prestigiada de todas, a das Grandes Dionísias. A obra ganhou o primeiro prémio e passou a constituir a referência fundamental na história do teatro antigo, vindo mais tarde a ser apelidada, por Swinburne, "a mais genial criação da mente humana".

*

Contrariamente ao que faziam os tragediógrafos mais novos, Sófocles e Eurípides, Ésquilo apresentava de preferência trilogias nas quais as peças, que as integravam, surgiam relacionadas pelo tema. Assim, a *Oresteia* encena três etapas da mesma história, distintas pela cronologia, contando sucessivamente o assassínio de Agamémnon, rei de Argos, pela sua mulher Clitemnestra; o assassínio desta pelo filho, Orestes, vingando desse modo o pai; e a culpa que recai sobre Orestes por ter morto a mãe, apesar de esse acto ter tido a aprovação do deus Apolo. A resolução final do problema tem lugar em Atenas, com a instauração do tribunal do Areópago por parte da deusa protectora da cidade, que decide pela absolvição de Orestes. A trilogia

[1] Ésquilo, *Oresteia*. Tradução de Manuel de Oliveira Pulquério. Lisboa: Edições 70, s.d.

Oresteia   271

equaciona, portanto, os problemas decorrentes da justiça praticada a título particular (olho por olho...), pondo em relevo, no final, o facto de ter sido a esclarecida Atenas a primeira cidade a encarar o homicídio de uma maneira "racional".

O momento mais emocionante da trilogia ocorre na terceira tragédia, quando o coro, que é constituído pelas divindades terríficas a que os gregos chamavam as Erínias (ou seja, as Fúrias), acede à oferta de Atena de receber honras especiais e de mudar o nome para "Euménides" (isto é, "Benfazejas"), renunciando, assim, ao direito que as Erínias detinham de atormentar até à loucura aqueles que tinham praticado homicídios sobre pessoas do seu próprio sangue.

A justiça, a que ninguém escapa, é o tema primacial da *Oresteia*: como diz o coro das *Coéforas* na reflexão central da trilogia, "a uns, a justiça vigilante, em seu movimento de balança, atinge rapidamente ainda em pleno dia; a outros, é no crepúsculo da tarde que chegam as penas adiadas; outros ainda são feridos pela noite interminável".

Além da significativa tomada de consciência que a obra representa em termos de racionalização do que, outrora, era pertença do "inconsciente colectivo", a *Oresteia* é também a única trilogia antiga que chegou completa até aos nossos dias. E, mais importante ainda, constitui o exemplo máximo da arte de um dos grandes autores de sempre, aspecto que nos leva agora a considerar a tradução de Manuel de Oliveira Pulquério, sob qualquer ponto de vista, um marco na história da literatura grega em português.

Ésquilo é um dos autores gregos mais difíceis de traduzir para as línguas modernas, pois o estilo do tragediógrafo alterna entre, por um lado, uma sobriedade hierática e, por outro, uma ousadia em termos de invenção de imagens e metáforas que provoca no leitor sobressalto atrás de sobressalto. Em Ésquilo, quando está escuro e se quer mais luz, não se acende um facho: o que acontece é que "inúmeros archotes, que as trevas tinham cegado, reabriram os seus olhos à ordem da rainha". O que é simples e grandioso em Ésquilo corre o risco de parecer, em tradução, corriqueiro e insulso; o que é sublime e arrojado pode soar, sem a musicalidade própria do grego, empolado e ridículo.

Respeitando o original mais do que é costume em versões inglesas e francesas, o doutor Pulquério conseguiu, com o seu português cristalino e exemplar, pôr em relevo a beleza "selvagem" da poesia esquiliana — selvagem no sentido em que o é a beleza do furacão, dos cumes rochosos cobertos de neve e do mar revolto e encrespado, a rugir, como diz Ésquilo, nos seus eternos fluxos e refluxos.

O Ésquilo que essa tradução da *Oresteia* nos apresenta é o poeta grandioso e criativo, que Aristófanes tanto admira na sua comédia *Rãs*, capaz das metáforas mais ousadas, como designar a língua por "bela proa da boca" (em que Manuel de Oliveira Pulquério é talvez o único tradutor a respeitar o original), ou descrever o mar após uma violenta tempestade como estando "todo florido de cadáveres", ou ainda a referência à serpente recém-nascida no pesadelo de Clitemnestra, que é "ancorada em faixas, porto seguro" (ou seja, envolta em fraldas, como uma criança). Isso para dizer que o tradutor não recuou perante as dificuldades que a maior parte dos tradutores contornam.

Nos momentos mais inspirados de Ésquilo, Manuel Pulquério está à altura da magia e da música do original: o Párodo (entrada do coro) do *Agamémnon*, um dos poemas mais belos da literatura grega, é possivelmente a coroa de glória desta *Oresteia* portuguesa. A segunda estrofe da ode é, no português límpido do doutor Pulquério, especialmente gratificante, pois dá-nos a oportunidade de nos congratularmos por a nossa língua ter resultado onde as outras falharam: "foi Zeus que guiou os homens para os caminhos da prudência, estabelecendo como lei válida a aprendizagem pelo sofrimento. Quando, em vez do sono, goteja diante do coração uma dor feita de remorso, mesmo a quem não quer chega a sabedoria. E isto é favor violento dos deuses que se sentam ao leme celeste".

Manuel Pulquério faz preceder cada peça por uma pequena introdução, onde analisa os principais aspectos que devemos ter em conta relativamente a cada tragédia. Introduz o volume um resumo da carreira e obra de Ésquilo e, no final do volume, temos uma pequena bibliografia de edições, traduções e estudos da *Oresteia*.

Desde a saída do *Agamémnon* em 1985, todos os que se interessam no nosso país pela Antiguidade Clássica aguardavam esta *Oresteia* completa. Que as expectativas não foram goradas, já foi demonstrado. Resta-nos agora esperar que Manuel Pulquério, que publicou o seu primeiro estudo sobre Ésquilo em 1964 (*Estrutura e função do diálogo lírico-epirremático em Ésquilo*, Coimbra), continue a tradução desse poeta para português, com *Persas*, *Suplicantes* e *Sete contra Tebas*[2].

2. ÉSQUILO, *PROMETEU*[3]

A figura titânica de Prometeu foi adoptada pelo imaginário romântico como herói-símbolo, protagonista da tragicidade esplendorosa da existência humana. Goethe, Shelley, Beethoven e, já no século XX, André Gide e Robert Lowell deixaram para a posteridade obras que testemunham o fascínio que sobre eles exerceu a figura do titã acorrentado no Cáucaso. O ponto de partida foi a tragédia *Prometeu agrilhoado* de Ésquilo (?), uma obra singular que levanta inúmeros problemas, começando pela própria autoria...

*

Poderá parecer estranho à maior parte das pessoas que um assunto aparentemente tão estudado (já para não dizer exausto) como a tragédia grega levante toda uma série de problemas bicudos que ainda não obtiveram solução satisfatória. Desses problemas, apaixonadamente discutidos pelos classicistas, há um sobre o qual ninguém quis (ou pôde) pôr a pedra proverbial: a questão da autoria do *Prometeu agrilhoado*, uma peça que a transmissão manuscrita bizantina transmitiu como sendo de

---

2 Entretanto, saiu, nas Edições 70, a tradução de *Persas*, também da responsabilidade de Manuel de Oliveira Pulquério.
3 Ésquilo, *Prometeu agrilhoado*. Tradução de Ana Paula Quintela Sottomayor. Lisboa: Edições 70, 1992.

Ésquilo, mas cuja autenticidade começou a ser seriamente posta em dúvida no século XIX.

O problema mais aparente é o mais simples de explicar: as restantes seis tragédias esquilianas transmitidas pela tradição manuscrita apresentam-se compostas num estilo difícil, repleto de metáforas ousadas e por vezes (quase) incompreensíveis. *Prometeu*, por outro lado, foi escrito num estilo claro, límpido – o que faz dele, no original, a peça mais acessível do *corpus* esquiliano. Em termos de dramaturgia e de métrica, essa tragédia tem mais que ver com Sófocles do que com Ésquilo (aliás, em questões de métrica, *Prometeu* contraria tudo o que as peças autênticas nos dizem sobre as preferências e hábitos musicais de Ésquilo); e no respeitante ao ideário religioso, é difícil não nos lembrarmos de vez em quando de Eurípides – ou de um poeta ainda mais "sofístico". Outro problema é o facto de termos nessa peça vocábulos e expressões que Ésquilo não emprega nas outras tragédias, consideradas autênticas. Muito simplesmente: se a peça tivesse sido transmitida como anónima, não passaria pela cabeça de ninguém dizer que era de Ésquilo.

Afinal quem compôs o *Prometeu*? A tendência vigente, hoje em dia, é na verdade para rejeitar a autoria esquiliana (aqui o trabalho do helenista Mark Griffith foi fundamental); mas ninguém pôde propor ainda, com segurança, o nome de outro autor. O facto é que os nossos conhecimentos da tragédia grega são muito parcelares, em virtude de só conhecermos uma selecção mínima dos autores e das obras que Atenas produziu no século V a.C. Logo, é muito pouco provável (a não ser que a arqueologia descubra algures no Egipto algum papiro que esclareça a questão) que o problema alguma vez encontre uma solução.

Seja como for, a peça permanece uma das glórias do teatro antigo, sobretudo devido à figura do protagonista, o titã que desafiou o próprio Zeus e que se recusou a ceder perante as tentativas de o demover (eis um traço bem sofocliano...). Isso levanta um problema estritamente dramatúrgico, que terá porventura determinado o facto de a peça não ter suscitado, nos tempos modernos, grande interesse em termos de encenação. Não faltam produções modernas do *Rei Édipo* de Sófocles, ou da *Medeia* de Eurípides; mas os encenadores devem achar (quem sabe se com razão) que o espectáculo de uma figura acorrentada a uma rocha do princípio ao fim da peça não proporciona grandes oportunidades para uma encenação cheia de movimento e dramatismo. O carácter estático dessa tragédia faz dela um texto que, hoje, pertence inevitavelmente ao foro da leitura.

No entanto, há momentos dramáticos insólitos em *Prometeu*, como a entrada "volante" do coro das Oceânides, que inspirou um golpe de génio num dos leitores mais célebres do *Prometeu agrilhoado*: Richard Wagner. As Valquírias do *Anel do Nibelungo* são, efectivamente, as descendentes românticas das Oceânides — do mesmo modo que toda a estrutura de uma ópera como *Siegfried* foi obviamente decalcada na técnica de Ésquilo de centrar a acção da maior parte das suas tragédias em torno do confronto entre duas personagens. Wagner é, pois, o correspondente moderno mais imediatamente acessível, se quisermos explicar em termos analógicos o efeito dramático da tragédia esquiliana; tal como Richard Strauss nos dá a dimensão aproximada de como funcionaria, do ponto de vista estético e emotivo, uma tragédia de Eurípides.

A tradução que sai agora nas Edições 70 revela os consideráveis talentos de Ana Paula Quintela Sottomayor como helenista, pois há de um modo geral uma preocupação evidente de seguir a letra do texto grego sem abdicar da fluência em português. Como sucede sempre nesses casos, há opções discutíveis com as quais nem todos os estudiosos da cultura clássica podem concordar. A título de exemplo, refiro a tradução do verbo *alitaino* no v. 533 por "pecar", solução que é de novo adaptada para *hamartáno*, no v. 578. Não será que o nosso verbo "pecar" aponta para um campo semântico, flagrantemente marcado por concepções cristãs, pouco consentâneo com o ideário helénico? Não será o conceito de "erro" mais grego do que o de "pecado"? Talvez uma opção como essa tivesse justificado uma nota a esclarecer a interpretação da tradutora.

Precede o texto traduzido uma introdução aos aspectos principais levantados pela peça, onde não faltam referências às sugestivas pervivências do tema na literatura romântica (e não só). Faltaria referir a obra de Robert Lowell (*Prometheus Bound*), uma das adaptações mais engenhosas e criativas de uma peça antiga na cultura contemporânea. Relativamente à questão da autoria da obra, Ana Paula Quintela Sottomayor alude à influente posição de E. R. Dodds, com base numa informação "oral" contida no famoso manual da professora Rocha Pereira, mas não cita o ensaio fundamental que o helenista irlandês publicou sobre o tema ("The *Prometheus Vinctus* and the Progress of Scholarship", in *The Ancient Concept of Progress and Other Essays*. Oxford, 1973). Outra ausência é o estudo indispensável de Oliver Taplin, *The Stagecraft of Aeschylus* (Oxford, 1977), que contém um capítulo considerável de análise do *Prometeu*, assim como um apêndice que analisa em pormenor os problemas suscitados pela autoria da peça.

3. SÓFOCLES, *REI ÉDIPO*[4]

Rei Édipo de Sófocles é, sem dúvida, a peça mais célebre do teatro antigo – mais em função das interpretações discutíveis que, no século XX, se fizeram a seu propósito, do que dos méritos indiscutíveis da obra enquanto teatro ou literatura. Freud é, efectivamente, o nome a que se associa, hoje, o herói tebano, facto que é tanto mais insólito e absurdo quanto mais reflectirmos sobre a peça de Sófocles, a qual leva à conclusão ineluctável (e, para muitos, surpreendente) de que Édipo, de facto, não sofria do complexo que lhe apropriou indevidamente o nome.

É que toda a questão do *Rei Édipo* de Sófocles reside no facto de Édipo ter cometido os crimes que o celebrizaram sem ter consciência de que os estava a cometer. De resto, uma leitura atenta da peça levar-nos-ia a postular, antes, a existência de um "complexo de Jocasta", pois é ela que profere os famosos versos que provocaram a ideia luminosa de Freud, cuja essência remete para a noção de que muitos homens ter-se-iam unido às mães em sonho, coisa perfeitamente natural... para Jocasta.

É ela que percebe mais cedo que o filho, a verdadeira natureza do seu parentesco, que está longe de se circunscrever à

---

[4] Sófocles, *Rei Édipo*. Tradução de Maria do Céu Fialho. Lisboa: Edições 70, 1991.

relação normal entre marido e mulher. O problema de Jocasta não é tanto o de saber que está casada com o filho; é muito mais o de impedir que Édipo descubra essa realidade aberrante, tentando desse modo evitar que a desgraça se abata totalmente sobre a família real de Tebas.

O teatro de Sófocles foca, antes de mais, o problema da percepção parcial da realidade a que tem acesso o ser humano, o qual, ao contrário do que sucede no plano divino, tem de lutar contra a confusão constante entre a realidade e aparência, confusão essa que é apanágio da sua condição imperfeita. A tragicidade da personagem de Édipo reside primacialmente na circunstância de, no início da tragédia, o rei de Tebas ter uma percepção errada da sua existência, o que vai contrastar amargamente com os momentos finais da peça, em que o nevoeiro se levanta e a realidade se manifesta envolta na luz fria, dura e ofuscante da verdade (é por isso que o coro se refere, na primeira ode coral, à palavra divina por meio de uma imagética que remete para as ideias de sol, neve e rocha).

Daí que Édipo se cegue no final da tragédia: é que o ser humano está de tal modo condicionado pela visão falaciosa que tem da realidade que, quando as trevas se transformam subitamente em luz, os seus olhos não aguentam tal intensidade. Claro que o auto-castigo voluntário de Édipo não se circunscreve apenas a essa questão, mas julgo que será um factor a ter em conta, tanto mais que a cegueira que Édipo impõe a si mesmo avulta, segundo Maria do Céu Fialho, como "o ponto chave para a compreensão da peça" (p. 30).

Outra vertente importante é a que nos é dada pela forma como Sófocles concebe o problema do tempo. Na mundividência peculiar do tragediógrafo ateniense, o tempo é o mecanismo da mortalidade, a que os deuses, por serem imortais e imutáveis, são alheios. O tempo traz a morte; mas pior do que isso, traz a mudança. Essa ideia é ilustrada na prática no entrecho do *Rei Édipo*, mas pode ser surpreendida com mais clareza no párodo das *Traquínias* – segundo Ezra Pound, a maior peça de sempre (igualmente traduzida por Maria do Céu Fialho) –, onde o coro dá uma visão "racionalizada" dos altos e baixos da existência humana, comparando-os às ondas do mar e ao movimento das constelações que giram calmamente em torno da estrela polar.

A mudança é, pois, para Sófocles, algo que faz parte da mudança cósmica, que o homem não tem outro remédio senão aceitar. O facto de os deuses serem alheios ao tempo e à mudança faz que se possa entrever, na "filosofia" de Sófocles, uma atitude de indiferença da parte do plano divino em relação ao plano humano. Contrariamente ao que sucede no teatro de Ésquilo, os deuses não interferem nas acções humanas, e, no *Rei Édipo*, o contacto entre os dois planos processa-se tão-somente por meio de oráculos, que os homens, na sua percepção nebulosa e parcial da realidade, não sabem interpretar como seria conveniente.

Daí que Édipo fuja de Corinto quando lhe é comunicado que vai matar o pai e desposar a mãe, tentando assim evitar que tal aberração se cumpra; mas como lhe falta saber o mais importante de tudo (quem é), acaba por provocar a sua própria destruição. Pois o que os deuses sabem, mas Édipo (ainda) não sabe, é que os reis de Corinto não são os seus pais.

Apesar da pequenez humana, o herói sofocliano é um homem grande. Édipo nunca hesita na sua busca de descobrir o assassino de Laio, mesmo quando já entrevê que o criminoso é ele próprio. A fragilidade humana tem a sua contrapartida na maravilhosa dignidade de que só o ser humano é capaz; e será nessa ambiguidade que reside a beleza trágica do herói sofocliano, muito diferente do herói de Ésquilo, que depende mais dos deuses e dos condicionalismos impostos pela hereditariedade; mais diferente ainda do herói típico de Eurípides, dominado por forças irracionais que não percebe nem controla.

Com tudo isso, ficou claro que fazia falta, em português, uma tradução digna do *Rei Édipo*, e Maria do Céu Fialho dá-nos uma tradução segura e fluente. O equilíbrio entre a fidelidade ao original e a necessidade de o transpor para um português claro é exemplar nas dificílimas odes corais, e o trabalho no seu conjunto, incluindo introdução e notas, constitui doravante uma referência fundamental para todos quantos se interessem por teatro e literatura.

4. FIALHO, *LUZ E TREVAS NO TEATRO DE SÓFOCLES*[5]

A imagética da luz e das trevas lembra logo a transição do maneirismo para o barroco e o arrepiante *chiaroscuro* de Caravaggio. Mas já os gregos tinham explorado essa técnica, não nas artes plásticas, mas sim na literatura. O teatro de Sófocles é a mais alta expressão metafórica da luz e das trevas na poesia grega, como demonstra Maria do Céu Fialho num estudo estimulante e, por vezes, controverso.

*

Sófocles foi, com Virgílio e Goethe, um dos poucos artistas verdadeiramente geniais da cultura ocidental a obter, em vida, a consagração que, para Eurípides, Schubert, James Joyce ou Fernando Pessoa, só viria a título póstumo. Atenas reconheceu o valor do seu grande tragediógrafo, concedendo-lhe consistentemente os prémios mais elevados nos concursos dramáticos, celebrados todos os anos na cidade – e é curioso notarmos que, na sua comédia *Rãs*, um tratado de crítica literária em que o alvo é o género trágico, Aristófanes se abstém de pôr a ridículo a "sagrada" figura de Sófocles, sorte que não tiveram Ésquilo e Eurípides, cada um à sua maneira arrasado pelo espírito mordaz do irreprimível comediógrafo.

Sófocles estreou-se nos concursos dramáticos de Atenas em 468 a.C. com uma tetralogia (hoje perdida) que apresentava uma inovação importante relativamente à prática esquiliana: três actores (em vez de dois), o que aumentava em muito o potencial propriamente dramático da tragédia. Aristóteles refere que foi também Sófocles que elevou o número dos membros do coro de doze para quinze, introduzindo, igualmente, nas representações, a noção de "cenografia". Há indícios de que Sófocles escreveu, ainda, um tratado teórico acerca do género trágico, que não chegou até nós: tudo isso nos leva a postular que Sófocles se interessou profundamente pelos aspectos práticos

---

5 Maria do Céu Zambujo Fialho, *Luz e trevas no teatro de Sófocles*. Coimbra: INIC, 1992.

do teatro, o que é sobremaneira interessante porquanto Sófocles nos surge, em última análise, como o mais "filosófico" dos três grandes tragediógrafos atenienses.

Rei Édipo é uma das peças conservadas de Sófocles em que a oposição luz/trevas é aproveitada de modo brilhante, pois tal imagética parece nascer do próprio entrecho. Não admira que Maria do Céu Fialho lhe dedique um extenso e reflectido capítulo, que contribui de forma positiva para a nossa compreensão dessa obra fundamental. Não concordo, no entanto, com a posição que a autora defende relativamente à segunda ode coral da peça, que, para muitos leitores do *Rei Édipo*, parece ter um alcance mais vasto do que o defendido pela autora.

Quando o coro pergunta por que razão há-de *choreuein* (isto é, "dançar", "formar coros" ou até "representar tragédias") se a religião tradicional já não é respeitada, não me parece muito difícil ver nessa pergunta uma certa revolta da parte do próprio Sófocles (que desempenhou funções de sacerdote e recebeu culto próprio após a sua morte) em relação ao clima de descrença vigente em Atenas durante os primeiros anos da Guerra do Peloponeso, tanto mais que o *Rei Édipo*, no seu conjunto, pode ser visto como uma peça que pretende, de facto, validar a religião em geral – e os oráculos em particular.

Nesse aspecto, é preciso não esquecer que Sófocles foi um autor conservador, que estava nitidamente a remar contra a maré: o *air du temps* dessa época (sobretudo no respeitante à religião) pode ser surpreendido com muito mais exactidão nas peças que Eurípides compôs nos últimos vinte anos da sua vida (e da de Sófocles, pois ambos morreram em 406 a.C.). Não contesto que a segunda estrofe dessa ode se dirija "na sua maior veemência, a Jocasta, cuja atitude é inequivocamente ímpia, de descrença perante o poder dos próprios deuses" (como Maria do Céu Fialho afirma na p. 85). Mas é preciso ver que a tragédia grega não centrava em si mesma a finalidade a que se propunha: Aristófanes afirma claramente pela boca de Ésquilo nas *Rãs* que, tal como o professor ensina as crianças, o tragediógrafo tem o dever de ensinar os adultos. O efeito de uma tragédia grega implica uma tomada de consciência da parte do público em relação ao tema versado; a "arte pela arte" ainda estava para vir — num futuro não muito longínquo, mas que só faz sentido no âmbito da cultura helenística.

O capítulo mais bem conseguido de *Luz e trevas* parece-me ser o que a autora dedica à *Electra*, talvez a peça mais complexa de Sófocles (que inspirou, como se sabe, essa obra-prima da tragédia grega "moderna" que é a ópera homónima de Richard Strauss).[6] O final da peça, a que Maria do Céu Fialho dá a expressiva designação de "entenebrecer de Electra libertada", tem causado bastante estranheza aos leitores da tragédia, a ponto de a edição de Roger Dawe (em que a autora baseou o seu estudo) considerar apócrifos os últimos versos proferidos pelo coro, nos quais há um tom de júbilo que dificilmente se coaduna com o acto horrendo de matricídio que Orestes levou a cabo, apoiado pela irmã. Em Ésquilo e Eurípides, o assassínio de Clitemnestra não fica sem castigo: o filho matricida é atormentado por Fúrias reais — ou imaginárias (como sucede no *Orestes* de Eurípides).

Como se explica que Sófocles tenha optado por um desfecho feliz tão inverosímil? Maria do Céu Fialho sugere convincentemente que o desfecho não é tão feliz como parece: a libertação é tenebrosa, "sem brilho nem heroísmo" (p. 194); afinal, a justiça cantada pelo coro é como uma "maldição cumprida nas dominantes vitais que se invertem" (p. 193). Podemos lembrar a esse propósito o final da *Elektra* de Richard Strauss, em que, depois de um ambiente sonoro de dissonâncias, bitonalidade e mesmo atonalidade, ouvimos como sons derradeiros o acorde "luminoso" de dó maior, que nunca na história da música soou tão horripilante… ou tão tenebroso.

O livro de Maria do Céu Fialho desenvolve e aperfeiçoa a metodologia iniciada por Dieter Bremer (*Licht und Dunkel in der frühgriechischen Dichtung*, Bonn, 1974), com quem a autora estudou em Munique. É especialmente digno de relevo o modo seguro e sempre estimulante com que a autora se situa na confluência da Filologia Clássica com a filosofia de tradição alemã. Em suma, um estudo de conjunto sobre quatro tragédias

---

6   A notável tradução desta peça por Maria do Céu Fialho saiu em 2003, integrada no volume, por ela coordenado, do teatro completo de Sófocles (Sófocles, *Tragédias*. Coimbra: Minerva, 2003).

fundamentais da cultura ocidental, que revela um conhecimento invejável da bibliografia secundária sobre Sófocles e um poder de análise que ilumina nos seus cambiantes de *chiaroscuro* essas peças que pensávamos já conhecer. Um livro rico e complexo, que interessa a amantes de teatro, literatura e filosofia.

5. EURÍPIDES, *MEDEIA*[7]

O conceito romântico do "poeta maldito" convém mal à maior parte dos autores gregos do período clássico, porque, na Grécia Antiga, o próprio facto de se ser poeta implicava logo um vínculo social e político à *pólis* difícil de escamotear. No entanto, é grande a tentação de assim encararmos um dos grandes tragediógrafos atenienses do século V a.C., aquele que mais escandalizou os seus concidadãos com a ousadia dos temas que tratou, aquele que foi mais ridicularizado pelos comediógrafos da época, aquele que menos vezes viu as suas peças coroadas com o primeiro prémio nas competições dramáticas.

Gerou-se de tal modo, em torno de Eurípides, essa aura de incompreensão e isolamento, que se imaginava, na Antiguidade Tardia, o poeta a compor as suas obras sozinho e marginalizado numa gruta perto de Salamina. Mas como tantas vezes acontece, foi-se dando, progressivamente, depois da morte de Eurípides, uma valorização cada vez mais positiva da sua obra, a ponto de não só termos mais peças dele conservadas pela transmissão manuscrita do que de Ésquilo ou de Sófocles, mas de ter sido Eurípides que mais influenciou a tragédia e a ópera modernas, como se pode ver por Racine (*Phèdre*), Gluck (*Alceste*), Goethe (*Iphigenie*) ou Richard Strauss (*Die ägyptische Helena*).

Mas a tragédia euripidiana que mais imitações suscitou foi a *Medeia*, representada em 431 a.C., no ano em que começou a Guerra do Peloponeso (que opôs Atenas a Esparta) e cem anos antes de o chamado "Pintor de Andócides" ter descoberto a pintura, na moderna acepção do termo, com a sua decisão de

---

[7] Eurípides, *Medeia*. Tradução de Maria Helena da Rocha Pereira. Coimbra: INIC, 1991.

inverter o esquema tradicional nos vasos gregos de figuras negras com fundo vermelho, para a técnica muito mais expressiva de figuras vermelhas com fundo negro.

O paralelo com Eurípides não é tão disparatado como parece: o mais "pictórico" dos poetas gregos terá mesmo exercido, segundo a tradição antiga, a profissão de pintor. Por outro lado, a inversão revolucionária do Pintor de Andócides tem a sua réplica na forma como Eurípides subverteu a concepção tradicional do herói trágico, que em Ésquilo e Sófocles aparecia preferencialmente revestido da vontade indómita masculina, mas que em Eurípides apareceu com grande frequência associada à fragilidade e emotividade típicas das suas heroínas femininas. Alceste, Fedra, Andrómaca, Helena e Ifigénia são personagens cuja feminilidade é aproveitada com uma verosimilhança psicológica que faz delas figuras muito mais reais do que as inesquecíveis, mas comparativamente monolíticas, Cassandra e Antígona, de Ésquilo e Sófocles, respectivamente.

No entanto, Medeia é um caso à parte. Em primeiro lugar, uma mulher que mata os próprios filhos não pode ter como característica dominante a feminilidade frágil que acima referi. Depois, a forma como reage à sua situação de mulher abandonada, com o ódio intransigente que experimenta pelo homem que a rejeitou, aponta para a vontade indómita – para a recusa do estatuto de vítima – que a cultura grega (e não só) associou primacialmente ao homem.

Não é por acaso que grupos de feministas foram buscar a determinados versos da *Medeia* de Eurípides o seu "credo", pois Medeia representa precisamente o contrário da mulher que se deixa dominar pelo homem, apesar de fazer depender dele o diapasão por que os seus momentos de felicidade ou desgraça são afinados. Logo, o pretenso feminismo da peça é bastante relativo, quanto mais não seja pelo mero facto de ser um pouco ridículo falar de feminismo num contexto como o teatro ateniense, exclusivamente representado por homens, para uma assistência que comportava, ao que parece, apenas membros do sexo masculino. Por outro lado, o contexto real em que a peça foi representada torna ainda mais admirável o modo como o poeta consegue criar, até certo ponto, uma relação de solidariedade entre o público e a angústia de Medeia, sem recorrer a uma versão mais branda do mito, como muitos séculos mais tarde faria Vincenzo Bellini na sua obra-prima, a ópera *Norma*, onde a protagonista está prestes a matar os filhos para castigar o homem que a abandonou, mas de repente cai em si e exclama "*ah no, son miei figli!*".

Medeia hesita no seu célebre monólogo (donde a apóstrofe ao coração foi igualmente transposta para a *Norma*: "*non pentirti, o core...*") e deixa bem claro que, racionalmente, não quer fazer mal aos filhos. Mas há uma força irresistível que a arrasta, tal como acontece com Fedra que, por muito que não queira estar apaixonada por Hipólito, não consegue fazer nada contra a paixão que a vai destruir. Eis um bom exemplo da vertente do "irracional" do teatro euripidiano, justamente apregoada pelo helenista britânico E. R. Dodds, por sinal professor da tradutora desta *Medeia* portuguesa.

Maria Helena da Rocha Pereira é uma classicista que dispensa apresentações. É a figura cimeira do estudo da cultura grega em Portugal no século XX e uma tradução assinada por ela oferece, à partida, garantias de rigor e de conhecimento profundo dos problemas suscitados pelo texto em causa. A introdução e as notas denunciam, passo a passo, a mão de uma grande especialista — onde, com penetrante lucidez e (involuntária?) ironia, a tradutora elimina todas as fantasias e elocubrações estrambólicas a que a peça se tem prestado.

Como já é seu costume, a preocupação de Maria Helena da Rocha Pereira não é de fazer belos versos em português, mas de transpor para a nossa língua, com invejável sobriedade, exactamente o que o autor escreveu. E isso é de uma dificuldade extrema, pois apesar de Eurípides ter sido o mais coloquial dos três grandes tragediógrafos atenienses, é certo que teve de se exprimir numa linguagem que, do ponto de vista moderno, nos parece altamente codificada e artificial.

A grande vantagem da tradução de Maria Helena da Rocha Pereira é que esse factor não é escamoteado nem sujeito aos critérios discutíveis, adaptados por tradutores de outras escolas (as velhas traduções da Sá da Costa de Homero e Sófocles...), de suavizar as asperezas do original, dando-lhes uma "volta" que favorece, eventualmente, a redacção em português, mas falseia a letra do original. O que lemos, portanto, nessa *Medeia*, é o que Eurípides escreveu. Uma vantagem inestimável para o leitor sério, que deseje o confronto directo com uma das obras dramáticas mais arrasadoras do teatro universal.

6. EURÍPIDES, *BACANTES*[8]

Eurípides continua a ser o mais proteico de todos os autores da Antiguidade Clássica. A interpretação da sua obra tem conhecido as reviravoltas mais inesperadas e, desde o século XIX, cada geração de estudiosos vem apresentar um Eurípides diferente. Mas há uma tragédia cujos enigmas não foram todos desvendados: *Bacantes*, uma obra ao mesmo tempo sublime e horripilante, que ainda consegue pôr em estado de choque o leitor a quem o *gore* do cinema moderno já não faz impressão nenhuma.

*

Goethe considerou as *Bacantes* a mais esplendorosa de todas as tragédias euripidianas, e muitos são os apreciadores do teatro grego que concordam com essa opinião. Mais do que qualquer outra, as *Bacantes* confirmam a afirmação de Aristóteles de que Eurípides foi o "mais trágico" de todos os tragediógrafos gregos, pois a tensão cumulativa que se desenvolve ao longo da peça redunda num final que é de pôr os cabelos em pé a qualquer pessoa.

A tragédia pertence à última fase da carreira de Eurípides, integrada numa trilogia que foi postumamente apresentada nas Grandes Dionísias de Atenas (trilogia essa a que pertence também *Ifigénia em Áulis*) e que arrebatou um dos poucos primeiros prémios da carreira do autor. Supõe-se que a peça foi composta na Macedónia, país para onde Eurípides se exilou a seguir à apresentação de *Orestes* (em 408 a.C.). O contraste entre o ambiente trágico de *Bacantes* e a leveza requintada do novo tipo

---

[8] Eurípides, *Bacantes*. Tradução de Maria Helena da Rocha Pereira. Lisboa: Edições 70, 1992.

de tragédia que Eurípides inventara antes de sair de Atenas (de que *Ifigénia entre os tauros* e *Helena* são um bom exemplo) levou muitos estudiosos a pensar que foi o contacto com a natureza "selvagem" da Macedónia que operou o retorno do poeta ao lado mais brutal da experiência trágica. Claro que isto é impossível de confirmar ou de refutar; mas a surpresa de Eurípides ter terminado desse modo a sua carreira ainda faz correr tinta nos meios especializados.

Outro aspecto estranho dessa tragédia é o ambiente profundamente religioso que se instaura nas odes corais. Não foram só os filólogos positivistas do século XIX que consideraram Eurípides um crítico assumido da religião tradicional: os próprios atenienses (como se vê pelas *Tesmofórias* de Aristófanes) também achavam que Eurípides tinha convencido os homens de que os deuses não existiam. Porquê essa apresentação exaltada do culto dionisíaco, o mais irracional de toda a religião grega? E se a intenção do autor era de dar o dito por não dito, por que razão é que ele apresenta o deus sob um prisma tão cruel e horrífico?

Não tem faltado quem entenda que as *Bacantes* constituem o derradeiro gesto de rejeição enojada do sobrenatural por parte de um ateu convicto; mas essa atitude falseia completamente a realidade que se nos depara na peça. A opinião vigente hoje em dia (iniciada por E. R. Dodds, autor do melhor comentário à tragédia) é a de que as *Bacantes* afirmam a equivalência de Dioniso a uma força sobrenatural, a qual nós ignoramos por nossa conta e risco. Pior do que os excessos do delírio dionisíaco é o recalcamento dos mesmos – um pouco à semelhança do que sucede em *Hipólito,* onde Afrodite castiga de forma atroz o protagonista que pensou ser possível viver com a sexualidade sempre reprimida.

Em *Bacantes*, Dioniso chega a Tebas para instituir o seu culto, que é aceite por todos menos Penteu, o rei. Essa é a situação que é logo delineada no prólogo da peça. O resto da tragédia vai mostrar-nos a vingança sangrenta de que Penteu será vítima, no decurso da qual o deus consegue alterar por completo a personalidade do rei, submetendo-o a humilhações sucessivas, até ao momento em que o rei é dilacerado pela mãe e pelas tias, convencidas, no auge do êxtase dionisíaco, de que Penteu é um animal selvagem.

"Com a boca a espumar e revolvendo os olhos em todas os direcções, sem saber pensar direito... agarra-lhe o antebraço esquerdo, apoia o pé no flanco do desventurado e desarticula-lhe o ombro... levava uma o braço, outra um pé ainda calçado. Desnudavam-lhe as costelas diaceradas pelas unhas. Todas as mãos estavam ensanguentadas com as carnes de Penteu atiradas como quem joga à bola" (pp. 91-92).

Logo a seguir, a mãe de Penteu, desvairada, entra em cena com a cabeça do filho nas mãos, convencida de que praticou, na cria de um leão, o ritual dionisíaco de dilacerar um animal selvagem (para depois lhe comer a carne ainda quente). À crise de delírio irracional segue-se o momento ainda mais horrível da consciência, em que a rainha reconhece a cabeça que tem nas mãos. Cumpriu-se a vingança de Dioniso, mas as perguntas que se levantam na mente do leitor/espectador não se afiguram mais passíveis de obter resposta convincente.

Que Dioniso (ou Diónisos, como Maria Helena da Rocha Pereira agora prefere chamar-lhe) é um deus cruel, é algo que fica bem claro, assim como a circunstância de o castigo não ser proporcional ao erro cometido, tópico muito característico de Eurípides, que aparece também na *Medeia* e no *Hipólito*. O maior enigma ainda continua a ser a relação que se instaura entre o deus e Penteu, que começa numa posição de força e de intransigência em relação ao "estrangeiro", a qual rapidamente descamba numa submissão inexplicável ao apelo que o deus faz ao lado mais abjecto da sua personalidade.

A Schaubühne de Berlim realizou uma produção das *Bacantes* (transmitida pela RTP em 1987) em que o poder exercido por Dioniso sobre Penteu era visto em termos de atracção homoerótica. Mas o certo é que essa interpretação, apesar de sugestiva, não encontra um apoio explícito no texto da peça. Por outro lado, a sexualidade recalcada de Penteu (sobretudo o seu voyeurismo) acaba por ser o instrumento de que o deus se vai socorrer para destruir o seu opositor. Mais um aspecto em que *Bacantes* surge como tragédia profundamente ambígua, mesmo que, como afirma a tradutora na sua introdução, a "justa medida" seja restabelecida no final da tragédia "no plano da imanência divina" (p. 30). No respeitante à tradução, é assinada por Maria Helena da Rocha Pereira: mais não haverá a dizer. A introdução, que trata as principais questões levantadas pela peça, e o comentário minucioso, que acompanha a tradução, fazem do livro um autêntico estudo crítico sobre *Bacantes*, que interessará igualmente a especialistas e ao leitor apaixonado por literatura e teatro.

7. PLATÃO, *GÓRGIAS*[9]

Considerado por muitos o diálogo mais actual do mais influente filósofo da história da cultura europeia, o *Górgias* está para a obra de Platão como a sonata "Apassionata" para a de Beethoven: um texto que, como disse Wilamowitz, é impossível ler "de coração frio". Desde a hipocrisia da política, aliada à problemática do prazer, ao nazismo *avant la lettre*, são poucos os temas da ética moderna que não são preludiados nessa obra-prima literária e filosófica do pensamento universal.

*

Apesar dos problemas provavelmente sem solução relativos à cronologia interna da obra platónica, o *Górgias* é geralmente tido como um diálogo de "viragem" na filosofia de Platão. À semelhança do que sucede com Beethoven, por exemplo, em cuja obra é possível discernir três períodos distintos, podemos dividir os diálogos de Platão em três grandes grupos. O *Górgias* situa-se algures entre o primeiro e o segundo período: ostenta características formais dos primeiros diálogos, como a abordagem a determinado assunto por meio da pergunta "o que é X?"

---

9 Platão, *Górgias*. Tradução de Manuel de Oliveira Pulquério. Lisboa: Edições 70, 1992.

(nesse caso, a retórica); mas, por outro lado, contrariamente aos primeiros diálogos e à semelhança das obras do período médio, já não é "aporético", no sentido em que o *Górgias* não termina com a verificação de que é impossível chegar a uma conclusão concreta relativamente ao tema tratado, mas sim com matéria surpreendentemente positiva em termos de doutrina – o que aponta já para o *Fédon* e, sobretudo, para a *República* (cujo primeiro livro repete, aliás, a estrutura dramática do *Górgias*).

Mas o *Górgias* constitui (de longe!) uma leitura mais aprazível do que a *República*: por um lado, porque a argumentação ainda não ostenta a "bagagem metafísica" (como lhe chamou E. R. Dodds) do diálogo posterior; por outro, porque o leitor moderno reconhece mais facilmente os problemas éticos do nosso tempo no confronto que opõe Sócrates a Cálicles, uma figura cujo ideário ("a razão está do lado de quem detém o poder") não só influenciou Nietzsche, para quem a ética socrática era uma "moral de escravos", mas viria também, por um acaso grotesco da sorte, a avalizar filosoficamente, por meio do aproveitamento indevido da ética nietzscheana, os excessos aberrantes do nazismo. Por outras palavras, a figura do oponente de Sócrates no *Górgias*, levada às últimas consequências, redunda no membro dos SS interpretado por Helmut Griem no filme *Os malditos* de Luchino Visconti.

Por aqui se vê que a temática tratada por Platão no *Górgias* transcende em muito a pergunta "o que é a retórica?". Já na Antiguidade Clássica se tinha chegado à conclusão de que o diálogo ostenta, aparentemente, dois temas. O comentador antigo Olimpiodoro observou que "uns são da opinião de que o tema é a retórica; outros acham que se trata de uma discussão acerca da justiça e da injustiça", concluindo acertadamente que "o alcance do diálogo é a consideração dos princípios éticos conducentes à felicidade de uma sociedade política".

Sociedade "política" era sem dúvida a ateniense no tempo de Platão, mas a atitude do Sócrates platónico em relação à famigerada democracia ateniense poderá causar algumas surpresas. No *Ménon*, por exemplo, Platão refere-se a políticos como Temístocles e Péricles de um modo que, não sendo propriamente elogioso, é mais ou menos indulgente. Mas no *Górgias* a atitude do filósofo sofreu uma radicalização: Péricles é objecto de uma condenação violenta, e a sua vontade de engrandecer Atenas, apetrechando-a de portos, estaleiros, muralhas, impostos "e outras parvoíces do género", é vista como a causa da ulterior derrocada da cidade.

Essa atitude de Platão chocou os comentadores ingleses e alemães do século XIX, condicionados como estavam pelo vazio da propaganda política. Mas o leitor moderno do *Górgias* está mais apto a compreender as razões profundas da desconfiança de Platão relativamente à classe política, uma vez que hoje em dia estamos mais alertados do que nunca para a "retórica" oca da adulação das massas (para utilizar um conceito típico do *Górgias*), que está na base de manobras eleitorais, por demais conhecidas das sociedades "democráticas" para precisarem de ser aqui explicitadas.

Como sempre, Platão prima pela perícia e pela intuição psicológica com que caracteriza as figuras que intervêm no diálogo. Os três interlocutores de Sócrates são Górgias, Polo e Cálicles. O primeiro referido, Górgias, é o célebre criador da "prosa de arte" (mestre longínquo, na técnica da prosa musical, de Marcel Proust e Thomas Mann) e corresponde sem tirar nem pôr à descrição que dele fez o classicista britânico J. D. Denniston: "começando com a vantagem inicial de não ter nada de especial para dizer, Górgias pôde concentrar todas as suas energias na sua expressão".

Os fracos atributos intelectuais que Platão adscreve ao famoso orador fazem dele um adversário que Sócrates consegue pôr em estado de confusão em duas penadas. A discussão passa então para Polo, um discípulo de Górgias, detentor (como observou Dodds) de uma estupidez natural de tal forma alarmante que até Górgias parece inteligente em comparação. Cálides é "outra loiça": é um jovem Nietzsche em embrião, como já se referiu, mas ao ser refutado por Sócrates torna-se amuado e petulante.

A personalidade de Cálicles salta das páginas do diálogo com tal vivacidade que é difícil pensar que se trate de uma figura inventada. De resto, até podemos perguntar por que motivo Platão intitulou o diálogo *Górgias*, e não *Cálicles* (há um papiro egípcio de Oxirrinco que inclui um *Cálicles* na lista das obras de Platão, erro compreensível). O facto é que Cálicles corresponde apenas ao resultado do ensinamento de Górgias: a retórica, entendida como um "jeito empírico", põe nas mãos de pessoas moralmente condenáveis um instrumento de persuasão que, divorciado da filosofia (segundo Platão, o percurso conducente ao conhecimento do Bem), pode arrastar a espécie humana para as piores consequências. Basta pensarmos na história recente do século XX para darmos razão à forma indignada como Platão rejeita a retórica: uma arte que não é arte, sem qualidades definidas, pouco melhor que uma versão verbal e particularmente insalubre da *haute cuisine* – para retomar a própria analogia socrática.

Relativamente à tradução de Manuel de Oliveira Pulquério (que assinou uma incomparável *Oresteia*), há a salientar a sua elegância e legibilidade, assim como o facto de ser, de um modo geral, exemplarmente fiel à letra do original. Claro que, numa obra deste género, há sempre divergências possíveis, tanto mais que o vocabulário filosófico grego é muito difícil de traduzir para português. A terminologia epistémica de 454c-455a suscitou opções porventura menos felizes e, em 494e, os "libertinos" do doutor Pulquério nada têm a ver com o estereótipo que associamos ao termo: em grego, *kinaidos* é um jovem que se dedica à prostituição homossexual. Mas face às vantagens de termos um instrumento de trabalho nas mãos como o *Górgias* do doutor Pulquério, essas objecções são obviamente de somenos importância.

8. PLATÃO, *MÉNON*[10]

O *Ménon* é um diálogo microcósmico, decisivo na obra de Platão, que marca de forma evidente um ponto de viragem no modo de o filósofo abordar a problemática do saber e, por conseguinte, da própria actividade filosófica.

---

10 Platão, *Ménon*. Tradução de Ernesto Rodrigues Gomes. Lisboa: Colibri, 1992, 2ª ed.

*

É sabido que o conjunto dos diálogos escritos por Platão pode ser dividido em três grandes fases: um "primeiro período", em que a influência de Sócrates é determinante, constituído por diálogos em que o modo de abordar um assunto é tentar defini--lo – donde a pergunta "o que é x?", que se repete ao longo desses diálogos "socráticos", em que "x" pode ser, por exemplo, a coragem (*Laques*) ou a amizade (*Lísis*); um "período médio", em que Platão parece libertar-se da influência de Sócrates, desenvolvendo a sua famosa e infinitamente complexa Teoria das Formas (em diálogos como *Fédon*, *Banquete*, *República*, *Fedro*); e, por fim, um "terceiro período", em que as certezas propostas pelos diálogos médios já não parecem tão certas, e onde a própria Teoria das Formas é submetida a uma crítica desconcertante a partir do grupo de diálogos formado por *Parménides*, *Teeteto*, *Sofista* e *Político*.

Essas divisões não são do agrado de todos os platonistas; e é facto que há diálogos que são difíceis de arrumar nessas "gavetas" que, apesar de operativas, não deixam de ser um pouco redutoras. Certos diálogos parecem denunciar uma fase de transição no modo de Platão abordar as questões por que se interessou: se a primeira parte do *Fedro*, por exemplo, o liga ao *Banquete* e à *República*, a segunda parte desse diálogo parece funcionar como "rampa de lançamento" para a fase final do Mestre ateniense.

Ménon está numa posição parecida, incrustado de forma pouco confortável entre o primeiro e o segundo períodos. Por um lado, retoma o tema de um diálogo que pertence nitidamente à fase socrática: o *Protágoras*, onde Platão problematiza a questão de se a virtude pode ou não ser ensinada. Mas, por outro, a exposição da Teoria da Reminiscência e a aceitação da imortalidade da alma, que tal teoria implica, conduz a filosofia rumo à metafísica que caracteriza claramente os diálogos médios.

As ressonâncias pitagóricas inerentes a essa temática levam muitos platonistas a afirmar que o *Ménon* só pode ter sido escrito depois da primeira viagem de Platão à Sicília, que ocorreu em 387 a.C., durante a qual se pensa que o filósofo terá tomado um contacto mais profundo com as teorias da escola pitagórica relativas à imortalidade e à transmigração das almas, temas que surgem no *Ménon* ao lado de outras preocupações que interessaram os seguidores de Pitágoras, como sejam a afinidade abrangente da natureza e, claro está, a matemática.

O modo como os pitagóricos entendiam a matemática autorizava a crença de que existem realidades além do mundo sensível, realidades essas que constituem as "causas" determinativas do mundo que nos rodeia. A alma imortal tomou contacto com essas realidades antes de encarnar num corpo sensível, o que está na base da doutrina proposta pelo *Ménon* de que aprender não é mais que recordar.

Para apoiar essa ideia de modo eminentemente prático, Platão encena, no *Ménon*, uma pseudo-lição de geometria, ao longo da qual Sócrates leva um jovem escravo, que não percebe nada de matemática, a "recordar" conhecimentos de geometria, por meio de perguntas simples assistidas pelos diagramas que aparecem, de forma eloquente e programática, na capa dessa tradução da Colibri. Claro que, a certa altura, o processo de anamnese ("reminiscência") chega a um impasse, mas, como acertadamente observa José Trindade Santos na introdução ao diálogo, Sócrates atingiu o seu objectivo: "Ménon é forçado a admitir a função heurística da aporia, ou seja, que o interlocutor de Sócrates se acha em melhor disposição para aprender, quando, depois de refutado, se dá conta da sua ignorância" (p. 14).

A importância do *Ménon* como texto filosófico é, portanto, incontestável. Mas Platão foi também o maior prosador da língua grega, sendo muitos dos seus diálogos verdadeiras obras-primas literárias: basta ler *Protágoras* ou *Banquete* para se perceber que, ao entrarmos no universo platónico, estamos perante uma personalidade com um poder de invenção dramática e artística fora do vulgar.

Esse é o único aspecto em que *Ménon* é uma desilusão. Em comparação com *Protágoras*, que trata aparentemente o mesmo tema, o brilho literário está muito embaciado; sem cair na expressão pesada e pouco fluente de um *Sofista* ou de um *Político*, o *Ménon* mesmo assim tem pouco para oferecer aos apreciadores da "prosa artística" de que Platão, noutras obras, foi um dos maiores expoentes. Por isso, o *Ménon* é um diálogo ingrato de traduzir, visto que a sua prosa não coloca grandes desafios ao tradutor; contrariamente ao *Banquete*, à *República* ou ao *Fedro*, não há no *Ménon* exibições de pirotecnia verbal que obriguem o tradutor a puxar por todas as suas capacidades criativas. Isso faz com que a aridez um pouco desconsolada que, a uma primeira leitura, parece patentear a tradução de Ernesto Rodrigues Gomes não seja imputável ao tradutor, mas sim ao facto de Platão não ter estado em grande forma artística quando escreveu o *Ménon*. Posto isso, deve salientar-se a circunstância de a comparação do original grego com a versão portuguesa pôr logo em evidência a fidelidade da mesma, o que por vezes redunda numa expressão demasiado literal (outras vezes, dá ideia que o tradutor não "pegou" numa ou noutra frase da forma mais apropriada: cf. por exemplo 74c8; 74b4-5; e o processo de traduzir o "tu" a que se dirige o interlocutor imaginário de 74d por "o Senhor").

Mas essa fidelidade ao texto levanta um problema: que edição está na base dessa tradução? Penso que se trata de uma informação de primeira importância, que não deveria ter sido omitida. Teria valorizado a bibliografia com que o volume termina uma resenha dos estudos modernos mais importantes concernentes ao *Ménon*, para ajudar o leitor interessado em aprofundar os aspectos principais focados no diálogo. Claro que essa função é desempenhada em parte pela introdução do doutor Trindade Santos, mas temos de reconhecer que a forma com que o diálogo é apresentado na introdução foca principalmente as questões filosóficas; uma breve referência a alguns títulos consagrados da bibliografia sobre Platão daria pelo menos uma pista ao leitor que quisesse informar-se relativamente ao modo como o *Ménon* se insere no conjunto da produção platónica.

9. PLATÃO, *BANQUETE*[11]

A pergunta que se poderá levantar, hoje em dia, será a seguinte: que relevância terá para nós esse conceito tão descarnalizado de

11 Platão, *Banquete*. Tradução de Maria Teresa Schiappa de Azevedo. Lisboa: Edições 70, 1991.

amor? Que a religião cristã integrou organicamente o amor platónico na sua teologia é facto indiscutível. Mas para o leigo moderno, qual será a pertinência de um erotismo que suprime por completo a sua manifestação física? Responder não é fácil. Mas digamos, de uma maneira mais ou menos humorística, que na era da sida o *Banquete* até poderia funcionar como *Kamasutra* do sexo seguro...

*

O diálogo platónico intitulado *Banquete* pertence àquele número restrito de obras filosóficas cuja leitura marca para sempre, de modo indelével e inesquecível, o leitor. Não será tanto a circunstância de os argumentos postos por Platão nas bocas dos vários intervenientes no diálogo serem especialmente persuasivos, pois, vistos pelo prisma da filosofia pós-kantiana, poderão até resultar surpreendentemente tendenciosos e repletos das mais escandalosas e deliberadas falácias. O indiscutível fascínio que o diálogo continua a operar decorre, antes, da perícia dramática com que Platão soube encenar esse estimulante encadear de discursos sobre o amor, assim como da deslumbrante qualidade literária do conjunto e da verosimilhança psicológica e humana com que as personagens saltam (dir-se-ia vivas) das páginas do diálogo.

O *Banquete* avulta ainda especialmente importante devido ao facto de algumas dessas personagens terem tido uma projecção muito expressiva na sociedade e na cultura atenienses. Além do caso evidente de Sócrates, temos três figuras absolutamente fulcrais da vida cultural da Atenas do último quartel do século V: Aristófanes, o maior génio cómico de sempre; Ágaton, o tragediógrafo e *dandy* que, se as suas tragédias não tivessem desaparecido, seria uma das figuras cimeiras da literatura grega; e Alcibíades, cujo misto de irresponsabilidade, oportunismo e irresistível encanto pessoal marcou, para melhor ou pior, a história da Grécia. Acresce que tanto Sócrates como Ágaton e Alcibíades são vítimas conhecidas da troça aristofânica em comédias como *Nuvens*, *Tesmofórias* e *Rãs*, o que dá um interesse adicional à lista de convidados de Ágaton no *Banquete* platónico.

Num campo mais delicado, a predominância, nesse diálogo, de uma sensibilidade homoerótica (que aparece, de forma mais ou menos acentuada, no teor dos discursos dos vários intervenientes) exige que o leitor moderno se debruce sobre um problema de mentalidade, que distingue radicalmente a cultura grega das épocas arcaica, clássica e mesmo helenística da cultura judaico-cristã em que nos inserimos. Ora, o contacto directo que o *Banquete* nos proporciona com essa vertente da sociedade grega ajuda-nos a determinar a especificidade da cultura antiga em relação à nossa, o que permite o estabelecimento de paralelos profundos entre o legado clássico e nós mesmos.

Tal tarefa não será, no entanto, tão simples como possa parecer. A forma como os gregos concebiam a homossexualidade nas suas manifestações mais elevadas (excluindo, por conseguinte, os contactos baseados em questões económicas) centrava-se numa ideia de educação muito própria, protagonizada por um "amante" mais velho e por um "amado" mais jovem, sem deixar lugar para amizades deste género entre homens da mesma idade.

O discurso de Pausânias no *Banquete* pode parecer, desse modo, um pouco ambíguo, uma vez que preconiza uma troca de favores entre o jovem e o homem mais velho com base nessa mesma ideia formativa, percebendo-se ao mesmo tempo que Pausânias e Ágaton mantinham uma relação sentimental que extravasava para fora das metas etárias habituais nesse tipo de relação.

É que por *eros* pode entender-se duas coisas distintas no *Banquete*: a atracção erótica, por um lado, que A pode sentir por B porque B é detentor das qualidades físicas que naquela sociedade eram consideradas sexualmente desejáveis; mas, por outro lado, *eros* pode designar o estado apaixonado que duas pessoas sentem uma em relação à outra, o qual não depende da atracção física, mas sim das qualidades intrínsecas, únicas e irrepetíveis, de que só essas pessoas são detentoras. Nesse aspecto é curioso verificarmos que Aristófanes é o único que emprega *eros* exclusivamente nessa segunda acepção: mesmo Sócrates, na sua apologia do amor sublimado – fase a ser superada no processo anímico conducente ao conhecimento do Bem –, emprega *eros* indistintamente nas duas acepções.

A empatia subjectiva que se poderá ou não sentir relativamente às várias concepções de amor que surgem no *Banquete* é algo que cada leitor terá de determinar sozinho. Cada uma tem qualidades e defeitos – mas é óbvio que Platão nos quer fazer ver que a concepção socrática as supera a todas. Seja como for, a obra não perdeu a sua relevância filosófica e literária. E a tradução de Maria Teresa Schiappa de Azevedo é certamente um dos livros que eu levaria para a ilha deserta (juntamente com o *Fédon*, na versão da mesma tradutora).

A primeira grande qualidade dessa maravilhosa tradução é o facto de ser extraordinariamente "legível". Maria Teresa Schiappa de Azevedo (excelente helenista que se dedica há anos ao estudo e tradução da obra platónica) optou por uma linguagem frequentemente coloquial, o que ajuda o leitor moderno a estabelecer uma relação imediata com o texto (situação que nem sempre se verifica em traduções de textos clássicos para português). A introdução e as notas – um primor de superlativa redacção em português – ajudam o leitor a compreender os passos mais difíceis do diálogo e a bibliografia final remete para um conjunto de leituras mais aprofundadas, que poderão ser empreendidas por quem deseje mergulhar a fundo no universo maravilhoso dos diálogos de Platão.

10. LUCIANO, *MEMÓRIAS DE UM BURRO*[12]

Para a maior parte das pessoas, falar no *Satíricon* é falar dos excessos rocambolescos do cinema de Fellini. Mas o filme é a adaptação fantasiosa de uma obra literária que marcou o apogeu de um género muito característico do mundo greco-romano: o romance. Afirmar isso não implica necessariamente uma valorização positiva do romance grego e latino em termos de qualidade literária, pois se compararmos qualquer romance

---

12 Luciano, *Eu, Lúcio: Memórias de um burro*. Tradução de Custódio Magueijo. Lisboa: Inquérito, 1992.

antigo com um diálogo platónico ou uma tragédia euripidiana, o resultado não é propriamente animador, sucedendo o mesmo se procedermos ao confronto entre as obras dos romancistas antigos como Cáriton (*Quéreas e Calírroe*), Aquiles Tácio (*Leucipe e Clitofonte*) ou Heliodoro (*As Etiópicas*) e os textos narrativos que, de facto, podem ser considerados grandes romances – *A cartuxa de Parma*, *Ana Karenina*, *A montanha mágica*.

Dizer exactamente como é que surgiu o romance na Antiguidade Clássica é impossível, apesar de algumas tentativas terem ficado célebres, como a de Erwin Rohde, com o seu estudo já clássico, publicado no final do século XIX, *O romance grego e seus antecessores* (*Der griechische Roman und seine Vorläufer*). No entanto, parece claro hoje em dia que a escrita e procura de obras desse tipo se inseria na "cultura de massas" que caracterizou em parte a época helenística, durante a qual surgiu um público leitor com perfil específico, que se divertia a ler histórias de amor e aventuras repletas de piratas, naufrágios e incidentes eróticos picantes, escritas numa linguagem que, a partir do século II d.C. (época da chamada "Segunda Sofística"), começou a evidenciar índices de literariedade bastante elevados, como se vê, sobretudo, pelo romance que mais tarde haveria de inspirar o português Jorge de Montemor (*Diana*) e Maurice Ravel: *Dáfnis e Cloe*, escrito por um autor – Longo – acerca do qual nada sabemos[13].

*

A obra de Luciano que sai agora pela primeira vez em português pertence justamente a essa época da literatura grega, em que a preocupação literária mais evidente era a tentativa discutível de voltar à linguagem dos grandes prosadores áticos do século IV a.C., como Platão, Lísias e Demóstenes. Isso significa que a língua em que Luciano se exprimiu por escrito (se é que foi mesmo Luciano o autor de *Lúcio*, pois a questão está longe de se encontrar resolvida…) pouco tinha a ver com o idioma que era realmente falado na altura – o que levanta problemas interessantes

---

13 Sobre Longo, poderá consultar-se, neste livro, as pp. 227-233.

do âmbito da sócio-linguística, análogos aos que surgiriam se agora todos entendêssemos que "escrever bem" em português seria imitar o estilo e a linguagem de Fernão Lopes.

Essa preocupação fanática pela "correcção" teve como efeito ulterior a adopção de Luciano como autor ideal para as iniciações ao grego clássico, visto que o seu grego claro e exemplar constitui uma introdução acessível à sintaxe e às estruturas básicas da língua dos grandes autores áticos já referidos.

O tema de *Eu, Lúcio: Memórias de um burro* apresenta semelhanças marcadas com um romance latino de autoria de Apuleio, conhecido pelos títulos *Burro de ouro*[14] ou *Metamorfoses*. Em ambas as obras temos como protagonista Lúcio, um jovem fascinado pela magia, que se encontra hospedado em casa de um avarento cuja mulher ninfomaníaca tem talentos de feiticeira. Após uns episódios altamente pornográficos entre Lúcio e a criada do seu anfitrião, o jovem assiste, às escondidas, à transformação da feiticeira em pássaro. Fica de tal modo maravilhado que também quer experimentar.

Mas a metamorfose dá para o torto. E em vez de pássaro, Lúcio encontra-se insolitamente na pele de um burro, mantendo, porém, as faculdades mentais de um ser humano. A única maneira de recuperar a forma humana é de ingerir pétalas de rosa; mas ao longo do romance, há sempre qualquer coisa que lhe impede o acesso à dita flor, pelo que passa por situações incríveis, que vão desde o caricato ao verdadeiramente aberrante.

No final, temos o desfecho feliz da praxe em todos os romances antigos, só que, contrariamente ao que sucede nos romances de Longo, Apuleio ou Heliodoro, não se verifica em *Lúcio* a tentativa de dar aos sofrimentos do protagonista um verniz de significação religiosa. De resto, a irreverência picante do narrador é a característica mais saborosa da obra, como se pode ver pelo relato das aventuras eróticas com a criada da feiticeira, onde há uma utilização brilhante de metáforas pertencentes ao foro do pugilismo:

---

[14] No Brasil, a tradução do título é *O asno de ouro*. [N.E.]

"Então ela tirou o vestido, pôs-se toda nua e começou imediatamente a dar ordens: meu borrachinho, despe-te e perfuma-te com esta loção e abraça a tua antagonista; agora puxa-a pelas duas pernas, e deita-a de costas; a seguir, e por cima dela, mete-lhe as pernas por entre as coxas, afasta-as, mantém as pernas algo elevadas e esticadas; depois, deixa-as descair e, com firmeza, cola-te a ela, penetra, ataca, avança, entra já a matar, à queima-roupa, até que ela fique derreada; força nesses rins! Seguidamente, dá-lhe uma 'esfrega' na horizontal, espicaça-lhe as virilhas, avança até ao 'muro'; depois, é continuar a bater. E assim que a vires derreada, monta-a, dá-lhe um nó à cintura e mantém-te assim; sobretudo faz por não ter pressa, aguenta um pouco, acerta o passo com ela [...]" (p. 43).

Quanto à versão portuguesa desse romance divertidíssimo, basta dizer que foi assinada por Custódio Magueijo, que já traduziu, para a Inquérito, *Nuvens* de Aristófanes e duas obras de Luciano, *Hermotimo* e *Uma história verídica*. O facto de a edição ser bilíngue permite ao leitor helenista apreciar as soluções inesperadas e brilhantes que o tradutor encontra para verter o grego, sendo especialmente louvável o modo como o professor Magueijo consegue respeitar a letra (sem nunca abdicar de um português saborosamente idiomático) em situações por vezes tão simples que outro tradutor nem lhes teria dado importância. Pela parte que me toca, apreciei especialmente vários momentos da tradução, nos quais me apercebi de que, se tivesse sido eu a traduzir, a relação com o original teria saído empobrecida.

11. RIBEIRO FERREIRA, *A GRÉCIA ANTIGA*[15]

Do labirinto do Minotauro às conquistas de Alexandre, a história da Grécia Antiga surge como um rodopio de começos e de declínios, uma aventura que também se pode seguir somente

---

15 José Ribeiro Ferreira, *A Grécia Antiga*. Lisboa: Edições 70, 1993. Marie-Claire Amouretti e Françoise Ruzé, *O mundo grego antigo*. Tradução de Miguel Serras Pereira. Lisboa: Dom Quixote, 1993.

pelo prazer da leitura. Duas abordagens diferentes, de universitários de formações diversas: o mundo grego é simplesmente inesgotável.

*

Manuais universitários como estes parecem à primeira vista não fazer mais que juntar mais bibliografia a um tema que já deu ao mundo livros que chegue. E desalojar os estudos já consagrados de Bowra, Kitto, Finley etc. pareceria uma tarefa tão inútil quanto impossível. Mas o facto é que o estudo da Antiguidade Clássica não é uma área do saber fossilizada: graças à arqueologia, que nas últimas décadas tem feito descobertas sensacionais em território grego (e não só), o nosso conhecimento das épocas micénica e arcaica avançou de modo quase inacreditável, o que vai revestindo de inevitável obsolescência os manuais clássicos de história da Grécia. Nesse aspecto, uma vantagem óbvia dos panoramas da história grega da autoria de José Ribeiro Ferreira (*A Grécia Antiga*) e de Marie-Claire Amouretti e Françoise Ruzé (*O mundo grego antigo*) é o facto de revelarem uma posição esclarecida relativamente às descobertas recentes.

Em termos cronológicos, o estudo mais abrangente é *O mundo grego antigo*, que começa a traçar a história do "fenómeno grego" na civilização minóica, dando logo de seguida uma síntese geral da Grécia micénica, um período notoriamente eriçado de dificuldades, no respeitante ao qual as autoras tomam uma posição sensata, transparecendo com clareza a forma atenta como têm seguido as últimas descobertas arqueológicas. Um dos problemas mais bicudos é o da chamada "invasão dórica", que se tem prestado a ilações contraditórias. Aqui, as autoras optam por uma posição firme: "o problema da queda do mundo micénico deve ser dissociado do problema dos Dórios" (p. 67). Se houve ou não uma "invasão" é algo que talvez nunca saibamos ao certo, mas a arqueologia aponta para a inverosimilhança de tal solução para explicar o ocaso da civilização micénica.

A relação entre o mundo micénico e os Poemas Homéricos é outro problema difícil, em relação ao qual as autoras de

O mundo grego antigo se abstêm de extrair conclusões fáceis. Coisa rara entre estudiosos de língua francesa, Amouretti e Ruzé mostram-se familiarizadas com as teorias de composição oral desenvolvidas por Milman Parry (que escreveu, paradoxalmente, o primeiro ensaio importante em francês). E, coisa mais rara ainda, conseguem expor a problemática sem dogmatismos redutores. Poder-se-á objectar que há uma certa superficialidade no modo de elas apresentarem a questão, mas o alcance do livro não se circunscreve à história literária, pelo que a síntese esclarecedora é preferível a um desenvolvimento que seria, de resto, impossível sem pressupor da parte do leitor alguns conhecimentos de língua grega.

A partir do momento em que entramos no mundo da *pólis* grega, os dois livros podem funcionar de forma complementar. Ressalta imediatamente que a abordagem de José Ribeiro Ferreira é, num primeiro contacto, a mais legível: o professor de Coimbra opta por um texto corrido, em que as questões mais importantes vão sendo suavemente encadeadas umas nas outras, com frequentes citações de fontes gregas em tradução portuguesa, o que torna a matéria mais aprazível em comparação com o manual de Amouretti e Ruzé, onde tudo se encontra segmentado em esquemas, quadros e parágrafos complementares à margem, o que, estranhamente, não facilita a consulta.

Por outro lado, o facto de se tratar, no caso de *O mundo grego antigo*, de uma tradução do francês, coloca problemas evidentes no respeitante à tradução dos textos gregos citados, que não foram vertidos do original (como sucede no livro de Ribeiro Ferreira). No entanto, a tradução de Miguel Serras Pereira deve ser elogiada, até pelo modo exemplar como apresenta em português os nomes gregos (normalmente a característica mais catastrófica de traduções desse género). As mesmas qualidades já referidas mantêm-se ao longo do desenvolvimento da matéria em ambos os livros, pelo que será altura de entrar nos pontos controversos.

É no livro de Amouretti e Ruzé que surgem os problemas. Antes de mais, a questão da bibliografia "recomendada". É perfeitamente anedótico referir nomes como Croiset ou Vernant como as sumidades reconhecidas no campo da história literária grega e da mitologia (respectivamente), quando os trabalhos de Lesky e Burkert já relegaram esses autores para um plano secundário (Vernant continua, no entanto, com os seus "incondicionais"). Aqui estamos obviamente perante o problema de os estudiosos franceses não gostarem de admitir que existe bibliografia muito mais actualizada em alemão e inglês. No acrescento à bibliografia desse livro intitulado "bibliografia disponível em português", a ausência dos trabalhos de José Ribeiro Ferreira (*Da Atenas do século VII a.C. às reformas de Sólon* e *A democracia na Grécia Antiga*) e José Trindade Santos (*Antes de Sócrates*) é gritante.

Mas há problemas mais graves, decorrentes da falta de familiaridade das autoras com a literatura grega clássica. Ainda se compreende que a atribuição de obras como *Mulheres na assembleia* e *Riqueza* a Aristóteles (sic!) em vez de a Aristófanes (p. 279) possa ser um lapso, mas definir o termo "párodo" no âmbito do teatro grego como "entrada tumultuosa do coro" (p. 167) é puro disparate. Outro erro evidente é afirmar que as tragédias conservadas de Sófocles "remetem-nos para o tempo de Péricles" (p. 187), quando *Rei Édipo*, *Electra*, *Filoctetes* e *Édipo em Colono* foram compostas depois da morte de Péricles (no caso das últimas duas citadas, mais de vinte anos depois).

Os filósofos também encontrarão motivo para arrepios com a afirmação de que o pitagorismo é uma doutrina que "conhecemos sobretudo através de lamelas de ouro com inscrições gravadas" (p. 236). A afirmação categórica de que Platão foi ao Egipto (p. 277) não é menos desastrada. E dizer, na mesma página, que a verdade é algo que "Platão explica aos seus alunos, que se reúnem à volta dele nas salas do ginásio" é uma formulação singular para descrever a Academia.

Tudo isso nos leva à conclusão de que *A Grécia Antiga* de Ribeiro Ferreira patenteia uma segurança de informação que deixa a perder de vista as ingenuidades das colegas francesas, pelo que o balanço final aponta claramente para o facto de *A Grécia Antiga* servir melhor os estudantes universitários a que ambos os livros se destinam.

12. BURKERT, *MITO E MITOLOGIA*[16]

Walter Burkert começou a dar que falar nos círculos restritos dos estudiosos da Antiguidade Clássica por volta de inícios dos anos 1960, com a publicação de um artigo surpreendente na revista alemã *Hermes* (n° 88 de 1960) intitulado "Platon oder Pythagoras?", no qual o autor arrumava definitivamente a ideia, mais que divulgada desde Cícero e Santo Agostinho, de que tinha sido Pitágoras o primeiro a empregar a palavra "filósofo" no sentido que hoje lhe atribuímos. Para Burkert, a origem do significado "amigo da sabedoria" ter-se-ia dado muito mais tarde, nos círculos atenienses ligados à Academia de Platão, proposta que, devido aos argumentos conclusivos apresentados nesse artigo, é hoje geralmente aceite.

Oito anos depois, Burkert poria de novo os classicistas em polvorosa com um artigo ("Orpheus und die Vorsokratiker" na revista *Antike und Abendland*, n° 14) suscitado pela descoberta sensacional do "Papiro de Derveni", onde se pode ler o que parece ser uma cosmogonia pré-socrática. Como já era seu costume, Burkert punha em relevo a falta de consistência de algumas elocubrações improváveis que a possível vertente órfica da dita cosmogonia tinha provocado, voltando mais uma vez ao mesmo assunto em 1986 com um artigo intitulado "Der Autor von Derveni" (publicado na *Zeitschrift für Papyrologie und Epigraphik*, n° 62).

O que ressalta da atitude de Burkert em relação às matérias tratadas nesses artigos é a sua total intransigência relativamente à tentação – quase irresistível para alguns helenistas – de colmatar artificialmente as inúmeras lacunas no nosso conhecimento da Antiguidade Clássica com conjecturas graciosas (do género *si non è vero, è ben trovato...*), que acabam por prejudicar mais a compreensão do assunto do que o simples e honesto reconhecimento de que, no respeitante àquela matéria, pouco mais se pode acrescentar, pelo menos no estado actual da investigação.

---

16 Walter Burkert, *Mito e mitologia*. Tradução de Maria Helena da Rocha Pereira. Lisboa: Edições 70, 1992.

O mesmo posicionamento transparece naquilo que é talvez a obra-prima de Burkert, o livro *Homo necans*, publicado em Berlim em 1972. O título, que significa à letra algo como "homem assassino", remete para uma categoria antropológica, autorizada pelas investigações do autor, segundo a qual o homem primitivo (*Urmensch*) vai buscar identidade espiritual do rito de matar um outro ser vivo — o qual pode em muitos casos pertencer à espécie... humana.

Por outras palavras, o conceito de *homo religiosus* equivale ao de *homo necans*, generalização que pode ser aplicada a um âmbito muito mais abrangente do que o caracterizado pelos rituais repletos de *gore* das religiões ditas primitivas, uma vez que, como afirma o próprio Burkert, mesmo o Cristianismo tem por base o assassínio cruento de uma vítima inocente, o filho de Deus. Assim, "no seio da própria experiência religiosa ameaça-nos o fascínio da violência sangrenta".

A justificação dessa teoria assenta no pressuposto de que o homem é antes de mais um caçador, pois é a actividade de caçar que determina a diferença ecológica decisiva entre o homem primitivo e os outros primatas. Essa teoria já fora desenvolvida pelo suíço Karl Meuli num ensaio publicado em 1946; mas depois, em 1955, veio a contestação do sueco M. P. Nilsson. Foi preciso esperar até à publicação de *Homo necans* para a questão ficar definitivamente arrumada.

De resto, essa crença de que o *gore* da mitologia grega só pode ser entendido no contexto de um homem primitivo que é, antes de mais, caçador aparece de novo noutro livro de Walter Burkert que fez época: *Structure and History in Greek Mythology and Ritual* (Berkeley, 1979), onde podemos ler as críticas polémicas formuladas por Burkert às teorias de Lévi-Strauss, de Propp e, de um modo geral, ao estruturalismo *tout court*. Aí, mitos tão conhecidos (devido ao seu aproveitamento posterior pelo teatro, pela literatura e pelo cinema) como os de Hipólito e de Adónis são submetidos a uma análise apoiada nos tabus primitivos que estabelecem uma conexão insólita, mas comprovada, entre as ideias de castidade (ou falta dela, no caso de Adónis) e de culpa, por um lado, e a "herança do caçador", por outro.

Na altura em que o nome de Walter Burkert irrompeu na Filologia Clássica de expressão anglo-americana já saíra em Stuttgart a grande obra de conjunto do professor de Zurique, *Griechische Religion der arcaischen und klassischen Epoche* (1977). Tratando-se de uma obra que não pressupõe da parte do leitor qualquer conhecimento da língua grega, ou mesmo um contacto prévio com os labirintos da Filologia Clássica, é espantoso verificarmos o nível de rigor científico e profundidade na abordagem aos problemas mais fundamentais, sempre de forma perfeitamente lúcida e acessível a qualquer leitor. Tais qualidades fazem dessa obra a melhor introdução ao assunto alguma vez elaborada em qualquer língua, pelo que a sua tradução para português avulta como uma necessidade de primeira importância[17].

O livrinho em epígrafe, traduzido por Maria Helena da Rocha Pereira, evidencia, apesar da extensão reduzida, as mesmas qualidades referidas a propósito dos estudos mais importantes de Burkert. Integrado no primeiro volume da publicação gigantesca *Propyläen Geschichte der griechischen Literatur*, oferece um apanhado geral das questões mais importantes que o estudo científico da mitologia tem levantado, clarificando os problemas mais difíceis sem os reduzir a esquemas simplistas, pondo em relevo, sempre que necessário, a dimensão irremediável na nossa ignorância. Há coisas que não podemos mesmo saber. Nem racionalizar.

Como sempre, Burkert não poupa Freud, Jung e os estruturalistas, o que porá logo, em relação a esse livro, muitos leitores portugueses de pé atrás. A ideia de que o herói tebano Édipo não sofria do complexo que Freud lhe adscreveu nem sempre é bem aceite entre nós; e mesmo os fãs de Burkert não podem deixar de sentir (como o próprio mestre reconhece) que os arquétipos do inconsciente de Jung detêm inegável fascínio. Mas para Burkert, a ideia de que o mito não pertence à esfera do irracional, mas sim à da linguagem, é uma espécie de dogma. E aqui poderia parecer que a semiologia teria algo a acrescentar. Mas

---

17 A tradução de M. J. Simões Loureiro saiu em 1993 (*Religião grega na época clássica e arcaica*. Lisboa: Fundação Calouste Gulbenkian).

não. O austero professor de Zurique não se deixa levar por "esquemas" que, por muito aliciantes que sejam, não conseguem "esgotar o variegado e profundo conteúdo dos mitos" (p. 36).

No conjunto, trata-se de uma das publicações mais úteis no campo da mitologia alguma vez editadas em Portugal.

Índice onomástico

ADMETO 135-141, 161
ADÓNIS 306
AFRODITE 40, 41, 44, 65, 72, 74, 112, 113, 162, 194, 287
AGAMÉMNON 27, 61, 88, 90, 94-96, 126-128, 132, 140, 144, 252, 271, 273, 274
ÁGATON 68, 70, 176, 182-191, 196-199, 202, 209, 296, 297
ÁJAX 59, 135, 151, 152
ALCESTE 60, 63, 100, 135-141, 153, 161, 169, 172, 283, 284
ALCEU 39, 40, 188
ALCIBÍADES 196, 197, 200, 207, 217, 218, 296
ALCÍNOO 31, 32, 95, 253, 254
ÁLCMAN 39
ALEXANDRE, ANTÓNIO FRANCO 36, 261, 263-269
ALVES, HÉLIO 250
ALVES, MANUEL DOS SANTOS 57
ANACREONTE 39, 41, 42, 44, 58, 187, 188, 217
ANAXÁGORAS 133, 237
ANDRADE, EUGÉNIO DE 115, 116
ANDRESEN, SOPHIA DE MELLO BREYNER 73, 112, 128
ANDRÓMACA 61, 150, 166, 172, 252, 284
ANDRÓMEDA 167, 181, 183
ANDRONICO II PALEÓLOGO 237, 238

ANFÍON 94
ANFITRITE 112
ANNAS, JULIA 219, 223
ANTÍGONA 62, 130, 150, 151, 155, 284
ANTÍNOO 99, 101, 103, 104
APOLO 71, 76, 120-123, 134-136, 141--143, 146, 161, 189, 259, 262, 271
APOLÓNIO DE RODES 70, 71, 73-75, 102, 108, 269
AQUILES 24-27, 88, 94, 95, 157, 252
AQUILES TÁCIO 107, 227, 299
ARATO 119
ARETAS 238
ARIOSTO, LUDOVICO 45, 249, 250, 252, 256
ARISTARCO 30, 84
ARISTÓFANES 49, 63, 65-71, 77, 92, 99, 100, 120, 139, 152, 165, 167, 169, 173-178, 180-187, 190, 197, 199, 201-204, 216, 234, 273, 280, 281, 287, 296, 297, 301, 304
ARISTÓFANES DE BIZÂNCIO: 30, 84, 143, 169
ARISTÓTELES 39, 60, 61, 63, 68, 84, 143, 151, 166, 190, 193, 196, 242, 280, 286, 304
ARQUÍLOCO 39, 97, 114
ARSÍNOE 72
ASTÍANAX 24, 25
ATENA 26, 74, 91, 104, 143, 272
ATOSSA 51, 52

AURISPA 239
AUSÓNIO 44, 119
AZEVEDO, MARIA TERESA
    SCHIAPPA 82, 106, 197, 201,
    205, 211, 215, 295, 298

BACHELARD, G. 228
BAKHTINE, M. 227
BAQUÍLIDES 111, 112, 235
BARRETT, W. S. 168, 169, 172
BASÍLIO, SÃO 234-236
BEATLES 194
BEETHOVEN, LUDWIG
    VON 195, 274, 289
BELLINI, VINCENZO 285
BERMÚDEZ, JERÓNIMO 245
BERNARDES, DIOGO 260
BESSARIÃO, CARDEAL 239
BIEHL, WERNER 148
BISMUT, ROGER 245
BLÉPIRO 175
BOGARDE, DIRK 147
BOTTICELLI, SANDRO 72
BROOKE, RUPERT 186
BURKERT, WALTER 145, 304-307

CABEDO, MIGUEL 66
CAEIRO, ALBERTO 116
CALCÔNDILES, DEMÉTRIO 250
CÁLICLES 207, 290, 291, 292
CALÍMACO 70-73, 75,
    108, 117-122, 262
CALÍOPE 220, 221
CALIPSO 109, 253
CAMINHA, PERO
    ANDRADE DE 260, 261
CAMÕES, LUÍS VAZ DE 21, 24, 27,
    35, 40, 45, 75, 122, 132, 228, 233,
    241, 249-259, 262, 263, 266-269
CAMPBELL, DAVID 109
CAMPOS, JOSÉ ANTÓNIO
    SEGURADO 45, 258
CANALETTO 229
CARAVAGGIO 280
CÁRITON 227, 299
CARVALHO, JOAQUIM
    LOURENÇO DE 89, 92

CASSANDRA 153, 284
CASTOR 133
CASTRO, INÊS DE 248
CATULO 40, 44, 108, 120, 255
CINA, HÉLVIO 119
CIRCE 253
CLIO 98
CLITEMNESTRA 96, 127-129, 131,
    132, 146, 147, 157, 271, 273, 282
CLOE 228-232
COLONNE, GUIDO DELLE 252
COMENA, ANA 235
COMOTTI, G. 168
CREÚSA 142, 151, 154, 161
CRISIPO 172
CRISOCOCCES, JORGE 239
CRISÓTEMIS 129, 130, 131

DÁFNIS 75, 228-232
DALE, A. M. 136, 149, 157
DANEK, GEORG 86, 87
DANTE 23, 249, 252
DARIO 52, 53, 54
DAWE, ROGER 29, 56, 59,
    86, 91-93, 102, 282
DEAN, JAMES 143
DEMÉTER 48, 121, 157
DEMÉTRIO
    (PSEUDO-DEMÉTRIO) 107, 108,
    114, 115, 233
DEMÓCRITO 106, 117
DEMÓDOCO 96, 253
DEMÓSTENES 166, 234, 299
DENNISTON, J. D. 291
DIDO 74
DIGGLE, JAMES 77, 134, 165, 166
DIONISO 53, 64, 65, 68, 69, 165,
    175, 177, 232, 241, 242, 287, 288
DIOTIMA 196-204
DODDS, E. R. 148, 158, 200, 212,
    215, 277, 285, 287, 290, 291
DOVER, SIR KENNETH 83, 108,
    177, 178, 181, 188, 196, 202, 216

ECO 264-269
ÉDIPO 57, 59, 62, 84, 151, 155, 172,
    186, 275, 277-279, 281, 304, 307

EGISTO 96, 128, 133, 134, 146, 147
ELECTRA 55, 59, 61, 125-135,
    140, 142-144, 148, 150, 152,
    156, 157, 172, 282, 304
ELLIOT, GEORGE 79
ELPENOR 253
EMPÉDOCLES 70
ÉQUETO 104, 255
ÉRATO 220
EROS (MITÓNIMO) 40, 42, 43, 65,
    195, 196-199, 202, 204, 231
ESOPO 265
ÉSQUILO 50-53, 56, 58, 60,
    71, 126-130, 134, 135, 142,
    143, 149-151, 156, 157, 164,
    166, 167, 169, 172, 189, 243,
    244, 271-276, 279-284
ESTÁCIO 250
ESTAÇO, AQUILES 262
ESTESÍCORO 39, 210
ETÉOCLES 61, 62
EUGÉNIO, BISPO DE TOLEDO 44
ÊUPOLIS 176, 249, 250
EURÍPIDES 21, 47, 56-58, 60-71, 73,
    92, 100, 108, 120, 125-129, 132-
    137, 139, 141-145, 147-173, 176,
    177, 181-184, 186-190, 234, 242,
    243, 245, 271, 275, 276, 279-288
EVADNE 60, 63, 133

FAETONTE 168, 171
FARIA E SOUSA, MANUEL 250,
    251, 255, 258
FEDRA 60, 64, 137, 138, 142, 159, 162,
    163, 190, 191, 244, 245, 284, 285
FÉMIO 96
FERNANDES, RAÚL MIGUEL
    ROSADO 78, 262
FERRARI, G. R. F. 199, 226
FERREIRA 210, 301-304
FERREIRA, ANTÓNIO 45,
    241-249, 260, 262
FERREIRA, VERGÍLIO 48
FIALHO, MARIA DO CÉU 57,
    129, 160, 277-282
FILELFO 239
FILETAS 122, 231

FILOCTETES 55, 129, 135,
    147, 151, 152, 304
FILÓSTRATO 107
FINO, CARLOS 50, 51
FLACO, VALÉRIO 255
FÓCIO 150, 233
FRAENKEL, EDUARD 57, 127
FREUD, SIGMUND 277, 307
FRÍNICO 176, 190
FRISCHLIN, NICODEMO 72

GALVÃO, NUNO 269
GARATONE, CRISTOFORO 239
GERMAIN, G. 93
GINSBERG, ALLEN 39
GLUCK, CHRISTOPH
    WILLIBALD 141, 172, 283
GOETHE, JOHANN WOLFGANG
    VON 172, 230, 274, 280, 283, 286
GOMES, ERNESTO
    RODRIGUES 292, 295
GONZAGA, TOMÁS ANTÓNIO 108
GREGÓRIO DE CORINTO 236
GREGÓRIO DE NAZIANZO 236
GRIFFITH, MARK 151, 275
GUARDI 229
GUTHRIE, W. K. C. 212, 223

HADES 71, 88, 95, 150
HAMLET 146
HÉCATE 150
HEFESTO 25
HEITOR 24, 25, 27, 147, 252
HELENA 27, 63, 134, 142, 143,
    145-147, 150, 153, 157, 159, 172,
    181, 183, 188, 210, 252, 284
HELIODORO 107, 227, 299, 300
HENDERSON, JOHN 93
HÉRACLES 61, 98, 100, 135, 136, 138,
    139, 141, 143, 161, 167, 172, 173
HERMANN, GOTTFRIED 40, 56, 291
HERMES 95, 100, 102,
    111, 113, 187, 305
HERMÍONE 134, 143
HESÍODO 33-38, 76, 97,
    118, 119, 169, 179, 221
HIPÓLITO 63-65, 108, 137, 138, 142,

151, 152, 159, 160, 162, 163, 169, 171,
172, 245, 246, 285, 287, 288, 306
HIPÓNAX 107
HIPSÍPILE 74, 165, 167, 171
HOFMANNSTHAL, HUGO
VON 125, 128, 131, 135
HÖLDERLIN, FRIEDRICH 45
HOMERO 11, 21, 23, 24, 27, 32, 37,
39, 45, 70, 76, 77, 81-84, 92, 94-
96, 98, 100, 119-121, 169, 234,
249, 250, 252, 254-256, 285
HORÁCIO 44, 45, 78, 79,
117, 244, 249, 259, 260
HUGHES, TED 264
HUNT, A. S. 117

ÍBICO 39, 42-44, 58, 98, 187, 188
IFIGÉNIA 61, 108, 133, 150, 155, 161,
164-168, 172, 242, 284, 286, 287
ÍOLE 163
ÍRIS 100
IRO 98-106
ISMENA 62, 130

JABOUILLE, VICTOR 98
JASÃO 60, 73, 75
JOCASTA 62, 277, 278, 281
JOYCE, JAMES 280
JUNG, CARL 307
JUSTINIANO, IMPERADOR 41

KANNICHT, RICHARD 159
KAYSER, K. 83, 84
KOVACS, DAVID 127

LAERTES 81, 88, 91-93
LAMPEDUSA, GIUSEPPE
TOMASI DI 46
LÉVI-STRAUSS, CLAUDE 306
LEWIS, C. S. 52
LÍCIDAS 76, 113, 121
LICURGO 165, 169
LIMA, JUDITE 50
LÍSIAS 207-209, 218-220,
222, 224, 226, 299
LLOYD-JONES, SIR HUGH 55, 59
LOBEL, EDGAR 40

LONGO 107, 228-233, 299, 300
LOWELL, ROBERT 274, 276
LUCANO 250
LUCAS, SÃO 81, 92
LUCIANO 167, 298-301

MAGUEIJO, CUSTÓDIO 173, 298, 301
MARCIAL 75
MAUROPOUS, JOÃO 233, 234
MEDEIA 60, 73-75, 158, 161,
162, 169, 170, 172, 244, 246,
275, 283-286, 288
MELANTEU 103, 104
MENDELSSOHN, FELIX 159
MENDONÇA, JOSÉ
TOLENTINO 88, 93
MENELAU 143-145
METOCHITES, TEODORO 238
MILTON, JOHN 45
MIMNERMO 39, 122, 123, 194
MIRANDA, FRANCISCO SÁ DE 249
MONSACRÉ, HÉLÈNE 94
MONTEMOR, JORGE DE 299
MORENILLA-TARENS,
CARMEN 185

NARCISO 266-268
NEHAMAS, ALEXANDER 201
NIETZSCHE, FRIEDRICH 56,
290, 291
NÍOBE 130
NORONHA, D. ANTÓNIO 267

OCEÂNIDES 276
O'NEILL, EUGENE 126
ORESTES 58, 62, 126, 131-135,
142-148, 151, 154, 157, 161, 165-
168, 171, 172, 271, 282, 286
ORFEU 94, 95, 269
OVÍDIO 117, 122, 231, 251, 255,
256, 259, 260, 264, 266, 269

PÃ 53, 229, 230
PAGE 40, 42, 43, 85, 89, 92, 93, 217
PALINURO 253
PANDORA 36
PARKER, LAETITIA 66, 189

PARMÉNIDES 70, 206, 293
PARRY, HUGH 145
PARRY, MILMAN 303
PÁTROCLO 24, 25, 28, 95, 252
PAULO, SÃO 171
PAUSÂNIAS 181, 197, 198, 201-204, 297
PÉLOPS 47, 48, 157, 166
PENÉLOPE 90, 91, 99, 254, 256
PENTEU 61, 64, 65, 287, 288
PEREIRA, MARIA HELENA DA ROCHA 42, 43, 46, 49, 65, 82, 116, 145, 212, 277, 283, 285, 286, 288, 289, 305, 307
PEREZ, GONÇALO 250, 255
PERRY, B. 232
PERSÉFONE 48, 150, 153, 157
PESSOA, FERNANDO 73, 112, 116, 280
PETRARCA 23, 28, 244, 249, 256
PFEIFFER, RUDOLF 117, 119, 121, 123
PÍLADES 133, 134, 142-148
PILATO, LEONZIO 23, 249
PÍNDARO 39, 44-50, 58, 105, 158, 160, 169, 258, 259
PINTURICCHIO 256
PIRES, MARIA JOÃO 78
PLANUDES, MÁXIMO 237, 238
PLATÃO 21, 23, 32, 39, 68, 77, 81, 82, 98, 106, 141, 181, 190, 193-207, 210--212, 214-220, 222, 224-226, 233, 235, 238-296, 298, 299, 304, 305
PLAUTO 73
PLUTARCO 166, 167, 233-239
POLÍCRATES DE SAMOS 98, 187
POLIFEMO 98, 253
POLINICES 61, 62, 155
POLÍXENA 24, 60, 166, 252
POMPADOUR, MADAME DE 31, 33
PONGE, FRANCIS 72
POPE, ALEXANDER 93
POSÍDON 47
POUND, EZRA 278
PRAXÁGORA 174, 179, 180
PROMETEU 151, 152, 274-277
PROUST, MARCEL 40, 291

PSELLOS, MIGUEL 235, 236
PTOLEMEU FILADELFO 72, 75
PULCI, LUIGI 256
PULQUÉRIO, MANUEL DE OLIVEIRA 51, 107, 126, 222, 271-274, 289, 292

RAVEL, MAURICE 299
RAY, NICHOLAS 143
RESENDE, ANDRÉ FALCÃO DE 45, 261
ROHDE, ERWIN 299
RUAS, VÍTOR 227
SAFO 39, 40, 41, 44, 58, 107, 108, 109, 112, 114-116, 231

SAINTE-MAURE, BENOÎT 24, 252
SANTIAGO, PAULO 193
SANTOS, JOSÉ TRINDADE 205, 222, 294, 295, 304
SCHILLER, FRIEDRICH 145
SCHUBERT, FRANZ 280
SCULLY, STEPHEN 96
SEGAL, CHARLES 25
SEIDLER, J. 58
SÉMELE 163
SÉNECA 243-245, 248
SHAKESPEARE, WILLIAM 40, 68, 79
SILVA, MARIA DE FÁTIMA 108, 152, 173, 175, 176, 184, 185, 188, 189, 227
SIMÓNIDES 112
SNYDER, JANE 187, 188
SÓCRATES 61, 68, 69, 177, 183, 195-200, 202, 206-212, 214-216, 218-224, 290, 291, 293, 294, 296, 297, 304
SÓFOCLES 55, 56, 58-60, 62, 84, 92, 125, 126, 128-135, 147, 149-152, 156, 157, 160, 164, 166, 168, 169, 172, 186, 243, 271, 275, 277-285, 304
SONGE-MOLLER, V. 204
SOTTOMAYOR, ANA PAULA QUINTELA 274, 276, 277
SPOHN, F. 89
STANFORD, WILLIAM 142
STENDHAL 52
STRAUSS, RICHARD 131, 172, 276, 282, 283

TAILLARDAT, J. 185
TAMOS 224
TÂNTALO 48
TASSO, TORQUATO 249
TELÉMACO 26, 88, 90, 91,
   99, 102-104, 254
TEÓCRITO 75, 76, 108, 110,
   111, 113, 120, 121, 229
TEÓGNIS 39, 112
TERPSÍCORE 220
TESEU 111, 112, 135, 138,
   142, 152, 162
TÉTIS 25
THESLEFF, H. 224
THEUNISSEN, MICHAEL 160
THEUTH 224
THULIN, INGRID 147
TINDÁREO 143, 144, 148
TRICLÍNIO, DEMÉTRIO 135,
   150, 172

ULISSES 26, 29, 31, 33, 54, 55, 81,
   84, 88, 90, 91, 93, 95, 96, 99, 100,
   102-105, 147, 148, 251, 252, 254
URÂNIA 220, 221

VALLA, LORENZO 85, 249
VALQUÍRIAS 276

VELÁZQUEZ 74
VERDI, GIUSEPPE 68, 129, 145
VIRGÍLIO 27, 37, 45, 55, 74,
   117, 119, 122, 244, 250, 251,
   255, 256, 269, 280
VISCONTI, LUCHINO 146, 290

WAGNER, RICHARD 68, 190, 276
WEIHER, ANTON 101
WEST, MARTIN 24, 92, 150
WEST, STEPHANIE 85, 91, 92
WILAMOWITZ-MOELLENDORFF,
   ULRICH VON 56, 289
WILDE, OSCAR 190, 231
WILLINK, SIR CHARLES 145, 147
WILSON, NIGEL 55, 59, 84,
   234-236, 238, 239, 249
WOOD, NATHALIE 143
WORDSWORTH, WILLIAM 203
XENOFONTE DE ÉFESO 227
XERXES 52, 53, 54, 150

ZEITLIN, FROMA 182
ZENÓDOTO 30
ZEUS 27, 32, 37, 40, 54, 63,
   90, 93, 109, 111, 123, 127,
   159, 186, 203, 273, 275
ZUNTZ, G. 169

Índice temático

AGRICULTURA 37, 38
ALEXANDRIA 30, 31, 70-77, 117-124, 165-171
AMIZADE 135-148, 194, 195, 207, 218, 246, 293
AMOR 39-44, 46-48, 64, 65, 135-141, 193-226, 263-270
AUTOBIOGRAFIA 34

BIZÂNCIO 41, 44, 164, 171, 172, 233-239
BRAGA, SÉ DE 29-33
BUCOLISMO 74-76, 227-239

CRÍTICA SEXUAL 55-60
COMÉDIA 65-70, 98-106, 173-191
CONCHA 71-73
CONTRASTE 25, 26, 156-164

DESCRIÇÃO 25, 26, 31, 39, 48, 76, 77, 106-117, 227-239
DESTINO 24

EPIGRAMAS 118-121
EPOPEIA 23-33, 71-75, 98-106, 117-124, 249-263
ESCRITA 224, 225
ESTÉTICA 106-117, 156-164, 227-233

FEMINISMO 173-182
FILOSOFIA 193-226, 289-298

GUERRA 24-26, 50-55, 62

HOMOEROTISMO 40-44, 47, 48, 76, 172, 174, 184-186, 193-226, 268, 269, 288, 292, 297,

INVEJA 49, 50, 121, 122
IRRACIONALISMO 63-65, 285-289

JUSTIÇA 34, 53

LINEAR B 30
LINGUÍSTICA 26-28, 77-82, 91, 102, 103

MANUSCRITOS GREGOS 23, 59, 170-174, 182, 183, 233-239
MÉTRICA 27, 28, 31-44, 49-50, 58, 65-67, 69-70, 133, 149, 150, 188, 245
MISOGINIA 37, 63, 80
MITO 36, 45-49, 305-308
MUSAS 34, 35, 118, 158, 220, 221

NOVO TESTAMENTO 80, 81

OBSCENIDADE 65, 66, 68, 69, 179, 182-191

PAPIROS 117, 167-171, 182
PAZ 25
POESIA DO QUOTIDIANO 72, 73, 75-77

POÉTICA 25, 27, 34, 44-46, 60,
  66, 70-77, 117-124, 156-164

QUESTÃO HOMÉRICA 26-33

RETÓRICA 221-226
ROCOCÓ 72, 73
ROMANCE 227-233, 298-301

SACRIFÍCIO HUMANO 24, 60, 61
SEREIAS 31-33, 93, 253
SEXO 39, 65-67, 69, 74, 108,
  109, 176, 179, 320, 321
SUPERSTIÇÃO 37, 38

TEMPO 48, 156-164, 278
TÁGIDES 45, 287
TEORIA LITERÁRIA 188-
  191, 227-233
TRADIÇÃO TEXTUAL 39, 55-
  60, 164-173, 234-239
TRAGÉDIA 50-65, 125-
  173, 241-249, 271-289

PREPARAÇÃO Paulo Sergio Fernandes
REVISÃO Ricardo Jensen de Oliveira, Valquíria Della Pozza e Tamara Sender
IMAGEM DA CAPA Kozlik_Mozlik/iStock
CAPA Estúdio Daó
PROJETO GRÁFICO DE MIOLO Bloco Gráfico

EDITORIAL
Fabiano Curi (diretor editorial)
Graziella Beting (editora-chefe)
Livia Deorsola (editora)
Laura Lotufo (editora de arte)
Kaio Cassio (editor-assistente)
Karina Macedo (contratos e direitos autorais)
Lilia Góes (produtora gráfica)

COMUNICAÇÃO E IMPRENSA Clara Dias
COMERCIAL Fábio Igaki
ADMINISTRATIVO Lilian Périgo
EXPEDIÇÃO Nelson Figueiredo
ATENDIMENTO AO CLIENTE Meire David
DIVULGAÇÃO Rosália Meirelles

EDITORA CARAMBAIA
Av. São Luís, 86, cj. 182
01046-000 São Paulo SP
contato@carambaia.com.br
www.carambaia.com.br

copyright desta edição © Editora Carambaia, 2022
copyright © Frederico Lourenço, 2004
Originalmente publicado em Portugal pela Livros Cotovia. O autor é representado pela Bookoffice (www.bookoffice.booktailors.com)

CIP-BRASIL. CATALOGAÇÃO NA PUBLICAÇÃO
SINDICATO NACIONAL DOS EDITORES DE LIVROS, RJ

L934g
Lourenço, Frederico, 1963-
Grécia revisitada: ensaios sobre cultura grega /
Frederico Lourenço ; prefácio Adriano Machado Ribeiro.
1. ed. – São Paulo: Carambaia, 2022.
320 p.; 23 cm

Inclui índice onomástico e temático
ISBN 978-65-86398-93-9

1. Literatura clássica – História e crítica. 2. Literatura grega – História e crítica. 3. Teatro grego – História e crítica. 4. Civilização grega. I. Ribeiro, Adriano Machado. II. Título.

22-78767   CDD: 880.9   CDU: 821.14'02.09
Meri Gleice Rodrigues de Souza – Bibliotecária CRB-7/6439

ilimitada

FONTE
Antwerp

PAPEL
Pólen Soft 80 g/m²

IMPRESSÃO
Ipsis